20世纪中国科学口述史
The Oral History of Science in 20th Century China Series

金涛

谨以此书献给我的妻子管素梅

我的南极之旅

My Journey to Antarctica

湖南教育出版社

《20世纪中国科学口述史》丛书编委会

主编的话

以挖掘和抢救史料为急务

自文艺复兴以来，西方经过宗教改革、世界地理大发现、科学革命和产业革命，建立了资本主义主导的全球市场和近代文明。在此过程中，科学技术为社会发展提供了最强大的动力，其影响至20世纪最为显著。

在从传统社会向近代社会的转型中，国人知识结构的质变，第一代科学家群体的登台，与世界接轨的科学体制的建立，现代科学技术学科体系的形成与发展，乃至以“两弹一星”为标志的一系列重大科技成就的取得，都发生在20世纪。自1895年严复喊出“西学格致救亡”，至1995年中共中央、国务院确定“科教兴国”的国策，百年中国，这“科学”是与“国运”紧密关联着的。百年中国的科学，也就有太多太多的行进轨迹需要梳理，有太多太多的经验教训需要总结。

关于20世纪中国历史的研究，可能是格于专业背景方面的障碍，治通史的学者较少关注科学事业的发展，专习20世纪科学史者起步较晚，尚未形成气候。无论精治通史的大家学者，或是研习专史的散兵游勇，都共同面临着一个难题——史料的缺乏。

史料，是治史的基础。根据20世纪中国科学史研究的特点，搜求新史料的工作主要涉及文字记载、亲历记忆、图像资料和实物遗存这四个方面。

20世纪对于我们，望其首已遥不可及，抚其尾则相去未远。亲身经历过这个世纪科学事业发展且作出过重要贡献的科学家和领导干部，大都已是高龄。以80岁左右的老人为例，他们在少年时代亲历抗日战争，大学毕业于共和国诞生之初，而国家科学事业发展的黄金十年时期（1956—1966）则正是他们施展才华、奉献青春、燃烧激情的岁月。这些留存在记忆中的历史，对报刊、档案等文字记载类史料而言，不仅可以大大填补其缺失，增加其佐证，纠正其讹误，而且还可以展示为当年文字所不能记述或难以记述的时代忌讳、人际关系和个人的心路历程。科学研究过程中的失败挫折和灵感顿悟，学术交流中的辩争和启迪，社会环境中非科学因素的激励和干扰等等，许多为论文报告所难以言道者，当事人的记忆却有助于我们还原历史的全景。

湖南教育出版社欲以承担挖掘和抢救亲历记忆类史料为己任，于2006年启动了《20世纪中国科学口述史》丛书的工作计划，在学界前辈和同道的支持下，成立了丛书编委会，于科学史界和科学记者群中招兵买马，认真探索采访整理工作规范和成书体例。通过多方精诚合作，在近两年中已出版图书20种，得到了学术界和读者的认可。

近年兴起的口述史（Oral History）热潮，强调采访者的责任，强调采访者与受访者之间的互动，强调留下“有声音的历史”。不过，口述史内容的“核心”是“被提取和保存的记忆”（唐纳德·里奇《大家来做口述历史》）。把记忆于头脑中的信息提取出来，方法上有口述与笔述之差别，但就获取的内容而言，并无实质性的差别。因此，本丛书当前在积极组织从事口述史采访队伍的同时，也积极动员资深科学家撰写回忆文本，作为“笔述系列”纳入到本丛书中来。

科学，作为一种社会事业，除科学研究之外，还包括科学教育、科学组织、科学管理、科学出版、科学普及等各个领域，与此相关的人物和专题皆可列入选题。

本丛书根据迄今践行的实际情况，在大致统一编辑规范的基础上，将书稿划分为5种体例：

1. 口述自传——以第一人称主述，由访问者协助整理。

2. 人物访谈录——以问答对话方式成文。

3. 自述——由亲历者笔述成文。

4. 专题访谈录——以重大事件、成果、学科、机构等为主题，做群体访谈。

5. 旧籍整理——选择符合本丛书宗旨的国内外已有文本重新编译出版。

形式服务于内容，还可视实际需要而增加其他体例。

受访者与访问整理者，同为口述史成品的作者。忆述内容应以亲历者的科学生涯和有关活动为主线展开，强调以人带史，以事系史，忆述那些自己亲历亲闻的重要人物、机构和事件，努力挖掘科学事业发展历程中的鲜活细节。

书中开辟“背景资料”栏，列入相关文献，尤其注重未经披露的史料，同时还要求受访者提供有历史价值的图片。这些既是为了有助于读者能更好地理解忆述正文的内容，也是为了使全书尽可能地发挥“富集”史料的作用。

有必要指出，每个人都会受到学识、修养、经验、环境的局限，尤其是人生老来在记忆力方面的变化，这些会影响到对史实忆述的客观性，但不能因此而否定口述史的重要价值。书籍、报刊、档案、日记、信函、照片，任何一类史料都有它们各自的局限性。参与口述史工作的受访者和访问者，即便是能百分之百做到“实事求是”，也不能保证因此而成就一部完整的信史。按名家唐德刚先生在《文学与口述历史》一文中的说法，口述史“并不是一个人讲一个人记的历史，而是口述史料”。史学研究自有其学术规范，不仅要用各种史料相互参证，而且面对每种史料都要经历一个“去粗取精，去伪存真”的过程。本丛书捧给大家看的，都是可供研究 20 世纪中国科学史的史料，囿限于斯，珍贵亦于斯。

受访者口述中出现的历史争议，如果不能在访谈过程中得以澄清或解决，可由访问者视需要而酌情加以必要的注释和说明。若对某些重要史实有不同的说法，则尽可能存异，不强求统一，并可酌情做必要的说明或考证。因此，读者不必视为定论，可以质疑、辨伪和提出新的史料证据。

本丛书将认真遵循求真原则和史学规范，以挖掘和抢救史料为急务，搜求各种亲历回忆类史料，推动 20 世纪中国科学史的研究！

欢迎各界朋友供稿或提供组稿线索，诚望识者的批评指教。谨以此序告白于 20 世纪中国科学史的研究者和爱好者。

樊洪业

2011 年元月于中关村

我的南极之旅

My Journey to Antarctica

CONTENTS 目录

前　言

我喜欢冬天，喜欢漫天的雪，喜欢冰雪的原野和冰雪中沉睡不醒的小湖。

如今终于来到南极，这是一个只有冬天的寒冷、孤寂的世界。

这里动人的还是雪景，雪花一年到头依恋着寒冷的大地。不论什么时候，你爬上寒光凛冽的冰原，或是走向山中幽暗的谷地，或是踯躅在浪花拍岸的海滩，雪花毫不经意雕琢的风景，总是那样令人惊喜，令人感动。下雪是十分神圣的时刻，伴着黎明和黑夜而生的雪花，不知什么时候，也不知来自何方，漫天雪花像无数的小精灵在天上飞来飞去，一边编织天幕最灵动的图画。它们静静地飞翔，从容地、不慌不忙地，仿佛要尽量延长在天空散步的时间。因为它们知道，那飘逸的、婀娜多姿的飞雪是它们的花季年华，展示了它们的青春与活力。一旦降落在地，就意味着告别浪漫的青春，寒冷将凝固它们的生命，变成亘古不化的冰川了。

多数的时候，飞雪是与暴风结伴而来，那就很少有诗意了。暴风雪是这儿的常客，它往往令人想起性格暴戾的娇惯坏了的野小子。它是那么狂傲，不耐烦地吹着尖厉的口哨，挟裹着飞雪，从海湾掠过冰原，向着岸边的考察站横冲直撞而来。刹那间，天翻地覆，海起狂澜，天地昏暗，什么也看不见了。

海中的陡崖和礁石隐而不见，躲在冰上的企鹅、海豹不见踪影。仿佛是几百辆蒸汽机车同时怒吼，发出震撼大地的呼啸。暴风雪粗暴地推掇一切挡在面前的东西，不管是笨重的运输车辆，还是屹立在冰坡上的房屋，只听见钢铁的撞击，撕裂的呻吟，痛苦的悲号，久久不息。多少个夜晚，我被暴风雪从梦中惊醒，不得不钻出睡袋，冒着风雪抢救栖身的小帐篷。即使后来住进了坚固的考察站，但那恐怖的风声也使人难以入睡。

可怕的南极的风雪啊！

南极的景色比起世界任何地方都要单调，这是实情。这广袤的大陆和许多岛屿，居然找不到一棵树，没有高大的乔木和丛生的灌木，也见不到鲜花和碧绿的草地。我在冰天雪地里跋涉，举目四顾，找不到哪怕一星半点的绿色。寒冷挡住了春天的脚步啊！可是有一次，我在经常走过的山坡上，在我的脚底下，竟然发现了亮晶晶的玻璃似的冰壳，那里一个个隔开的小空间，如同微小的玻璃温室，充满黄澄澄的阳光。我惊讶极了，不由得躬身屈腰，俯看着冰壳底下，里面居然生长着南极的植物地衣，绽放着绿色，洋溢着生命的热情，那一片冰雪似乎变成了绿茵茵的草地。在寒冷的南极，在没有土壤的冰下，生命如此顽强地抗衡着环境的恶劣，这是多么伟大、多么迷人的风景！

我还记得，当夏天的太阳像玩疯了的孩子半夜里还呆在天空的“白夜”时分，我也时而坐在海边积雪很深的高地上，向着远方眺望。那海天相接之处，昼与夜交替的精彩表演正在拉开序幕。绚丽的云霞和波动的海水蒙上了浓浓的睡意，似乎再也打不起精神了，可是那顽皮的太阳却把眼睛睁得大大的，尽管哈欠连连，却挣扎着，跳跃着，企图抵抗不断袭来的睡意。这时，风停了，浪也息了，冰上的企鹅们熬不过，也垂头缩颈停止了喧哗。终于，像是乐池中的指挥一声令下，厚厚的紫水晶色大幕从天际垂落，掩盖了橙黄的黄昏和红石榴似的海水，白的冰岸、银的雪原都沉入暮霭，漫长的白夜终于闭上眼睛睡着了。

这时，我不仅领略了黑夜征服白昼的艰难，也从这一幕光明与黑暗的天象变化，理解了生与死的交替。死亡是这般的庄严，这般的辉煌！在生命无可奈何地走向死亡之前，尽管心里知道这一天这一刻是必然会来的，任何人，天王老子也好，一介草民也好，谁也休想躲过这一劫，那么就在死神降临之前，像夏日南极的太阳一样，活得有滋有味，活得多彩多姿，活得让人难忘吧。

《我的南极之旅》是两次前往南极的记录，一次是1984—1985年，一次是1990—1991年。在这些难忘的日子里，我与参加南极考察的中国科学家们和海员们的近距离接触，在风雪中，在风浪颠簸中，在生与死的搏斗中和他们一起度过的那些日日夜夜，才是最值得怀念的。

本书正文分为三篇，第一篇《暴风雪的夏天》，是首次赴南极回国后应光明日报出版社之约写成的，1986年12月出版。10多年后，湖南教育出版社汇编一套《中国科普佳作精选》，该书有幸忝列末座，于1999年再次出版。

第二篇《重返南极》和第三篇《踏上归途》是1990—1991年前往南极的随笔。这次，我没有采访任务，但也积累了不少素材，回国后除《光明日报》发表了几篇通讯，其余的大部分，包括“夏至登雪山”、“纳尔逊岛的捷克站”，以及复活节岛、塔希提岛（大溪地）、塔斯马尼亚岛的见闻，散见于国内多家报刊，记得有《科技日报》、《中国科学报》、《科幻世界》、《知识就是力量》、《科学与生活》等，但始终未能成书，有些内容多年来也未加整理。如访问许光健大使的重要谈话和乘直升机访问乔治王岛各国考察站的情形，这次是第一次披露。此外，附录的三篇文字，也透露了中国早期南极考察史上的人与事，多少有一点史料价值。

我一直认为，新闻记者采写的新闻是短命的、转瞬即逝的，一旦时过境迁，记者笔下的文字也就与时俱亡了。因此，虽然大半生从事新闻采访，接触了一些人与事，写过一些或长或短的文字，但我也是随写随风而散，并不想去留下什么永恒。如今中国首次南极考察已经过去27年，我听小儿金雷说，他不久前去了长城站，当初建设的楼房不堪风雪严寒已成危房，我脑海中的记忆和当年的文字也愈加渺茫、模糊了。

应《20世纪中国科学口述史》丛书编委会之邀，我将过去采写的有关南极的文字、照片整理出来。遵循丛书有关规定：选题内容须以作者“亲历”叙事为原则，此次重新出版，加配了图片，删除了《暴风雪的夏天》第五章概述南极探险史的有关内容，更换了小标题，第一章开头部分做了一点变动，其他内容基本维持原貌。

借此机会，向我的亲人表示感谢，感谢他们对我去南极的理解和支持。向湖南教育出版社表示感谢，并向新华社驻智利记者刘瑞常、光明日报驻澳大利亚记者薛福康，人民日报驻阿根廷记者管彦忠以及他们的夫人，表示衷心的迟到的谢意。

2011年6月于北京

人生的道路常常是难以意料的，仿佛冥冥之中有谁在暗地安排，使人捉摸不透。

大约是鬼使神差吧，虚度年华的若干年后，南极洲突然闯入我的生活，搅起一阵不小的波澜。1981年春天，我跑到北京东郊国家海洋局简陋的招待所，缠住了刚从南极归来的董兆乾，他是一位年轻的海洋学家。此前不久，1980年的冬天，他和中国科学院地理所的地貌学家张青松，作为我国第一批科学工作者应邀到澳大利亚设在南极的凯西站访问。我是从新华社的消息获悉此事的。我从直觉出发，感觉此事的深远意义尚未引起人们足够的重视。说句冒昧的话，新华社的报道虽然发表在先，但我认为还有深入采访的必要，尽管这个馍别人已经啃过，但我还想再嚼它一嚼，也许还有不少令人感兴趣的内容。

第 1 篇 暴风雪的夏天

我的梦

我的南极缘可以追溯到很久以前……

50 多年前的一个冬天。寒风凛冽，北京郊外的田野一片单调的土黄色，旋风不时卷起一阵沙尘，把地上的落叶吹向天空，吹向行人。

天刚亮，我就骑着一辆自行车，飞快地从西郊海淀奔向西直门。我就读的大学早已放了寒假，同窗好友大多回家过春节去了，只有我们几个穷学生还待在举目无亲的北京。那年月，回家探亲的川资对于我们是一笔相当可观的开销，尽管千里之外的慈亲望眼欲穿，我们也不能回家去。

出了一身汗，也灌了一肚子风，自行车把我从郊外的未名湖畔送到繁华的王府井大街。还要补充一句，那年月，我们这些住在西郊的穷学生，进一趟城也要掂量掂量。记得在大学待了 6 年，除了参加国庆游行，由清华园坐火车到朝阳门，然后步行到东单，几年里进城的次数寥寥无几。存了车，我便径直奔往外文书店，目标很明确，我用积攒的零花钱买了两幅地图，俄文的南极和北极地图。那时候，外文书店还经销苏联的原版地图，现在大概很难遇见了。

两幅地图花了多少钱我已忘了，大约不太贵。还买了一张油画的印刷品，画面是雨后的橡树林，金色的阳光透过浓密的树冠，映出雨后的林中水洼，俄罗斯画家的作品。但是我更珍惜那两幅地图，它们一直保存在我的身边，直到十年浩劫，连同我的十几年的日记一起烧了。

记不清楚当时为什么跑到王府井去买这两幅地图，也许是青春时代的梦吧，那时候做过好多天真的梦，现在回想起来都觉得好笑。但是，当时的我却是挺认真的，当做那么一回事。年轻时生吞活剥地胡乱读了一些书，南北极的探险记，阿蒙森、斯科特征服南极的英雄壮举，尤其是俄罗斯和苏联作家笔下的北极，那广阔的冰原、奇冷的冬天、神奇的白夜、挤成一堆的浮冰，以及驾着狗拉爬犁的爱斯基摩人和北极探险者，都引起我的无限向往。当然我知道，不论是北极和南极对我都是遥远的，像可望而不可即的月球，但我仍然幻想着，幻想有一天去远征那个寒冷的冰雪世界。

青春时代的梦很快就从脑海里遗忘了，那两幅地图的失去也并未引起我多大的惋惜。时光的流逝使我变得更加现实，不再去做无谓的空想。在祖国 960 万平方千米的锦绣江山里，我尽可以充分利用作为一名记者的便利，去探索，去漫游，去发掘生活的宝藏。我曾经这样想过。

人生的道路常常是难以意料的，仿佛冥冥之中有谁在暗地安排，使人捉摸不透。

大约是鬼使神差吧，虚度年华的若干年后，南极洲突然闯入我的生活，搅起一阵不小的波澜。1981 年春天，我跑到北京东郊国家海洋局简陋的招待所，缠住了刚从南极归来的董兆乾，他是一位年轻的海洋学家。此前不久，1980 年的冬天，他和中国科学院地理所的地貌学家张青松，作为我国第一批科学工作者应邀到澳大利亚设在南极的凯西站访问。我是从新华社的消息获悉此事的。我从直觉出发，感觉此事的深远意义尚未引起人们足够的重视。说句冒昧的话，新华社的报道虽然发表在先，但我认为还有深入采访的必要，尽管这个馍别人已经啃过，但我还想再嚼它一嚼，也许还有不少令人感兴趣的内容。

中国政府第一次派往南极的两名科学工作者之一，国家海洋局第二海洋研究所助理研究员董兆乾于 1980/81 年被派赴南极考察，图为他在极地抗冰船“内拉顿号”上测量南大洋水温随深度的变化

我在招待所找到董兆乾，这位热情豪爽的山东汉子，向我详尽无遗地谈了他们在南极度过的难忘的生活。我像一个执著的矿工，抱着不挖尽宝藏决不罢休的“磨”劲，整整泡了他一天，从早上谈到深夜。后来，我又找到张青松，补充了几个细节。这样，几天之后，一整版的报告文学《啊，南极洲》（见附录），在《光明日报》科学副刊发表了。

这是一个契机，它重新点燃了我心中早已熄灭的对南极洲冰雪世界的热情。这里，也必须提到社会的需要所起的推动作用。《啊，南极洲》见报后，引起了出版界的兴趣，我所知道的就有 4 家出版社把它收入集子里。在这以后的几年，还有几家出版社和杂志社约我写南极的书或者文章，这倒是出乎我的意料。我也因此比较系统地看了一些有关南极的书籍，积累了南极的一些资料。我的好朋友李元——著名的天文学家和天文科普作家，每次见到我时总是诚恳地对我说：“金涛，你应该到南极去一趟……”

中国政府第一次派往南极的两名科学工作者之一，中国科学院地理研究所助理研究员张青松于1980/81年被派赴南极考察，图为他在采集岩石标本

我总是对他报以未置可否的微笑。说心里话，我对人生绝不会抱什么幻想。南极需要人，但需要的是科学家，我去干什么呢？何况这样的机遇是无穷小，这是毫无疑问的，无论如何是不会轮到我的头上的。我多少比较现实，不去做无谓的白日梦。

不料，冥冥之中，似乎有一只无形的手将我的人生重新做了安排，这是我做梦也未曾想到的。

到南极去

这一份由国家南极考察委员会发给我当年供职的报社的公函，不是打字的，而是用圆珠笔手写的，我的南极之旅由它决定下来，并因而多少改变了我的命运。

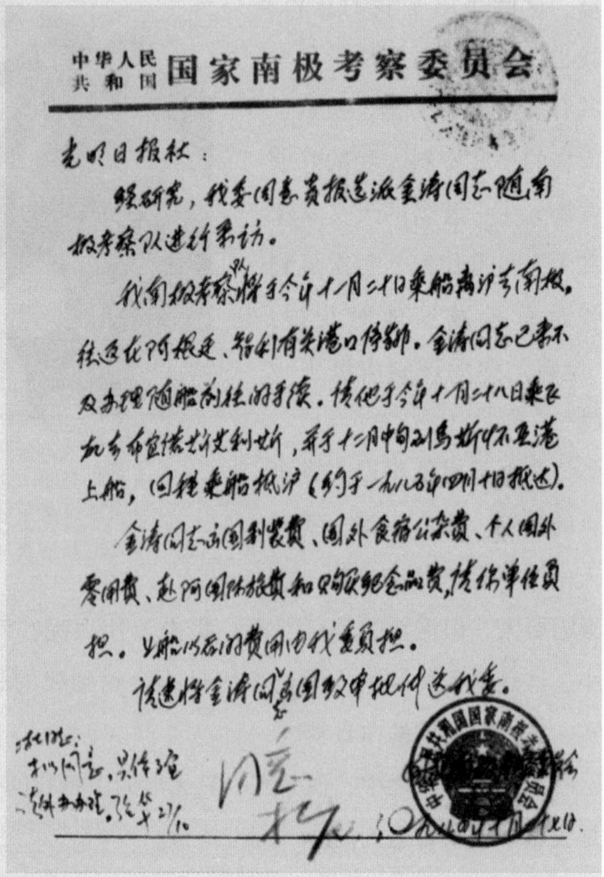

1984 年 10 月 27 日国家南极考察委员会的公函

光明日报社：

经研究，我委同意贵报选派金涛同志随南极考察队进行采访。

我南极考察队将于今年十一月二十日乘船离沪去南极，往返在阿根廷、智利有关港口停靠。金涛同志已来不及办理随船前往的手续。请他于今年十一月二十八日乘飞机去布宜诺斯艾利斯，并于十二月中旬到乌斯怀亚港上船，回程乘船抵沪（约于一九八五年四月十日抵达）。

金涛同志出国制装费、国外食宿公杂费、个人国外零用费、赴阿国际旅费和购买纪念品费，请你单位负担。上船以后的费用由我委负担。

请速将金涛同志出国政审批件送我委。

国家南极考察委员会

一九八四年十月二十七日

本来，作为新闻记者接受上级指派，接受新的采访任务，并不是什么值得一提的事。在我的新闻生涯中，也有很多次重大的或者突击性的采访报道，仅在 20 世纪 70、80 年代，我就曾随同总编辑杨西光到安徽调查农村家庭承包责任制，随同副总编殷参前往辽宁采访沈阳军区官兵抗洪救灾的英雄事迹，前往芜湖报道颇受争议的“傻子瓜子”。在全国科学大会期间及会议之后，我相继采访报道了物理学家谢希德、理论化学家唐敖庆、物理学家严济慈……新闻记者的职业特点是不断追逐新的事件、新的热点、新的人物，但是这一次与以往的历次有所不同，毕竟是出国采访，而且是去遥远的南极。当年，国门刚刚打开一条缝，对于封闭多年的我们，出国也算得上是一件大事。

在我见到这份公函之前，我就提前知道了这桩非同寻常的采访任务。

10 月 24 日，晚上 8 点多钟，宿舍楼传达室的王师傅乘电梯跑上楼，敲开了我家的房门，说有我的电话。一个星期以前，我在武汉采访一位中年军医，回到报社后，一篇报告文学送进了工厂的排字房，这时我感到浑身疲惫之极，我确实太累了。

那年头，电话还远远没有普及。我道了谢，匆忙快步下楼，电话是报社的副总编辑王强华打来的。“到南极去……”他在电话中说。

我站在传达室外面，手里握着话筒，几乎难以相信这会是真的。

但是，电话中分明是王强华的声音：“经过编委会研究，决定派你参加南极考察的采访。具体情况，明天上午你来报社面谈。”

电话挂断了，我却久久忘了放下话筒。

10 月的秋风已送来阵阵寒意。我仰望着那高不可及的苍穹，有几颗发出微光的星星朝我嘲弄似的眨眼。对面的高楼里飘出忽高忽低的音乐，像一股山涧流出的清泉，从我的心头滚过，流向遥远的平川。

10 月 25 日，我早早来到报社那幢米黄色办公楼。不知道约我前来的副总编辑开什么重要会议，直到下班前 10 分钟，他才从会议室里出来。

一切都决定下来了。

“事情就是昨天电话里讲的，”他用手推了推镜架，又从台历上撕下一张日历，那上面记着一个电话号码，“你可以直接跟南极考察委员会办公室联系，喏，就是这个电话。”

他接着又告诉我，我国首次南极考察的大批人马即将动身，11 月中旬船队从上海出发。“你怕是来不及了，”他说，“时间不到一个月，办护照和各种准备都来不及，乘船去可能不行……”

“那……怎么去?”

“‘南极办’的意思是坐飞机去，到阿根廷和船队会合。”他含含糊糊地说。

谈话结束了，我的漫长旅行就在这一天决定下来。我将由北京飞往美国，然后由纽约到南美洲的智利和阿根廷，最后抵达火地岛的乌斯怀亚港，在那里登上我国科学考察船“向阳红 10 号”，奔赴南极……

对于我来说，只有一个月的准备时间了。

地球最南端的城市

我们围着方形的餐桌，用不锈钢勺子搅拌羼有牛奶和糖块的咖啡，把果酱和黄油抹在面包块上，享用着山毛榉旅馆提供的免费早餐。在这里住了几天，早餐几乎是一模一样，我开始怀念家里的油条、豆浆了。

这天，我却有点心不在焉，目光时不时地瞟着餐厅的大玻璃窗外。那里，著名的比格尔水道倒映着火地岛巍巍雪峰的倩影，酷似一幅西洋油画，宁静极了，美丽极了，使人百看不厌。天气很晴朗，绚丽的霞光在对面银光耀眼的峰巅抹上淡淡的玫瑰色，好似少女脸上的红晕。

谁也没有开口，大家都在默默用餐，但我知道，他们和我一样，都在默默地期待着一个重大时刻的到来。

几天之前，我们乘坐阿根廷航空公司的班机，从布宜诺斯艾利斯飞往乌斯怀亚，这是南美洲大陆最南端火地岛上一个风光秀丽的海港，据称是地球最南端的城市。乌斯怀亚的海滨码头附近，有个很小的城市博物馆，名称便是“世界的末端博物馆”。世界的末端，和汉语里的“天涯海角”完全是一个意思，我们这回确实是来到天涯海角了。

乌斯怀亚，据称在印第安语中是“观赏落日的海湾”之意，也有另一种说法，意思是“深入西部的港口”，但我以为前一种说法更为贴切。这是一个背山临海、环境幽静、富有南美情调的小城。南面是连接大西洋与太平洋的一道海峡比格尔水道。在我们到来前的一个月，阿根廷和智利两国刚刚结束历时百年的领土争端。这是两国代表经过5年艰苦的谈判所取得的成果。根据两国外长1984年11月29日在梵蒂冈签署的《和平友好条约》，位于火地岛南端比格尔水道东口的皮克顿岛、伦诺克斯岛

乌斯怀亚“世界的末端博物馆”

乌斯怀亚，火地岛（阿根廷辖下地区）的首府

和努埃瓦岛的主权，以及三岛以东 3 海里领海权归智利所有，阿根廷在这一地区享有航行权和捕鱼权，并享有对麦哲伦海峡东部海域的主权。双方在南部海域以合恩角子午线为界线划分主权范围，东侧归阿根廷，西侧属智利。因此，我们眺望窗外比格尔水道迤南的巍巍群山，视线早已越过国界，跑向智利去了。不过，我所感兴趣的是，100 多年以前，伟大的英国生物学家查理·达尔文乘“贝格尔号”巡洋舰做环球旅行时，于 1832 年和 1833 年间考察了火地岛。这条沟通大西洋和太平洋的海峡是以这艘英国巡洋舰的名字命名的，只不过当时乌斯怀亚还没有诞生，这里的土著是印第安人的一支——火地人。

乌斯怀亚是倚着比格尔水道发展起来的港口，四面环山，市中心起初是从海滨的码头逐渐向外扩展起来的。只是它的海滨狭窄，没有多少发展余地。城区背后高耸的勒马尔歇峰，白雪皑皑，倾斜的山坡一直延伸到距海滨不远的地方，因此乌斯怀亚的街道房屋只好筑在山坡上，几条纵贯全城的街与海岸平行，并且逐级抬升。最繁华的一条主要街道是圣马丁大街。圣马丁将军是南美西班牙殖民地独立战争领袖、阿根廷的民族英雄，在阿根廷，许多城市都有以他的名字命名的广场和街道。但是乌斯怀亚的圣马丁大街，从西头走到东头仅仅需要半个小时，大街只有 10 米宽，两旁是一家挨着一家的超级市场、饭馆、酒吧、电影院和商品琳琅满目的店铺。由于位置偏僻，交通不便，这里的物价比起首都布宜诺斯艾利斯要贵得多，尤其是水果、蔬菜。但是乌斯怀亚也有便宜货：香烟和小汽车。各种仿造外国名牌的阿根廷烟，一美元可以买上一条，一辆小卧车只要几百美元——据火地岛地区政府经济部长丹尼尔·伊利巴内介绍，火地岛是全国唯一不向国家纳税的地区，进口工业原料也不必交纳进口税。他们采取这些特殊政策，目的是鼓励人们到这里定居，经营企业，吸收外资，以繁荣本地经济。在阿根廷，火地岛在人们的心目中还是一个落后的边远省份。这里的房屋多是一层，两层楼都不多，房顶多用镀锌铁皮瓦覆盖，涂上五颜六色的油漆。1984 年是乌斯怀亚建城 100 周年，近几年，人口剧增，老城西边的山坡上陆续盖起大片新住宅，这个仅有 18 000 人口的小城，比起 100 年前已是初具规模了。

火地岛政府大楼

这里的景色很容易使人联想起号称世界公园的瑞士。比格尔水道像个波平如镜的湖泊——当然是天气晴好、无风无浪的时候，它悠闲地躺在群山的怀抱中，那样宁静，那样安详。戴着银色雪冠的峰峦和黛青色的山坡，在蓝天和海水的映衬下，巍峨壮观圣洁清纯，如一幅鬼斧神工的玉雕作品。从码头上乘游艇，可以一直驰向海湾深处，那里有岩石裸露的海豹岛和鸟岛，成群的皮毛黝黑、棕黄的海豹挤成一团，躺在阳光下睡懒觉。鸟岛有好几个，孤悬海中，是禽鸟的王国。游艇过去，群鸟惊飞，聒噪不已，好像是抗议人们惊扰了它们的安宁。不论是远山还是近岭，即使是盛夏，仍然不肯摘掉头上的银冠。乌斯怀亚所在的火地岛上起伏的群山，按它的谱系属于安第斯山的余脉，这纵贯南美大陆的山脉崚嶒险峻，线条粗犷，棱角分明，有一种朴实无华、含有力度的原始美。从乌斯怀亚的任何地方，都可以眺望东北方耸立的巍巍雪峰，那就是海拔 1 370 米的奥利维亚峰。与它毗邻的五兄弟峰，五座山峰比肩而立，宛如排成一排、个头一个比一个高的五兄弟，在地貌学上，这都是冰川切割形成的角峰。

雪峰峻岭，绵延不绝，海湾波光岚影，变幻无穷，景色之美令人倾倒。而且，地处南美大陆最南端的火地岛，树木还非常繁茂。雪岭冰峰下的山坡，南美山毛榉和野樱桃构成的寒带森林郁郁葱葱。我们沿着一条盘山的砂石公路，驱车半个小时，参观了火地岛国家公园。这是阿根廷最南端的一个自然保护区，占地 630 平方千米，公园里有雪峰，有海湾，有山间湖泊，更多的还是漫山遍野的森林。那些陶醉在大自然怀抱中的旅游者在林中空地搭起帐篷，围着篝火野炊。公园里还建有旅馆、饭店和酒吧，甚至还有一座小教堂。旅游者有的在森林公园里一呆就是个把星期，尽情地欣赏大自然的风光，真叫人羡慕不已。

在没有长树的山坡上，披着绿毯似的牧草，这是当地绝好的牧场。早期的火地岛和罗士道伊岛是囚徒服刑的流放之地，甚至到了 20 世纪初，这里的主要经济活动仍是砍伐森林和养羊，大片森林遭到掠夺式的采伐，直到 1960 年森林公园正式开放，这种现象才告结束。但是，我们在乌斯怀亚附近的山岭，仍然可以见到大片被毁的林地，那满山的树桩和倒卧在地的硕大的朽木令人不胜惋惜。

乌斯怀亚人很喜欢侍弄花草，别致小巧的房舍前后，围着木头栅栏，绿草如茵的草坪，随意种上几丛花卉，飞红溢紫，倒也别有情趣。这里有一种很好看的花，当地人叫“奇比诺”，轮形叶片，当中抽出一支宝塔形的花穗，颜色有玫瑰红、深紫、鹅黄等。山坡道旁的草地上遍长着一簇簇蒲公英，伞形的小白花球，随风散落。我们在地球的另一边，远离祖国几万千米的天涯海角，陡然见到这童年时代就挺熟悉的小花，不禁涌起一缕淡淡的旅愁……

我们下榻的旅馆，有个怪有意思的名字——山毛榉旅馆。在乌斯怀亚，它算是比较高级的旅馆了。这是个长方形的两层建筑，石头砌垒而成，很坚固，颇似城堡。门厅一侧，连着圆形的餐厅，餐厅当中是石砌的大壁炉。餐桌周围的坐椅也挺别致，坐垫靠背都是牛皮。阿根廷盛产牛肉、牛皮，著名的潘帕斯草原孕育了阿根廷的“牛皮文明”，可见畜牧业在阿根廷经济生活中占有重要地位。所以山毛榉旅馆特地置办了这种富有地方特色的皮椅。

美丽的“奇比诺”

山毛榉旅馆坐落在城区西端的山坡上。坐小汽车沿着柏油公路盘旋而上，到了旅馆门前往往产生错觉，

似乎它不是筑在山坡上。旅馆门外地势平坦，有开阔的停车坪和点缀花木的绿地，只有过了公路，山势才开始陡峻，那里屹立着覆盖冰雪的峰峦，可以一直通向冬季的滑雪场。不过，绕过旅馆，走到它的背面，山坡从这里很陡地降下去，长满稠密的树林和绿草；下面是个儿童游乐场，沙地上架设了滑梯，安放了铁锚和鲸鱼巨大的骨架，每天都可以见到许多可爱的儿童在那里玩耍。

居高临下的位置，四面镶嵌玻璃的餐厅，使我们坐在餐桌上也可以尽情欣赏火地岛迷人的景致。有时，你简直会以为那秀丽如画的山光水色，如同一幅幅油画镶嵌在餐厅四壁，令人目眩神驰。

当我们离开祖国时，北半球已是万木萧疏、山寒水瘦的隆冬，这里却是一年的黄金季节——盛夏，人们纷纷到这里来旅游。和我们从布宜诺斯艾利斯同机到达的旅客里，有美国、日本的旅游团，他们被火地岛静穆的山林冰峰所吸引，不远千里而来，有的还从这里出发，前往南极的冰雪世界。到南极旅游，在西方已成为一种时尚，飞机上遇到一些美国旅客，多是老头老太太，他们便是到南极旅行的。对于整个美洲大陆，再没有比乌斯怀亚距离南极更近的城市了。

火地岛的山光水色

不过，这天清晨，窗外的火地岛的黎明

风景，已经不能引起我们的兴致了。我的旅伴中，《人民日报》驻阿根廷记者管彦忠、新华社驻阿根廷记者童勤利，还有我驻阿使馆的外交官张治亚，是专程从布宜诺斯艾利斯赶来的。而我们一行四人——国家南极考察委员会办公室副主任高钦泉（见附录）、翻译高正月、张福刚和我，则是转了整整半个地球，经纽约、圣地亚哥、布宜诺斯艾利斯，最后到了乌斯怀亚。按照预定计划，我们在地球最南端迎候我国南极考察船队的到来。

中国南极考察船队的两艘船——“向阳红 10 号”和“J121 号”将在今天上午停靠乌斯怀亚码头。昨晚，高钦泉和小高匆匆忙忙地离开旅馆，坐小船去接应船队了。乌斯怀亚港的阿根廷船代理收到电报，我们的南极考察船已经平安地绕过合恩角——这是南美最南端风暴猖獗的海岬，由那里进入比格尔水道东口。他们在风涛险恶的太平洋上航行了整整一个月，这是极为艰苦的一个月，乌斯怀亚将是船队离开祖国后停靠的第一个码头。

用完早餐，仍然不见船队的影子，我们又回到各自的房间。不多一会，走廊里传来急促的喊声和脚步声：“快，快走，船已经到了……”

我们闻声立即跑了出来，在旅馆门外叫了辆出租汽车。

“码头，直接到码头!”

大家的心情都很激动，有一种说不出的兴奋。一个月前，我在上海黄浦江畔送别他们的时候，我曾

乌斯怀亚港口边的南极主权纪念碑

向船上的记者同行说，我将在地球的另一边欢迎他们，现在已经到了实现我的诺言的时候。置身于异国的土地，想到即将和战友们重逢，心中顿时生起一种复杂的情感，这种情感在国内是无法体验的。

乌斯怀亚的码头像一个长长的栈桥伸向海湾，这时已经停放了几辆军用吉普和黑色小卧车。火地岛军政当局的首脑比我们来得更早，他们提前一个小时就到了。在码头的泊位旁边，身穿蓝色海军呢制服的乌斯怀亚海军基地的仪仗队，精神抖擞，排成整齐的队列，准备迎接中国的南极健儿。阳光照耀着他们携带的铜管乐器，发出闪闪的光泽，人们的目光不约而同地注视着前方。

国家海洋局“向阳红 10 号”科学考察船(上)
和海军“J121 号”打捞救生船(下)

我们五个中国人一直跑到码头最前端，风很大，但我们恨不能踏着波浪前去迎接祖国的亲人。海湾前方，全身披挂彩旗、仪态非凡的“向阳红10号”，像一只美丽的白天鹅缓缓地向码头驶来。白色船身的“向阳红10号”和深蓝色船身的“J121号”，船帮有的地方锈迹斑斑，留下了横穿太平洋狂风恶浪的征尘，令人不禁想到它们经历的几十个艰苦的日日夜夜。此刻，甲板上、船舷旁边到处是人。船员和考察队员们的心情肯定也很激动，许多照相机正对准码头，远远传来一阵阵欢声和笑声。

嘹亮的军乐在海湾里响了起来，仪仗队奏起了欢快的迎宾曲。我拼命地朝船上挥手致意，同时睁大眼睛极力想辨认出熟悉的面孔。

“我们代表10亿人民欢迎你们，每个人代表2亿中国人……”

热情的问候，喜悦的泪花，每个人都无法抑制内心的激动。我拿起相机，在码头上飞快地跑来跑去，竭力多抢拍一些镜头。我知道，这些镜头是异常宝贵的。

这是1984年12月19日上午9时30分。船一靠岸，我头一件事就是想到发稿。作为记者，从现在开始，我将随时向读者报道我国首次南极考察的新闻，今天这条消息就算是我发出的第一篇报道吧。

船上的无线电已经关闭，不能发稿了。我飞快地跑向圣马丁大街，那里有一家邮电局。

最后一个晚上

离开乌斯怀亚的前一天晚上，“向阳红10号”船和“J121号”船先后停靠在城区东端的油码头，为了继续远征，两条船都需要在这里加足油。从这里起航，驶向南极的茫茫冰海，再也找不到可以补充燃料的港口了。

傍晚，阴沉沉的乌云低低地压在奥利维亚峰的顶巅，海湾里浪涛拍岸，天空继而飘落蒙蒙细雨，天气突然冷了起来。但是，用过晚餐的考察队员们仍然三三两两走出码头，沿着海边的公路向市区走去。这是一种很复杂的情感，也许是意识到明天就将离开乌斯怀亚，暂时告别人类文明世界，等待着他们的南极是没有人类居住的冰雪王国，因此，他们十分依恋这风光旖旎、热情友好的小城。那窗户里透出的温暖的灯光，那笼罩在暮色中的房舍，无不在他们心头唤起对遥远的祖国亲人的怀念。

我已经从山毛榉旅馆搬上了“向阳红 10 号”船，在底舱的一间狭窄拥挤的舱室里找到了为我预备的床位。吃过晚饭，我也加入散步者的行列，淋着细雨向城区踽踽而行。

乌斯怀亚油码头一带比较冷落僻静，对面不远的山坡是严禁拍照的军事重地，当地驻军的兵营。我对兵营倒没有多少兴趣，但是那土黄色的营房和海军司令部前方的草坪上堆放的一些老古董，却使我感到兴味无穷。那是一些锈迹斑斑的山炮、铁锚，还有一台早已熄火、任凭风吹雨打的老式火车头和一节同样古老的车厢。据熟悉当地历史掌故的人说，这个兵营当初就是关押苦役犯的监狱，火地岛在它的早期实际上是一座监狱，最初的移民都是流放的犯人和看守他们的士兵。那古老的蒸汽火车头和车厢，即是犯人运输木材的交通工具。这倒使我想起在博物馆里看到的一些照片和实物。我在乌斯怀亚“世界的末端博物馆”里参观时，印象最深的就是苦役犯生活的介绍。那里保存了犯人的带有条纹的囚服，他们制作的雕镂精细的家具、镜框，还有他们娱乐的国际象棋。许多年代久远的老照片，展示了苦役犯被强制劳动的场面：他们在寒冷的冬天砍伐森林，修筑道

乌斯怀亚监狱博物馆

路，搬运沉甸甸的原木……但是有一件展品很令人惊讶，那是一根很普通的火柴杆，旁边放着一个高倍放大镜。从放大镜里看去却是一件微雕艺术品，上面雕满了密密麻麻的西班牙文，竟是阿根廷国歌的歌词。这件微雕作品的作者也是一个苦役犯，可惜他的名字已被人遗忘。在西班牙殖民统治者奴役下的阿根廷，有不少爱国者被押解到气候恶劣的火地岛服苦役，有的被折磨而死。这件微雕艺术品的作者，也许就是他们其中的一员吧。

从海边公路拐上山坡，前面就是最繁华的圣马丁大街。不知是由于天阴下雨，还是别的缘故，街上冷清极了。店铺早早关上门，只有为数不多的几家食品杂货店还在营业。平时车水马龙的街道，几乎看不见一辆小汽车。

我正百思不解，几个中国船员兴冲冲地跑来告诉我："刚才那边可热闹呢，圣诞老人驾着车子经过，朝小孩子撒糖果……"

"现在在哪儿?"我忙问。

"不知道上哪儿了，走远了……"

我朝他们手指的方向望去，密密的雨幕中，是冷清清的街道，两旁店铺橱窗的霓虹灯在湿漉漉的柏油路面洒下红红绿绿的彩练，像是节日里的焰火。

我这才猛然省悟，西方一年一度的圣诞节临近了，怪不得店面早早打烊，人们都回家团聚去了，像我们中国人过春节一样。而我们这些傻瓜，还在这冷冷清清的街上瞎逛什么呢？

我瞥了一眼灯火阑珊的圣马丁大街，朝着海边的油码头走去。不料，路上又遇到一件值得记上一笔的小事。在马路拐弯的地方，一位队员正低着头寻找什么，一问，原来是他的手表丢失了，就是那块“中国计时之宝”的海鸥表，不想海鸥没有飞到南极洲就在乌斯怀亚折翼了。这时，暮色更浓，我劝他不要白费力气，但是固执的他并不理会，仍然在马路上搜寻。后来我知道，他并没有找回自己的表。

第二天黎明，我们的船在乌斯怀亚度过最后一天，加满了油的“向阳红 10 号”船即将离开火地岛向南极驶去，就在这时，一位素不相识的阿根廷人开着车跑到码头，把一块海鸥表送来。他是一名海关官员，名叫卡洛斯·雨果。他说，他是在上班的路上捡了这块表的，一看表壳上面的中国字，就猜到肯定是中国朋友遗失的。我们那位丢了表的队员当然喜出望外，他握着卡洛斯·雨果的手，握了又握，不知怎样感谢才好。

我们怀着美好的记忆离别了世界最南端的城市，这是 12 月 24 日 12 时 8 分，开始天低云暗，乌斯怀亚在阴云笼罩下渐渐远去。不久，云开雾散，太阳露出了笑脸。船只沿着比格尔水道向东航行，这条海峡初看起来很像一条江，水面只有几百米宽。海峡迤北是归属阿根廷的火地岛，南面的皮克顿岛、伦诺克斯岛、努埃瓦岛以及面积最大的纳瓦里诺岛均是智利的版图。两岸雪峰逶迤，连亘不断，时而露出陡峭的岩岸，时而在郁郁葱葱的森林中出现一座小小的村镇。船只在智利引水员的导引下，穿行在弯弯曲曲的海峡里，如在画中游。

趁着比格尔水道风平浪静，我走进船舱中部宽敞的会议室。55 岁的

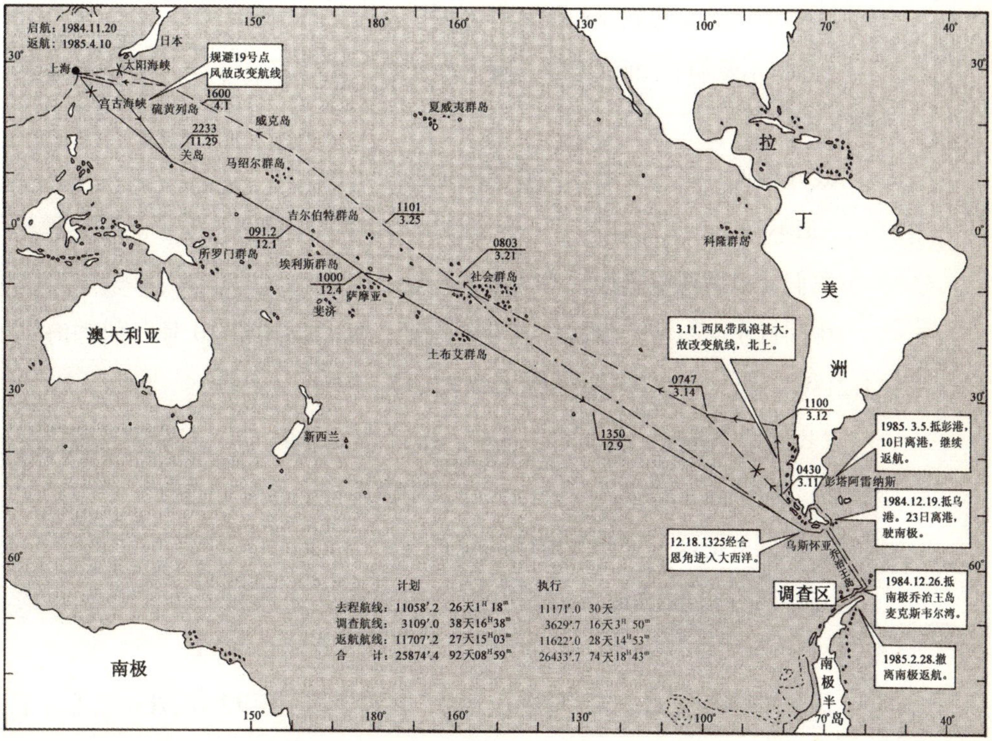

南极洲和南大洋考察航线示意图

南极考察编队总指挥陈德鸿，在沙发上接受了我的第一次采访。

我向他提出的问题是横渡太平洋的情况和即将开始的远征，这是一次很轻松的交谈。

陈德鸿是江苏射阳人，不久前在太平洋上过的55岁生日。他中等身材，长期的海上生活和军人的素质使他的体质很适应艰苦的环境。他喜欢穿一身蓝色的运动服，休息的时候喜欢对弈或者打打扑克。他的笑声是很富有感染力的，听见他的笑声，你会有一种安全感，那准是我们的船队航行顺利，各方面的工作都进行得有条不紊。我后来甚至从他的脸色，他的举止，多少也能揣测到我们船队的动向。

“你晕不晕船？”他关切地问我，“晕船，我这里有小米，可以给你熬粥喝……”

我回答他，我不晕船，但我想吃他的小米粥。

“那不行，只有晕船的人才有资格喝小米粥。”说罢，他爽朗地笑了。

我们的谈话就以这样轻松的方式开始了。

中国首次南极考察编队包括两船两队，即“向阳红 10 号”船和海军“J121 号”船，两队是南极洲考察队和南大洋考察队，共 591 人。

“我们这个编队，又叫 625 编队。1984 年 6 月 25 日，赵紫阳总理代表党中央、国务院正式批准了在南极建设中国南极长城站并进行科学考察的报告，所以就把这一天作为编队的代号。”

陈德鸿有很好的记忆力，他接着向我简要地回顾了太平洋航程的经过。

船队于 1984 年 11 月 20 日离开上海，在锚地用了两天时间补充给养，于 22 日按预定计划出发。

陈德鸿(右)在南极与北京通话（左为郭琨）

“我们从北纬 30 度到达南纬 55 度，又从东经 120 度到达西经 66 度，越过 13 个时区。途中经过琉球群岛，加罗林群岛，西萨摩亚、社会群岛和土布艾群岛，从北半球进入南半球。其

中国首次南极考察队队标

中在12月1日9时12分过赤道，12月4日过国际日期变更线，由东半球进入西半球。”陈德鸿说，“在这次航行中，经过了北半球东北信风带、南半球东南信风带、赤道无风带和南半球盛行西风带。刚出航不久，遇到两个台风易形成区，必须改变航线，避免台风可能袭击的危险。进入太平洋不久和赤道附近，两条船的主机都出现较大的机械故障，在高温下连夜抢修，保证了继续航行……”

我在离开祖国以前——我是11月28日由北京启程飞往美国的——已经从国家海洋局耳闻船队遇到了狂风恶浪的消息，船上有很多同志晕船，他们戏称为“交公粮”。有的人后来夸张地说：“当时难受得简直想跳海！”这虽然是夸大之辞，但也可想象风浪颠簸之剧烈。两船的主机出现机械故障，我也听说了。在我们从北京首都机场乘坐民航班机前往纽约的那天清晨，我们临时接到一项紧急任务，把一个体积庞大的木箱运往阿根廷火地岛，里面装的是“J121号”船急需的配件。海军部门星夜将它运往北京，一直送到首都机场，把它交给我们。天知道，这是多么累赘的家伙，简直像口大棺材。我们一路上带着它，从北京飞往旧金山，飞往纽约，然后改乘泛美航空公司的班机飞往阿根廷……在旧金山国际机场，美国海关人员为了这件奇怪的大木箱，对我们盘查不休，大概还以为我们是偷运秘密武器呢。

陈德鸿继续说：“这次全程航行共28天零4小时，航程15 021海里。

在这 28 天里，在五六级风浪中航行达 18 天，其中大浪大涌 14 天，巨浪巨涌 4 天……

“在这样长的时间和这样的气象条件下，全船同志日夜兼程，昼夜值班，人员是比较疲劳的。船队昼夜不间断地航行，从太平洋最西岸到南美洲最南端，这在我国航海史上还是第一次。它开辟了一条联络南美的新航线。”

他的话锋到此一转，接着抬高声音道：“我始终认为，比起南极建站和科学考察，胜利地到达乌斯怀亚，只不过是万里征途走完第一步。从现在起，必须首先保证安全抵达南极，由于这段航行将要通过疾风和浮冰的南极海域，要充分估计可能遇到的困难。其次，要把 449 吨建站物资安全无损地卸上岸。”他最后说：“只要把物资卸下去，建站的成功就有把握了，然后便是集中全力建站，开展科学考察。”

陈德鸿把他的全盘计划称作一项精密细致的系统工程。他打算像指挥一个重大战役那样，打好这一仗。

当天下午 1 点 15 分，船只停泊在圣比奥角。这里是比格尔水道的东口，辽阔的大西洋展示在我们面前。船只在这儿停了一个多小时，各种海洋调查的仪器都开始正常运转。气象部门正在紧张地收集气象资料，据他们掌握的气象情报，我们前面所要穿过的德雷克海峡——这是从美洲大陆前往南极的必经之路——在它的西部产生了一个低气压，那是风暴形成的征兆。为了抢在风暴到来之前，陈德鸿总指挥向船队发出命令：“立即起航!”

我走出会议室，准备回到自己的舱室。译电员小黄匆匆过来交给我一份电报：“你是光明日报记者吧，这是你的电报。”

我上船不久，很多人还不认识我。

电报是以光明日报总编辑杜导正的名义发来的，这是我第一次收到国内的指示：

《火地岛上的中国客人》在今天一版发表，很精彩。相信你会以典型题材连续发回中国考察队的英雄事迹。保重。辛苦了。新年好！

杜导正

1984 年 12 月 21 日

我默默地走到船舷，热泪禁不住夺眶而出……

这是一个好兆头，我的第一炮打响了。

南极地名是一部探险史

太阳高悬在北方的天空，我们的船头对准地球的南端不停地航行，航行……

我有很长时间没有转过向来。从小生活在北半球的人，恐怕都和我有同感：太阳怎么会跑到北边去了呢。我想起来了，南半球，是的，我们在南半球，连太阳也倒了个儿，老是悬挂在北方的天际。

南美洲荒凉的海岸、陡峭的绝壁和茂盛的灌丛，从眼际消失了，连同人类创造的文明世界也已离我们远去。只有我们这两条船，相依为命，形影不离，奋力地划开了处女地似的海水，闯进这个陌生的海峡。

虽说是夏天，确切地说是南半球的夏天，吹到脸颊的海风却是冷飕飕的，好硬的风，脸上顿时生疼生疼。我顺着两旁安了扶手的长长的过道，走到船舱中部，那里有一排公告栏，是船上的新闻中心。公告栏刚刚贴出一张通知：气温已经降到零摄氏度，要求大家关好舷窗和门，注意防寒防冻。在乌斯怀亚，太阳底下穿件西服还浑身燥热，现在所有的人都无一例外地穿上厚厚的羽绒衣，完全是一副南极的装束。

我自然也穿上刚领来的南极服。统一制作的南极服有两种颜色——蓝的和红的，给我的是蓝色，像大海一样的蓝色。不过，当我走向船舷，满目的海水并不是想象中的蔚蓝，倒像熔化开来的绿玉，在那里慢悠悠地晃动，卷起银边的巨涌时起时伏。也许是离开人类的文明世界，天空变得更蓝，海水也分外洁净，工业的污染似乎还没有来得及玷污它们。四周是异样的宁静，只有机舱传出单调的轰鸣声和波浪的哗哗声。偶尔有几只勇敢非凡的海鸥在船尾的浪花中追逐，它们的翅膀有黑白相间的美丽花纹，看见它们，我想起了高尔基笔下的海燕。

船队正在昼夜兼程地穿过德雷克海峡，这是横亘在南美大陆南端和南极洲之间的一道天险。宽 300 千米，长 900 ~ 950 千米，平均深度 3 400 米，最深处 5 248 米。自从沟通太平洋和大西洋的巴拿马运河修通以后，很少再有船只打这儿经过了。这不仅是因为这条航线绕远，很不经济，更主要的原因是风浪很大，航行很不安全。一个熟悉情况的船员告诉我，德雷克海峡是有名的风暴区，风浪之大与非洲南端的好望角不相上下，这是由于来自南极冰雪高原的极地气旋风暴，老是从这一带经过，涌浪经常高达三四米以上。过去船员听见它的名字就谈虎色变，谁也不愿轻易冒险闯入德雷克海峡。但是从南美到南极洲，必须穿过德雷克海峡，再没有别的捷径。

为什么叫德雷克海峡？我问过很多人，谁也说不清楚。

阿西莫夫的小册子帮我解开了疑窦。这位著名的美国科普作家在他的一套科学史小丛书中有一本题为《我们怎样发现了南极洲》，我在旅途中带上了这本书。

德雷克海峡的汹涌波涛

“……将近1577年底时，英国航海家弗朗西斯·德雷克起航驶向南美洲的太平洋海岸。当时，英国和西班牙实际处于战争状态，胆大的英国航海者时常在美洲掠夺西班牙人的财产而致富。西班牙对美洲的大西洋海岸戒备森严，但认为太平洋海岸安全无虞，因而并未加以防范。”阿西莫夫接着介绍了德雷克海峡名称的由来，“德雷克穿过麦哲伦海峡，于1578年9月6日抵达太平洋。在那里遇到暴风雨，把他吹向了南方。风推动着他长驱南下，终于使他发现了火地不过是一个岛。火地岛以南依然是茫茫大海。这一片海面现在就叫德雷克海峡。”

弗朗西斯·德雷克（1540—1596）在英王伊丽莎白时代曾为海盗，后来才被封为爵士。阿西莫夫在书中的附注里提到，德雷克是“英国海军将领、航海家，曾积极参加与西班牙争夺殖民地的战争”。他还强调指出：“德雷克根本没有停下来从事任何探险考察，他只一味地掠夺。在美洲太平洋沿岸一带尽情抢掠一番之后，他便越过太平洋满载而归了。”

离开南美，驶向我们这次漫长航程的目的地——南设得兰群岛的乔治王岛，经过的这道海峡便是以德雷克的名字命名的。我从心底发出一丝苦笑，它的名字竟是一个海盗，眼前这波澜壮阔的大海哟。

打开南极洲地图，那1 390万平方千米的冰雪高原，加上环抱着它的3 500万平方千米的南极海域，以人名命名的例子屡见不鲜。乔治五世地、彼得一世岛、爱德华七世半岛、查尔斯王子山、玛丽皇后地、朗希尔德公主海岸、毛德皇后地、玛塔公主海岸等，南极洲的山脉、岛屿、海岸、冰架、海峡，就是以这些国王、皇后、公主、王子以及探险家、船长甚至海盗的名字命名的。研究南极的地名肯定是饶有兴味的课题，南极的地名实际上就是一部南极探险史。

不过，你也可以从中发现一个不容忽视的现实，这里绝对找不到以中华民族命名的地名，哪怕是弹丸之地的小岛，或者一片荒凉的冰架。

想到这里，我的心情不禁有些黯然。

谁最早发现了南极洲呢？这个问题似乎并不像哥伦布“发现”了美洲大陆那样获得举世一致的公认，围绕最早发现南极洲的荣誉，笔墨官司至今没有结束，甚至永远不会结束。

看起来这是地理发现史上一个很普通的问题，但是透过探险史上的争论，不难看出，某些国家实际上不加掩饰地流露出对南极洲这块土地的领土要求。根据谁先发现谁先得的法则，不少国家早已把南极的一部分纳入本国的版图。因此，是谁最先发现了南极，或者最先发现了某个岛屿或者一块冰岸，都不是一件小事。它可能涉及南极的领土、资源之争，因此，这是一个需要小心翼翼地加以回避的敏感问题。

我在前往南极的旅途中，曾在美国纽约短暂逗留。说来也是很巧，就在我到达纽约的次日，联合国第 39 届会议就秘书长关于南极洲问题的一份长达 86 页的报告，进行了一般性辩论。联合国秘书长的报告是根据大会 1983 年 12 月 15 日 38/77 号决议，请他“编写一份关于南极洲所有各方面的全面、翔实和客观的研究报告，编写时应充分考虑到《南极条约》和其他有关因素”。在我驻联合国外交官武秉伦同志协助下，我到纽约联合国总部索取了这份报告的中文本。

“19 世纪，探险家发现了南极洲，”联合国秘书长的报告小心翼翼地避开了令人敏感的发现权的争论，用了一句笼而统之的提法，“他们到达南极洲各地，并加以绘图，因此，南极洲科学勘探时代到了，美国、不列颠、俄国、挪威、法国等国的船员也开始对南极洲的海洋资源，主要是海豹和鲸鱼，从事商业性开采。”

秘书长的报告没有回避这样的事实，他强调指出：“19 世纪后叶，活动增加，逐渐涉及边远地区，因此，各国开始认真考虑在南极洲的本国利益。由于本国的利益，许多国家竞相在南极洲划分地盘。20 世纪初以来，7 个国家，澳大利亚、阿根廷、智利、法国、新西兰、挪威、大不列颠及北爱尔兰联合王国，分别在其本国立法和国际声明中，对一部分的南极洲作出了正式的、单边的领土主权要求。”

撇开这些，我们客观地回顾一下 100 多年来的南极探险史。下面提到的许多勇敢的探险家的名字是当之无愧地载入史册的，他们的功绩以及对南极事业的贡献，得到了举世的公认。

我们的考察船即将抵达的南设得兰群岛，是 1819 年 10 月英国海军军官威廉·史密斯发现的，这个英国人用苏格兰以北的设得兰群岛的名字给这个新发现的群岛命名。此后，英国海军中校爱德华·布兰斯菲尔德绘制了南设得兰群岛的海图，并且在 1920 年 1 月南行到了南纬 64 度 30 分的地方，隐约地看到了南方的陆地。现在横亘在南设得兰群岛与南极半岛之间的一道海峡，便是以他的名字命名的。在随后南极考察的日子里，我将不断地提到这些人的名字，因为海岛、海峡是他们命名的。

自从阿蒙森、斯科特征服南极点之后，南极探险史上的英雄时代也随之结束了。对于南极事业来说，它已进入到一个新的时代，这就是从 20 世纪 40 年代到今天的常年考察站考察时代。

这里特别要提到 1957 年至 1958 年的国际地球物理年对南极科学考察事业的推动。这是南极考察史上规模最大的一次国际合作，有 121 个国家的科学家参加，有 12 个国家在南极设立了 67 个观测站。如美国在南极点设立的阿蒙森 - 斯科特站，苏联在东南极内陆冰穹（南纬 78 度 28 分，东经 106 度 48 分）设立了东方站，法国在南磁极（南纬 66 度 33 分，东经 140 度）设立了迪蒙 · 迪维尔站。一个以南极大陆为中心、遍及南极沿海岛屿的观测网终于形成，在超高层大气物理、极光、气象、地磁、地貌、地震、地质、生物、海洋等学科领域取得了重大成果。

单枪匹马的探险活动已经被有计划、有组织的定位科学考察所代替，人类对南极的探索已经建立在更加科学的基础之上。从这以后，已有 18 个国家在南极建立了 40 多个常年科学考察基地，还有 100 多个夏季站。为了确保南极只用于和平目的，成为国际科学研究的场所，1959 年 12 月 1 日 12 个国家在华盛顿签订了《南极条约》，他们是阿根廷、澳大利亚、比利时、智利、法国、日本、新西兰、挪威、南非、苏联、英国、美国。这 12 国是《南极条约》的原始缔约国。此后又有 20 个国家加入这项条约。我国是 1983 年正式加入《南极条约》的，成为它的成员国之一。

从库克船长寻找未知的南方大陆到现在，两个世纪已经过去。从勇敢的阿蒙森、斯科特登上南极极点至今，也快 80 年了。今天，我们中华民族第一次派出了自己的探险队，远涉重洋，向地球的最南端挺进，几代中国人的南极梦终于梦想成真。

我怎能不为此激动万分，并且感到自豪？我站在船舷，倚着栏杆，眺望着德雷克海峡翻涌的海浪，我的心潮也犹如这一刻不能安宁的大海……

前面发现了冰山

“喂，前面发现了冰山!”

一阵欣喜若狂的喊声从甲板上传来，夹杂着凌乱的脚步声。所有的人不约而同地奔向左舷，倚着栏杆朝海上眺望。

这是12月25日傍晚。说是傍晚，南半球的夏天正在延长白昼的时间，黑夜已经大大缩短了它的统治期限。不过，船上每天的作息时间并没有改变，照例是下午5点半用晚餐，所以吃完晚饭天还亮着呢。

在餐厅里用晚餐的时候，船上就热闹过一阵，欢呼声从船头传到船尾，使得这顿饭都无法安静地吃下去了。这也难怪，还在开饭之前半个小时光景，驾驶台传出振奋人心的消息，雷达发现了乔治王岛，我们这次漫长航程的目的地快要到了。

想到很快就要亲眼见到南极的土地，两百年来多少探险家梦寐以求的冰雪世界即将出现在我们面前，连最沉着的人也难以抑制内心的激动。

好消息接踵而来，兴奋的神经根本无法平静。当我们在餐厅里享用着新鲜的阿根廷的青菜时（船只曾在乌斯怀亚补充了大量阿根廷蔬菜），值更的船员喜不自禁地跑来告诉大家:“乔治王岛，快来看……”

右舷35度的海平线上，隐隐约约地显露出几座突兀的岛屿，几乎完全被茫茫冰雪包围起来，五六座耸立的雪峰，笼罩着似烟非烟、似雾非雾的阴云，似童话中的仙山，又像是梦里的幻境。也许是距离太远，从望远镜中望去，也无法辨别它们的形状。

这难道就是我们向往已久的乔治王岛，南设得兰群岛中面积最大的

远眺乔治王岛

岛？我有些将信将疑。

似乎没有怀疑的余地，船员们肯定地告诉我们，用不了几个小时的航行，船只就要放慢速度，因为很快就要接近乔治王岛了。

没过多久，左舷前方的海面上，出现了一座巨大的冰山，这是我们第一次见到南极的冰山。它的顶部平展展的，四面陡立，像刀劈似的整齐，颜色是蓝幽幽的。因为距离甚远，看起来不大，但是驾驶台的船员用仪器测了测，居然长 1 000 米，宽 300 米，露出水面部分约 50 米。按常规，冰山的水下部分一般是水上的 7 倍，这座冰山没入水下的部分竟达 400 米。它一动不动地停在那儿，猛然一看，就像是个玉石雕琢的小岛。

也许是离乔治王岛越来越近，不久又发现了海洋中的庞然大物——鲸。它们在寒冷的暗灰色的海水中畅游，远远可以看见喷泉似的一股股水柱从海水中喷涌而出，时而还可见到鲸的背鳍露出海面，像个黑色的小岛，时出时没。但是，真正看到鲸的全貌，我们一次也没有遇到这样的机会，只能说是窥豹一斑吧。

我们在甲板上呆了很久，南极的冰山和稀罕的鲸，像是提早跑来向我们报喜，告诉我们南极快要到了。我相信，两个世纪以来，历史上的那些

乔治王岛附近的冰山

赫赫有名的探险家，第一次闯入南极的海洋时，说不定也和我们现在一样新奇万分，心情难以平静。

暮色已经升起，船只开始进入夜航。远方的天际还有一条久久不肯消逝的光带，那是落日的余晖。尽管海风凌厉，衣不胜寒，但我们依然站在甲板上不肯回去，直到远方的乔治王岛渐渐融化在愈来愈浓的夜色里……

这是一个心绪不宁的夜晚，兴奋使很多人难以入眠。明晃晃的舱室里弥漫着刺鼻的烟味，大家谈论得最多的话题是南极，南极。

我想起一个月前的一个晚上，那是在北京甘家口的海洋局宿舍，我按照约定的时间来到郭琨同志的家里。

郭琨这个名字，不久以前还鲜为人知，他担任国家南极考察委员会办公室主任也有些年头了，但是他的名字连同这个委员会，知道的人恐怕也并不多。然而历史是可以改变一个人的命运的，当中国首次南极考察的历史性远征成为举世瞩目的新闻时，郭琨也在一夜之间成为新闻记者们关注的对象。他成了风云一时的新闻人物，这自然是因为他在这次南极考察中担任了一个十分引人注目的角色，他是中国首次南极洲考察队队长，也是在乔治王岛即将建起的中国长城站第一任站长。实际上，我国首次南极考察的大量组织工作和计划制订，郭琨都起了不可忽视的作用。

郭琨队长在南极观察苔藓

他时年48岁，出生在河北涞水的农村。这个位于太行山麓的北方农村是当时八路军和日本侵略者展开拉锯式战斗的地方。日寇的疯狂扫荡，八路军神出鬼没地奇袭，构成了他童年时代充满战斗色彩的旋律。但是那毕竟是一个血雨腥风斗争残酷的时代，9岁的郭琨早早离开家乡，投奔了在南口机务段当司炉的哥哥。郭琨到了南口很快进了铁路员工子弟学校，那时哥哥没有成家，兄弟俩住在一起，日子过得挺艰难。新中国成立后，他进了培养军队技术干部的哈尔滨军事工程学院。郭琨无论如何也不曾想过，他的一生将和南极的冰雪世界会有这样深的缘分；他甚至也不曾想过，他和南极会有什么关系。

在郭琨的家里—— 一套两居室的房间——我们围着一张小书桌，海阔天空地聊着。很自然，我也向他提出自己的疑问。

“这是组织上的决定。”郭琨一笑道。

郭琨在铁路中学毕业后，进了哈尔滨军事工程学院，学的是气象专业，这是“组织上的决定”。毕业分配，以后进了国家海洋局，同样也是“组织上的决定”。当我国南极考察的序幕刚刚拉开，国务院于1981年5月批准成立国家南极考察委员会时，他被调到委员会主持日常工作的办公室担任主任，那时他的手下还没有几个“兵”，也仍然是“组织上的决定”。但是，难能可贵的是，郭琨从这一刻起，毫不犹豫地把他的生活、理想，甚至全部生命献给了风雪咆哮的千里冰原和那漂浮着巍巍冰山的寒冷海洋。用他自己的话来说，他是抱定了“把一腔热血洒在南极”的宗旨。

“1983 年 5 月，五届人大常委会第 27 次会议正式通过了我国加入南极条约的决定，我驻美国大使章文晋把这一决定通知了美国，并递交了加入书，因为美国是《南极条约》的保存国。”郭琨有些近视，戴一副琇琅架的眼镜，“于是这年 9 月，我国政府派出第一个代表团出席南极条约第 12 次会议，会议在澳大利亚堪培拉召开，东道国澳大利亚包了一家旅馆……”

他说，我国代表团共 3 人，团长是外交部条法司副司长司马骏，一位老外交官，成员只有郭琨，还有一名翻译。这次会议的议题很多，共有 30 多项，包括南极气象手册、南极科学保护区及南极环境保护等等。

“但是，南极条约的参加国有协商国和缔约国之分，”郭琨猛吸了一口烟，说，“凡是在南极建有科学站的国家，并且独立地开展了科学考察，才有权取得协商国的资格。现在，南极条约共有 16 个协商国。至于同意加入南极条约，但是在南极没有建立科学站，这样的国家仅仅是它的缔约国。我国就是南极条约的缔约国，而不是协商国。”

郭琨他们出席了在堪培拉举行的南极条约第 12 次会议，这才发现，协商国和缔约国的地位是极为悬殊的。

首先，在会场座次的安排上是大有讲究的。这次会议的会场中心是一排长桌，前方是主席台，长桌的两侧又布置了一排桌子。按照规定，协商国的代表团在中心位置的长桌前就座，至于缔约国，那就只能在两侧的桌子靠边就座了。

这还算不了什么。郭琨很快发现，发给各国代表的文件资料也是有区别的。秘书处给每个代表团都配备了文件柜，有好几次，郭琨看见别国文件柜里一摞摞的文件、地图册，而我国的文件柜空空如也。跑到秘书处询问，答复是：这些文件只发协商国，不发缔约国。

碰了一个软钉子，郭琨的心里就像窝着一团火，但他毕竟忍住了没有发作。

“最令人不能忍受的是，”郭琨抬高声音道，“这次会议从 9 月 12 日开到 27 日，因为要讨论 30 多项议题。可是每当进入实质性阶段，比如要通过决议，进行秘密协商，讨论有关南极事务的重大议题，这时会议执行主席就宣布：‘现在要进行表决了，请缔约国的代表先生们离开会场，到休息室去喝咖啡……’于是，我们就和其他十几个缔约国的代表灰溜溜地退出会议，人家把门一关，进行秘密谈判了。”

这种难堪的待遇，深深刺痛了郭琨和我国代表团每个成员的民族自尊心。我至今还清晰地记得，郭琨向我回忆这些往事时，总是难以抑制内心的激动，他那瘦削的脸颊肌肉抽搐，眼眶也湿润了。

“我再也无法忍受了。”郭琨喊起来，“我对司马骏团长说，‘以后不在南极建站，决不来参加这样的会议！’会议期间，各国代表团纷纷举行招待会，我一概都不参加。”

郭琨接着说，在联合国 5 个常任理事国中，唯有我国不是南极条约的协商国。在南极事务中，我们没有发言权和决策权。“这和我们 10 亿人口的国家的地位太不相称了。”他颇为动感情地说，“印度是 1983 年在南极建站的，一开始他们只是在那里放了一个无人气象站。巴西是今年 2 月建的站。印度、巴西，还有波兰、民主德国现在都成了南极条约的协商国……”

郭琨没有再说下去，但我似乎什么都明白了。难道不是这样吗？郭琨，还有我们每个考察队员，每个船员和水手，每个海军的指挥员和普通的水兵，他们不都是怀着为国争光的信念，离别亲人，远离祖国，奔赴这南极的旷古荒原吗？他们只有一个理想、一个目标——把祖国神圣的国旗插上南极的冰原，让它迎着呼啸的风雪高高飘扬。为了这一切，他们不惜把青春的热血洒在茫茫冰原之上。

这天晚上，我没有去打扰郭琨队长，但我相信，在这个令人激动的夜晚，他会浮想联翩、难以安眠的。

你好，乔治王岛

一觉醒来，天已大亮。从舱室圆形的舷窗望去，乔治王岛已经近在咫尺了。

早餐是囫囵吞枣地填进去的，这个时候谁还有心思吃饭。甲板上飘着蒙蒙冷雨，我便兴冲冲地登上船首的驾驶台，那里视野开阔，可以纵览乔治王岛的姿容。

我们的“向阳红10号”船在海湾里抛下了铁锚，这是一个名叫阿德雷的小海湾，连着乔治王岛南部的麦克斯韦尔湾（又称民防湾）。乔治王岛南部有3个大的海湾，自东向西依次是乔治湾、拉塞雷湾和麦克斯韦尔湾。

乔治王岛的陡崖是显著的地理标记

乔治王岛玄武岩的地质构造

船离岸很近，船首正对着一座耸立在海边的黑色山崖，它像一堵城墙，顶部平坦，裸露着黑色的岩层，有的地方已经崩塌，在靠近岸边的地方堆满破碎的岩块。如果以这堵异常醒目的陡崖为分界线，它的东西两岸的景象有着明显的差别。

我的视线首先从陡崖向西移动，这是很自然的，船只离这边更近些。这是一片狭长的呈半环状的海岸，不用望远镜也可以清晰地看见岸上的景物。宽敞的滩头，地势平坦，背枕着绵延起伏的山丘，面对着避风条件很好的阿德雷海湾，这是陡崖西边最先扑入眼帘的景观。

这一带的山坡披有积雪，但是看不见巨厚的冰盖。在宽阔平坦的洼地里，出现了红色和蓝色的房屋，有几十栋之多。房屋附近停放着履带越野车和桶状的油库，以及高大的天线塔。我拿起望远镜端详，还看见山坡上有一条蜿蜒而上的简易公路，在一座很陡的山岭上，屹立着一栋白色穹顶建筑。

我惊讶地放下望远镜。我没有想到，这竟是我眼前的南极！在这个荒凉的岛上还有这么多的建筑物。

“这是……什么地方？”我的话说得语无伦次，我应该问，这是哪个国家的科学站。

郭琨队长不知什么时候也来到驾驶台，听见我的询问，他指着岛上的建筑告诉我，眼前漆成橘红色的房屋是智利的费雷站，与它毗邻的那一片蓝色的房屋是苏联的别林斯高晋站。那山顶上的白色建筑是高空气象雷达和充气站，属于苏联站。

郭琨在 1982 年初曾经访问过乔治王岛，在智利的马尔什基地呆了半个来月，“沿着那条蜿蜒的公路，可以直达智利马尔什基地，在那边的山顶上辟有智利空军辖下的机场。”他对这里的情况了若指掌。

据他说，除了智利站和苏联站，乔治王岛上还有波兰的阿克托夫斯基站，阿根廷的尤巴尼站和巴列维站，巴西的费拉兹站，民主德国的夏季站……

“喏，你瞧，那就是阿根廷的巴列维站。”他指着离我们船只不远的海岸说。

那是一个和乔治王岛若即若离的陆连岛。后来我才知道，在潮水上涨的时候，小岛便和乔治王岛分开了；而当退潮时，一条浅浅的海滩便将它

阿德雷岛（亦称企鹅岛）

阿德雷岛上的阿根廷巴列维夏季考察站，右为民主德国夏季考察站

和乔治王岛连在一块。此刻，潮水已退，它像是乔治王岛的一部分，很难将它们区分开来。

这就是有名的企鹅岛。在岩石裸露的山坡和积雪消融的海滩，栖息着数也数不清的企鹅。从望远镜中望去，一群群企鹅有的伫立在浪花飞溅的海边礁石上，有的群集在披着雪被的山坡上，还有一些喜欢登高远眺的勇士，跑到山坡的最高处，当然那些山坡的海拔不算太高。在企鹅栖息的小岛上，有一片缓缓的山坡，上面点缀着悦目的鹅黄色，在荒凉的背景映衬下显得分外醒目，这就是南极为数不多的植物之一，一种生命力异常顽强的地衣。就在这片长有地衣的山坡下，有两栋造型别致的房屋，这是阿根廷的巴列维站。

从陡崖向东，仍是一片巉岩突兀的海岸，浪涛之中有几座形状怪异的孤岛，有一个很像海龟。再往东，可以看见大片大片的冰川，这是一片白色的荒原，乍看像一片凝固的熟石灰，堆在那里，露出一条条裂纹。只有不多几处，从冰川之中钻出一座座笋尖似的山峰，像是冰海中突出的一个孤岛。据最新得到的消息，距这里不远的海滩，地形条件最好的一块地方，南美的乌拉圭已经派出一支考察队登陆建站。他们捷足先登，仅仅比我们早到了一个星期。

一个星期！乌拉圭离南极不远，动手快，抢在我们的前面了。这意外的消息以及乔治王岛众多的科学站，使我们更加意识到在南极建站的紧迫感。南极洲的面积虽然辽阔，有1 390万平方千米，相当于地球土地面积的1/10，但是适合建站的地方也并不多。

没有任何理由再耽搁时间了，南极洲考察队和南大洋考察队都分头召开了紧急会议。我来到船舱上部郭琨队长的房间，这里正在召开各班班长会议，议题是讨论登陆的各项准备。

房间很小，只有一张长条沙发，他们有的挤在队长的床上，有的干脆席地而坐，房间里弥漫着浓重的烟味。这支拥有54名队员的考察队担负着建设长城站的艰巨任务，还要对乔治王岛进行综合性考察。他们从北京集训开始便实行半军事化的建制，按照专业分工和各自的任务，全队分为9个班，即后勤保证班、装备运输班、房屋班、动力班、通信班、气象班、测绘班、科学考察班和新闻报道班。此刻，摆在他们面前的头等任务，是不失时机地选好站址，只有确定了在何处建站，他们才能开始登陆。

郭琨在会议进入正题之前向大家通报了最新的消息。他说，今天（1984年12月26日）当地时间凌晨2点32分，船只进入乔治王岛麦克斯韦尔湾。为了确保安全，船只减速向海湾驶入，于5点零6分抛锚。这里与北京的时差相差12个小时。在祖国，现在已经是12月27日了。

他接着说，目前这里白天的时间长达20～22小时，只是24点以后有短暂的昏暗时刻，日出时刻是凌晨2点左右，日没时间将近22点，这样漫长的白昼对我建站是极为有利的。不过，他又说，南极的夏天非常短暂，到2月底3月初，白昼时间就将大大缩短，可以利用的时间并不充裕。

郭琨接着介绍了乔治王岛的地理情况。

南设得兰群岛（South Shetland Islands）是南极洲附近的火山群岛，位置在南纬 61 度 00 分至 63 度 22 分、西经 53 度 50 分至 62 度 50 分之间，呈东北—西南走向，由 11 个大岛和许多小岛组成，陆地总面积约4 600平方千米。各岛均多山，最高的史密斯岛海拔 2 013 米，大部分为冰雪所覆盖。1819 年英国人史密斯首先到达这里，认为这里和英国北面的设得兰群岛有些相似，所以便命名为南设得兰群岛。

“我们面前的乔治王岛是南设得兰群岛中最大的一个岛，也是最东边的一个岛，长 92.6 千米，南北宽度不一，最宽处约 40 千米。它的中部和东北部终年为冰雪覆盖，距离南美洲最南端的合恩角 960 千米，南面隔着布兰斯菲尔德海峡与南极半岛遥遥相望，相距 129.5 千米。”郭琨说到这里，特别提醒大家注意一个现实，在这个面积仅有 1 160 平方千米的乔治王岛，已有 7 个国家建起 8 个科学站，分别是苏联别林斯高晋站、智利马尔什基地、波兰阿克托夫斯基站、阿根廷尤巴尼站和巴列维站、巴西费拉兹站、民主德国在阿德雷岛的夏季站，以及乌拉圭正在建设中的一个夏季站——阿蒂加斯站。

当他们商讨登陆的部署时，我悄悄地离开了郭琨队长的房间。今天天气不佳，原来是打算当天一鼓作气登上乔治王岛，但是天公不作美，风速越来越大，开敞的麦克斯韦尔湾迎来呼啸的南风。这风来自寒冷的南极冰原，掀起澎湃的浪涛，船只摇晃得十分厉害。到了下午，风力高达 9 级，乔治王岛大雾弥漫，能见度极差，小艇根本无法航行，登陆的计划只好作罢。

下午 3 时 45 分，电信部门经过一番努力，终于和岛上的智利站取得了联系。驾驶台立即通知随船翻译乔瑞，马上到郭琨队长的房间。

郭琨手拿报话机，激动地向对方说：“我们是中国南极考察队。我谨向智利站站长和全体科学家表示衷心的问候！”

站在一旁的翻译小乔，迅速把他的话译成西班牙语。

“谢谢，中国考察队到达南极，我们热烈欢迎。”

郭琨说：“如果天气好转，我们可能乘直升机或者小艇上岸，访问你们站。”

“我们将打开大门，欢迎中国朋友的光临。”对方回答道，“如果你们乘直升机，请注意对准我们机场的跑道。”他们特地关照了一句。在乔治王岛，只有智利的马尔什基地有机场，这是和外界联系的唯一的空中走廊。

双方在报话机里互相询问了一些情况，最后郭琨向对方郑重发出邀请：“欢迎智利朋友到我们的船上来做客，”他笑着说，“我们将用茅台干杯!”

对方也笑了起来，并且学着用中国话说：“茅台，干杯!”接着又补充道：“我们也要用葡萄美酒欢迎你们!”

郭琨和智利站通话结束时，又请他们转告苏联站、波兰站，请他们转达中国南极考察队的问候，因为这时还没有找到苏联站和波兰站的电台频道，智利朋友很爽快地答应了，并说：“我们和苏联站之间可以通电话，我们马上告诉他们……”

我默默地站在一旁，听着这番非同寻常的对话，心中交织着喜悦、激动、自豪的复杂感情。我多么想大声地对着那台步话机说：“我的中国，10亿人的中国，今天终于挺进到地球最遥远的南极，我们期待的这一天，终于来到了……”

当然，我什么也没有说，悄悄地走到走廊上。公告栏上贴出了新的通知，从现在起全船控制供水。所有舱室里的水龙头不再供应淡水，每天清晨开水房集中供水15分钟。

南极的艰苦生活，从现在开始考验着每一个人。

初访南极洲

长城站究竟选在哪里？这个问题已经迫在眉睫了，但是面对冰雪茫茫的乔治王岛，考察队的指挥员们却不敢轻易拍板。适合建站、被我们看中的地方不是没有，但早有别的国家捷足先登，而剩下的地方各有利弊，不尽如人意。

直升机在飞行甲板上吼叫着，然后像一只灵巧的蜻蜓掠过麦克斯韦尔湾的海波，飞向乔治王岛的上空。当天气稍有好转、海湾的风浪不太大的时候，载着考察队员的小艇也开进附近的海岸。虽然快到新年了，但是谁也没有心思想到过年。尽快地选好站址，在南极站住脚跟，这是所有人的共同心愿。

“这个决心是比较难下的，”陈德鸿总指挥坦率地对我说，这是他乘直升机返航回来的当天晚上，我在向他询问选站的进展情况时说这番话的，“就像总攻开始以前，兵力布置，火力点的布设，这时候需要稳妥慎重、权衡利弊、反复研究。如果选好了，子孙后代会说我们办了一件好事；反之，选坏了，要被后人骂一辈子……”

“确定站址有些什么具体要求呢？”

“首先要有利于对南极进行科学考察，综合性的考察，因为我们是科学站。”陈德鸿答道，“还必须有淡水，地质情况要符合建站要求。另外，交通要尽量方便，大船的锚泊点应离岸近，有利于小艇运载卸货，因为我们有近 500 吨物资要运上岸，这个任务是不轻的。”

要完全达到这些要求，在我看来，是很不容易的。

一连几天，考察队的领导和专家们巡察了乔治王岛 1 000 多平方千米的土地，遍访了岛上各国科学站，察看了 9 个适宜建站的地点，逐一比较，最后出现了两个方案：一个方案是乌拉圭站附近，另一个方案是菲尔德斯半岛西南端。现在需要从中选出一个最佳方案。

12 月 28 日傍晚，吃过晚饭，小艇载着几十名考察队员向乔治王岛驶去。在最后决策的关键时刻，科学工作者决定实地踏勘这两个地点，比较一下它们的优劣。因为在近几天的调查中，由于交通工具的限制，有的人只到过其中的一处，还有些人没有机会上岸。

迟迟不落的极地太阳，仍然高高地悬在海湾的上空，小艇划破宁静的海水，首先向乌拉圭站立足的海岸驶去。这里距离“向阳红 10 号”锚泊地很近，海滩前方突起的几块礁石——有一块礁石酷似海龟，像一道天然的屏风挡住狂风和浪涛。绕过礁石，便是布满沙砾的海滩，滩头伫立着一

勘察长城站地形

群企鹅，还有一动不动躺着睡懒觉的海豹。不远的海滩深处，地势稍稍隆起，新盖了三两间简陋的房子，上面插着一杆乌拉圭的国旗，那即是乌拉圭一个星期以前建起的考察站临时营地。

小艇奋力地朝沙滩开过去，我们都想去看看这块地方，因为据来过的同志介绍，在乌拉圭站西边，还有一块宽80米、纵深300米的地方，是第一方案拟定的地点。至于那几间房子以东，一直延伸到巨大的冰川脚下，地形虽开阔，范围也很大，但是乌拉圭人已经纳入他们站的范围，已然没有考虑的余地了。

可是，我们到了它的近旁却没能上岸看一看，别误会，并没有谁出来干涉我们，在南极这样的事是不会发生的。原因是退潮了，离岸还有一段距离，水已经很浅，海底的砾石一块块清晰可见。小艇一次又一次努力，开足马力，试图从较深的地方闯上去，砾石摩擦着艇底，发出嘎嘎的巨响，真担心会磨穿船底。

“不行了，没法上去。”副船长沈阿琨无可奈何地对大家说，他担心弄不好会搁浅在这里，那就更糟了。

在乌拉圭站登岸的打算只得放弃，小艇掉转船头，朝着阿德雷湾西部一片栖息着许多企鹅的海岸开去。这一带的海岸和企鹅岛一水相隔，退潮的时候便连在一起了。

来回折腾的工夫，红日已经落山，晚霞映红了山峦后面的天空。眼前的景象使人很容易联想起地球洪荒时代的自然景观。突兀的山岭高低起伏，但海拔都不高，全是风化得很破碎的玄武岩，这是发生在地质史上称作第三纪的火山喷发的产物，岩石是黑色的。由于冬天的寒冷，岩石因冰冻风化碎裂成形状不规则的石块和石屑，到处可见的尖利的石块犹如锋刃使人难以投足。在背阴的山坡和洼地里，冬天的积雪还残留着，雪地很潮湿，大概是随着气温回升已陆续融化，踩上去便留下深深的足印。在积雪融化的山麓，地势低洼之处，像是积水潮湿的沮洳，上面长满密密丛丛的草绿的苔藓，很像一层松软的海绵垫。

当我们踏上砾石遍地的海滩，海边和山坡上覆盖积雪的地方聚集着一群企鹅，每一群数目不等，有几十只一群的，也有几只一群。它们不像帝企鹅那样高大，只有33厘米左右，黑色羽毛的背，白色的胸脯，头部下方长有一道黑色的带状羽毛，像是挂着一根帽带。向同来的生物学家打听，原来它们就叫帽带企鹅，可见这个特征是很突出的。它们好像一群身穿燕尾服的绅士，伫立海边，眺望着海湾中终夜不落的晚霞。但是由于我们的惊扰，绅士们有点不高兴。它们高傲地挺胸凸肚，怒气冲冲地迈着方步离开我们，朝浪涛涌来的海中走去，接着一个个跳进海里去了。我们只好抱歉地望着它们，对企鹅的不悦表示遗憾。

在岩层裸露、碎石满地的山坡低洼之处，我们发现了一条奔流的小溪，从积雪覆盖的山涧流下来，然后快活地流进海湾。小溪的源头在哪里呢？我们几个人好奇地溯流而上，一会儿跋涉在松软陷足的雪坡，一会儿不得不踩着溪流中的乱石小心翼翼地跑到对岸，小溪在山涧里蜿蜒，像和我们捉迷藏似的。当我们费力地爬上一座很陡的山冈，风化的岩屑在脚下哗哗地滚落，连站都站不稳时，小溪突然不见了。在我们的脚下，出现了一个四面山坡堆满皑皑白雪的洼地，封闭的洼地里静静地躺着一个梦一般的小湖。

这儿安静极了，连风儿也吹不过来，小湖睡意蒙眬地躺着，在它的身上还盖着一层淡蓝色的薄冰，似乎还没有从冬天的严寒中苏醒。而在湖畔的山坡上，有的地方积雪已经融化，半露出大地黑色的肌肤。落日的余晖从山背后斜映过来，在小湖的冰面投下玫瑰色的光泽，给它笼罩着神秘的色彩。

考察长城站附近的淡水湖

离开这梦之湖，我坐在山巅之上向四野眺望。在这个时刻，我有一种神思恍惚的感觉。我不由得张开思维的翅膀，想象着远古时代，当地球上的岩浆熄灭之后，在赤裸裸无比荒芜的大地上，生命是怎样诞生的。在那似乎难得有一点水分、乱石成堆的干旱的山巅，你仍旧能够看见成片的黄褐色的地衣，这生命力极其顽强的生物，在严寒的极地荒原扎下了根，吮吸着空气中的水分，分解着岩石中的养分，给荒原带来了一片生机。

除了地衣和苔藓，再也看不见高等植物的踪迹了，没有树木，没有野草，更谈不上鲜艳悦目的花卉。不过，比起植物界，动物在这个寒冷的世界是相当多的，甚至使人感到有些惊讶。

除企鹅和海豹之外，禽鸟也特别多。狡猾而凶猛的贼鸥，久闻其名，这是头一回见到它的尊容。贼鸥的羽毛呈棕褐色，大小和鸭子差不多，它不仅是企鹅的天敌，而且对敢于惊扰它的人类也毫不示弱。就这一点来说，我倒是很钦佩它的胆量。

贼鸥偷蛋

我有过这样的体验。当我在山坡上行进时，发现山巅上栖息着一只贼鸥——贼鸥通常喜欢在居高临下的山巅筑巢。我原想蹑手蹑脚地靠近它，偷偷地拍下它的尊容，不料刚一走动，就被发现，它立即气势汹汹地发出抗议。我不肯罢休，继续向它靠拢，贼鸥见威胁不成，立即腾空而起，向敢于侵犯它的神圣领地的来犯者发起了猛攻。

我以前倒也耳闻贼鸥的性情凶猛，但是并没有亲自领教过。这时只见贼鸥拍打翅膀飞临我的头顶，接着是迅雷不及掩耳的快速俯冲，像一架轰炸机朝我猛扑过来。我被这突如其来的袭击吓住了，赶快把脖子一缩，身子就势蹲下去，同时举起帽子朝它挥动，企图将它赶开。但是贼鸥并不甘休，在下一个俯冲时，它投下了一枚“炸弹”——屁股底下洒下尿粪，借以驱赶我……

最后败北的不是贼鸥，而是我。看来如果我不赶快逃走，贼鸥说不定还会想出什么别的花招。当然，如果你不侵犯贼鸥，它倒不会主动向人进攻。这一点，我要为贼鸥说句公道话。

除了贼鸥，还有好些别的禽鸟，最引人注目的是一种遍体洁白、像是白色小精灵的鸟儿。它颇像燕子，在暮色渐渐升起的海边，成群地在半空中聒噪不休，声音高亢而洪亮，此呼彼应，热闹非凡。而且这白色的小精灵似乎连贼鸥也畏惧它几分，它们向贼鸥挑逗，贼鸥也不敢和它们应战。

我后来才打听到，它们是南极燕鸥。

这里表面上是宁静、和平的，然而细细观察的话，生物之间你死我活的生存竞争也是毫不含糊的。在海滩上，我就拾到一只企鹅的爪子，还有人拾到好多企鹅的翅膀。一只被掏空内脏的巨海燕的腿上，还拴着一枚铝环，上面有如下字样："AVISECEMAVE C. P. 34 BRASILIA VO1427"——看来它是巴西考察站的生物学家登记在册的。在一条小溪的乱石堆上，我还见到一头被掏去内脏只剩下皮囊的死海豹。

暮色已经升起来了，但是我们并不担心天黑迷路，南极的白夜会给我们点起天灯，那落日的余晖仍然照亮冰原的天空。我们继续踏着到处是风化岩屑的山梁，忽而走入白雪覆盖的谷地，忽而攀爬陡峭的山坡。远处，一座陡峻的悬崖之巅，飘扬着智利红蓝间白的国旗，悬崖迤西，就是智利站的营地了。

好不容易登上悬崖之巅，发现直上直下的陡崖逼近海岸。这里居高临下，一片开阔的海滩三面环山，暮色中可以清晰地看见海滩上的智利马尔什基地和苏联的别林斯高晋站。这两国的科学站以一条纵贯海滩的溪流为界，大概是多年苦心经营的结果，海滩很平坦，岩边还有个伸进海湾的小码头。从山巅俯瞰，可以看见一排排整齐的火柴盒似的装配式或集装箱式房屋，像积木一样摆在海滩上。房屋漆成红色、蓝色或绿色。在智利站这边，挨着陡壁脚下是个堆满木材的堆料场，旁边有几台履带式拖拉机，码头旁停泊着一艘小艇。海滩上残留的孤丘和对面的山峦，架有天线塔和几栋白色穹顶的建筑，隐约间，可以看见一条公路，在山岭之间蜿蜒如带，一直通向不远的山顶，那里就是智利的飞机场。在乔治王岛，只有智利的马尔什基地辟有机场，属智利空军管辖。从智利最南端的彭塔阿雷纳斯——这是麦哲伦海峡的一个海港，在南极夏季天气晴好的日子，有班机往来南极。

访问乔治王岛的次日，“向阳红10号”船的小餐厅里，南极洲考察队就站址选择展开了气氛热烈的讨论。主持会议的是副队长张青松，南大洋考察队金庆明队长也出席了。大家围着一张张方桌，发表各自的见解。

乌拉圭站附近建站的方案似乎谁也不赞成，一开始就被大家否定了。

“我们干吗挤到乌拉圭站那儿?”一个身穿蓝色羽绒服的考察队员说，“虽然那里离我船锚地近，水源充足，可是没有发展的余地。”

“我同意，乌拉圭现在已经占据了最好的地带，我们如果再去建站，别人即使明里不好反对，但是会给以后带来不必要的麻烦。”

“所以，我坚决主张在菲尔德斯半岛建站。”考察队员刘小汉翻开笔记本，念了他调查后的几点看法，他是中国科学院地质研究所助理研究员，一个年轻的地质学博士，“根据我们的调查，那里滩涂开阔，海岸线长，有2 000多米，最重要的还是独门独户，便于管理。

“第二，这里有充足的淡水水源。我们发现了3个淡水湖，大的长100~200米，宽70~80米，水质好，符合卫生饮水标准。

“第三，岸滩登陆条件好，三面环山，避风避浪，有利于小艇运输，卸载物资运往工程点的工作量不大。此外，距智利基地比较近，今后运送物资和人员往来都比较方便。”

刘小汉还未说完，科考班班长颜其德马上补充道：“还有一点，这儿有利于进行南极综合性考察，包括海洋、生物、地球物理、地质、气象、冰川等专业，很有代表性，离企鹅岛很近……”

“对，”刘小汉接着说，“不利的条件当然也有，一是海湾里有礁石，大船不能锚泊，小艇运输线较长，约2.2海里；再一个缺点是滩头地质条件较松，比较潮湿，对于建房也许难度较大……”

“菲尔德斯半岛南边是企鹅岛，是生物保护区，有利于生物考察，”操

中国南极长城站站址就选定在这里

着四川口音的颜其德指着贴在壁上的一张草图说，“另外，这里港湾条件好。它的东北、西南是一片冰川。这个海湾对于防北风、东北风、西风和西南风都比较有利，只是东南风刮起来，涌浪较大……”

“企鹅、植被、化石，我们上岛以后都要保护起来。”

讨论的气氛很热烈，大家对菲尔德斯半岛的有利因素和不利条件都做了客观的科学的分析，许多科学工作者的发言都是言之有据的，他们在登岛时做了细致深入的踏勘。对祖国的第一个南极科学站的选址，他们是慎之又慎、极端认真的。

1984 年的最后一天，编队总指挥陈德鸿与北京挂通了电话，向国家南极考察委员会武衡主任汇报了选站经过。经武衡同志批准并报国务院备案，中国南极长城站确定在菲尔德斯半岛建站，具体位置是南纬 62 度 12 分 59 秒，西经 58 度 57 分 52 秒。

新年之夜

我们3名记者——新华社的朱幼棣、人民画报社的孙志江加上我，每人攥着一个软塌塌的充气垫，鼓起腮帮子，像是测量肺活量似的，朝一个很小的孔眼里吹气。我实在不能理解，是谁发明的这劳什子，如此愚笨费力。小朱见我吹得两眼发昏，跑过来接过我手里的充气垫，“来，我帮你吹吹看……”

这些日子，乔治王岛白天和黑夜的界限已不是那样分明了。腕上海鸥表的表盘，指针已移到12月30日深夜12点，但是帐篷外面低垂的白雾仍在山与海之间弥漫，朦胧的白夜的光亮，加上雪地反射的光辉，映照得四周的景物依然清晰可辨。我们的帐篷是刚刚搭起来的，说得准确一点，是用气吹起来的，只不过不是用嘴吹，而是用一种脚踏的充气器。这是一种双人充气帐篷，用很薄的橡胶制成，四周是房柱似的骨架，只要打足了气，它就硬挺起来，可遮风雨的小屋立刻出现在眼前了。

我已非常疲乏，而且饥饿像是一个无法摆脱的无赖汉时刻纠缠着我。我自然知道，这不光是我一个人，所有的考察队员，包括随同采访的十几名记者都在忍饥挨饿。但是为了在夜色愈来愈浓的极地度过短暂的夜晚，我们还要拼出最后的气力，用肺部的气体去填满这单人床一样大小的充气垫。在这气温越来越低的极地之夜，它是我们的床，我们的安身之地……

小朱毕竟年轻，很快把气垫吹鼓起来了。我们3人横躺在帐篷里，大约是照顾我的年龄最大吧，我睡在里边，小朱夹在中间，小孙把守着门口。充气垫的底下，是潮湿的海滩，我们就这样和衣而卧。

这是 1984 年的最后一天。在遥远的祖国，几万千米之外的北京，我们的亲人们该是愉快地迎来新年了。我当然无法知道他们此刻在忙些什么。但是我完全可以想象，张灯结彩的商场和菜市场，簇拥着熙熙攘攘的人群；电影院和北京几个大剧场，洋溢着节日的气氛。孩子们的笑声和他们身上的新衣裳，总是比任何标志更能使人想起新年的莅临。平日难得相聚的亲朋好友，这时候可以串门聊天，做几个好菜喝上一杯了。厨房里飘出的诱人的香味和呛人的油烟味，即使在走廊里也能闻见。节日的彩灯披挂在天安门城楼和高大建筑物上，大街小巷如同白昼……这过去司空见惯的新年，此刻对于我们是那样遥远，甚至连想的时间也没有。

乔治王岛的登陆便是选定在这个新旧相交的日子。

天气很不作美，比昨天坏多了。凌晨四五点，喧嚣的风浪怒气冲冲地碰击舷窗。昨天还是晴空万里、水波不兴的麦克斯韦尔湾，今日已是乌云压顶，浪涛奔涌，岸上白茫茫的冰川和高高屹立的陡壁，被一幅游移不定的纱幕罩住，时隐时现——南极的天气就是这样叫人捉摸不透。

上午 9 时，“向阳红 10 号”船的大餐厅里召开卸货建站动员誓师大会，陈德鸿总指挥宣读了国家南极考察委员会武衡主任的慰问电，号召全体人员发扬大协作精神，打好卸货建站这一战役。南极洲考察队、南大洋考察队和“向阳红 10 号”船的代表都上台表决心，“为了建成南极长城站，宁可掉下身上几斤肉。”船政委周志祥的这句话表达了所有人的心愿。本来计划是开完动员大会就开始登陆的，但是当我走到餐厅的舷窗旁，只见白浪滔滔，狂风呼啸，阵风已达 9 级，登陆时间不得不推迟了。

大家焦急地等待天气好转，到了下午，风小了，天还是阴沉沉的，不过登陆的计划不允许再拖延。2 点 45 分，广播器中传出集合上艇的通知，两艘橘红色的运输艇装上第一批物资立即从大船吊下船舷，登陆的考察队员和全体记者都穿上橘黄色的救生衣，纷纷朝右舷奔去。

“快，快!”

“小心，扶好!”

倾斜的舷梯从大船伸向下面的小艇，人们小心翼翼地扶着船帮，一步一步地走下舷梯。舷梯旁的船员和南大洋考察队的队员，用羡慕和祝福的目光为我们送行。“祝你们成功!”“注意安全!”他们一再叮咛。

小艇启动了，迎着猎猎的寒风和扑向船首的浪涛疾驰。船头激起的大浪，越过船帮，像倾盆大雨般兜头浇来。小艇里无处藏身，我们只好缩着脖子，戴上风帽，背风而立，但衣服全被浇湿。几位摄影师最狼狈了，为了保护相机，他们只好躬着背，把相机和摄影机紧紧搂在怀里，一动也不敢动，即便如此，有的相机还是进了水……

船靠岸的时间，我特地看了看表，3 点 30 分。这时手持国旗的郭琨队长和排成队列的考察队员，走上滩头，穿过砾石遍地的海滩和蜿蜒的小溪，向海岸阶地的高处走去。摄影师忙坏了，飞快地朝前跑，摄下这个珍贵的镜头。中央电视台的摄影师小马扛着沉甸甸的摄像机跑着跑着，一不小心掉进水沟里，他慌忙爬起来又继续跑。

郭琨队长走在队伍最前列，他和队员们今天都戴着标有“中国”字样的帽子，身穿南极服，脚蹬胶皮靴或帆布硬底靴。人们的心情自然是激动的，我想起在上海举行的欢送会上，郭琨曾经说过，“我们中华民族多少年来盼望的这一天，终于来到了!”当他说这番话时，声音哽咽，眼眶也湿润了。那还是即将起航离开祖国的时刻。现在，他举着神圣的国旗——这面鲜艳的国旗是祖国人民亲自交给他的。他终于航行数万千米，把国旗插上了南极的土地。我想，他的激动是无法用语言所能表达的。

一阵热烈欢呼声震撼着寂静的荒原，郭琨队长把国旗插在一片开阔的高地，所有的人都拥上前去，用石块将旗杆固定起来。

“登陆成功了！登陆成功了！”欢呼声此起彼伏，考察队员们高兴得手舞足蹈。这时，大家都争相在五星红旗下留影，这是第一面插在南极的国旗，是值得留下终生难忘的记忆的。

很快，考察队员们按照预先制订的计划分散开了，他们早已做了明确的分工。

我跟随测绘组的 3 名队员登上一个顶部平缓的山包，山包坐落在站区

登上乔治王岛

的西部，海拔虽不高，视野却很开阔。

测绘组里的鄂栋臣、 刘允诺和国晓港把几个笨重的木箱抬上山包后，随即开箱取出仪器，在山包上支起了接收天线。

鄂栋臣用卫星多普勒定位仪测定长城站的地理位置

“这是什么仪器?”我问鄂栋臣，他是武汉测绘学院的讲师。

“卫星多普勒定位仪，”老鄂答道，“我们用它来测量站址精确的地理位置，建立考察站区的坐标系统。”

“啊，打算画地图吗?”

“对呀，乔治王岛没有详细的地形图，只有小比例尺的，我们打算绘制一幅大比例尺的。”

“比例尺是多少?”

“1/2 000。”老鄂说。

1/2 000 比例尺的地形图，也就是将地面上 2 米的景物缩小在图上成 1 毫米，这是非常精确的地形图，工作量是相当繁重的，对于只有 3 人的测绘组，需要花费多大的精力！何况这里没有测绘基点，他们的一切都将从零开始，甚至连起码的海拔高程，也必须在海边建立验潮站，通过测量潮水每天的涨落来确定。

就在我们说话的时候，科考班的考察队员把预先制作的一块块木牌竖立起来，上面标有中英文的“生物保护区”的字样。站区西部一座小山冈，岩缝中有巨海燕栖息，岩石上长满黄茸茸的地衣，最先享受了这种待遇。更多的人在建筑考察队的营地，一捆捆的帐篷支架和成包的篷布抬上高地，那里将是长城站的中心区，他们动手搭帐篷了。

我在站区周围走了一圈，然后离开国旗飘扬的高地，朝着站区西北方耸立的3座并连的山冈走去。当我爬上风化得十分破碎的山巅时，站区的全貌顿时一览无余地展示在我的面前。

我不能不赞赏这个理想的建站地点。这是一个坡地，背枕起伏的山岭，面向开阔海湾，地势缓缓下降，一直抵达波浪拍岸的海边。坡地大体像台阶一样，隔一段距离即是一道比较平坦的砾石堤，自下而上有5级。这是古代海滩的遗迹，堆积着大大小小滚圆的砾石，地表水和地下水都很丰富。在半圆形的海滩中央，从两座山冈之间，流出一条清溪，它的上源是个圆形的淡水湖，上面结了一层天蓝色的冰，像一块碧绿的镜子镶嵌在黝黑的山坳里。海滩上到处冒出一股股泉流，许多地方只要一动镢头便是潮湿的含水层。此外，在不见阳光的背阴的山坡，积雪尚未完全融化，但是大部分地方的积雪已不见踪影。积雪融化的雪水渗入松散的、孔隙很大的土层岩屑里，造成有些山坡洼地像沼泽一样难以容足，一脚踩上去足可陷进去半尺多深。

尽管眼前的冰川和雪地很难使人想象这时是夏天，但是你不能不承认，气温的回升，白昼的延长，毕竟给荒芜的土地带来了生机。自然界赐予这里的生命是贫乏的，潮湿积水的洼坑和水流漫漶的滩头，柔软如海绵的苔藓长得十分茂盛。干旱的山坡则是地衣生长的沃壤。地衣实际上不是单一的植物，而是藻类和真菌的共生体。藻类能进行光合作用，真菌的本领更大，它的须根能够吸收水分，还能分解岩石中的矿物成分，供地衣生长所需要的营养盐。但是地衣生长的速度很慢，几厘米的地衣至少已有五六十年的高龄。在南极严酷的自然环境，它们能够生存下来也真不容易。一块块尚未融化的雪地，有的在山坡，有的在海滩，依然顽强地抵抗太阳的热力。企鹅们似乎非常依恋这冬天的遗迹，仍然成群结队栖息在残存的雪地上。至于巨海燕和贼鸥，它们占山为王，在高耸的山巅筑巢孵卵，警戒地俯看着山下一群新来的邻居。

我们和考察队员一道，把小艇卸下的物资——一箱箱帐篷、气垫以及钢架和各种用具——搬到指定地点。接着，大伙儿七手八脚地搭了四五顶军用帐篷，顷刻之间，考察队的营地俨然是一个初具规模的科学村了。

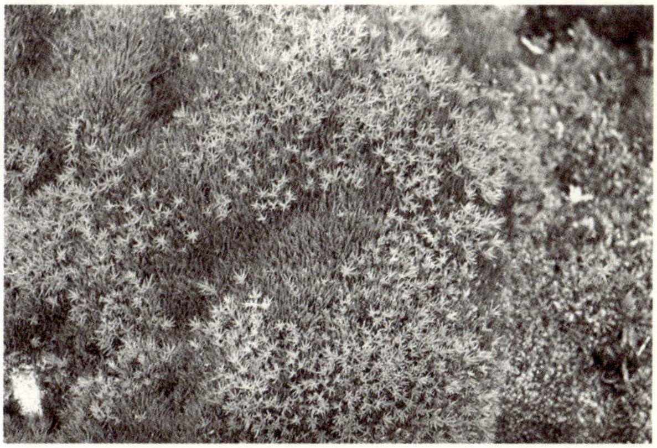

乔治王岛的地衣

离营地较远的滩头，还有 3 名队员在搭一间小屋，两个汽油筒埋进海滩，四周围上结实的帆布。但是这个小屋却没有房顶，上面是露天的。

“这是什么房子呀?”我呆头呆脑地问。

他们望着我，放下手中的活计，都忍不住哈哈大笑起来。

我顿时明白了，这是厕所。在南极，各国科学站对粪便垃圾的处理都很重视，唯恐污染了这块洁白的冰雪世界。为此，科学家们想了种种办法：用柴油焚烧，设计自燃的大便池，或者将污物用直升机抛入大洋。据说新西兰在这方面做得最好，他们定期将污物运回国内，然后加以处理。

时间很快地从身边溜走了。当我们搭起一座座帐篷时，突然雾散云开，迟迟不肯露面的太阳，在海湾、山岭和海滩上洒下明丽的光辉，这时已是傍晚 7 点多钟。不过没过多久，一切又陷入白茫茫的雾霭，混混沌沌的浓雾将眼前的海湾整个儿笼罩起来……

冰雪荒原上的帐篷

“向阳红 10 号”船派出来接应我们的小艇，因为雾大，能见度极差，不能预期到达。更加糟糕的是，后勤班原先估计登陆成功后很快返航，也没有预备充足的食品。忙碌了大半天的考察队员，每人只分得一块面包，外加一根只有一寸长的肉肠，这就是一顿晚餐。

而且，天气也变得越来越坏，沉重的乌云低低地压在海滩上空，疾风从海上吹来，使人不能迎风而行。随着时间的推移，光线也愈来愈晦暗，暮色四合，黑夜提前降临了。大家开始预感到，等待小艇接我们返回大船的希望，怕是非常的渺茫了。与其在寒气逼人的旷野坐等，不如在此过夜，等明天再说罢。

"搭帐篷，睡觉！"有人喊起来。

在昏暗的海滩上，临时拆箱，开始分发帐篷。这是充气帐篷，有双人的，也有单人的。在呼啸的寒风中，又困又饿的我们艰难地吹起帐篷，然后又用最后的力气吹好充气垫子，当我们钻进呼啦作响的栖身之地，已近午夜了。

帐篷之外，没有星光，没有月光，只有暴风和敲击帐篷的雨点。有几只企鹅蜷缩在雪地上，疲倦地合上了眼睛。

我们就这样度过了南极的第一夜。睡梦中，我恍惚听见新年的钟声，从极遥远的天穹传来，动听极了，美妙极了……

邻里之间

中国人的到来，使乔治王岛今年的新年气氛变得比往常任何一年都更加浓郁。当1985年伴随着纷纷扬扬的雪花和凛冽的寒风，悄悄地在南极的冰山雪原降临时，我国南极考察队和各国科学站之间像走亲戚一样开始友好的互访。

长城站的站址已经选定，登陆和奠基仪式也已结束，接下来是突击卸运物资。不过天气并不是顺遂人意的，虽说南半球的夏天是一年里最好不过的季节，但是说变就变的天空，刹那间乌云笼罩，狂风怒号，漫天的大雪顿时将脱去冬装的山坡滩头重新披上厚厚的银妆；昨天还是波平如镜的海湾转眼之间怒潮汹涌、白浪排空，已是司空见惯的事儿。有几天晚上，狂风恶浪席卷而来，"向阳红10号"船突然接到海军"J121号"船的告急，因风浪太大船已脱锚，重达几吨的铁锚挂不住海底，船只只好收起铁锚离开锚泊地，迅速逆风顶浪向外洋开去。在这种情况下，据说逆风而行是唯一的安全措施。可是没过多久，“向阳红 10 号”船也响起紧急起航的铃声，沉重的锚链在前甲板轰隆直响，水手们紧张地跑来跑去，轮机舱发出机器的轰鸣。不一会儿，“向阳红 10 号”船也掉转船头，迎着呼啸的狂风朝着外洋开去。原来，我们这条船也脱锚了。

各国科学站之间要拜个年也不容易，先得看看老天的脸色，如果海湾里风浪不太大，小艇才敢从大船上吊下去，直升机这时才能钻出“机窝”——“向阳红 10 号”船和“J121 号”船都备有直升机。到距离较远的科学站，没有直升机是寸步难行的。

最先到“向阳红 10 号”船做客的是智利马尔什基地的朋友。他们离我们的船只仅一水之隔，小艇 20 分钟即可抵达。马尔什基地属智利空军管辖，来访的智利客人中有基地站长达涅尔·贡德莱拉斯、第二站长荷尔赫·杜蒙特和空军代表胡安·布罗等人。这里需要补充一点情况，我国首次南极考察和在乔治王岛建站，始终得到了智利政府和有关方面的大力支持。我在智利首都圣地亚哥逗留期间，听我驻智利大使馆武官李辉介绍，我国南极考察的两艘船在返国

智利朋友来访

途中将要通过麦哲伦海峡，并在智利南部著名海港彭塔阿雷纳斯访问，为此希望智方给予方便，包括提供麦哲伦海峡的详细海图。李辉武官特地拜会智利海军代理参谋长（作战局长）拉斯卡诺上校，提出上述要求。几天之后，智利海军司令部立即向我提供了33幅海图，不仅有麦哲伦海峡的海图，还有比格尔水道、南大洋至南极的海图。除此之外，他们还主动向我提供属于军事机密的航标图、潮汐表、智利海岸航道图以及彭港海军基地电台的频率、呼号。“智利所有的港口都向中国考察船开放。”他们这样表示。当年曾经率队访问过上海的智利前海军司令洛佩斯将军，向我驻智利武官表示，如果中国海军舰船访问智利最大的军港——瓦尔帕莱索，他一定率领当年访问过中国的舰队全体官兵列队欢迎。李辉武官在向我谈起这些情况时说，智利朋友对中国人民的友好情谊是令人感动的。

在“向阳红10号”船最漂亮的会议室里，智利朋友的来访受到我国考察队的热情款待。身穿绿色夹克式防寒服的达涅尔·贡德莱拉斯站长介

智利马尔什基地

绍了马尔什基地的概况。该站是1969年3月19日建立的，原先智利在欺骗岛建有科学站——欺骗岛位于乔治王岛西南，也属于南设得兰群岛。当时岛上还有英国、阿根廷的科学站，并有一座挪威的鲸鱼加工厂。1967年欺骗岛火山爆发，摧毁了所有的建筑物，他们才重新在乔治王岛建站。

“乔治王岛是个火山活动十分活跃的岛，”达涅尔·贡德莱拉斯指着摊开的地图说，“在民防湾（即麦克斯韦尔湾）入口的海底，岛的东端和罗伯特岛，有一条火山带。”

“听说你们站上生了两个南极婴儿?”我问智利朋友，因为我在国内就从新华社的报道中知道了这一消息，“马尔什基地有多少人?”

我的提问引起了他们的兴趣。达涅尔·贡德莱拉斯说，马尔什基地包括流动人口和夏季临时前来考察的科学家在内，共有130人。其中有6户人家，明年他们准备再迁7户。“我们站上现在有8个小孩，两个出生不久的南极婴儿，男孩叫胡安·巴布罗，女孩叫希塞拉·埃斯德。”说罢，他笑道，“他们是很好的一对!”

大家笑了起来。

智利的马尔什基地在乔治王岛可算是规模最大的科学站，这里有个“费雷（Frei）气象中心”，是世界气象组织在南极洲的气象区域性中心（另外两个是苏联的共青站和美国的麦克默多站）。在马尔什基地机场附近，建有一幢很大的旅馆，可供前来考察的各国科学家居住。基地有供应站、邮局、医院和托儿所，学校已经建立，将派两名教师任教，俨然是一个颇具规模的村镇。我们后来到马尔什基地访问，只见这里房屋密集，有装配式房屋，也有比较先进的集装箱式房屋，但有的房屋是直接筑在地面上，这是不符合南极建房要求的，因为冬天的暴风雪很容易使积雪堆积起来把房子掩埋，这是很危险的。他们目前正在住宅区大兴土木，铺设管道，盖起一幢幢悬空式住宅。这里名叫“星星村”，很可能是为明年迁来的居民做准备呢。

我国南极考察编队的领导和部分科学家，在新年期间还乘直升机访问了路程远、被柯林斯冰盖阻隔的波兰站，阿根廷站和巴西站，向他们祝贺新年。

波兰的阿克托夫斯基站位于乔治王岛的拉塞雷湾，依山傍海，附近有巨大的冰山，海滩上有许多鲸骨。波兰站规模不大，但是周围的生物资源异常丰富，海豹很多，企鹅数以万计，已辟为动物保护区。

巴西的费拉兹站位于柯林斯冰盖一侧，是 1984 年才建的常年站，现有 18 人。当中国客人将 4 瓶中国红葡萄酒和 1 幅杭州出产的织锦，1 本 1985 年年历赠给他们时，巴西朋友回赠了 2 箱啤酒、4 瓶白酒，并将巴西出产的玛瑙工艺品送给中国客人，以表达对中国人民的亲密友谊。双方还交换了各自的帽子。

直升机在波特湾降落，访问了建在柯林斯冰盖附近的阿根廷尤巴尼站。阿根廷对我国的南极科学考察提供了很多方便和帮助。且不说我们这次南极考察船队停靠的第一个外港就是阿根廷的乌斯怀亚，这些年来我国还有不少科学工作者在阿根廷的南极科学站工作或访问，受到他们热情友好的接待。1983 年夏季，为了最后确定我国第一个南极考察基地在何处建站，是东南极还是目前的西南极，我国国家南极考察委员会派出一个工作小组，乘阿根廷“天堂湾号”科学考察船穿过德雷克海峡，到达浮冰很厚的威德尔海，随后到达南设得兰群岛，访问了乔治王岛上阿根廷的尤巴尼站和巴列维站，并且考察了纳尔逊岛、利文斯敦岛和欺骗岛。根据他们的实地考察，威德尔海东海岸冰情复杂，没有破冰船无法驶入。这一带很少有其他国家的科学站，他们的结论是最合适的地点莫过于南设得兰群岛。此后，国家海洋局副局长钱志宏又率领先遣组抵达阿根廷，通知阿方我国拟在南设得兰群岛建站的决定，并希望得到他们的支持。我国这次南极考察，“向阳红 10 号”船聘请的船长顾问，就是富有南极海域航海经验的阿根廷退伍海军上校特龙贝达先生，直升机也是在阿根廷租赁的，驾驶员中有荷兰人，也有阿根廷人。因此，在阿根廷的尤巴尼站，中国客人不仅受到热烈欢迎，主人还设宴招待中国客人，请他们吃了一顿有烤鸡排、草莓冻、水果沙拉的丰盛午餐。

在这期间，联邦德国的科学考察船“北极星号”从联邦德国不来梅港起航，在前往南极考察的途中，行驶到乔治王岛附近进行海洋环境因素调查。听说我国考察船队锚泊在麦克斯韦尔湾，他们立即主动和我方联系，希望进行友好互访。有朋自远方来，自然是令人高兴的，何况是在遥远的地球边沿的南极，双方很快就商定好了访问的时间。

“北极星号”此刻锚泊在麦克斯韦尔湾外面，这天海上雾很大。从

极区航行的船长顾问特龙贝达(左)与郭琨

“北极星号”起飞的一架橘红色的直升机先将联邦德国客人送到“向阳红10号”船，然后又将中国客人载到“北极星号”船。

联邦德国的4名客人中有著名的生物学家、联邦德国极地研究所汉普尔（Henpel）教授。他曾经到过我国访问讲学，我们考察队中有一些科学工作者听过他的课。还有一位是研究渔业的胡普博士。在“北极星号”工作的3名中国科学家，也登上了“向阳红10号”船，像回到祖国一样心情万分激动。汉普尔教授一上船就说：“中国在南极建站考察的消息传播得很快，德国人民都知道，我们为此感到十分高兴。”这位头发皓白的联邦德国考察船领队向中国考察编队的副总指挥董万银和南大洋考察队队长金庆明介绍了他们的船只和考察的项目。

“北极星号”是一艘设备先进的科学考察船，排水量16 000吨，长110米，宽22米，最大航速为22节，一般为16节。它是一艘破冰船，可抗冰10米，破冰2 ~2. 5米。船上有46名科学家、52名船员，其中包括12名妇女。该船于两年前建成，每年都参加南极考察，并为联邦德国南极科学站运输物资。他们从不来梅港出发，在乔治王岛附近调查后，还要到象岛附近捕磷虾，然后开往南极半岛西北侧捕捞鱼类，最后到达联邦德国的格·冯·诺迈依尔站，于3月底撤离南极。

当联邦德国客人在中国考察船上吃着中国风味的油焖大虾和青岛啤酒时，陈德鸿总指挥、张志挺船长和我国科学工作者蒋加伦、沈毅楚也在“北极星号”兴致勃勃地参观。“北极星号”船长说：“能够在南极见到中国考察船的中国科学家，我们非常高兴。祝你们建站成功!”

接着，中国客人由副船长陪同，参观了船上的驾驶台、海图室、实验室、医务室和各种海洋调查的设施。

“北极星号”设备的自动化程度很高。驾驶台有3组仪器，操作灵便，

联邦德国“北极星号”破冰船

船只在行驶时不仅进退自如，而且可以在水平方向移动，这就可以迅速规避遇到的冰山和其他障碍，保证航行安全。另外，船上普遍使用电脑，电脑屏幕随时显示海上的风力、海浪情况；还有 4 台电脑监视操作情况。船舱各个部位的安全状态也可随时在电脑屏幕中显示出来。

为了进行海洋生物资源的调查——这是“北极星号”考察的重点项目，驾驶台有 4 台电脑控制的鱼探仪，分别监测水下的虾群、鱼群和鲸鱼活动情况，为科学捕捞、采样随时提供准确的信息。

中国科学家对“北极星号”的实验室尤感兴趣。地貌实验室有一种深海探头，当它投入海中的时候，安在探头里的自动摄影机可以分段自拍，摄下海底 1 000 米以上的地形特征。在船尾的考察操作台，自动化程度也很高，当钢丝缆绳投放在海里时，屏幕上会自动显示下达的深度以及水温、压力等数据。联邦德国科学家还向中国同行介绍了捕捞磷虾、采集浮游生物的各种规格的网具，并用电视屏幕显示了他们采集的浮游植物——硅藻的标本。他们通过这方面的研究，进一步探索海洋的初级生产力。

“北极星号”的医务室只有一名三十来岁的女医生，她是一个技术全面的多面手，一人兼管内科、外科、牙科的全部医疗工作。船上还备有手术室、X 光机。只是当她要动手术时，需要两名女助手临时过来帮忙。

南极的风是寒冽砭骨的，它那冰雪铸就的大地更是寂寞酷寒。可是说来也怪，比起骄阳似火的赤道，或是暖风习习、满目青翠的温柔之乡，这个冰雪世界人与人之间的关系却是单纯得多，亲密得多。

一个风和日丽的早晨——在南极，这是很难遇到的好天气，一艘备用的救生艇，划破了宁静的爱特莱伊湾，不到 20 分钟，小艇停靠智利站的小码头。脸色红润、身穿草绿色夹克式防寒服的一个智利小伙子上前帮我们系上绳索，他到我们船上做过客，一见面就和我们亲热地打招呼。

但是，我们这次不是去访问智利站，而是沿着海滩北行，那边，缓缓倾斜的海滩上摆着一栋栋积木式的长长方方的建筑，其中一栋面对海湾，漆成橘红色，房顶正面立着的旗杆，有一面斧头镰刀的红旗迎风猎猎作响，这就是苏联的别林斯高晋站。

苏联在南极有 7 个常年科学站，还有许多夏季站。在南极气候严酷的大陆中心地区，目前只有美、苏两国设有常年观测站。像建于 1957 年的苏联的东方站，位于南纬 78 度 28 分，东经 106 度 48 分；规模最大的青年站，1977 年过冬人数有 102 人，被称为南极气象中心。相对而言，别林斯高晋站的规模还是其中较小的一个。

踏上苏联站主楼门前的木台阶，推开沉重的密封门，一股热气扑面而来。室内有暖气，与室外的温度相差悬殊。对着正门，是长长的过道，左手边即是站长办公室。当我们按照约定的时间到达时，站长亚历山德罗夫早在他的办公室里等候了。

这间办公室面积不大，15 平方米左右。和房门成对角线的角落，横放着一张酱色的木头写字台，它的对面靠墙放着几张沙发，围着一张圆

苏联别林斯高晋站

桌，构成一个接待客人的小小空间。沙发旁边，靠着房门一侧还摆了一个堆满书籍和茶具的玻璃柜，房门对面的角落又摆了一个雕花的木柜。办公室的里间还有一间房，里外间的隔墙贴满花花绿绿的纪念品，都是各国考察队和科学站的三角旗或者站徽。我国南极考察队的白底套蓝圆形队徽，也和各国的纪念品贴在一起。

站长办公桌背后的墙壁上，是那幅目光炯炯老是盯着你瞧的列宁的照片；旁边不远，有两幅画像，一幅是神态傲慢的瘦瘦的别林斯高晋，他是一位卓越的俄国海军将领，另一幅是胖胖的船长拉扎列夫。他们在 19 世纪的 1810 年至 1821 年，率领着俄国海军的两艘船——“东方号”与“和平号”，多次闯入南极圈，还发现了不少岛屿，绘制了精确的海图，在早期南极探险史上有着不可磨灭的贡献。乔治王岛的苏联站，便是以别林斯高晋的名字命名的。

中国客人给苏联朋友带来了几瓶中国红葡萄酒，礼轻情义重，毕竟是万里迢迢从中国带来的礼物，苏联站长很高兴地接受了这份礼物。但是他也想找件礼物回赠中国客人，表表心意。这时，亚历山德罗夫离开座位，目光在木柜里四下搜索，大概是想找一件合适的礼物。突然，他的目光凝视着墙壁上挂的一具精致的木雕，那是用有机玻璃罩着的一件工艺品，里面有别林斯高晋的头像，当中的木雕是一艘古老的帆船，很可能是当年俄国探险船的模型。

亚历山德罗夫取下木雕，转身走到里间，找了一块布将上面的灰尘拭干净。

“请转给中国南极长城站，我们衷心祝愿中国在南极建站成功!”苏联站站长将木雕递给陈德鸿总指挥，很诚恳地说。

“谢谢，”陈德鸿站起来接过礼物，“我们一定把它放在长城站的显要位置。”

这时，副站长季德洛夫米哈依闻讯赶来，他是个 50 来岁精力充沛的小老头，身材不高，穿件橘黄的衬衣，英语讲得很流利。

“别林斯高晋站是 1968 年建站的，现有 32 人，其中 20 人是科学家，”季德洛夫米哈依说，“科学家每年轮换一次，我们这一批是 1984 年 12 月 2 日才来的，预计工作 1 年，只是到了冬季只留下 26 人，有一部分人半年就回去。”

别林斯高晋站主要的研究项目是气候、地球物理、生物和电离层，这里还有一批民主德国的科学家，承担了生物方面的考察任务。据季德洛夫米哈依说，苏联规模庞大的极地研究所拥有 2 000 名专业技术人员，备有 5 艘现代化的科学考察船。苏联在南极的科学站，有 6 个隶属该所。站长亚历山德罗夫即是气候学家，是毕业于列宁格勒大学的全苏科学技术博士。

亚历山德罗夫是个瘦瘦的言语不多的中年人，宽阔的前额，深陷的眼窝，目光是沉思的。当他倾听别人的谈话时，习惯用右手托着下巴颏儿，

苏联别林斯高晋站副站长季德洛夫米哈依（右2）接待中国客人（左1背影者金庆明，左2陈德鸿，举相机拍照者是《文汇报》记者陈可雄）

不时浮出一丝会心的微笑。交谈中，大家谈起交换一些电影拷贝的事，副站长说，他们站上有1 000多部拷贝，欢迎中国客人挑选。这时亚历山德罗夫突然插了一句，他以前看过中国电影，很喜欢。他是用英语讲的，翻译了半天，大家才恍然大悟，原来他所说的中国电影，一部是《白毛女》，一部是《钢铁战士》，都是20世纪50年代初风行一时的老电影了。当然，我们没有忘记告诉他们，中国的电视屏幕上不久前放映了苏联电视剧《这里的黎明静悄悄》，还有一部很受中国观众欢迎的苏联电影《莫斯科不相信眼泪》……

苏联朋友向中国客人敞开了实验室的大门。当我们船上的电信、气象部门提出希望了解他们在报务、气象方面的设施资料时，苏联站长很爽快地说："欢迎，你们有什么问题需要我们帮助的，尽管提出来。"他们还表示，别林斯高晋站有一所小医院，医生是一位博士，设备很好。"中国同志有病可以到这儿来看病。"他说。

这天，船上派了两名气象工作者访问了苏联站的气象观测室，他们在苏联同行的陪同下，饶有兴趣地观看了该站的气象设备，对他们观测手段的现代化留下很深的印象。在这同时，南大洋考察队的生物学家王荣、郭南麟已经跑到民主德国生物学家马丁的房间里去做客了。南大洋考察队不久就要离开乔治王岛，开赴南极海洋进行以磷虾资源为中心的海洋考察。王荣是中国科学院海洋研究所副研究员，我国为数不多的磷虾专家；郭南麟是东海水产研究所的捕捞专家，南大洋考察队生物组的负责人。他们很想从民主德国同行那里了解这一带的生物资源。

一脸大胡子的马丁是研究底栖生物组织学的，还是一名出色的潜水员。他一面用咖啡和德国啤酒招待中国同行，一面告诉他们，波兰站有几名生物学家是研究磷虾的。"你们应该去问一问他们，这里的生物考察重点是企鹅、鸟类和哺乳动物，都是我国的生物学家从事这方面的工作。"马丁坐在钢丝床旁的凳子上，用手

马丁(右)向郭南麟展示水下摄影机

比画着说。

接着，马丁又取出两大摞照片，是他在麦克斯韦尔湾里潜水拍摄的，都是很珍贵的底栖生物的照片。他说，这里的海湾一到冬天，不仅海面结冰，海底也会出现水下冰。他边说边找出几张水下冰的照片，那是一团圆形的固体，悬浮在海洋底部。“在有水下冰的地方，底栖生物一般都很少。”马丁这个从实际考察中得出的结论，引起王荣的极大兴趣。他悄悄地对我说：“这种情况我还是第一次听说！”

短暂的半天访问结束了。苏联站的站长、副站长以及苏德两国科学家和中国客人话别，他们已接受我国科学考察船船长的邀请，明天到“向阳红 10 号”船做客。

“我们用茅台酒招待你们！”张志挺船长说。

“Очень хорошо！”（俄语：非常好！）苏联朋友开心地大笑起来。

访问企鹅的王国

如果说袋鼠是澳洲的象征，狮子是非洲的象征，白熊是北极的象征，那么南极的象征自然就是企鹅了。

想想也怪有意思，地球最荒凉最寒冷的南极，到处是茫茫白雪，狂风在冰原上咆哮，暴风雪即令在夏天也搅得天昏地暗，可是就在这令人难以想象的白色荒漠，成千上万的企鹅却过得那样富有生气，那样顽强不屈。它们眷恋这冰雪的荒原，喜欢这里寒冷刺骨的空气。它们过着生物世界最贫乏最单调的生活，却也怡然自乐，饶有情趣。

的确，几乎世界上每一个人都喜爱这可爱的动物。我在长城站的会议室里看到一幅6岁小画家的画，画面上是两只可爱的小企鹅，它们正在翘首欢迎中国南极考察队员的光临。企鹅那黑白分明的羽毛、憨态可掬的长相，还有它那步履蹒跚的走路姿态以及温驯好奇的性格，都引起人们的好感。

企鹅的数量并不稀少，它的分布范围也比我们想象的要大得多。这里需要纠正人们的一个误解，企鹅并不仅仅生存于南极的冰雪世界，尽管它是南极最典型的动物。

记得在智利首都圣地亚哥的一天，我到一家专营水产品的菜场去参观，那里的水池和货架上摆满了各种我不知名目的海鱼和大虾，忽地从我的脚旁跑出一只小企鹅，它抬着翅膀，慌慌张张地从堆满货物的过道里跑到门外，一眨眼就不见了。我半开玩笑地问："这里还卖企鹅吗？"有人告诉我，这是别人养着玩的。要知道，圣地亚哥的地理位置是南纬33度！

由此可见，企鹅的适应能力是很强的。我还听说，智利辖下的火地岛地区，一种生活在草原上的企鹅，它们像土拨鼠一样挖洞为穴，性情也不像生活在南极的企鹅那样温驯，而是变得比较凶猛——这也许是环境逼出来的，因为火地岛上伤害它的动物较多。关于火地岛上生存着企鹅的说法，还见之于伟大的英国生物学家达尔文的日记。达尔文在1832年12月乘贝格尔舰考察火地岛时，曾经在日记中这样写道："在这里还有很多企鹅，它们的习性很像鱼，它们在水面下所耗费的时间很多；即使浮到水面上来，也很少露出自己的身体，而只是探出头部来；它们的双翼仅仅被短羽毛所覆盖着。"因此，达尔文非常正确地指出，"企鹅的双翼当作鳍"。这当然是指它在水里的时候。

现在一般公认的看法是，企鹅的种类很多，不下18种，在南美洲、非洲、澳大利亚和新西兰的南部海岸，甚至靠近赤道的加拉帕戈斯群岛——这是南美洲西海岸外太平洋中的一个群岛，都有企鹅分布。只不过这些地方的企鹅长得都比较矮小，比之南极的帝企鹅，那是小巫见大巫了。南极企鹅中体形最大的帝企鹅身高 1.2 米，体重有 40～50 千克，但是澳大利亚南部的蓝企鹅身高不过 33 厘米，体重才 500 多克。另外，生活在南美麦哲伦海峡两岸的麦哲伦企鹅，身材也很矮小，仅 30 厘米左右。

气宇轩昂的南极帝企鹅

真正生活在南纬 50～60 度以南的企鹅只有 7 种，它们中间有帝企鹅、阿德雷企鹅、巴布亚企鹅、冠企鹅等。其中帝企鹅几乎遍布南极周围的海岸带区，阿德雷企鹅的分布范围也很广，在东经 120 度至 160 度之间的阿德雷地可见到大量阿德雷企鹅群。企鹅是喜欢群居的动物，多的时候一群可达 10 万只以上。在阿根廷南部的图班亚斯角，从海滨到内陆方圆 50 平方千米的范围内，栖息了数以百万的麦哲伦企鹅，它们密密麻麻地排列站立，几乎没有立锥之地，号称“企鹅乐园”。这种企鹅乐园，我们在南极考察时也经常可以见到，仅仅是规模大小不同罢了。

在乔治王岛，我访问过两个企鹅岛：一个是在麦克斯韦尔湾，靠近菲尔德斯半岛，这个企鹅岛是前面提到过的陆连岛，距离长城站很近；另一个企鹅岛却是一个火山岛——现在火山早已停止活动，位于乔治湾入口的东端。这两个岛都栖息了数量可观的企鹅。

一个风平浪静的午后，我们乘坐一艘救生艇，开进了爱特莱伊湾，专程访问了企鹅岛上的“土著居民”——企鹅们。小岛面积不大，不到 2 平方千米，岛上地形起伏，山丘连绵，但是海拔都不高。小艇选择了一处海水稍深的海滩靠岸，这里是企鹅岛南边，附近有 20 来米高的礁岩。沿着海滩延展的方向，是东西向的山丘，山坡缓缓倾斜，覆盖着岩石碎块和风化的软泥。离海边很近的平坦之处，积雪融化的雪水将地面泡得很松软，长着嫩绿色的苔藓，东一块，西一块，仿佛柔软的海绵垫。海边还筑有简易的码头，在潮水上涨时可以停靠小艇，这是阿根廷建站时筑的。前方山坡上有 3 幢红色的小木屋，像扔在海滩上的积木，这便是阿根廷巴列维站和民主德国的夏季观测站，但现在却门户紧闭，无人居住。

一过巴列维站，远远可以嗅到一股令人掩鼻的气味。我们从“向阳红 10 号”船的锚泊地前往长城站，途中也要绕过企鹅岛，这股难闻的气味在海上同样可以老远地钻进鼻孔里。这是企鹅王国的臣民随地便溺的恶习的产物，别的岛上很少遇到。仅此一点，倒也证明企鹅占领这块领土的年代远非一日，很有些年头了。

“大家注意，4 点钟集合回艇，”副船长沈阿琨今天操纵小艇，他关照上岸的同志道，“听见集合的哨声马上回来……”

“过时不候！到时候小艇开了，你就跟企鹅过夜吧……”不知是谁开玩笑地说。

企鹅岛一角

上岛的考察队员和船员匆匆地朝前走去，大家的心情都很亢奋，因为这是第一次登上企鹅岛。

南极苔藓

我朝着一座顶巅耸立着三脚架的山冈走去，脚下是软塌塌的苔藓铺就的地毯。

小岛在这里裸露出干燥的砾石滩和风化岩屑堆积的山坡，好像就是通向企鹅王国的大门。山坡底下平坦的地方，有百十来只企鹅聚集一团，大多面海而立，少数懒家伙躺在岩石背风之处，或者卧在松软暖和的沙地上。当它们看见一群身着红色和蓝色羽绒服的两足动物迈入它们的领土，立即惊慌不安地聚在一起，先是观察我们的动静，继而窃窃私语，骚动不安，似乎考虑应采取何种对策。但是，当我们根本不把它们放在眼里，长驱直入时，企鹅们似乎觉得势头不妙，马上狂呼乱叫，一面笨拙地扭动肥胖的身躯，纷纷结队朝山坡撤退，但是它们并不是仓皇逃跑，而是边跑边回头窥望，一旦发现我们并没有加害它们的意思，这些聪明的小动物马上掉转头来，重新返回原来的栖息地，安安静静地躺的躺，站的站，似乎什么都没有发生一样。

企鹅王国的居民主要聚居在小岛西端。这里，宽阔平展的海滩，纵深足有三四百米，好像砾石铺成的足球场，密密麻麻尽是企鹅。向北瞻望，盘踞岛屿中央的山冈和山坡上，以及半山腰的谷地里，也是成群的企鹅。它们结成数量不等的群体，好像一个个家族，有的驻足在浪花飞溅的礁石上，有的聚集在空旷的砾石滩上，有的挤在山间谷地里，有的栖息在山巅的岩石旁，各得其所，互不干扰。如果细细打量它们的神态举止，它们也有很明显的差别。伫立海边的企鹅，举止文雅，神态安详，它们并不大声喧哗，偶尔亲昵地窃窃私语，更多的是听任清风梳理羽毛，静静地聆听大海的喧嚣，似乎那是绝妙的一首交响乐，这群企鹅使人想起性情高傲的贵族。聚集在砾石滩的企鹅又不同了，你看着它们很容易联想起老北京天桥的破烂市场，东一堆西一堆挤着洽谈买卖的小商贩和顾客，它们在那里讨价还价，争吵不休，有时免不了大打出手。至于簇拥在山间谷地里的一群，起码也有几百只，那是企鹅王国的“龙须沟”，臭气熏天，遍地是白一块红一块的垃圾粪便，使人难以下脚。那些“小市民”们为了争夺有限的空间和鸡毛蒜皮的事，吵吵嚷嚷，聒噪不休。还有一些企鹅，性格比较孤僻，对眼前的一切似乎都不满意，于是它们索性离得远远的，找个避风的旮旯，或是一个僻静的山坡，有的钻到岩石的缝隙里，一声不响地闭目养神。当然，还有调皮捣蛋的小企鹅，乘着父母不注意，一溜烟地跑得远远的。它们在海边吃饱玩足，等到想起要回家时，却在山坡上迷了路，慌慌张张地乱窜哩……

这里数量最多的企鹅是南极企鹅，又叫帽带企鹅（Chinstrap penguin）。它体形较小，羽毛很漂亮，最明显的特征是乌黑的头顶，在脸颊下方有一条黑色的羽毛，犹如洁白的脸庞系上一根帽带，乍一看去，仿佛头上戴了一顶黑色的软帽。帽带企鹅高一般为 70 厘米，体重 4 千克多，长得小巧玲珑，逗人喜爱。胸前的羽毛很像雪白的衬衣，背上是黑色的燕尾服，颇有绅士风度。据生物学家讲，南极企鹅主要分布在西南极，繁殖地点在南极半岛及附近各岛屿。每年的 10 月底和 11 月初，当姗姗来迟的夏天光临南极半岛时，它们便择地繁殖后代。11 月底气温渐渐回升，明媚的阳光也一天天延长它的照射时间，这时雌企鹅开始生蛋（一般下 2 枚蛋），经过 35 天的孵化，到 12 月底和 1 月初，小企鹅破壳而出。3 月中旬，南极短暂的夏季快要结束时，一身茸毛的小企鹅长得很快，可以跑到海里自己捕捉磷虾了。

风度翩翩的帽带企鹅

这种情况和生活在南极大陆的帝企鹅是不大相同的。帝企鹅是每年的三四月间寻找配偶，从交尾到产卵是在五六月，这个时期雌企鹅不进食，产下蛋后体重减少20%左右，而且仅仅生一枚蛋。产下蛋以后，孵蛋的任务交给雄企鹅，雌企鹅则跑到海边觅食。直到7月中旬或8月初小企鹅才孵出。在长达两个多月的禁食期间，雄企鹅一动不动地将蛋置于脚蹼，贴在腹下，体重要减少35%~45%，而且是在最严寒的冬天。在高等生物界，似乎很难找到像企鹅这样选择如此艰苦的环境条件繁殖后代的动物了。

企鹅岛上除了帽带企鹅，见到最多的还有嘴巴红红的巴布亚企鹅，以及少量的阿德雷企鹅。阿德雷企鹅身高和体重与南极企鹅差不多，整个头部着黑色短毛，黄嘴，白眼圈，胸腹为白色。它的腿极短，尾部着地，行走时张开双翅，左右摇摆。巴布亚企鹅又名金图企鹅，体形比帽带企鹅大些，远看好似一只肥鸭，它的角唇呈红色。我们上企鹅岛考察时是2月初，巴布亚企鹅像骆驼一样脱毛换季，背上东一块西一块未脱干净的羽毛，呈棕褐色，难看极了。

阿德雷企鹅在孵蛋

企鹅虽然像鸟儿一样长有翅膀，却不能飞翔，只能望天兴叹。不过它的翅膀却是很有力气的双鳍，在海里可以大显身手。在南太平洋考察时，不止一次见到成群结队的企鹅出没浪涛里，像海豚一样跃出水面，如同进行绝妙的水上表演。它们在海里行动自如，速度可达每小时30千米，比得上一般的舰船。往往我们打开相机刚要摄下它们游泳的镜头，一眨眼工夫，它们已经无影无踪了。

人们往往嘲笑企鹅在陆地上行走的笨拙姿态，其实这是很大的误解。我在企鹅岛亲眼观察过企鹅绝妙的爬山本领。那是在岩石峻嶒、难以容足的陡峭山坡，有的完全是直上直下，但是企鹅凭借尾巴的支撑，双翼保持平衡，居然跳跃着一步步登上去，一直爬上山巅。不仅如此，企鹅在陆地上行走比起海豹、海狗都要灵敏得多。当遇到险情时，它们会立即卧倒，降低重心，张开双脚，舒展双翼，像游泳一样快速匍匐前进。据一位生物学家告诉我，他在澳大利亚的戴维斯站工作了一年，他说，每当冬季过去，天气回暖时，渡海而来的企鹅越过海边的冰面纷纷登岸，这时只见企鹅全部像滑雪一样贴着冰面，用双翼当桨，飞快地划动，从冰上滑过来，那种激烈竞跑的场面很是壮观。据说企鹅是为了赶快跑上岸，以便占领地盘，所以它们在冰面上不是走，也不是跑，而是飞快地滑行，速度快得惊人。

企鹅还是跳高的冠军。为了逃避鲸鱼或海豹的追捕，它们在海中可以机智地跳上 2 米左右的冰崖。我们在南大洋考察时曾经见到不少浮冰上面栖息着黑压压的企鹅，而在浮冰周围，成群的海豹游来游去，但却无计可施。企鹅凭着它们的跳跃本领，躲过了敌人的袭击。

性情温和的企鹅能够在严酷的南极得以生存，大自然赋予它们的本领，也是一个相当重要的条件。

企鹅王国的领地向西一直延伸到岛屿尽头。这时，在半山腰一个隐蔽的角落，岩石遮掩的一米见方的空地，有只巴布亚企鹅不声不响地哺育着幼雏。我注意到企鹅的窝是用扁平的石片垒起来的，码放得非常整齐，好像一个个同心圆，圆心部位还垫了不多的海藻和破木条，这是从海里叼来的。那只目光炯炯的老企鹅一见有人走近，立即用它的身体保护幼雏。小企鹅遍身灰色绒毛，长得很瘦小，像只成年的鸡一样大小。它的胆子很小，一听见响动立刻战战兢兢地钻进父亲的腹下，浑身瑟瑟发抖。相比之下，老企鹅很镇定，始终神情紧张地注视着不速之客，那威严的神态，绝对不下于世间所有呵护子女的父亲。

巴布亚企鹅在喂食

我在乔治王岛始终没有见过南极最美丽壮观的帝企鹅，也没有见到长得像花花公子、头上有两丛花翎似的羽毛的“纨绔企鹅”，据说帝企鹅偶尔也出现过，但我们没有见到。在这个企鹅世代繁衍的乐土，如果你注意观察，将会发现生活也并不轻松。海边，海豹不时从波浪中鬼头鬼脑地钻出来；天空中飞翔的贼鸥，时不时俯冲下来。企鹅以海洋中的磷虾、乌贼为食，但它们又是海豹、鲸鱼的食物，甚至贼鸥也常常偷袭它们。我们在海滩漫步，看到不少企鹅的残骸——也有一些是刚出生不久的小企鹅，内脏和肌肉早已叼空，这肯定是贼鸥所为，吃得那么干净，只剩下羽毛和骨架。联合国秘书长在一份报告中提到：“到本世纪为止，据报每年有150 000头企鹅在麦阔里岛被熬煮以提取油脂，这种情况维持了25年，直到澳大利亚的人民群起反对为止。”

只要人类不去“熬煮”它们，保护它们，包括保护南极的生态环境，那么，可以肯定，南极的企鹅是会繁衍昌盛的。

风雪长城站

暴风雪刮了几天几夜。从“向阳红10号”船放下的两艘小艇——它们分别叫“长城Ⅰ号”和“长城Ⅱ号”，是江南造船厂专为长城站运输物

长城站码头

资赶制的 7 吨运输艇。这会儿因为风浪太大，只好开到长城站前方的码头去避避风。倘若它们还吊在大船的旁边，说不定会碰得粉碎哩！

狂风，恶浪，白茫茫的雪花，挡住了视线，也切断了乔治王岛和船上的交通，唯一的联系只能指望那台高频步话机了。

你很难想象眼前的景象能够和夏天联系在一起。不错，前几天老天爷似乎张开笑脸了，久违的太阳钻出低垂的厚厚的云层，在白茫茫的岛上洒下了温暖的阳光。那些匍匐在砾石岩块上面的地衣好不容易钻出积雪，岸边的一群群企鹅也情不自禁跳入冰冷的海水，洗了个痛痛快快的海水浴。可是当我跑到船上的气象预报室，那里的空气却是异常沉闷。

气象预报员们围坐在长条会议桌前，举行一天一次的天气会商会。墙上挂着刚刚接收的卫星云图和天气传真图。他们轮番上台，指着墙上的图表，各自发表对天气发展趋势的见解。

“本地区已接近低压云系的边缘，”主班预报员黄德银是个满脸络腮胡子的中年气象工作者，他首先谈了他的分析，“今天后半夜云系影响本区域，风力会逐渐加大。明天白天风力 5 ~6 级，下午还会增大……”

黄德银的措辞很谨慎，但是他们却无法改变眼前的现实：在那张美国 NOAA—6 极轨卫星发布的卫星云图照片上，旋涡式的气流像是灰白色的星系在眼前旋转，快速移动，有一个小红点即是我们所在的位置，已经卷进可怕的涡流之中。

这时，预报员王景毅、王邦根、许淙、刘训仁也纷纷提出他们的看法。

“现在气压在逐渐下降，”王景毅走在壁前，指着纸色发黄的天气预报传真图说，那是智利马尔什基地费雷气象中心每天 3 次发布的天气图，他认为，“明天受锋面影响，风力大，转偏北风……”

我们年轻的气象人员尽管是第一次闯到南极，缺乏经验，但是他们依靠每天 24 小时不断地监视南极变幻的风云，发现了围绕着南极大陆，有一串串迅速转动的气旋。这些冷暖气团交汇的产物，是导致天气变化的主要原因。只要气旋一旦进入本区，天气立刻就要变坏。

果然不出他们所料，从南极大陆席卷而来的气旋，挟着极地的寒风和漫天的飞雪，锐不可当地掠过漂着浮冰的洋面，突然把乔治王岛包围了。

我是抢在暴风雪刚刚袭来，海湾风浪开始骚动的瞬间，登上运输艇上岛来的。运输艇装上了一船水泥，希望抢时间再赶运一趟。我已经做好了不回大船的准备，把被子和毛毯也带上，装进一个很大的塑料口袋里。我们都穿上橘黄色的救生衣，因为海况很不好，小艇在喧嚣的浪涛中颠簸起伏，船首激起的浪花不时涌进船舱，把我们浑身淋个透湿。当小艇刚刚进入开阔的海面，风更大了，大浪使小艇急剧摇晃，仿佛随时都可能将小艇掀翻。这时暴风雪开始变猛了，横飞的雪花在眼前飞旋，我的身上和眼镜上是薄薄一层白雪，甲板和船舷立即变白了。而在我们的右侧，那从企鹅岛伸展过来的礁石巉岩，阴森森的，尖利异常。我心想，“要是不小心撞上去了，那可就完了……”

当我们安全地把缆绳系上长城站的码头时，每个人不由得松了口气。

“喂，伙计们，快来卸水泥呀!”小艇上的水手们大声喊道，他们已经累得筋疲力尽了。

“行啦，你们去休息休息吧，这里的活儿交给我们了……”站在码头上系缆绳的董兆乾笑嘻嘻地答道。他是长城站的副站长，一位多次来过南极的海洋学家。

我把行李扛在肩上，踏着坑坑洼洼的砾石滩向上走去。几天不见，长城站变了样儿，站上的考察队员们也不认识了。他们的头发胡子长得老长，成了最时髦的现代派发型，谁也顾不上修饰门面。脸上的皮肤被风雪吹得粗糙、黧黑。许多人的手因为成天泡在泥浆雪水里，皲裂成一道道口子，不得不用胶布贴起来。至于他们身上的羽绒服和南极夏服，几乎看不

吊运集装箱(左)；空运物资(右)

出原来的颜色，沾满了油污泥浆。他们在这里过的是怎样艰苦的生活，似乎用不着细问，一看他们那憔悴的面容就完全明白了。

频繁的暴风雪，使大家更加意识到，南极建站必须争分夺秒，战胜恶劣的天气，加快施工的进度，当务之急是把几百吨建站物资运上岸。除此之外，为了在乔治王岛站稳脚跟，还必须兴建相应的设施。短短十几天工夫，他们建成3栋木板房，其中一栋漆成绿色的“长城餐厅”，是考察队员在暴风雪中奋战一昼夜建起的；他们还建成了码头、发电房、气象观测场……

我把行李放进一间双人帐篷，那将是我在长城站的栖身之地，接着就去参加卸装水泥的劳动。不知什么时候，漫天的雪花又变成了绵绵的阴雨，拖拉机在泥泞的砾石滩艰难地吼叫着，不时地打滑，轮子捆上了铁链也无济于事。雨忽大忽小地下着，到处湿漉漉的，考察队员都淋着雨作业。拖拉机拉着平板拖车把一袋袋水泥，还有建房的陶粒和沙子运到施工地点，我们就排成几行开始接力，一包包沉甸甸的水泥在无数双手里传递，然后分门别类堆在一起。

顶风冒雪凿冻土(左)；忍寒涉水卸物资(右)

“喂，这样太慢了！”站在车上的陈富财粗声粗气地喊道，他是上海科学教育电影制片厂的摄影师，一位很能干的队员，“把那些木板拿过来！”

他的建议被大家愉快地接受了。一块块跳板搭在车上，队员们站在两旁，一袋袋水泥就像放上传送带，很快就卸了下来，又省力，又省时。

我夹在这劳动的行列中，看着这些满脸汗水，浑身湿透的队员，心中不禁涌起阵阵波澜。他们看起来都很平凡，一点也不起眼，可是一旦干起活来，不管疲惫的身躯像散了架似的，也不管外面是风是雨还是茫茫大雪，他们一个个就像猛虎下山，什么也顾不上了。

几天前，海湾里风急浪高，冒着寒气的潮水借着狂啸的暴风，突然排山倒海地冲向海滩。那里有一座刚刚修好的码头，是考察队员们夜以继日站在冰冷的海水中埋下一根根钢管，填了四百多个装满沙石的麻袋（还有草袋和塑料袋），辛辛苦苦修筑而成。但是潮水涌来，码头顿时被淹没了，那些用来加固码头的木板漂出水面，随时可能被风浪卷走，大浪吞噬着沙袋，像是一个贪婪的张开大嘴的海兽……

这时，长城餐厅里飘来诱人的香味，队员们忙碌了一天，在温暖的木板房里津津有味地用晚餐。突然在海边值更的队员陈富财上气不接下气地跑来，把潮水涌上码头的消息告诉大家。

长城餐厅里立即炸开了。他们搁下饭碗，众人的目光不约而同地转向坐在一旁的郭琨队长。郭琨此时已经站起来，把手一挥，“走，抢救物资！”说罢，他已经冲出了木板房。

几十双脚飞快地奔向怒涛汹涌的海滩，当时他们只有一个念头，就是保住码头，因为没有码头就无法卸货。何况这些木板、麻袋都来之不易，是万里迢迢从祖国运到南极的，丢了一件就少一件，有钱无处买呀。当然，郭琨在这个时刻没有失去领导者的沉着冷静，要知道，在这种时刻，稍有不慎，手忙脚乱，是很容易出事的。当众人冲到海边，他一个箭步跑到前面，指着浪涛涌起的脚下，大喝一声："谁也不准越过这条线！"

他的冷静使大家很快从忙乱中清醒过来，抢险也变成有组织有指挥的行动。几名队员冲进劈头盖脸扑来的浪涛，从激流中抓住漂浮的木板。"快，拴绳子！"站在岸上的队员把几根又粗又长的绳子扔过去。

潮水朝人们猛扑过去，翻卷的狂澜一次又一次从队员们手中夺走沉重的木板。他们脚下装满沙石的麻袋也经受不住巨浪的猛击，一次又一次被浪涛所吞没。

站在岸上的队员喘着气拼命拉紧绳子，有的人全身死死压在绳上。这时几名队员飞快地找来几根钢钎牢牢固定，然后把绳子捆住了。

拴在绳子一端的木板，在与狂风恶浪的角逐中被队员们夺了回来；堆放在海滩的零散物资、钢管、三角铁和大批木板也运到安全地带。码头虽然被大浪冲塌了一段，但是物资都安然无恙，风浪一息，他们马上把码头重新加固了。

在长城站，这不过是一个小小的插曲。这天晚上，我拖着疲惫的步伐钻进帐篷。暴风雪越刮越猛，我们住的这个帐篷实在可以用"弱不禁风"四个字来加以形容，它不像军用棉布帐篷那样坚固，薄薄的帐

作者的帐篷

篷面子被狂风拉扯得噼啪作响，起初还以为是外面下大雨，其实是帐篷呼啦作响的声音。那充气的房柱根本经受不住狂风的扭曲，不停地摇晃倾倒。你可以想象，躺在这样的卧榻上怎么能够安睡。有时你会产生一种错觉，以为是躺在风浪颠簸的一叶孤舟上，喧嚣的风浪不绝于耳，随时可能把小船弄翻。除了这种不安全感，那出出进进的门，只是薄薄的橡胶门帘，已经关不严了，狂风卷着雪花不时倒灌进来。

我跟吴振嘉住一个帐篷，他是编队政工组组长，不知从哪里弄来一盏煤气灯，是取暖用的。我找了块大石头，把门帘挡住，又从外面扣上一块挡风的木板。就这样，风还是呼呼地从门缝钻进来，带来阵阵寒气。幸亏煤气灯好不容易点着了，帐篷里稍稍暖和一些。我在充气垫上铺了一床睡袋，本来钻进睡袋是够暖和的，但是睡袋太小，我这样的大个子根本钻不进，即使勉强钻进去也无法转身，所以只好把它当褥子垫在身下，好在我事先早有预备，带了被子和毛毯，睡下来并不觉得太冷。

我躺在帐篷里好久没有睡着，但是我知道，我们的考察队员对于南极的暴风雪早就习以为常，不当一回事了。帐篷底下是砾石遍地的古海滩，只要挖开砾石，就可以遇上潜水，那是山坡的积雪融化的雪水和降水汇集的。再深的地方就是永久冻土，即使夏天也不会融化。他们成天睡在冰冷的潮湿的地上，早上起来充气垫上可以发现一个湿漉漉的水印，正好是自己身体的形状。此外，帐篷内壁挂满水珠，那是呼吸的水蒸气凝结而成。不过最讨厌的还是暴风雪，狂风时常把帐篷掀倒，有时厚厚的积雪把帐篷压扁，飞雪掀开门帘，恶作剧地在他们的睡袋上铺上厚厚一层雪。即使这样，你也不必担心，他们照样睡得很香。紧张的施工，每天工作超过十五六个小时，一进帐篷，倒在铺上就进入梦乡了。

第二天，我起得特别早，因为分配给我的任务是帮厨。但是当我钻出被风雪埋住的小帐篷时，几乎不认识眼前的长城站了。

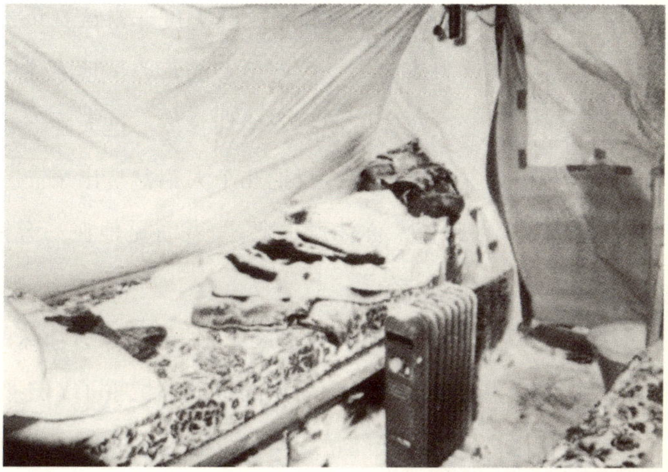

帐篷内常常覆盖上一层雪

一夜风雪，把前些天极地太阳好不容易辛勤劳作的成果一点不留地抹掉了。积雪融化的山坡像敷上厚厚一层银粉，勾勒出岩层变化的轮廓，鳞次栉比的帐篷城埋在深深的积雪当中，像一个个白馒头堆放在海滩。从我住的帐篷到长城餐厅之间，是一条奔流的小溪，这会儿已经被雪淤平，结上薄薄的冰。只有一只缩着脖子的贼鸥，小心谨慎地飞旋着，落在贮放垃圾的汽油桶上，在那里讨生活，大概大雪使它很难找到食物了。

我踏着嗞嗞作响的雪，走向小溪对面的长城餐厅。厨师徐秀明比我起得更早，已经在那里点汽油灶，烧了一锅热水。早餐的食谱是热汤面、油炸馒头片和花生米。我的任务首先是把两个铝制水缸挑满，然后帮忙把中午要做的菜洗好。食品库暂时就在露天地里，一箱箱的冷冻肉和新鲜蔬菜放在天然的大冰库，上面盖了一块大帆布。目前冷库正在施工，冷藏箱还未安装，一旦冷库建成，食品都要入库保存了，因为这些食品不仅要保证建站人员的需要，将来留下过冬的队员也全要指靠它。

长城站的伙食是大家众口交赞的。年轻的天津厨师徐秀明上岛以后没有休息过一天，也没有到附近去看看南极的风光，从早到晚想方设法使大家吃好吃饱。这个小伙子工作态度非常认真负责，他知道考察队员工作很艰苦，体力消耗大，没有足够的营养是顶不住的。因此，他在有限的条件下不断变换花样，使大家增加食欲。这天晚上，晚餐已经结束，我正在洗刷一大盆碗筷，他让我把几个大铝盆洗出来。

“徐师傅，你休息去吧，”我看见他在一旁挽起袖子，劝道，“这里的活儿交给我……”

“我得和面，明天包饺子。”他一口天津味的口音。

我心想，做几十个人的饭就够忙乎了，还要包几十个人的饺子，哪里有这么多的工夫。帮厨一天，我已经领教了这项工作的繁重，从天不亮到傍晚，我手脚不停，腰都累得直不起来。而他，却是天天如此呀。

他也许看出了我的犹豫，便告诉我，明天考察队的两名队员过生日，34 岁的测绘工作者国晓港和 30 岁的后勤装备班的张京生，将在南极迎来自己的生日。在南极考察的日子里，每个队员过生日都要加菜，船上条件差一点，只能发两听罐头；可是在长城站，借机会可以改善伙食，让全体队员痛痛快快地度过一个愉快的晚上。

我后来才知道，这个动议还是长城站站长郭琨提出的，这天他不在站上，而是在“向阳红 10 号”船指挥卸货。虽然狂风恶浪切断了岛上和船上的交通，但他的心里却记挂着这件小事。他在高频步话机里告诉副站长董兆乾，一定要让过生日的同志热闹一番。“请食堂加个菜，弄点酒……转达我对他们生日的祝贺……”他在步话机中说。

当天下午，风雪更大了，室外工作不得不暂停下来。从各班抽调的 20 多名队员纷纷跑来包饺子。一大铝盆的猪肉大葱馅，两扇木门当作案板，大蒸锅热气腾腾，众人说说笑笑，包起各种富有创造性花样的饺子。这时中央电视台的摄影师马维军、汪保国也笑嘻嘻地前来凑兴，摄影机对准了

考察队员们在长城餐厅包饺子

一个个欢快的镜头。

“吹哨子……开饭了……”饺子下了锅，徐秀明立即告诉《人民画报》记者孙志江，今天轮到他帮厨。

哨声在白雪茫茫的荒野传开，风雪中一个个端着碗筷的队员钻出帐篷。我们的“酒官”——中央人民广播电台的老记者杨时光，早已带着一帮兄弟抱来一箱箱啤酒，还有白酒和葡萄酒。

“老杨哥，今天还有酒呀？”

“保证供应，不够再去拿。”满脸红光的杨时光怀里揣着酒瓶，手里攥的也是酒瓶，“够你们喝的，可就是不准喝醉……”

队员们围着两排长条桌团团而坐，长条桌不过是建房的梁柱，两根拼在一起，放在空油桶上。在一阵碰杯声和哄笑声中，副站长董兆乾笑眯眯地走在两排长桌当中，发表了祝酒词，但是谁也没有听清他说了什么。心情激动的国晓港和张京生拿着酒瓶，轮番地向在座的同志敬酒，接受大家的祝贺。不知是谁把录音机弄来，优美欢快的旋律顿时弥漫着热气腾腾的餐厅。接着，几名活跃分子——陈富财、陈善敏、陶宝发和杨时光，伴随着优美的旋律，在众人的鼓动下，跳起了迪斯科……

南极暴风雪

看着这一张张笑脸，听着满屋的笑语喧声，谁能想到此刻正是暴风雪袭来之时。

窗外，狂风怒号，风雪弥漫。无遮无拦的海滩上，呼啸的狂风，卷着飞雪，打得人睁不开眼。远处的冰川，近处的山崖，甚至几步之外的帐篷，都淹没在风雪之中，连不畏风雪的企鹅也不见踪影了。

啊，好大的暴风雪，小木屋在风雪中屹立。笑声和歌声，充满中国南极健儿的壮志豪情，飘向暴风雪的荒野……

冰海探险

“起锚！起锚……”

急促的喊声，隐含着抑制不住的喜悦，从驾驶台迅速传遍每一个房间，在广播喇叭里叫开了。

铃声大作。船只起航的预备铃随即在过道、船舷和前后甲板响个不停。

水手们的脚步声咚咚地在甲板上响着，夹杂着粗鲁的吆喝声和笑骂声。

锚机开动，发出“咣当——咣当——”的轰鸣，那是沉重的锚链把几吨重的大铁锚从 95 米深的海底拖了出来。

我们这艘科学考察船停泊在麦克斯韦尔湾足有 20 天，今天终于机声隆隆，从它的锚泊地起航了。自从一头扎到乔治王岛南部的麦克斯韦尔湾，除了几次风浪太大，铁锚挂不住海底，船只不得不迎着风浪彻夜航行之外，它基本上是停在原地一动不动。有什么办法呢？几百吨建站物资因为天气不佳不得不一次又一次地拖长了卸货时间，原来的计划是 10 天卸完，后来延长到半个月，当最后的一个难得的好天气来到时，几艘运输艇昼夜不停地往来于乔治王岛，直升机忙不迭地在飞行甲板上空轰鸣，船上所有的人几乎都出动了。终于，填得满满的货舱全部腾空了，500 吨建站物资安全无损地卸上了岸，大伙儿这才松了口气。

“向阳红 10 号”驶向南大洋进行科学考察

最为焦急的还是南大洋考察队的几十名科学家。我国首次南极考察除了要在乔

治王岛建起第一个南极科学基地，还有一项极其繁重的南大洋科学考察任务，为此组成了一支包括各个专业的 72 名科学家的南大洋考察队，担任队长的是国家海洋局第二海洋研究所副所长、著名海洋沉积学家金庆明高级工程师。他们的南大洋考察计划中有海洋生物、海洋水文、海洋化学、海洋地质和地球物理的各个专题，从大洋洋底复杂的地质构造到宇宙的尘埃，从海洋水团的运动到栖息在海洋中的生物世界，无不是他们考察的对象。可是，一再拖延的卸货期限使得科学家们心忧如焚，南极考察的时间是有限的，黄金季节的夏天转瞬即逝，卸货时间的一再拖延必然减少南大洋的考察时间。我不止一次看到我们的科学家满脸愁云，聚集在甲板上望洋兴叹。他们的心情我是理解的，来一次南极不容易，有的人也许是一生中的最后一次。他们多么希望抓紧时间，多为南极科学事业作出自己的贡献。但是，有什么办法呢？天气陛下打乱了我们的计划，建站物资必须首

南大洋考察队合影

先安全地卸上岸，只好耐心等待，等待着……

1985 年 1 月 19 日傍晚 6 时 30 分，极地的太阳躲在乌云的后面，在巨涌翻腾的海面涂上一层毫无生气的青灰色。风在大海上集结，积蓄着力量，仿佛又在酝酿一场新的暴风雪。有几艘外国的船只似乎预感到风暴即将来临，仓皇地逃入海湾深处避风，一群群信天翁和暴风海燕在甲板上空盘旋，好似在提醒我们："风暴快要来了。"就在这时，"向阳红 10 号"船拉响了嘹亮的汽笛，迎着狂风恶浪，驶出了麦克斯韦尔湾，向着茫茫冰海勇敢无畏地开始新的远征。

我走进驾驶台，高频步话机已经接通了长城站。那里留下的 54 名南极洲考察队队员将担负起艰巨的建站任务，海军"J121 号"打捞救生船 308 名海军官兵和他们协同作战。但是，在这离别的时刻，尽管这是短暂的别离，人们的心情都很激动。

"再见了，祝同志们一路顺风！"步话机传来南极洲考察队队长郭琨的喊声，"我们南极洲考察队全队同志，祝大家身体健康，南大洋考察取得圆满成功！"

站在驾驶台指挥的船长张志挺大声地回答："谢谢你们，祝你们早日建站成功！"

"祝你们胜利归来，参加建站落成典礼！"郭琨继续喊道。

"向阳红 10 号"开始加速了。它像锋利无比的铁犁划开了冰海的波浪，乔治王岛那冰雪皑皑的海岸和企鹅云集的爱特莱伊湾的礁岩，擦过它的身边向后退去。就在船只从长城海湾的入口驶过时，水手们从望远镜中发现了菲尔德斯半岛上长城站的建筑工地。我接过望远镜对准那儿，只见灰蒙蒙的海滩上，奔跑着一群人，他们挥动着帽子或者双臂，向我们频频招手，有的站在高高的地方翘首眺望。我虽然听不见他们的喊声，看不见他们的脸孔，但我知道他们是留在岛上的 54 名队员。在我们出海考察的日子里，他们将在荒原上建成长城站，这副担子可是不轻啊！

不久，麦克斯韦尔湾那几座孤悬在海中的礁石也从视线中消失了，我们的眼前出现了布兰斯菲尔德海峡。这是横亘在南设得兰群岛和南极半岛之间一条狭长的水道。这条水道的命名也有一段有趣的历史：一个多世纪以前，英国海军中校爱德华·布兰斯菲尔德绘制了南设得兰群岛的海图，然后继续南进到南纬 64 度 30 分的地方。1820 年 1 月 30 日，他隐约看到了南方的陆地——那就是南极大陆向北伸展的南极半岛。为了纪念他第一个遥望到南极大陆，那块南面的陆地和南设得兰群岛之间的水域，后来一直被叫作布兰斯菲尔德海峡。

我们此刻已进入南大洋的范围。南大洋是南极洲周围海域的统称，又叫南极海或南冰洋，由环绕南极大陆的南太平洋、南大西洋和南印度洋组成。由于它和地球的三大洋息息相通，不存在肉眼可以看见的天然界线，那么它的北界究竟在哪里，海洋学家还存在不同的看法。

金庆明队长对此作了回答："一般来说，南大洋的北界定在南极辐合带，这是南极周围水域水温、盐度等水文因素急剧变化的一条分界线，大体上位于南纬 48 度至 62 度之间。不过也有人将北界定在亚热带辐合带，即南纬 40 度左右。根据这个原则，南极辐合带以南称为南大洋或南极海，南极辐合带和亚热带辐合带之间，称为亚南极海。"

这位出生在上海川沙县的海洋地质学家，是南京大学地理系地貌专业 1958 年的毕业生。从那时起，他的生活，他的理想，始终和蔚蓝色的海洋联系在一起。金庆明是一位不愿意过多地谈论自己的科学家，我对他的经历与考察队中其他的科学工作者相比，可以说了解得最少。我仅仅知道他曾经参加过60年代全国海洋普查，以后又在全国海洋综合调查组从事海洋环境方面的考察，考察范围极广，从西北太平洋一直到中国海，到处都留下他的足迹。他作为海洋调查大队的成员，参加了海岸带的地质调查。他有着丰富的海洋调查的实践经验，同时又在海洋地质领域有较高的造诣。因此，1966年3月海洋所成立时，他很快成为该所众望所归的业务负责人。他以前并没有来过南极，但是他的威望，他的学术水平，特别是他善于团结来自不同单位的科学工作者的组织才能和谦虚谨慎的品德，使他赢得了同志们一致的信任，而这一点，对于一支远征南大洋的考察队，是至关重要的。

金庆明最反对记者采访他本人，在这方面他近乎不通人情，甚至不惜给人难堪，我在采访他的时候也碰过这样的软钉子。不过，当你就某些科学上的疑难向他求教，或者是从他那里了解南大洋考察的打算和进展，他却是非常乐意向你提供情况。不管是他在甲板上指挥海上作业，还是他的眼疾由于过度劳累而越发严重，不得不躺在沙发上点了眼药闭目养神的片刻，只要你找他，他总是有求必应。

“南大洋范围很大，总面积有3 800万平方千米，”金庆明在起航以前召开的一次汇报会上的发言给我印象很深，他说，“我们考察的区域只是南大洋很小很小的一部分，局限于南设得兰群岛周围海域和别林斯高晋海，所以我建议记者们写稿时不要笼统地说南大洋考察，而是南设得兰群岛周围海域和别林斯高晋海的海洋调查，这样好不好?”

他习惯地推了推鼻梁上的眼镜，用询问的目光扫了一眼在座的新闻记者。

但是，他的建议遭到一致的反对。

“哎哟，你那么一长串的名字，太麻烦了。”一位年轻的记者发表了他的见解。

“是嘛，早就在公开报道中这么提了，何必再改嘛……”别的记者附和道。

这个提议倒是很典型地显示了金庆明的性格，他这个人就是这样认真，一丝不苟，这是科学家可贵的性格。

不过，金庆明也有难言的苦衷。在我看来，南大洋考察区域一再缩小范围，减少测站——这是由于卸货时间大大超过预定计划所造成的——使得他和他的几位助手不得不重新修改考察计划。原定的考察区域是 40 万平方千米，现在压缩了不止一半，只有 16 万平方千米。考察的时间也由原定的 38 天减少为 30 天，减少 5 个站位。如果把航行的时间，以及遇到恶劣海况抗风避风的时间统统计算进去，留给金庆明和考察队员的时间，总共只有 444 个小时。

但是，金庆明并不气馁，他精确地计算了归他支配的每一个小时，即 18 天零 12 小时的工作日，精打细算地将分分秒秒都安排得满满的。

“我们在 16 万平方千米的海区，共设了 25 个断面观察站，还有 2 条测线，”他伏在海图上平心静气地说，那镇定的神态一点不像大战前夕的指挥官，倒有点像论文答辩会上的教授，“我们计算一下，整个航程是 2 400海里，在 1 000 米以下的海区，共有 13 个站位，每个站位工作 12 小时，共计 156 小时；1 000 ~ 2 000 米深的海区是 6 个站位，每个站位工作 18 小时，共 108 小时；剩下 2 000 米以上的站位，只有 1 个，24 小时……”说到这里，他那高度近视的眼睛，透过一圈圈厚厚的镜片，凝视着挂在会场的一幅南极海区调查作业示意图，他对全体考察队员说，“我们的目标是挺进南极圈，拿下 25 个站，在综合海洋环境考察和专题研究上获得成效。因此，我希望大家认清我们的使命、我们身上的重担，要准备到南大洋去吃苦。我们不争荣誉，争做工作。要发扬求实的精神，取得第一手资料……”

金庆明是在南大洋考察队的一次例会上说这番话的，会议一结束，我们的考察船便迎着风浪不失时机地起航了。对于这宝贵的444个小时，谁也舍不得再浪费一分一秒。当晚22点，船只到达乔治王岛东南方的大海，速度开始减慢，广播喇叭传来船长的声音：“1号站位到了，请考察队员作好准备……”

南大洋考察示意图

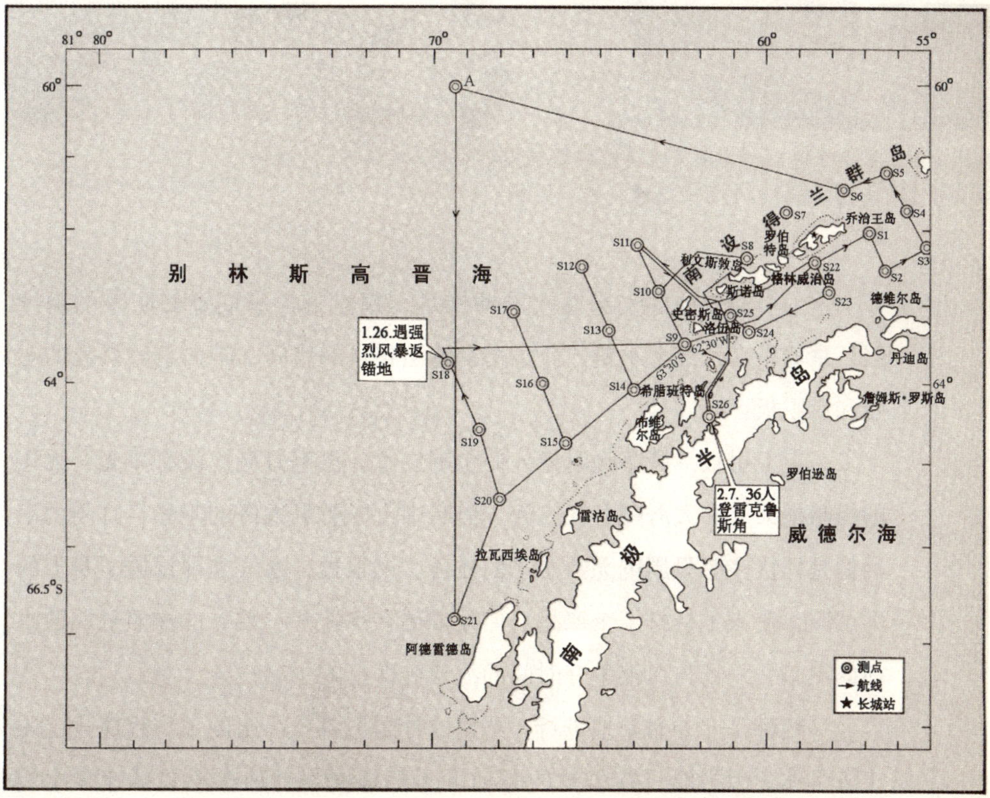

南大洋考察队的业务会议（围桌坐者：右 2 金庆明队长，右 4 鱼类学家尹向芙，左 3 生物学家王荣，左 4 捕捞专家郭南麟）

这一声通知如同发起总攻的冲锋号，顿时科学家们穿好防寒的羽绒服，拿着手套，穿上水靴，急急忙忙跑出各自的房间，奔向急剧摇晃的船舷和后甲板。

一走上甲板，黑暗顿时把人们包围住了。没有月亮，没有星光，无边的黑暗把天空和大海融合在一起。黑暗中可以听见大海的咆哮，奔腾的浪涌像是埋伏在船只周围无数暴怒的怪兽。风很猛，寒气立即浸透了身上的羽绒服，使人不禁打了个寒战。但是谁还在乎这些？雪亮的探照灯驱散眼前的黑暗，一场与风浪争夺时间的战斗立即打响了。

一切都是井井有条地进行，严密的计划把各个小组的工作程序规定得十分具体。因为船只在风浪的驱动下不停地摇晃，加上船只减速发生漂移，考察队的各专业组不能同时采集样品，只能按照次序分别进行，否则投入海中的钢缆会搅在一起。

水文学家在左舷水托架旁，用吊杆将一个个钢质的圆筒抛入海中，这是分层取水的颠倒采水器。他们将对海水的温度、盐度和它的化学成分进行详细的测定。

生物学家是南大洋考察队中实力最为雄厚的队伍。他们的分工很细，有的研究海洋的浮游生物，有的研究底栖生物，有的研究肉眼看不见的细菌，还有的调查南大洋引人注目的磷虾——磷虾资源及其生态环境的综合考察，正是这次南大洋考察的重点项目。

我朝着左舷甲板走去，那里明晃晃的探照灯下聚集着一群人。1 200米的水文绞车飞快地转动，漆成白色的吊杆把一具网眼很密的垂直大网放入船帮外面的浪涛中。

生物学家蒋加伦站在那儿忙碌着，在他脚下放着几只绿色和红色的塑料桶，桶内已经盛满了他们的第一批猎物。

“这些红色的像黄豆一样大小的，叫海鞘。”蒋加伦是研究浮游生物的，考察队生物组组长。他指着桶内许多我不认识的小生命，告诉我：“你看，那种像泡开的白木耳一样的，是小水母；还有磷虾的幼体，很小；还有桡足类的生物……”

我惊讶地说：“哟，这里的生物还真不少！”

蒋加伦拖过一只红色的塑料桶，那里面的海水非常浑浊，泛出黄绿色。他见我有些惊讶，忙说：“这里面都是浮游植物，数量非常丰富，我们是用一种标准小网采集的……”

“浮游植物是什么东西？”

“硅藻类，只能在显微镜下面才能看清……”

我还打算询问，但是旁边的喧闹声吸引了我的注意力，地质组的科学家开始采集海底的沉积物了。

这里海深 1 200 米。地质学家采集海底沉积物，用的是一种重达 200 千克的表层采泥器，俗称“抓斗”。它很像一个开合自如的贝壳，张口面积为 0.25 平方米。当它沉入海底时，凭借自身重量和平衡锤（挂在抓斗旁边重达三四十千克的铁砣）的作用，立即自行合拢，海底的沉积物就被它“吞”了进去，它一般只能采集海底表层 20～25 厘米的沉积物。

但是，要想从深深的海底刮下一层皮也并不容易。安装在左舷甲板的 6 000 米地质绞车缓缓开动，松开了结实的钢缆。几个地质人员扶着那沉重的抓斗，将它移到船栏杆外面，然后徐徐投入海中。他们不像采集水样或者浮游生物，那些都是表层的，一放一收，所需的时间有限。地质采样往往要花费几小时，根据海深不同而有区别；而且并不是每次都能成功，有时往往费了很大的劲，抓斗提上来却空空如也，只好重新来过。据金庆明队长告诉我，地质学家便是通过这样有限的样品，研究海底的地质构成，以及地球演变的历史。除此之外，生物学家对海底沉积物也有兴趣，他们关心的是生活在海底淤泥中的生物群落，

海洋地质学家将“抓斗”（表层采泥器）投放到大洋深处

还要计算单位面积底栖生物的生物量。

夜已经深了，风浪越发猛烈，但是谁也没有睡意。我的身边，6 000米的水文绞车轰隆作响，把长长的钢缆从船尾放入海中，那是研究底栖生物的科学家们在放下拖网。值班室里，鱼探仪的指针迅速跳动，窥探海洋中磷虾群的影像。生物学家将根据它提供的信息，随时做好捕捞磷虾的准备。所有的实验室灯火通明，闪烁着红红绿绿指示灯的仪器在紧张地工作，科技人员穿着白大褂连夜进行分析化验。连伙房的炊事员也在忙着准备夜餐，从过道上远远飘来一阵诱人的香味……

1985 年 1 月 18 日，中国海军潜水员刘宝珠在乔治王岛麦克斯韦尔湾潜入海底 57 米，成为第一个潜入南极海底的中国人。图为刘宝珠正在入水

这是挺进南大洋的第一夜，一个紧张的夜晚。

象岛和磷虾

我们的考察船在布兰斯菲尔德海峡完成了最初几个站位的考察，在茫茫冰海留下一条长长的新开辟的航道，转向南设得兰群岛东端辽阔的洋面……

风浪渐渐平息，久违的蓝天预示着好天气即将到来。我们这些生活在海上的人，像那些经常出没风浪里的老渔民，对天气的变化比任何事情更为关心。遇到船上的气象人员，开口第一句问候似乎离不了“今天天气怎么样”，即便到了深夜，也要跑到黑暗笼罩的甲板上，侧耳谛听风浪的喧腾，抬头凝视着满天阴霾的夜空。这种微妙的心理，似乎多少也透露了人们对大海的畏惧吧。

不过，这天清晨我在甲板上盘桓甚久，却是另有一番原因。在左舷远方的海平线上，突然出现一片岛屿，如果不是有人提醒，乍一看去，我还以为那是从海上升起的阴云，但是再定睛看去，却是一座座冰雪覆盖的岛屿。从望远镜中看去，小岛地势高峻，峰峦兀立，由于披上了厚厚的冰雪，仿佛是漂浮在洋面的巍巍冰山。小岛有三四个，全部隐藏在烟云弥漫的雾霭中，白云缭绕，使人难以窥探它的庐山真面目。北边两个孤岛，烟雾腾腾，听说是活火山，但是那飘拂的烟云不知是火山喷发的浓烟，还是萦绕山巅的云雾。在它们的西面，有一座面积较大的岛屿，耸立着起伏的雪岭冰崖，经证实，这眼前的岛屿即是著名的象岛。

眺望象岛

象岛！听见这两个字，我眼前风平浪静的大海仿佛突然波涛汹涌，白浪滔天，无数的浮冰像是急流中的木排飞快地移动，呼啸的暴风发出令人恐怖的怒吼。这时惊涛骇浪之中出现了几个小小的船只，是像木片一样脆弱的救生艇，被暴风驱使着，被浮冰和急流裹胁着，不由自主地向北漂流。而在那几艘可怜的小艇之上，有几十个神色张皇的探险队员，他们那绝望的目光，疲惫憔悴的面容，一看就知道他们已处在十分危险的境地……

这不是我的臆想。南极探险史上无人不晓的谢克尔顿探险队的冰海历险，就发生在我眼前的大海，那永恒的大海该是记得这惊心动魄的一幕吧。

1911 年 12 月 14 日，挪威探险家阿蒙森第一个摘取了征服南极点的荣誉桂冠。消息传到英伦三岛，原先跟随英国探险家斯科特第一次远征南极探险的谢克尔顿暗暗发誓，一定要横贯南极大陆，以此挽回英国人在南极探险中屡屡受挫的面子。谢克尔顿在 1901 年至 1904 年斯科特探险队首次进行南极探险时，曾经到达南纬 82 度，但是由于患了坏血病，不得不含泪返回。接着斯科特探险队再次远征南极点，全军覆没，举国震惊。谢克尔顿作为斯科特探险队当年的队员，不能不为此感到分外难过。

经过一番紧张的筹备，谢克尔顿建造了一艘排水量 350 吨的三桅帆船，命名为“英迪兰斯号”，意思是“顽强”，在全国应征的 5 000 多人中挑选了 56 名队员。1914 年 8 月 1 日，谢克尔顿和 5 名横贯大陆的队员，8 名沿岸探险队员，加上船长华斯雷和他手下 12 名船员，乘坐“英迪兰斯号”离开伦敦，直赴南极边缘的威德尔海。此外，还有一支探险支队在他们出发不久，也将登上“极光号”，奔赴罗斯海。

原来谢克尔顿的计划是从面临大西洋的威德尔海岸登陆，横贯人迹罕至的南极大陆，通过南极点到达罗斯海。在他以前还没有任何人从威德尔海岸登陆，斯科特、阿蒙森等探险队都是由罗斯海登陆。谢克尔顿之所以把出发点选择在威德尔海，并非是没有原因的，这是因为威德尔海素有“魔海”之称。它的海湾入口宽达 2 000 千米，纵深 1 500 千米，海面到处是冰架、冰山和浮冰群，形成难以逾越的屏障。谢克尔顿是要试试自己的勇气和胆量，毫无疑问，谁能顺利穿越过“魔海”，必然意味着刷新南极探险史的新纪录。

（读者请注意，我们的考察船此刻的位置已经行驶到离威德尔海不远的地方，如果我们掉转船头，向南航行，那可怕的“魔海”就将出现在我们面前了。）

谢克尔顿在大西洋航行了 1 个月，9 月末到达布宜诺斯艾利斯，10 月初向南乔治亚岛出发。这个长 150 千米、宽 40 千米的岛屿，终年冰雪覆盖，岛屿东部的哈斯比克港是个捕鲸船基地。当“英迪兰斯号”航行月余，于 11 月初抵达哈斯比克港时，谢克尔顿的探险计划遭到许多捕鲸船长的反对。他们并无恶意地劝告谢克尔顿，闯入威德尔海完全是冒险，那里的坚冰是无法征服的。

但是谢克尔顿毫不动摇，在哈斯比克港补充了燃料、食品、服装之后，“英迪兰斯号”于 12 月初挺进威德尔海。按照谢克尔顿的计划，他们将要在 12 月份赶到登陆点。

可是威德尔海巨大的冰架和大量的浮冰，使得谢克尔顿的计划很快成为泡影。他们历尽艰辛，从冰裂缝中辗转航行，虽然向南到达南纬 76 度 33 分，仍然无法登上南极大陆。当他们好不容易到达南纬 77 度时，已是第 2 年的 2 月末，南极漫长的冬天很快降临了。

从 5 月开始，漫长的黑夜笼罩着茫茫冰海，只有不落的月亮和不时出现的绚丽多彩的极光伴随着他们。这时，“英迪兰斯号”被冰群封冻起来，而且不停地向西北方向漂流。当 7 月 26 日黑暗的冬季结束时，太阳从地平线露出了一分钟，但是“英迪兰斯号”仍然被厚厚的流冰挟着不能动弹，而且随着气温的回升，冰块不时破裂，给船只带来更大的危险。

可怕的事情接二连三地发生了。10月间，“英迪兰斯号”的锅炉受冰块挤压而漏水，发动机无法启动；到了10月27日，浮冰终于将船只挤破，谢克尔顿探险队和全体船员立即撤离到冰上，当时他们的位置是南纬69度5分，西经51度20分。

这时，横贯南极大陆的计划已成泡影，摆在谢克尔顿面前的难题是如何摆脱困境，率领全体探险队员安全地返回祖国。但是失去了“英迪兰斯号”，他们脚下是随时可能破裂的浮冰，茫茫冰海，到处埋伏着可怕的陷阱，他们能不能脱险呢？

27名队员和船员，49条狗，3艘救生艇都已撤到浮冰上。谢克尔顿率领队员们开始了艰苦的冰上远征。他们计划走到300千米外的格兰汉地，然后前往400千米远的坡雷岛，那里据说经常有捕鲸船经过。但是这个想法看来也是不现实的，因为冰面融化，凹凸不平，前进的速度很慢，而且随时要提防冰块破裂。当1916年的元旦在布满浮冰的洋面降临时，他们期待已久的风暴也随之来临。不久浮冰被风暴驱动，向北漂泊，像是一艘冰舰渐渐离开了可怕的“魔海”。2月22日，他们距离坡雷岛只有100千米；3月17日，离坡雷岛仅有70千米；可是当他们已经看见露出海平线上的坡雷岛时，连成一片的浮冰却无法放下小艇，转瞬之间，浮冰载着他们继续向北漂去，与坡雷岛失之交臂，眼睁睁地从他们身边一掠而过了。

浮冰继续向北漂流，沮丧的谢克尔顿只好把希望寄托在其他岛屿，但是丁佳岛、乔弯比尔岛都无法登岸，他们把最后的希望放在象岛。

终于，当浮冰四分五裂，处境越来越危险时，他们驾着3艘小艇逃出威德尔海，于4月14日到达象岛。经过长达15个月的海上漂泊，他们得救了。

这以后，谢克尔顿又历尽艰险，奔往南乔治亚岛，到达哈斯比克港，然后又重返象岛营救留在那里的考察队员，其间的艰苦一言难尽。但是，谢克尔顿率领的探险队，以顽强的意志和惊人的毅力，战胜了威德尔海浮冰的包围和南大洋的惊涛骇浪，整整在冰海漂泊了 3 年，其经历无疑显示了人类挑战南极的勇气。因此，尽管他的横贯南极大陆的宏愿未能实现，但这次冰海历险却载入了南极探险的史册。

谢克尔顿他们得救的地点，就是我眼前的象岛，事隔仅仅 70 年，怎能不令人浮想联翩呢？

象岛这一带，以及南设得兰群岛以东和威德尔海，如今最引人注目的还是海洋中丰富的磷虾资源。我们的考察船驶向这片海域，值班室里那台 TCL—204 型双频率探鱼仪一刻也没有停止监测海中的虾群。自从出海以来，似乎没有人不关心磷虾的捕捞，因为我们到现在还没有见到那像红宝石一样闪闪发光、辉映大海的虾群。

出发后的第二天下午，船只从 2 号站位驶向 3 号站位，这时候探鱼仪那缓慢移动的记录纸上，跳动的指针描画出一片黑糊糊的影像。它像是告诉我们：水深 25 米至 50 米的地方，出现了大片的磷虾群。

立即，广播喇叭叫开了，船只立即减速，生物学家们纷纷赶到船尾后甲板。那台固定在甲板上的电动绞车徐徐转动，长长的钢缆从船尾抛入海中。在钢缆末端，挂上了一只网眼细密的白色圆锥形拖网，它是专用于捕捞磷虾的科研用网。倘若是商业性捕捞，网具要大得多。我们曾经在大洋中遇到过苏联和联邦德国的渔船，据说他们一网可以捞起成吨的磷虾。

在南大洋考察的诸多项目中，捕捞磷虾的场面总是最吸引人的。当漂浮的网具徐徐拖出水面，站在船舷旁边的人们个个睁大眼睛。如果那拴在网具末端的有机玻璃圆筒里，泛出鲜红鲜红的颜色，准是捕捞了不少磷

海洋浮游生物采样

虾，甲板上顿时一片欢腾。不过，好运气并不常常有，由于种种原因，船只的移动，网具投入的深度，有时也会出现令人丧气的场面：网里是空空的，弄不好网具还撕破了，这种情况发生过不止一次。

不过，这次结果如何呢？人们的心仿佛随着那下沉的网具坠入那深深的海底。

磷虾拖网每次投放的深度并不同，根据虾群所在的位置而定。这一次，他们把网具先放在水下 300 米——这一带海深 400 多米，过 10 分钟再提到 150 米。

不久，电动绞车开始收绳了。固定在船尾的 5 吨吊车也伸出长臂，它是负责将拖网吊上甲板的。在众目睽睽的静默中，船尾翻腾的海水中露出了飘曳的白色拖网，它像是一条上钩的大鱼，在那里挣扎、跳跃、翻来滚去。

吊车很快抓住了网具，将它提了上来。这时人群中爆发了一阵惊叫：“磷虾！”

“让开，让开，别影响作业！”头戴黄色硬塑料安全帽的郭南麟在那里大声吆喝，挥手让围观的船员走开。他是南大洋考察队生物组负责人，东海水产研究所的捕捞专家。

郭南麟(右 1)和队友们在南大洋上

一堆粉红色的磷虾从网具中倒出，科学家小心翼翼地装进塑料桶。根据不同的研究课题，有的要冷冻起来，有的要焙干，有的活虾还要进行人工饲养。他们将要研究磷虾的年龄、种群分布、生物学特征以及它体内蛋白质、脂肪、氨基酸含量，另外还要专门研究它的饵料，从海洋的食物链去探讨磷虾资源的利用价值。微生物学家对磷虾也有兴趣，他们打算从磷虾的肠胃里分离出细菌来，进一步研究磷虾的致病因素。在小小的磷虾身上，学问并不小。

在南大洋捕获磷虾的喜悦

在一次情况交流的例会上，南大洋考察队的科学家聚集在船上的餐厅交流各个专业的考察进展。有人在发言中对有时没有捕捞到磷虾表示惋惜，这时一个身材高出众人一头，绒线软帽下面露出花白头发的考察队员却不慌不忙地说：“没有捕到磷虾，网里是空的，怎么看待这个问题？我以为，这也是收获，我们不是捕捞磷虾的渔船，有怕完不成任务的担心，我们的目的是调查磷虾在南极海域的分布规律……”

他的这番话确实叫人振聋发聩，至少对我来说是如此。既然我们是从事海洋调查，磷虾数量的多寡不正是反映了它们在不同海区的空间分布吗?

这以后，我比较留心地观察他。每次捕捞磷虾，他总是站在电动绞车旁边，默默记录数据；夜深了，在飘着蒙蒙细雨的船舷，他和同行们在聚光灯下放下垂直取样网，捕捞不可多得的活虾。在集装箱式的低温实验室，他全神贯注地观察玻璃器皿中的小生命，忘记了室内寒气逼人……这个身高 1.88 米的山东大汉，是中国科学院海洋研究所副研究员王荣，一位出色的磷虾专家。

南极磷虾，是生活在冰冷的南极海域的甲壳类浮游动物，它的知名度不亚于南极的企鹅，远在我们来到南极以前就闻名已久了。至于这种南极海洋中的小虾为什么会引起全世界的关注，王荣是最有发言权的。

“南极磷虾，正确地说是指分布在南大洋的大磷虾，”王荣用铅笔在一张纸上写了大磷虾的拉丁文学名——*Euphausia superba*，接着提醒我，“因为磷虾并不限于生长在南极海域，从热带到寒带，从近海到大洋都有分布，全世界共有 85 种，光是我国近海也有几十种。如分布在黄海的太平洋磷虾，东南沿海的中华假磷虾，南海和东海外海的宽额假磷虾，数量也很大，只不过它们个体小，较分散，没有形

王荣在分析南极磷虾

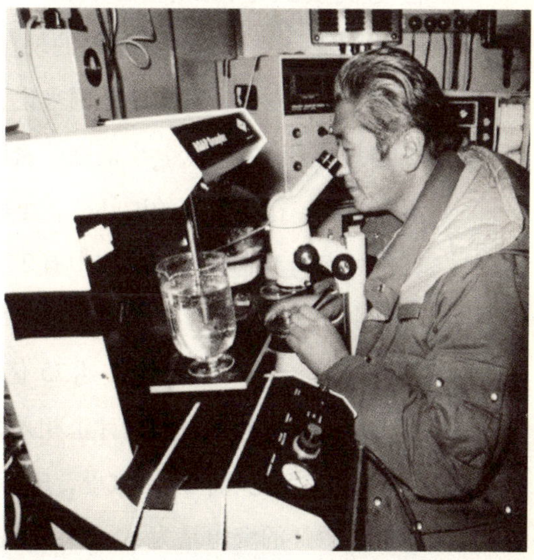

南极大磷虾

成人类直接利用的对象，但都是经济鱼类的重要饵料。”

这番话对我来说是前所未闻的，我后来才知道，分布在我国沿海的中华假磷虾，正是坐在我面前的这位海洋生物学家发现并命名的，那是 20 世纪 60 年代的事。

话题继续转到南极磷虾。王荣说，分布在南极水域的磷虾可能有 10 种，其中在南极辐合带以南的有 6 种，不过，数量上最多的是大磷虾。它的个体最大，体长一般 4 ~ 5 厘米，最大的可达 7 厘米。一般说磷虾可能成为人类的一种食物，便是专指这一种。

南极磷虾为什么引人注目，说起来很简单，这就是它的资源量相当可观。有人说它是人类未来的蛋白资源，并且预言不久将要进入人类的食谱。

“当然，要准确估计磷虾的现存量也很难，”王荣说，“因为磷虾集中的密度并不一致。从大的范围来说，以大西洋区的密度最高，其次是印度洋区，太平洋区最低。小范围的密度也是不均匀的，它们往往聚集成大小不同的群。在高密度的磷虾群，生物量高达每立方米 500 克，还有的潜水员曾观察到 1 立方米的水体中有 3 万个体。”

由于这个缘故，科学家估计南极磷虾的生物量彼此相差很大，最少的估计量为 4 450 万吨，最多达 75 亿吨，甚至还有的认为是 100 亿吨。因此对磷虾的可能捕捞量的估计也相差很大，最少的估计量是每年 2 500 万吨，最多达 22.5 亿吨。说到这里，王荣指出：“根据目前为较多科学家接受的估计，磷虾的资源量为 10 亿 ~ 20 亿吨。科学家认为，在不破坏南大洋生态平衡的条件下，每年至少可以捕捞5 000万至1亿吨。这个估计是从20世纪初有一个庞大的须鲸资源出发的，当时须鲸很多，现在须鲸数量只有原来的16.4%，须鲸的急剧减少必定带来磷虾的消耗量的下降，这剩余的磷虾有1.4亿吨，人类利用一半是完全可能的。这个数字相当于全世界所有水产品渔获量的两倍。”

他接着说，60年代初，苏联第一次派出远洋渔船到南极捕捞磷虾，从这以后，智利、联邦德国、日本、波兰、韩国等国纷纷开始试验性和商业性捕捞。1981—1982年度，捕捞量达529 505吨，其中90%是苏联捕捞的，这个数字相当于我国头一位海洋捕捞对象——带鱼的年产量。

“这就带来一个问题，怎样合理地捕捞磷虾才不至于破坏南大洋的生态平衡?”王荣把话题一转，提出了当今世界各国科学家尤为关心的保护南极生物资源的问题。

他提到一项正在执行中的国际海洋合作计划，即BIOMASS计划——“南极海洋生态系统与生物资源考察”。根据这个10年计划（1977—1986），1980—1981年和1983—1984年南半球夏季，有19个国家参加两次大范围的海上考察，每次都有十几条船在不同海区调查。这个计划的主要内容即是研究磷虾及其生态环境的关系，以及南大洋生态中的鲸鱼、海豹、企鹅、鱼类、头足类、磷虾等生物的个体生态学，它们现存的生物量和产量估计等。计划的目的就是在形成大规模商业性开发以前，尽可能查明南极磷虾的资源和以磷虾为核心的南大洋生态系统，为合理开发和保护这一最大的潜在蛋白资源提供科学依据。

“磷虾是南大洋生态系中的关键生物，用生态学家的术语来说，是key organism，控制着南大洋生态系的一把钥匙。”王荣说。他接着描绘了南极海洋里生物之间相互依赖、互为关联的一种微妙的关系，用形象的说法，这是一条一环扣一环的食物链。构成这条食物链的基础是南极辐散带的上升流提供的源源不断的营养盐类。我们考察队的水文学家用他们测定的数据说明这样一个事实，即南极海域中的营养盐非常丰富，与我国海岸带海水中营养盐含量差不多，这就改变了人们普遍认为寒带海洋营养盐特别贫乏的概念。大量的营养盐为浮游植物的繁殖提供了条件，以浮游植物中大量的硅藻为主要饵料的磷虾也因此特别多。与此相关，磷虾又是鲸鱼、企鹅、鸟类、大多数海豹的食物。蓝鲸、长须鲸和座头鲸的食物构成 80%是磷虾，甚至它们的活动范围也和磷虾的分布区息息相关。在南大洋的生物链中，磷虾可以说是承上启下的中间环节，是海洋中能量转换与物质流动的核心。所有这些生物的数量与分布和磷虾的存在是直接有关的。

说到这里，王荣提醒人们注意历史的惨痛教训。他说，历史上对南大洋生物资源的开发一开始就是猎海豹和捕鲸鱼，由于人类盲目地滥捕滥杀，造成了资源量的枯竭。例如须鲸的数量由 20 世纪初的 98 万头已降到现在的 34 万头，平均体重减少，总生物量已减少了 84%。最大的蓝鲸只相当于原来的 5%。科学家估计，南大洋中鲸的生物量以前有 1 900 万吨，现在只有 300 万吨了。另外，像南设得兰群岛和南奥克尼岛、南乔治亚岛、南桑德韦奇群岛，过去繁殖的海狗估计有 100 万～200 万头，1930 年以前由于过度捕杀，濒于灭绝。后来采取保护措施，目前才恢复到 35 万头左右。

“须鲸的减少，充其量不过是单个物种的灾难。如果磷虾资源遭到破坏，会产生一连串的连锁反应，那就是整个南大洋生态系统的灾难。”王荣强调说，“正是出于这种考虑，我们对任何一种生物资源，要最大限度地利用它又不要破坏它，唯一的办法是‘吃利息，不要动老本’……”

陈时华对南极磷虾进行生物学测定

他说得多么好啊，“吃利息，不要动老本”，这个原则不仅限于南极，甚至应该推而广之，应用于全球的生物资源保护。

正是为了真正地做到这一点，王荣他们在这次考察中将要调查磷虾的分布、种群与环境的关系，要观察活的磷虾，了解它的生活史，比如它喜欢吃什么，每天吃多少，多久时间蜕一次皮，以及通过分析磷虾的个体的生化特征，了解它的摄取浮游植物的强度……

我忍不住问道：“这些和磷虾资源的利用和保护有些什么关系呢?”

“当然有关系。”王荣回答道，“比如要弄清磷虾最大维持捕捞量是多少，不仅需要知道南大洋有多少磷虾，还要了解它的生物学特性。像磷虾的寿命现在就是一个未知数，而平均寿命就决定了它的年增长量。假如磷虾的现存生物量是4亿吨，如果平均寿命是2年，那么就可以知道它的年产量是2亿吨；假若平均寿命是4年，那么年产量就要减为一半，仅仅只有1亿吨了。这一点对于合理捕捞磷虾，无疑是一个非常重要的参数……”

多有意思，在小小的磷虾身上，生物学正面临着严峻的挑战。这无疑是一个具有世界意义的研究课题。

南大洋，烟波浩渺的茫茫冰海，蕴藏着许多有待人类去探索的科学之谜……

挺进南极圈

卫星导航仪上闪动的红色数码，报告了我们的船位是南纬 60 度 9 分 4 秒、西经 69 度 26 分 35 秒，这是茫茫大海中的 *A* 点。从这里开始，船只改变航向，来了一个急转弯，直趋正南，向我们预定的目标——南极圈挺进。

天气是出乎意料地宽待我们，离开了南设得兰群岛东北端的第 6 号站位，船只迎着偏西风破浪前进。这一段航程有 350 海里，浪涌不大，温暖的极地太阳高高地悬挂在北方的天空，在蓝得耀眼的海面洒下金色的光带。一群群勇敢的暴风海燕随着船尾，在推进器搅起的翻腾的水道上盘桓，时而还有动作灵巧的港湾鸽安详地躺在晃晃悠悠的波浪之间，好像那是柔软的床。深棕色的黑背鸥，身为白色翅膀灰褐的管鼻鹱，在蓝天碧海振翅飞翔，不时从甲板上空掠过。还有大群大群的企鹅在波浪中整齐地排成队列，在波浪中逐流进退，好似一群竞赛的游泳健将。生物学家告诉我，这一带海域的磷虾特别丰富，把鸟儿都吸引过来了。

从 *A* 点向南，风向突然由偏西风转为罕见的偏北风，我们的考察船顺风而行，长驱直入，似乎老天爷理解我们的心情，要把我们的船只快快送到向往已久的南极圈。在那里，南大洋考察计划中设置了位置最南端的一个站位。

全船上下都被成功的喜悦所激动，几天几夜的航行已经取得了意想不到的成果，预定的计划在规定的时间内提前完成。一瓶瓶的样品堆满了船上的实验室，这里有从不同深度采集的海水，有海底的淤泥和碎石块，还有许多形状怪异的海底生物，它们的数量之多、个体之大，连生物学家也为之瞠目结舌。科学家们此刻忙得没有喘息的工夫，他们夜以继日地整理标本，分析化验，测定各种数据。对于他们，似乎没有比这更叫人高兴的事情了。

我走进底栖生物组的实验室，这是一间停止使用的浴室，临时改作生物学家贮放标本的地方。几天以前，中国科学院海洋研究所出色的腔肠动物专家唐质灿副研究员，还在为他们的初战失利懊丧不已。颠簸的船只，巨浪巨涌，使他们投入的底栖拖网两次被海底尖利的石块撕破，结果一无所获。但是，现在他却为贮放标本的地方太小而大伤脑筋，因为他们的收获比谁都更加叫人羡慕。

唐质灿和国家海洋局二所的鱼类专家尹向芙指着摆满的塑料瓶，里面是用福尔马林或酒精浸泡的标本，向我展示他们从海底世界捕获的猎物。

南极底栖生物：1. 玻璃海绵，2. 南大洋海绵动物，3. 柳珊瑚，4. 石珊瑚与海蛇尾，5. 冷水石珊瑚

这是一个五光十色的大千世界，在阳光难以到达的海底世界，居然栖息着如此繁多、形状怪异的生物。

那肉红色的软乎乎的海参，大小不一，小的像个肉枣，大的像个黄瓜。

那眼睛暴突、颜色灰白的是南极鱼，不过鱼类专家尹向芙也叫不

出它的名字，他还是头一次见到。

那灰白色的像石块一样多孔的生物，是生活在深水中的冷水珊瑚——柳珊瑚。“珊瑚有两种，”唐质灿解释道，“一种是造礁珊瑚，一种是非造礁珊瑚，这种冷水珊瑚就属于后一类。”他特别告诉我，珊瑚并不一定都生长在热带海洋。

在塑料瓶里，还有水螅虫、苔藓虫、等足类、端足类、海蜘蛛、海蛇尾、海鞘……都是我闻所未闻的生物。

“你看，这种生物特别珍贵。”他拿起一个外观很像一柄张开的伞的标本，长为 15 厘米，“这叫伞形花海鳃，有很多触手可以捕食，是一种腔肠动物……这是第一次采集到。”

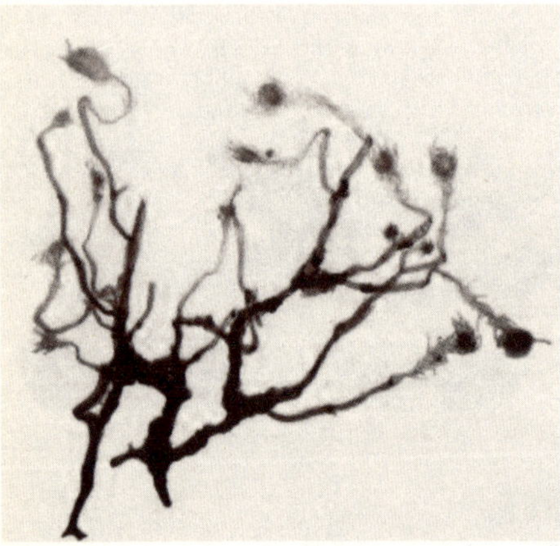

深海水螅虫

然后，他又小心翼翼地拿起一个枯树枝形状的标本：“这就是水螅虫，在它的刺细胞里，含有苛性碱成分的毒液，人的手一旦触摸到它就会中毒。”他讲起“二战”期间发生的故事：当时在所罗门群岛驻扎着很多美军士兵，一到假日，他们就去海滨玩。有的人见到海里长着一种很好看的“水草”，就用手去拉，谁知刚刚接触到那种“水草”，手就像被火烫了似的，顿时火烧火燎，接着是中毒昏迷，全身红肿……事故一件接着一件发生，以致影响了美军的战斗力，可究竟是什么原因却是一个谜。“后来，美国派了一个生物学家小组专门进行调查，发现是水螅虫造成的，为此还发了文件，告诫那些不了解海洋生物习性的大兵们，千万不能随随便便动不认识的海洋生物……”唐质灿笑着把标本放进塑料容器里。

他接着说，海洋生物按照它们的生态习性可以分为游泳生物、浮游生物和底栖生物，其中的底栖生物又有“底上”（生活在海底表面）和“底内”（在海洋沉积物中）之分。在大约16万种海洋动物中，底栖动物占的比例最大，约占90%。

“南大洋的底栖动物个体大，生物量也很大，”唐质灿接着说，“南大洋的海水几乎没有河流补给，完全来自三大洋（即太平洋、大西洋和印度洋）。这些来自深层的海水，从很深的大洋底部爬上较浅的大陆架，带来大量的营养盐，所以使得南大洋的生物量相当丰富。”不过，他又补充说，底栖动物主要生活在大陆坡和大陆架，又叫次深海；至于几千米以下的深海，底栖动物就很少了。

毕业于南开大学生物系水生生物专门化的尹向芙是一位任劳任怨、踏踏实实的科学工作者。捕捞底栖动物起初屡屡受挫，网具被海底的冰碛石块撕破了不止一次，是他想方设法改进了操作方式而解决的。当时大家一筹莫展，尹向芙根据海洋底地质复杂、地形变化大、石头多的特点，采用船只泊锚拖网，让网具随着海流漂移而采集底栖动物。按照常规拖网的办法，网具是在航速2～4节的情况下放入海中的。他采用的拖网方式，实践证明是非常成功的，不但网具再没有破过，而且捕获的数量很可观。“常规的办法是根据海底为软质的淤泥总结的办法，它不适合南极的海洋调查，因为这里多是冰碛物，有很多锋利如刃的石头和岩块。”

他接着说，除了用底栖拖网（分阿氏拖网和三角拖网两种）采集标本，还用一种有机玻璃制的取样盒——箱式取样器，采集海底沉积物，通过X光透视研究底栖动物对沉积过程的作用，看它们是稳定的还是扰动的，从而了解底栖动物与沉积物的相互关系。

“这次南大洋考察，我们的重点是研究底栖生物和海洋环境的关系，调查南大洋底栖动物资源和南大洋底栖动物区系的特点，以及它在世界海洋生物地理中的位置，”尹向芙说到这里，又特地说明道，“当然有很多工作还要等回去做，说老实话，光是鉴定标本的工作量就很大，很多生物我们是第一次见到，还叫不出它们的名字……”

我们的科学考察船正在向那充满诱人秘密的海洋驶去。在驾驶台的海图室，展开了一张陌生海区的海图，这陌生的海域称作别林斯高晋海。好熟悉的名字，乔治王岛的苏联站也称为别林斯高晋站。这位别林斯高晋从1819 年至 1821 年，在茫茫大洋航行了 751 天，行程 92 000 多千米，单是在南纬 60 度以南的南大洋就航行了 122 天，100 天在冰海中航行，12 次闯入南极圈。他的探险船队发现了彼得一世岛。这是第一次在南极圈发现的岛屿。他们还发现了后来被命名的亚历山大一世岛，“这个陆地直到现在可能还有疑问，这究竟是一个岛屿，还是一个永为冻冰所覆盖的地峡把南极大陆连接起来的半岛?”苏联有的学者这样认为。

我们此刻正在开足马力向别林斯高晋海疾驰。一个世纪以前，俄国的探险家闯入这片冰海企图寻找未知的南方大陆，但是无法通过的浮冰，使他们未能最终到达预定的目标。如今，我们的 13 000 吨的考察船也沿着这条古老的航道，闯入了这片风涛险恶的海峡，谁能预料等待我们的会是什么结果呢?

船只以 17 节的航速向南航行，极地的太阳不久就躲进厚厚的乌云里去了。海平线的上空阴霾满天，天色昏暗，分不清这是清晨还是黄昏。海水不再是令人悦目的靛蓝，而是泛出深灰色的冷漠的寒光。气温开始迅速下降，掠过甲板和船舷的风呼呼作响，矗立在气象平台的天线，被狂风扭曲着发出金属的嘶鸣。

挺进南极圈

南纬 60 度是可怕的风暴带，果然名不虚传。我们的船只刚刚越过南纬 60 度，向南极圈冲刺时，天空变得阴森可怕，大海开始发怒了。汹涌的狂澜气势汹汹地扑向船舷，扑向甲板。看来，南大洋要给我们一个下马威了。

但是，挺进南极圈的喜悦像无形的电流激动着每个人的心。前舱过道的黑板上郑重贴出通知，为了纪念我国首次南大洋考察队挺进南极圈，将要向每个队员和船员颁发一枚纪念章。通知还征求纪念章的图案，有美术才能的队员和船员都跃跃欲试。在后来的几天，走廊的玻璃框贴满了应征的作品，并且进行民主投票，由大家评出最佳方案。当我们回到祖国的怀抱后，这枚在南大洋的惊涛骇浪中设计的纪念章，已经由上海证章厂精心制作出来，佩戴在每个考察队员的胸前了。

不仅如此，这天船上的炊事员特别忙碌，伙房里飘溢着煎鱼、煮饭的香味。穿过地球上南温带和南寒带分界线，变成了欢乐的节日，伙房决定今天给大家加餐。

傍晚，广播中传来“开饭”、“今天加餐”的通知，伙房外面的走廊已经排成长队。晃动的大餐厅里传来阵阵笑语喧声，端着盘子和揣着酒瓶的人们如履薄冰，小心翼翼地迈着步子，因为随时都有摔倒的可能。

“啊……哈哈哈……”排在队列中的人们哄笑着，不知是谁差一点摔倒了。

端菜打饭的人身不由己地表演着特技。

餐厅里热气腾腾，放在甲板上的饭盆和汤桶，像是魔术师在变戏法，不停地在光滑的甲板上滑动。

“喂，小心点，别吃到鼻子里去呀！”

船上的大餐厅有几十张固定的桌子，每张桌子上都摆上了丰盛的菜肴。从祖国带来的大对虾，这是轻易吃不到的，红烧牛肉、油炸花生米、松花蛋、红烧黄花鱼，也散发着诱人的香味。每桌 6 个人，还发了啤酒和双沟大曲。广播喇叭奏出了欢快的乐曲，为欢乐的会餐增添喜庆气氛。人们打开了酒瓶，搪瓷饭盆里的啤酒冒着气泡，手里的筷子也一齐伸向桌子的菜碟……

“干杯，为了我们胜利挺进南极圈……”有人端起酒碗这样提议。

“祝贺南大洋考察的成功……”也有人这样附和道。

每张桌子都充满欢乐，充满笑声，充满年轻人无忧无虑地开玩笑的喧闹。

就在这一刹那，脚下的甲板像是发生了猛烈的地震，突然剧烈晃动，这是超常的摇晃，船身被猛烈袭来的巨浪拦腰一击，突然向一侧急剧倾斜，如同一个快跑的人被脚下的石头绊了一跤。顿时，餐厅里所有的人站立不稳，纷纷摔倒。刚刚打开的酒瓶从手里飞了出去，桌上的碗全都不翼而飞。人们身不由己地滚作一团，随着那无法抗拒的惯性，全都挤在餐厅左侧的角落……

我们几个记者是一桌，这时候还滴酒未沾，桌上的菜肴一块也没有尝尝滋味。当座中一位记者刚打开第一瓶啤酒时，酒瓶从他的手里飞出，像一只鸟儿飞得无影无踪。碟子里的对虾仿佛都复活了，一眨眼连碟子也不知去向。我只觉得有谁在背后恶作剧地拉着我，不由得连连后退，接着退到旁边的另一张桌旁，然后扑倒在地，顿时什么也看不见了，因为我的眼镜也飞了，不知飞到何处……

餐厅里先是一声惊叫，然后是稀里哗啦的声响，酒瓶的破碎声，碗碟的撞击声，椅子和人的摔倒声，顿时乱作一团。当大家从惊愕中清醒过来时，发现自己滚在一片狼藉的甲板上，不由得面面相觑，又爆发出不可抑制的哄笑声。

但是，哄笑声刚刚发出，立刻又被惊叫声淹没了。船只突然又朝另一个方向猛地一晃，所有的人又立即滚作一团，朝着餐厅的右侧的角落倒去，如同一个个皮球……谢天谢地，我在那短暂的静默中居然奇迹般地找到了眼镜，随后也滚到另一个角落里……

南大洋就是以如此奇特的仪式欢迎我们中国人的莅临，真有点不够意思！我们笑作一团，笑得流出了眼泪，但是这顿丰富的晚餐，被突如其来的风浪这么一搅，只好告吹了。

风浪越来越大，我来到驾驶台，暮色升起的天际乌云低垂，汹涌的巨浪排山倒海似的向船首扑来。船首忽而被高高地抬起，时而又深深地埋入浪涛之中。沉重的铁锚受大浪撞击，不断在船帮发出可怕的轰响。考察队水文组的队员们在船尾抛下了抛弃式浪高仪，经无线电遥测，最大浪高为 8.6 米，一般浪高是 5.6 ~ 6.5 米。这是出航以来最大的风浪。随着夜色笼罩着别林斯高晋海，凌厉的风声夹着南极的冷雨在驾驶台的挡风玻璃上蒙上一层水雾，黑暗中的大海变得更加狰狞可怕，仿佛到处埋伏着难以预料的危险。

我想起100年前的别林斯高晋率领的船队，想起谢克尔顿的冰海历险，那时候人类征服冰海的船只仅仅只有几百吨，而且都是不堪一击的木帆船，这是需要多大的勇气和胆量，才能勇敢地闯入如此凶猛的惊涛骇浪之中！看来挺进南极圈，每前进一步，都将遇到很大的困难，甚至还有意想不到的危险。

船长张志挺和副船长沈阿琨，还有其他驾驶人员都在目不转睛地注视着黑雾沉沉、浪涛险恶的海面。雷达不停地运转，密切监视可能出现的冰山。我们特聘的阿根廷船长顾问特龙贝达先生，这个矮胖的不苟言笑的老头，不知什么时候也悄悄地走进了驾驶台。

船只进入极区夜航，黑暗笼罩的冰海向着遥远的南极圈伸展，伸向远方……

别林斯高晋海的风暴

1月24日深夜，船舱里静悄悄的，只有轮机舱的马达声发出震耳欲聋的轰鸣，船只正在加快速度冲向黑沉沉的南方。

我丝毫没有睡意。尽管晚餐告吹了，我仅仅喝了一碗汤，捡了一个劫后余生的松花蛋，但是我却早早地跑到驾驶台，等候着通过南极圈这个历史时刻的到来。

夜已深了。驾驶台灯光全熄，只有海图室一盏红灯照着桌上的海图。

壁上的卫星导航仪不停地闪烁着红色的数码，我的目光不时地落在那标志船位经纬度的数字。在我们前方的海面上，大自然用无色的巨笔画出一道南纬 66 度 33 分的南极圈，已经越来越近，越来越近了。

当然，在茫茫大海之中并不存在一条天然的界线，就像许多国家的分界线也是人为划出的。但是说来也怪有意思，我们考察队的一位年轻的炊事员的脑子里却不是这个概念，他相信地图上的赤道和南极圈，也像马路上画出的人行道和停车线，是一条实实在在的界线。

记得我们过赤道那天，我在飞行甲板上遇到他，小伙子不爱看书，却很喜欢练练少林拳或者散打什么的。

"你说赤道在什么地方，怎么看不见呢？"我想考考他的地理知识，随便问道。

他很认真地想了想，转脸瞅着面前靛蓝色的洋面，然后像是有所发现地告诉我："咱们在船上看不见，坐在飞机上就瞅见了，真的，一点儿也不蒙你……"

他的神情那样认真，使我连笑也不敢笑。我倒是从他的回答中发现一个问题，对于许多人来说，地理知识的普及恐怕是不可忽视的。

此刻，我们只能通过眼前的卫星导航仪精确地测定南极圈的位置，我打开了相机的镜头，闪光灯也亮着红光，只待仪器上标出南极圈的纬度，我立即记下船只通过的时间。黑暗中的驾驶台分外寂静，人们的心情都有一种说不出的兴奋。在我国南极探险史上，我们的科学考察船通过南极圈，这是第一次。虽然在现代的航海技术条件下，进入南极圈并不算十分困难，但是对于我们中国人，我们毕竟是迈入了这个陌生的海域。

"注意，还有 1 海里……"值班的船员突然大声提醒我。

我从沙发上跳了起来，举起相机，镜头对准闪烁不停的导航仪。我知道，在航海图上，纬度 1 分是 1 海里，海员只要用两脚规就可以很简捷地算出两点之间的距离。

“咔嚓——”闪光灯亮了，南纬 66 度 33 分，南极圈悄无声息地从我们船下通过了，而且一刻不停地甩在了我们的后面。我迅速看了看表，时间是 23 时零 1 分。南极圈，这令人谈虎色变的南极圈，几个世纪以来，多少探险家企图越过它的屏障，登上南极大陆的地理标志，终于被我们跨越了。

但是，我无论如何没有想到，两天以后，当我们结束了最南边的 21 号站位的综合调查（21 号站位于南纬 66 度 54 分），重跨南极圈向北航行时，一个可怕的极地气旋突然把我们重重包围了。

这是终生难忘的 1 月 26 日……

风浪从什么时候开始的呢？我记不大准了。这天上午我的感觉在提醒我，今天的风浪似乎有点不大对劲，具体的情况我也无法讲清，也许是一种直觉吧。我的住室是船舱底层，脚底的吃水线以下还有底舱，那是黑暗的世界。在我的舱室还有一点亮光，那是两个密封的圆形舷窗透进的。在风平浪静的日子，或者风浪不大时，我们常常打开舱窗透透气，有时我还伸长脖颈，踮起双脚向外窥望。窗户虽小，却并不妨碍观看那浪涛中追逐的信天翁，或者一群随波逐流的南极鸽，它们离舷窗那样近，仿佛伸手就可以一把抓到。

不过，这天舷窗早已用螺栓拧得严丝合缝。我坐在桌前写点东西，身体却在椅子上晃动，不仅身体动，椅子也在动，脚底下的水舱贮藏了几百吨淡水，此刻像是一股奔腾的山洪在不停地喧腾，发出澎湃的吼声。

从舷窗望去，心里不由凉了半截。以前我们所经历的大风大浪和眼前的景象比较起来简直就不算回事了。舷窗的钢玻璃，经常什么也看不见，只见一团发绿的液体像是拳头一样狠狠地猛地砸过来，发出沉闷喑哑的响声。等到“拳头”离开，船身从浪涛中挣扎出来，山峰一样的浪头，又以飞快的速度向船尾奔去。其速度之快，场面之大，威力之猛，令人惊心动魄。

什么也不能干了，坐立不安嘛，还有什么心思写稿。躺下，也不行，随时还得提防从床铺上滚下来。桌子上的茶杯、烟缸及其他小零碎，都得放在床下和桌子底下的角落里，否则也会一扫光。

我踉踉跄跄地离开空气浑浊的舱室，艰难地登上一级级舷梯，每走一步都要小心翼翼以防摔倒。重心是无法把握的，身体左右摇晃，好像喝醉了酒，完全失去了控制能力。走在过道里，一会儿撞在板壁上，一会儿倒向旁边的门框上，尤其是爬舷梯，由于船只剧烈摇晃颠簸，有时双脚像拴了块铁砣无法抬起，胸膛感到十分憋闷，像是登上缺氧的高山之巅；有时恰恰相反，脚步轻快如飞，恍若腾云驾雾，可以一步蹿得很高，不过这时尤其要小心，双手必须紧紧攥住两旁的扶手，一步一步地往上挪动。否则，稍不留神，就摔倒在地。

此刻，一推开驾驶室的门，扑面而来的是一种异样的、紧张得叫人喘不过气来的气氛。驾驶室的人比往常多，但却寂静无声，从船长到舵工，从总指挥到船长顾问，目光都不约而同地凝集到一个焦点——那挡风玻璃外的大海。

挡风玻璃被浪沫水雾溅得模模糊糊，但仍可以看见船只前部的甲板，在甲板的中央挺立着天线塔，它前面是锚机，再前面有个白色的小小瞭望亭，在那尖尖的船首下面，便是巨浪翻涌的大海了。

眼前的别林斯高晋海，波涛汹涌，一片杀机，一个强大的低压中心正在它的上空形成。

狂风恶浪中考察船前行在别林斯高晋海上

气压表的水银柱，无法遏止地往下降，像是垂危的病人的血压。9.90×10^4（帕斯卡）、9.80×10^4、9.70×10^4……气象预报员看着那下落的水银柱，他们的心也在一个劲地往下沉。

古往今来，有多少作家和诗人用富有诗意的辞藻描写过大海的波涛，洁白的浪花，但是此刻，那些美丽的辞藻像是矫揉造作的塑料花在我的眼前全然失色。那是站在岸边，连潮水也不曾溅湿鞋袜的诗人和作家的杜撰。在渔人和水手的眼里，大海那气吞山河的磅礴气势，以及它那残忍凶狠的性格，是令人心房为之战栗的。

我一动不动地把眼睛贴着挡风玻璃，凝视着那一道道滚动的涌浪。它们不慌不忙地朝船头移动，像排成整齐方阵的敢死队，前赴后继地朝着我们的船头猛扑而来。这是一幅惊心动魄的画面，狂风和大海奏起了悲壮的军乐，呼啸的风声隐隐传来铁甲的铿锵和兽性的喊杀声。那气势汹汹的巨浪狂啸着，扬起浪花，积蓄万钧之力，昂起头，一步一步，最后终于向船头发起猛攻……

一刹那间，船只那钢铁的躯体受到猛击，高高地抬起它的船头，而那扑过来的浪涌被锋利的船头击得粉碎，立即像跌落深渊的瀑布溅起银练似的水雾，发出一阵惊天动地的怒号。浪涌受挫了，后退几步之后，很快重新集结，又扑了上来。

这时，只见船首一会儿被抬上十几米高的浪尖，一会儿又跌进深深的波谷。当它好不容易从浪涛的包围中挣扎而出时，浪涛忽地一下跃上甲板，企图夺门而入，扑进船只的指挥中心……然而随着船身的抖动，它们又被打退了。

巨浪袭击考察船的瞬间

我和许多船员都是第一次目睹大海如此凶恶狰狞的面目，那不是普希金所称颂的可爱的“大自然的元素”，那也不是歌手们吟唱的“亲爱的妈妈”，那是一片从地心深处涌出的乌黑岩浆。它们骚动着，一刻也不能安宁，随心所欲地塑造连绵起伏的山峰，但是山峰一会儿又变成深深的山谷，紧接着新的山峰和新的山谷又接踵而至。更可怕的是风，这哪里是风，而是一把锋利无比的利刃，一只无形的却是无处不在的巨手，它不停地划破浪尖，撕碎它，推搡它，抛掷它，把揉成一团的浪花像流弹似的猛击船身，推上甲板，把一切可以掠走的东西掠去，把不能掠去的毁掉……

我们的考察船处于极其不利的地位，它左右摇晃，上下颠簸，在风浪中苦苦挣扎。它的躯体因受浪涌的冲击剧烈颤抖，那令人胆寒的颤抖每发作一次，都可以听到它像患了重病发出痛苦的呻吟。

连最有经验的人，都感到事态的严重性。

船长张志挺站在驾驶台上已经好几个小时，这个性格开朗的中年人，此刻脸色异常严峻。笑容从他的嘴边消失，他的全身趴在挡风玻璃前，眼睛盯着那排山倒海的浪涌，而他的双腿为了不致摔倒略微撑开，那番神态仿佛是一尊随时准备出击的战士的雕像。在他那几十年的航海生涯中，他经历过无数的险境，北太平洋的台风，昏天黑地的风暴，他驾驶着这艘船多少次在风浪里出没，然而这南大洋的风浪，却是他第一次遇到的。

气压还在一个劲地下降。张志挺神色镇定地听着气象预报员孙雷每隔15 分钟一次的报告。孙雷——这个 28 岁的上海青年，是个干部子弟，在父母的眼里也许还是娇惯的宝贝心肝，然而在这紧张的时刻，他每隔 10 分钟便冒着可以将人卷走的旋风，跑上驾驶台顶端进行气象观测。从外面的舷梯爬上最高部位的气象平台，那是要冒生命危险的。

船长张志挺

“最大风速每秒 34 米……气压 9.76×10^4 帕斯卡……风向 325 度……”上气不接下气的孙雷报告道。他身上的羽绒服被浪花溅湿了，

脸上也是海水，他顾不上抹一把。他多么希望此刻能给船长带来天气转好的消息，但是毫无办法，天气不但没有转好的迹象，而且还在继续恶化。

张志挺连眼皮也没有眨一眨，但心里却感到难耐的焦渴。他清醒地知道，眼下他已卷入可怕的气流旋涡，那四面包围的涌浪像重重埋伏的敌人，已经把他的船包围起来。而那 12 级以上的飓风，像一堵无形的墙挡住了他的去路。他不能掉转船头，逃出可怕的陷阱，虽然顺风而行是很理想的航行方案，但是船只倘若偏离此时的航向，在它掉头转向的瞬间，拦腰扑来的涌浪就会将它掀翻。向左、向右都不行。卫星云图和天气传真图无情地宣告了这样的现实：在船只的东面，埋伏着更大的风浪，低压中心正在东面布下可怕的陷阱；而在西边，离开南极大陆越来越远，与风浪搏斗的时间将会旷日持久，危险有增无减，也非良策。

看来，唯一的出路是顶着浪涌袭来的方向逆风而行，和风浪作殊死的搏斗，这是此刻唯一可以避免船只被浪涌倾覆的良策。

船只减速，所有的水密门已经关闭，轮机舱进入一级部署。无线电发报员按动电键，向远在万里的祖国发出了一份十万火急的电文：“我船在危急中……全船上下正在顽强搏斗……”

此时，船只的心脏一刻也不能出现故障。那 630 千瓦的发电机，已经双车合并使用，两台马力强大的主机也已投入紧张运转。27 名船员全勤值班，从轮机长到机匠，在温度很高的闷热机舱里，穿着背心裤衩，严密监视每一台机器。他们知道，一旦机器出现故障，后果将不堪设想。

突然，一声可怕的吼声盖过了轮机舱的轰鸣，甲板高高倾斜。这可怕的吼声来自船尾，而船尾被掀天的浪涌托了起来，脱离水面，船首埋入深深的海里。

这是危险的一瞬。船尾的螺旋桨离开海面，在空气中以每分钟 200 转的高速旋转，这是航海的禁忌——“打空车”，主机的连杆可能因负荷太重而折断，船只将会失去控制，局面将不可收拾。

我们的船像一块跷跷板一样前倾后伏，只要稍稍失去平衡，它自身的重量和乘虚扑来的涌浪，顷刻之间就会将它掀翻在冰冷的海中。

“前进3，后退1!”船长发出指令，他的脸色铁青，凝视着埋入浪中的船头。

“前进3——后退1——”站在船长身后的车工王继停，迅速扳动车钟，把船长的命令传给了轮机舱。

“船长，舵失灵……”操舵的杜衡突然惊叫起来。

张志挺似乎没有听见，依然目不转睛地注视着迎面而来的浪涌。他当然知道，高高翘起的船尾使船舵托出水面，舵机已失去控制，现在只能用调节航速的方法保持航向。

“报告航向……”船长轻声喊道，他极力压低声音，为让所有的人保持镇定。

一切都在默默中进行。轮机舱的“副鬼”（副轮机长）开长虎和他的伙伴，似乎是用双手校正船位，那频繁变动的航速，使他们身上的背心可以拧出水来。船体被左右不同的动力所驱，艰难地从浪涌中挣扎而出，船首缓慢地钻出水面，翘起的螺旋桨又埋入海中。

我们的考察船躲过了一次又一次的险情，单是“打空车”就出现了9次……

但是一波未平，一波又起。当天下午5点，巨浪借助风威，斜刺里冲上了后甲板。堆在后甲板的尼龙绳、帆布套被掀掉，茶杯粗的缆绳被急流卷去。与此同时，考察队的网具器材也浸泡在倒灌的海水里，如不及时抢出，即刻会被风浪吞没……

“缆绳冲跑了……”

“网具危险……”

惊叫声顿时在船舱中传遍，夹杂着慌乱的脚步声。当然，在船只最危险的时刻，不管是缆绳、网具，甚至是金银财宝，已经无足轻重，最主要的是保证船只和人员的安全，这是第一位的。可是偏偏那些缆绳一半拖入海中，此刻却威胁着船只的安全。那样粗大结实的缆绳一旦绞在螺旋桨上，无异于给我们的船只套上了绞索。

“拉不上来就砍掉它!”船长张志挺大声命令，副船长徐乃庆和政委周志祥带着船员飞快地下到后甲板，那里是一片狼藉，堆放整整齐齐的缆绳搅得如同一团乱麻，有 40 多米已被拖进海里。那船尾橘红色的 5 吨吊车被削掉脑袋，驾驶台的舱盖已不见了。而且，海浪仍在气势汹汹地翻过船舷，冲上甲板，朝人们身上猛扑过来。

海在摇，船尾一会儿埋入海水，巨浪在甲板上翻腾，一会儿船尾又高高立起，双脚站立不住……

在风浪袭击中损毁的吊车

“快，抓住缆绳……”徐乃庆和周志祥带头冲进海水漫灌的甲板。缆绳被海水浸泡得死沉死沉，船员们冒着生命危险，抓住了缆绳，一寸一寸地往上拖。他们全身被海浪浇个透湿，一个个像水里捞出来似的。

扩音器中再一次传来船长的声音："拉不上来快点砍断……你们快回来……"身在驾驶台的船长为他们的安全而担心。

但是，船员们不到万不得已，他们是不会砍断缆绳的，因为这是国家的财产。

缆绳终于从大海的狂澜中夺了回来。在这前后，考察队的生物学家王荣、唐质灿和陈时华也冲上了后甲板，他们是闻讯赶来抢救他们的网具的。这又是一场危险之极的生死搏斗。

当船只在风浪中苦苦挣扎，龙骨和甲板发出嘎嘎的痛苦呻吟时，我们的生物学家呆在舱室里暗暗担忧。他们都有丰富的航海经历，职业的性质使他们不止一次随船远航，其中陈时华以前就来过南极探险，但是眼前猛烈的风浪却是他们头一次经历。王荣和唐质灿住在一间舱室，他们是共事多年的老朋友，也是考察队里年岁最大的科学工作者，他们相对无言，谁也不想开口。

突然，房门推开了。戴高度近视眼镜的陈时华风风火火地闯进来。这位中年的生物学家身材结实，有点发胖，这时脸色煞白，上气不接下气地说："后甲板的东西……全完了……"

这句话犹如晴天霹雳，坐在床上的王荣和唐质灿霍地一下跳了起来。几乎不用解释，他俩都明白陈时华的潜台词，他们捕捞磷虾和底栖生物的网具都是放在后甲板的，那些网具有的还是花了昂贵的外汇从国外进口的。

他们什么也没有说，似乎有一个共同的念头在支配他们的行动，于是他们跌跌撞撞地绕到右舷水密门。这3个书呆子只想到抢救网具，别的什么也没有顾上考虑，甚至连请示一下也忘记了，打开水密门就冲了出去。

这当然是个极大的错误。水密门此刻是不能打开的，因为一旦涌浪冲进水密门，底舱就会被海浪倒灌而入，那就无法可想了。幸好他们刚刚冲出去，立即有人发现，水密门马上又关闭了。

“教授，危险，快回来!”站在后甲板上面，倚着飞行甲板栏杆的阿根廷飞行员发现3个中国人冲了出来，不禁大吃一惊。我们船上有一架阿根廷直升机，雇有3名外籍飞行员，其中一个认识王荣，连声向他发出警告。

王荣他们这时什么也不顾了，后甲板上捕捞磷虾的LHR采集器钢架已经打扁，像是拧成的麻花，底栖生物的网具也淹没在海水里。于是他们迅速朝船的尾部奔去……

就在这时，船尾猛然一沉，掀天的巨浪像一座山峰倒卷过来，扑向他们。王荣伸手去抓那价值2万美元的网具探头，却被一个巨浪兜头一击，他连连后退，和网具一块被推向甲板后面的水文绞车上。顿时，他感到腰部被什么猛地砸了一下，腿也麻木了，而他的全身已经泡在扑面而来的浪涛里。在这同时，唐质灿也被大浪猛地推到几米外，埋在浪涛之中，幸亏他急中生智，伸手抓住了一根钢架。最危险的还是陈时华，这个国家海洋局第二海洋研究所的助理研究员，一个大浪打来，眼镜和帽子都不翼而飞，他站立不稳，被卷进了急流。万幸的是，他死死抓住一根粗粗的电缆，才幸免被卷入海中……

从这天中午开始，我们的考察船在越来越大的风暴中持续搏斗了6个多小时，阵风在12级以上，浪高达14.5米。一直到傍晚，气象预报员向船长报告，“气压开始回升……”这时，根据总指挥的命令，我们的船只向东转向，直趋乔治王岛避风。

第二天晚上8点30分，乔治王岛那熟悉的冰原海岸终于出现了，麦克斯韦尔湾像湖泊一样宁静。沉重的铁锚轰隆隆地欢唱着，冒着闪光的火星，急不可待地投入了海的怀抱。我们都情不自禁地走上甲板，注视着铁锚沉入大海的一瞬，似乎那铁索的铿锵声是世上最美妙的音乐。

我看着船头屹立的瞭望亭，上面伤痕累累，玻璃全部粉碎，门窗无一完好，到处是风浪鞭打的痕迹，心中不禁涌起对大海的敬畏。

我们毕竟闯过了别林斯高晋海的极地风暴，胜利属于我们！我隐约听见船员们情不自禁地欢呼，在甲板上，在船舱里。

"船长万岁！"不知是谁喊道。

但我要补充一句：船员万岁！是他们的坚定勇敢使我们安全脱险。

登上雷克鲁斯角

比起我们一个星期前在别林斯高晋海遇到狂风恶浪，眼前的格洛克海峡简直就像一个静谧的、充满神秘气氛的山间湖泊。船只在渐趋狭窄的水道里穿行，有时使人恍若置身于两岸猿声啼不住的长江三峡，有时又仿佛泛舟于雪峰环抱的天山天池，这里是通向冰雪世界的一条宁静的海峡……

这是南极半岛和帕尔默群岛之间的一条狭窄的通道。

天色晦暗，天空布满厚厚的阴霾，似乎又在酝酿一场暴风雪。没有咆哮的狂风，海峡中的海水也没有兴起波浪，连空气似乎也静止不动。静穆笼罩着一切，船舷两侧缓缓移动的南极半岛和星罗棋布的岛屿，像一幅宋人的寒山瘦水的长卷，在我们眼前徐徐舒展。这里是冰的世界，雪的王国，举目眺望，除了冷漠的天空和波浪不兴的海水，到处是白茫茫一片。那突兀在海湾中的岛屿、白雪皑皑的冰峰和尖利的陡崖，使人想起瑞士阿尔卑斯山的勃朗峰的雄姿。更多的却是起伏的绵绵雪岭，高低错落，静静地卧在海峡两岸。一切都凝固了，一切都在寒冷中安息了，听不见鸟儿的

南极海峡的冰山与浮冰

啁啾，看不见生命的绿色，眼前是一个白色的冰雪世界。

船只向南驶去，冰山也渐渐多了起来。大的冰山宛如水晶雕琢的琼楼玉宇，巍峨壮观极了，也有许多小的浮冰，如同海水中长出的冰花玉树，或者是在波浪中嬉戏的飞禽走兽，千姿百态，难以描绘。我们就像置身于白雪公主的王国，向那梦一样美丽无比的童话世界驶去……

经历了别林斯高晋海的险恶风浪之后，我们的科学考察船在麦克斯韦尔湾养精蓄锐，略加检修。日历已经翻到 1985 年的 2 月，企鹅们都在纷纷脱毛，浑身茸毛的小企鹅已经破壳而出，时间却在暗暗提醒我们，南极之夏已经为时不久，极地冬天就要降临了。

南大洋考察队抓紧有限的时间又开始第二次远征，这一次的航线是由布兰斯菲尔德海峡向西，在欺骗岛、利文斯敦岛、雪岛一带周旋。当我们驶向布兰斯菲尔德海峡设下的 23 号站位那天，南方的海平线上涌现出一条细长的陆地轮廓，在夕阳余晖的映照下，冰雪皑皑的陆地笼罩着烟雾似的云雾，这就是——南极大陆！

南极半岛的冰盖

我站在前甲板的铁栏杆前，目不转睛地凝视着遥远的天际，似乎要把那白色的陆地深深地留在我的记忆里。我不禁想起，一个多世纪以来，有多少探险家、猎捕海豹船的船长以及负有秘密使命的海军舰队的军官们，正是从我此刻所在的位置，或是在这附近，窥见了人类寻找了很久的神秘的南方大陆。

当然，我无法想象他们当时看到的南极大陆是不是与我所见到的完全一样，但是我可以想象他们的心情该是和我一样地激动万分。

布兰斯菲尔德是在 1820 年 1 月 30 日隐约看到这个以他的名字命名的海峡以南的这片陆地，但是对于他本人来说，他还不清楚眼前的陆地是一个不知名的小岛，抑或是别的什么地方。

就在同一年的 11 月 6 日，内森涅尔 · 布朗 · 帕尔默指挥一支捕猎海豹的小船，同样发现了布兰斯菲尔德海峡以南的陆地。

英国人和美国人为此开始争论不休，美国人认为南极半岛是帕尔默先发现的，所以称它为帕尔默半岛；英国人则坚持布兰斯菲尔德发现在先，把它命名为格雷厄姆地——以当时英国海军大臣詹姆士 · 格雷厄姆的名字命名。

但是俄国人也有充足的理由证明，别林斯高晋海军中将率领的探险船队也发现了彼得一世岛和亚历山大一世岛，后者是南极地区最大的岛屿，冰雪使它和南极大陆连在一起。有理由相信，别林斯高晋也是在此同时发现了南方的陆地。

不过，我此刻的心情也和历史上的这些探险家一样，欣喜之余却又不免有所遗憾，因为我只能远远地窥望那南方的冰雪大地，却不能亲自把脚印留在它的积雪的冰原上。在我们的计划里，并没有登上南极半岛的安排。

南极半岛在我们的眼前一晃即逝，我只好带着无比的惆怅继续向西南航行。说来也是天赐良缘，我们先在利文斯敦湾完成了 25 号站位的海洋调查。生物学家们从 200 多米深的海底捕捞了大量种类繁多的底栖生物。据他们说，这里的海底是个富饶的海底牧场。以水螅虫和苦藓虫组成的群落，粗粗看来如同灰绿色的植物，实际上却是稠密的海底动物。在“牧草”中间还繁殖着大量的橘红色的海星、肉红色的大海参，以及海蜘蛛、海蛇尾和南极鱼，它们与灰黑色的软泥混杂在一起。接着，考察船一鼓作气，驶向南设得兰群岛迤西的外海，打算完成从大陆架、陆坡一直到深海洋盆的一个完整剖面，这条剖面有 8、9、10、11 四个站位。但是正当我们打算驶向水深 4 100 米的 11 号站位时，天气突然变了。气象预报员王景毅拿着刚刚接收的卫星云图和天气传真图，用不容置疑的口气宣布：“不能去 11 号站位，现在有一个很强的气旋很快进入我们作业的海区，风浪将会很大，从观测的资料来看，气压正在急剧下降……”

是的，气压急剧下降是极地风暴来临的先兆，我们在别林斯高晋海已经吃够了低气压的苦头。在前舱会议室旁边的一个房间里，陈德鸿总指挥和金庆明队长正在进行紧张的磋商，他们的计划已经被突然袭来的气旋打乱。如果继续向 11 号站位航行，势必要冒极地风暴的危险，而我们的考察船已经经历了那次可怕的风浪的袭击，主机的性能，船体的结构，铁甲的抗风力……这一切都不能不令人担心。

有什么办法呢？人类直到今天还不能驾驭天气，在天气陛下的淫威下，谁愿意白白去冒险。经过一番紧张的磋商，总指挥当即决定，船只掉头南行，一面避风，一面顺路完成9、10两个站位的调查，同时伺机向南极半岛挺进。这后面的决定包含着深远的考虑：也许，有朝一日，我们中国人将要登上南极半岛，在那里的冰原上建立科学站。因此，熟悉这一带的航道，掌握夏季威胁航行的冰情，实地勘察南极半岛的地形，绝不会是多余的。

船只在宁静的格洛克海峡航行，海水泛出浓绿色，像是长满青苔的池塘。我不禁好生纳闷，后来问了生物学家，才知道这是由于海水中含有大量的浮游植物——硅藻，这时正值硅藻"开花"的时期。偶尔还能看到白色的漂泊信天翁在船尾翻涌的航迹上振翅飞翔，这白色的精灵两翼展开可达两米以上，它能够像苍鹰一样展开双翅，一动不动地滑翔、盘旋，飞行的技巧高超极了。

当天下午，"向阳红10号"考察船停泊在布腊班特岛东部一个水深开阔的海湾。风浪渐渐大了起来，乌黑的海浪骚动不宁，天色越来越阴晦了。灰蒙蒙的似雾非雾、似云非云的烟霭，像草原上卷起的沙尘暴从海面升起，迅速遮盖了船舷左侧的半边天空，而且还在迅速扩展。但是，近在咫尺的南极半岛像磁石一样吸引我们，谁也不愿失去千载难逢的机会，我和其他35名考察队员及船员，已经获准到南极半岛登陆。

一艘红色救生艇从母船用粗大的钢索徐徐放下，我们36名幸运儿登上小艇，每个人都穿上橘红色的救生衣，船上的队员们都拥挤在船舷旁目送着我们。不过，当小艇开动时，留在船上的副船长沈阿琨突然不放心地大叫起来："快点回来！天气要变了……"坐在小艇上的船长张志挺朝他笑笑，挥了挥手："知道了，你就放心吧……"

阿琨的话果然灵验得很，当小艇开足马力，行驶在乌黑色的海面时，突然狂风大作，雨雪交加。那酝酿了很久的风雪迟不来早不来，这时突然跑来欢迎我们这些不速之客。这时的雪不是那种柔软的六角形的雪花，而是密集的雪霰，像飞沙走石打得人睁不开眼。冰冷的雨水浇满一脸，蒙住了镜片，顺着脸颊往脖子里灌，身上的羽绒服和救生衣很快湿透。几位摄影师慌忙用塑料布把他们心爱的相机和录像机包了起来。顿时，小艇上的人都沉默了，像一群在风雪中缩作一团的企鹅，只听见马达的轰响和海浪拍打船帮的喧声，在宁静的海湾里激起异常洪亮的回音。

我们登陆的地点是南极半岛的雷克鲁斯角。小艇在奔涌的浪涛中疾驰，四旁出现一座座瑰丽非凡的冰山。以前我们也不止一次见过冰山，但是离大船很远，这时冰山近在咫尺，似乎伸手就可摸到它那冰冷的躯体。这些大自然的冰雕艺术品，造型优美豪放，形态千奇百怪，你从不同的角度可以欣赏到它们不同的风姿。小艇开始减速，小心翼翼地擦着冰山的边缘而行。风雪来得快收得也快，这时骤然停了。摄影师们自然不会放过这难得的机会，纷纷从摇晃的小艇里探出身子，有的干脆扶着同伴的肩膀站起，迅速捕捉冰山雄姿的镜头。

小艇摇晃得更加厉害。“坐下来！坐下来！”在后面操舵的航海长陈日龙厉声吆喝起来，一直不动声色的船长也要求大家不要乱动。

冰山雄姿

离岸越来越近，前面的海滩、陡崖和冰原扑入眼帘。船首

站立的水手神情紧张地观察艇下的浅滩，这里海水很浅，可以清晰地辨识水底的块块砾石。航海长陈日龙一面大声关照船头的水手，一面四下张望，寻找可以泊岸的地点，但是随着艇底沉重的摩擦声，小艇的惯性使它在浅滩上搁浅了。

真是糟糕透了。开动马达退出去，办不到，小艇像是被钳住似的无法动弹。前进，更不可能，海水已经很浅。时间不容许我们有其他的选择，好在这里离岸不算远，放下跳板只有十来米，于是所有的人都毫不犹豫地涉水登岸。

我没有穿水靴，脚下是一双沉重的胶底帆布的南极靴。我只好脱了靴子，用鞋带将两只靴子拴在一起挂在脖子上，然后赤脚蹚水上岸。水温很低，接近零摄氏度，当我咬着牙蹚进冰冷彻骨的海水，顿时一股寒流袭遍全身，仿佛突然掉进冰窟里一样。我们踩着高低不平的砾石登上海滩，双

划小艇登上南极半岛

脚几乎完全失去了知觉。

这里是南纬 64 度 30 分、西经 61 度 47 分，南极半岛上一个尖尖的海岬。我们登陆之处是一条狭窄的不足 100 米的海滩，潮水退出不久，布满大大小小长满青苔的砾石，踩在上面很容易滑倒。迎面屹立着断面陡峭的冰盖，顶部是浑圆的穹状，从壁立的断面可以看见一层层扭曲的纹理，发出蓝幽幽的光泽。冰坡下方，离海滩不远，出人意料地立着一幢孤零零的小屋，颜色发黑，好像很破旧。我们在海上一眼就发现了它，很像一座警察的岗楼。这个小屋却有个大得吓人的名称——布朗海军上将站，这是阿根廷的一个无人观测站，也是我们在雷克鲁斯角见到的唯一的人类活动的痕迹。

上岸之后，人们散开了，各自去寻找自己感兴趣的地方。考察队员有的采集岩石标本，有的爬上陡峭的冰坡，敲下一块块万年冰，准备带回去分析，那里面也许包含了几万年地球气候变化的信息。生物学家在海滩的

阿根廷布朗海军上将站

潮间带寻找生命踪迹。在砾石之间的水洼里，有一些像木耳一样的绿色苔藓，还有肉眼不易辨别的小生命。船员们在海滩上插上了一面五星红旗，还将“向阳红 10 号”船的标记埋在石头堆里。他们像登上珠穆朗玛峰的登山队员，拍下了一个个很有纪念意义的镜头。

我离开海滩，径直朝西走去。翻过岩石裸露的陡坎，前面伸展着一片面积很大的岩石平台，在它的后部，陡立着一个馒头状的山冈，堆满厚厚的积雪，朝海的一面山坡很陡。岩石平台坑坑洼洼，高低不平，濒临冰山泊岸的海湾。这是一片火成岩风化破碎的地面，遍地是锋利的岩屑，有的岩石像是受到猛击的玻璃，碎成不规则的岩块，但裂口纹理依然保持原状。由此也可知道，这里的冬季一定相当寒冷，这些坚硬的石头是因冰冻而风化破裂的。

在积雪融化的山坡下面，清澈的雪水汇为一道涓涓细流，像一条小瀑布飞落山麓的洼地。这个形状不规则、面积也不太大的洼地很像一个池塘，清澈见底，由于贮存了海边难得的淡水，吸引了许多禽鸟和海豹。高高的雪坡上，岩石的顶巅，体态矫健的巨海燕和一些不知名的鸟儿，成双结伴地不时在我的头顶盘旋。岩石裸露的山坡和洼地里，懒洋洋的海豹一声不响地在那里酣睡。我走到它的身旁大声吆喝，它也仅仅睁开血红的眼睛，轻蔑地瞅上一眼，或者不耐烦地抬起那小小的脑袋，似乎抱怨道：“干吗那么讨厌，你嚷嚷什么?!”

再往前走，岩石平台的尽头依然是海，海边堆满座座冰山。我很想走到海边去，拍下一些难以重睹的镜头，更希望从容地攀援那陡立的雪坡，登上它的顶巅，可是这时，母船在远处拉响了不安的汽笛，原来天气又变坏了。

南极的暴风雪又包围了雷克鲁斯角，狂风在海滩上呼啸，散乱的雪花

南极半岛

使我的视线变得模糊起来。风雪中只能听见母船拉长的汽笛声和小艇那边急促的口哨声，不能再耽搁下去了。

我跌跌撞撞地跑着，朝风雪狂舞的海滩飞奔。我的身后已经不见人影。那搁浅的小艇上挤满了人，还有一些人站在没膝的海水里，奋力将小艇推出海滩。我跑得很急，脚下又滑，一不小心被石头绊了一跤，但也顾不上疼了，爬起来继续跑。到了海滩，我只好重新脱下靴子，挽起裤脚，蹚进冰冷的水里。这一次，水更深了，裤脚挽起也无济于事，连内裤也湿了……

小艇突然启动了，我回眸那漫天飞雪的雷克鲁斯角，雪岭、冰川和岸边的海滩都已渐渐模糊，突然一杆红旗倔强地挺立在海滩上，那样醒目，那样耀眼，像雪地上点燃的一团火焰……

我心里猛地一热，“南极半岛，我们还会再来的……”

乔治湾的死火山

天晴了，可怕的极地风暴终于被我们躲了过去。科学考察船“向阳红10号”沿着来时的航线，穿过格洛克海峡，继续驶向利文斯敦湾避风。这是一个良好的避风锚地，利文斯敦岛、岩石裸露的欺骗岛和冰雪重重的斯诺岛如同天然的屏障，挡住了外海的风浪，港湾宛如一个宁静的大湖。

天气好转之后，科学考察船开出利文斯敦湾，向南设得兰群岛西部的外海进行最后的考察，那里有南大洋考察队布下的一个最深的站位，海水深达 4 100 米。当我们经过整整一天的航行，久违的月亮升上茫茫大海的夜空之际，考察船终于到达预定的站位。

这是一个富有诗情画意的南极之夜。我们来到南极差不多快两个月了，阴霾笼罩的天空，不是风雪弥漫，便是冷雨霏霏。天气恶劣的时候，风浪喧嚣的大海包围在无边无际的黑暗之中，没有月光，没有星星，似乎南极的天空也是如此寂寞荒凉，和它覆盖下的南极冰原一样。

此刻，湛蓝深邃的天穹拂去了满天阴霾，月亮升起来了，月色昏黄，像是害羞似的窥望着我们这艘忙忙碌碌的船只。大海像是疲倦的顽童终于安静下来，发出轻微的鼾声。但是，考察队员却没有闲情逸致欣赏南极夜色，对于他们来说，这是难得的时机，必须在天亮以前完成全部考察项目的观测。甲板上探照灯灯光雪亮，舷梯和过道上人们步履匆匆，机器的轰隆声和间或传来的短促喊声，在黑暗笼罩的波浪上传得很远很远……他们干得很欢，似乎忘记了夜色沉沉、寒气透背，但是他们每个人的心里都知道，这是南大洋考察海水最深的站位，从 4 000 多米深的海底取出一块沉积了几千几万年的淤泥，采集那生活在黑暗深渊的海洋生物，并不是轻而易举的，单是把沉重的抓斗放进海底，一收一放，就需要几个小时。这个晚上，反正谁也别想睡觉了。

我登上前舱的卫星通信室，坐在沙发上等候北京的电话。抵达南极以来，向国内发稿的唯一途径就是通过船上的卫星电话。虽然船上的电信人员一直在寻找通向北京的窗口，探索南极和祖国无线电通信的最佳时间和波段，但是总不理想，据说是电离层的干扰，地球的南磁极对电波的畅通是个很大的障碍。

可是，要接通北京的电话委实很困难。船上的电信人员通过海事卫星，先和英国、美国或者日本的卫星地面站挂通，辗转和北京的交换中心接上关系，这才有希望和我们的报社挂通电话。有时线路太忙，或者哪一个环节出了故障，我们只能白白地等上几个小时；有时线路突然中断，稿件发了一半又只好作罢。如果有人问我，在南极生活遇到的最大困难是什么，我一定会毫不犹豫地说，发稿难。的确，没有什么比手里攥着写好的报道发不回去更使人心忧如焚了。

这天晚上，我还算幸运。也许是天气晴好、气流稳定，或许是老天爷发善心，我在话筒里听见了北京编辑部同事的声音，我不敢过多地寒暄，像每次发稿一样，一口气把稿件传送回去——在北京的办公室里，一台录音机记下了我的声音。然后他们将根据录音带整理我的报道，将它变成铅字。一般说来，只要不出现意外的故障，一篇千字文的报道只需要 5 分钟的时间。

次日，科学考察船向乔治王岛驶去，人们的心里充满了喜悦，这是完成了艰巨的战斗任务的喜悦，当然也不排除摆脱了危险的轻松之感。南大洋的狂风恶浪毕竟渐渐离我们远去，虽然考察计划中还有几个海湾的调查，但那是陆地环抱的海湾，我们都有一种相对的安全感。

乔治王岛的南面，朝向布兰斯菲尔德海峡有3个海湾，自东向西依次是乔治湾、拉塞雷湾和麦克斯韦尔湾。经过一天航行，傍晚时分，敞开大口的乔治湾，像是平静的湖泊展示在我们的眼前。

这里，比起我们熟识的麦克斯韦尔湾，环抱海水的陆地险峻得多，冰雪覆盖的面积也大得多。举目四望，冰雪茫茫的山岭蜿蜒起伏，灰蒙蒙的云雾凝滞在山巅；碎玻璃似的浮冰，在缓缓起伏的海面上漂荡，景象是再荒凉不过的了。

但是当船只停泊在海湾深处，考察队打算在这里布设几个观测站位时，我们的目光不约而同地转向海湾入口的地方。那里，在敞开的海湾入口的东端，蓝色的波涛涌起之处，矗立着一座赭红色的孤峰，像是从魔鬼的炼狱中倾倒出来的一堆炽热的炉渣，火光已经熄灭，炙人的热气还在四下里扩散，变作满天的烟，满天的云，随风飘拂。而在它的旁边不远，烟云升腾的天空衬映下，却是白茫茫的一片冰川，发出白灿灿的银光。这鲜明的对比，在最初的一刹那，不禁使我们惊讶不已。

这是一座孤悬在海湾中的火山岛，大概是因为山麓的海滩栖息了成千上万的企鹅，它的名字也叫企鹅岛。

次日，我们乘坐救生艇向企鹅岛驰去。天色阴晦，能见度很差，天空、冰原和大海都像曝光不足的彩色照片显得模模糊糊。小艇擦过一座巨大的冰山，渐渐驶近那赭红色的小岛，那座兀立岸边顶部像是被刀削去一截的火山锥，愈加显得高峻陡峭。岸边浮冰很多，随波漂泊，撞击着船帮发出嘎嘎的声响。突然船上的队员惊叫起来："快……海狼……那边有一头……"

摄影师们赶忙站了起来，把镜头转向乱石纵横的海滩。那陡立的火山和大海之间只有很窄的过渡带，似乎火山是从浪涛深处突然钻出来的。海滩上确有以前我们很少见到的动物，安详自在地躺在大大小小的石头旁。不过，仔细一看，何止一头，而是十几头，几十头，越找越多。也许是它们皮肤的保护色和火山崩落的岩石很难区别，使我们一开始不容易发现。它们三五成群，随处而栖，有的趴在岸边，任凭浪花溅落一身也不在乎，有的像是洗了海水浴刚从海里爬上岸似的……

说实在话，眼前的这些外貌凶猛的动物，我在南极考察期间仅仅听过它的俗称，即海狼或海狗，直到后来翻查文献，才知道它的名称是南极毛海狮，属哺乳纲，鳍脚目，海狮科，毛海狮属。它的主要繁殖群集中在南乔治亚岛，小群发现于南桑德维奇群岛、南奥克尼群岛、南设得兰群岛、布维岛、马里恩岛、赫德和麦克唐纳群岛以及克尔盖伦岛。

我踩着湿漉漉光滑的石头，走向那怪模怪样的海兽，大约还有四五十米远，不由停住了脚步。有点胆怯了吧，不错，我担心它会扑过来给我一口。南极毛海狮和以前见到的海豹似乎差不多大小（雄性个体比雌性大得多），脑袋圆圆的，不大，身子粗壮结实，像个纺锤，嘴巴周围长满长长的硬须。它的前肢像桨一样，但可以灵便自如地行走，也可以支撑全身重量，加上尾巴一样的后肢，像两只短腿可以随意分开，因此它比海豹在陆地上行走灵便得

栖息在火山山麓的海狼

南极毛海狮

多，速度也要快得多。只是当前脚和后肢交替行进时，身体前后颠簸，看起来挺滑稽的。当我小心翼翼地走近时，南极毛海狮几乎无一例外地昂起脑袋，张开长满利齿的嘴巴，发出像猪叫似的吼声。不过，也许是生性胆小，尽管吼声不绝，身子却在步步后退，其中胆子更小的慌不迭地朝海边退却，然后一头扎进海水里去了……

这些其貌不扬的海兽早些时候是人们捕猎的对象，它们那厚实而柔软的皮毛曾经是欧洲上流社会贵妇淑女争相抢购的千金裘。只是现在各国共同制定了禁止捕猎的保护措施，它们才得以在这片宁静的海岛上繁衍生息，再不会出现上一个世纪枪声不绝、血流成河的悲剧了。

南极毛海狮的雄兽个体大，长 1.5 ~ 1.8 米，体重约 150 千克；雌兽小得多，只有 1.3 米长。它们是一夫多妻制，一头雄兽往往占有几头或十几头雌兽，组成一个家族。在海滩上，它们各占一块地盘，但是也能见到一些孤独的雄兽在海滩上徘徊，伺机闯入别人的家庭，企图争夺雌兽，这时候，雄兽之间就会发生一场生死搏斗。在这种情况下，自然是弱者失败，强者得胜——生物之间也许正是通过这种生存竞争，使强壮者得以繁殖后代，弱者在竞争中自然淘汰，这对于发展种群的优势自然是有利的。

在南极毛海狮盘踞的乱石滩上是见不到企鹅的。企鹅们自然不敢接近这些凶猛的邻居，早就退避三舍，跑到地势陡起的海岸栖息去了。这一带比起南极毛海狮的领地要差得多，靠近浪涛拍岸的海湾，危岩逼岸，礁石突兀，因为接近海湾入口，风大浪高，潮水呼啸着周而复始地袭来，卷起堆堆浪花。

天气这时又作怪起来，大雨劈头盖脸地下了起来。无处可以避雨，我们只能仿效企鹅的模样，若无其事地站着挨淋。我看着身前身后的企鹅，打心眼里敬佩这可爱的小动物。它们对于极地严酷的气候早已习以为常，不管雪花纷飞，还是大雨如注，它们决不会找个岩洞或者石缝去避一避，似乎毫不理会变化无常的天气。这会儿，它们成群结队地站在海边的石头上，或者挺立在火山锥松软的山坡，任凭身上漂亮的礼服淋得像落汤鸡，也决不挪动一步。还有些企鹅站在海边，浪涛像喷泉一样溅了它们一身，像是要把它们吞没似的，可是它们除了抖抖身上的海水，并不当一回事。那副泰然自若的神态，不能不令人肃然起敬。

雨越下越大，摄影师们只好用塑料布包住他们的机器，或者用衣襟将镜头盖住。我攀援巨石迭交的陡岸，小心翼翼地爬上一块三面临水的礁石，那里地势很隐蔽，一群足有十几头的海豹溜到那边的海湾里游水，从礁石顶上可以很容易拍下它们的镜头。在密密的雨幕中，它们像是一群在池塘里打滚的小淘气，挤成一团，玩得十分自在，一会儿你追我赶，一会儿潜入水中，一会儿又打打闹闹，有的游累了，爬到离岸不远的礁石上，探头探脑地张望，一见风声不对，连忙又跳进海水里……

在拍下一个个镜头后，我的注意力转向背后屹立的火山。记得我在前面说过，当我们航行在布兰斯菲尔德海峡的西端，驶向利文斯敦湾的途中，不止一次从欺骗岛的身边擦过。有一次船只离欺骗岛很近，停在它的附近，可以很清楚地看见岛上裸露的岩层，土黄色夹着赭红色的火山灰历历在目。当时我是多么想坐船上岛去看看，据说它的马蹄形海湾就是一个巨大的火山口，由于水温比别处高，浮游生物特别丰富，以致海水泛着浓

南极活火山欺骗岛

绿色。还有人告诉我，欺骗岛的地热活动至今还很活跃，地面不断冒出硫黄蒸气，喷气孔周围有结晶的硫华——这一切都是令人感兴趣的，但是希望终成泡影，没有人支持我的提议，我终究失去了登上欺骗岛的良机。现在想来，我仍然抱憾不已。

此刻，我对企鹅岛的火山不能不格外珍惜，尽管比起欺骗岛，企鹅岛实在算不了什么，它太小了，可是我也知道，机会只有一次，而且是最后一次，我再也不能抱憾而归了。

整个企鹅岛实际上就是一座火山，圆形，长宽约 1 800 米，精确的位置是南纬 62 度 6 分 20 秒、西经 57 度 56 分——这些都是根据海图测出的。它的高程海图上注明是 165.81 米，看起来不太高，但是当我站在它的脚下，那黑红色的峭立的山坡，宛如一道铁壁铜墙通向天际，显得十分险峻。

我这里所指的是火山锥的南坡，这一面还算比较平缓，倘若是我们登陆的地点——火山锥的西坡，却是难以攀登的绝壁，直上直下，几乎没有可以容足之处。那赤红的火山灰像是红色的熔岩，间或露出犬牙交错的怪石，除了备有特殊的登山装备，要想从那里登上山巅，似乎是根本不可能的。

这时，已经有些年轻力壮的船员和考察队员向山顶发起冲刺了。

“喂，快来呀，到顶上去看看……”有人在山坡上大声呼喊，不知是叫我呢，还是叫别人。

我立在山麓，仰起脖子望着那摩天大楼般的山坡，不禁倒吸了口气。

先行上山的人们像小甲虫一样，在松软的火山灰上蠕动，走几步就得停下歇几口气。山坡陡极了，必须弓着背艰难地挪动脚步。

我在国内也曾经攀登过一些死火山，20 世纪 50 年代我到过山西大同盆地著名的火山群，那还是做学生时到那里去实习；后来黑龙江省屹立在松辽平原上的五大连池火山群，也留下了我的足印。那些火山虽然也很陡峭，却有攀援的依靠，丛生的荆条呀，茂密的桦树林呀，最起码还长有野草吧。可是，这里却是南极洲，光秃秃的像沙丘一样的山坡，一脚陷进去就是一个坑，地心引力还要将你往下拉回半步。山坡上遍布火山灰和颗粒较大的火山砾，除了星星点点的黄茸茸的地衣，像和尚头一样寸草不生。更可恼的还有雨，雨还在不停地下。我气咻咻地低着头，弓着腰，迈着无比沉重的腿，在火山的躯体上缓缓移动……

爬了不到 1/3 的高度，我感觉再也无法支撑下去，心脏几乎要从胸膛里跳出，两条腿不住地颤抖——长期的海上航行，人的腿脚都发软了，可是眼前的山坡仍然像黑黝黝的天梯看不见尽头。身上的羽绒服变得越来越重，压得我喘不过气来，它已经湿透了。于是，我只好默认自己无能，掉头而返了。

下到山脚，雨却住了。我坐在一块石头上喘息，心里却越来越懊恼。山坡上已经看不见人影了，大概他们已经登上了山顶，我呢，却半途而废，像个临阵脱逃的士兵灰溜溜地坐在山麓。我当然清楚，火山的精华，它最迷人的地方，是那山巅的火山口，那是通向地狱的窗口，也是当初烈焰腾空岩浆喷溢的源头。现在呢，火山活动停止了，那里也许会积水成湖，像一块碧绿的翡翠，镶嵌在高高的山巅；也许那里云蒸霞蔚，从地心深处冒出的刺鼻的硫黄蒸气，凝结成绚丽多彩的石花；也许……可是，说什么呢，我已万里迢迢来到它的脚下，不就是165.81米吗，我却再一次失去目睹它的良机，难道又是一次终生难忘的遗憾？

我脱下身上累赘的羽绒服，把沿路采集的沉甸甸的石头卸下，只带了相机，咬咬牙又重新踏上了征途。

不必详细记述登山的经过了。刚才好不容易爬了1/3的山坡，只好从零开始，接着向新的高度攀登。途中我停下来歇了3次，好让急剧跳动的脉搏稍稍平缓一些。我也体会到登山队员的艰辛，他们在最后向顶峰冲刺时，尽管眼前只有几十米或者十几米，却要花费那样久的时间……不过，咬咬牙一切也就过去。陡峭的山坡在我的脚下一米一米地延伸，我回头望去，嗬，海滩离我那样遥远，成千上万的企鹅，像撒在地上的一片芝麻粒；再过去，那海上的座座冰山，如同一杯冷饮中的小冰块，在一望无际的海面显得多么渺小……

乔治湾的死火山口

中午10时50分，我终于把火山口踩在脚下了。

圆圆的火山口，像一个巨大的漏斗，一览无余地袒露在眼前。漏斗边缘很窄，形成一道圆环状的山脊，向两边倾斜。遗憾的是，那一口巨大无比的大锅里，没有明净清澈的小湖，没有生气勃勃的温泉和嗞嗞冒烟的蒸气。在质地致密、呈赭色的火山口内，酷似炉膛里的黄泥坯烙下火焰燃烧的痕迹。也许地下的热气还在升腾，火山锥的里里外外看不到丝毫积雪的痕迹，这在附近的岛屿是罕见的。

我走向火山口的边缘，向漏斗深部望去，那里隆起一个马鞍形的火山颈，这就是当年岩浆喷溢的通道。在它旁边，斜刺里矗起一座坚硬的巨岩，像是一块骨头鲠在张大口的喉管里。我寻思，这座劫后余生的山岩，很有可能是当初企鹅岛的脊梁，火山爆发以前，它兴许是岛上的主峰呢。

这时，山顶上除我之外，再没有第二个人了，举目四望，四周竟然找不到比我更高的地方。远处的海，好像是巨大的溜冰场，可以毫不费劲地走到遥远的天边，一直走到那缥缈的白云里。而脚下的陷阱，不无诱惑地张开血红的嘴巴，似乎召唤我走入那地火燃烧的地狱。猛然间，我感到从未有过的寂寞和孤独，仿佛置身在荒寂无人的月球，周围像死一样的宁静，人间的声音离我而去，听不见风的奏鸣，听不见海的喧声，连那山脚下的同伴们，也像是在另一个世界离我极远极远……

不能再逗留了。我拍了几张照片，在笔记本上画了一幅火山口的草图，然后拾了好几块炉渣似的黑石头，带回去做个纪念吧。

这时，海滩上远远传来集合返航的口笛声。

舟中夜话

他不抽烟，也不喝茶，坐在我对面的床上侃侃而谈。他的经历对于我是富有吸引力的。远在赴南极之前，我就从报刊上见过他的事迹的报道，听到过他的名字，因此当我在南大洋考察队的花名册中见到这个熟悉的名字，我就产生了采访他的念头。但是在紧张的南极考察的日子里，他很忙，我们总不能找到彼此都合适的时间，我的采访也就一天天往后推迟了。

现在我们把什么事情都放下了，我给他出的题目很简单："你想到哪儿就谈到哪儿，你愿意怎么谈就怎么谈……"我不愿意用答记者问的方式和被采访的人谈话，那是枯燥的、缺乏人情味的谈话，它仅仅适合某种特定的对象和特定的人物，而对于一个成熟的科学家，他不需要我们提醒他该谈什么，不该谈什么。

他是个身体结实但已开始发胖的中年人，眼睛不大，笑起来眯缝着眼睛，头发很黑，喜欢穿一件棕色的毛衣，胸前还缀上一个毛线织的白色的小企鹅。他生于1935年，籍贯是浙江温州，1960年毕业于山东大学生物系。十年动乱的岁月，研究所下马了，他回到以动乱而闻名全国的家乡，无法继续他醉心的科学研究，便每日在小城人迹罕至的林间草地或者树木葱郁的山冈，舒展筋骨，养浩然之正气，习武操拳，练就一身太极推手。这本是百无聊赖的精神寄托，不料日后却在南极帮他战胜了死亡。

他是国家海洋局第二海洋研究所副研究员，南大洋考察队生物组组长——蒋加伦。

我是1983年1月第一次到南极的，那次是应澳大利亚南极局的邀请，奔赴澳大利亚设在南极的戴维斯站。我们乘的"内拉顿号"只有3 800吨，在南大洋航行了整整17天。经过西风带时，颠簸得相当厉害。戴维斯站位于南纬68度35分、东经78度的滨海丘陵区，夏天这里有80多人，冬天只留29人。我到戴维斯站承担的课题是研究海洋中的浮游植物。

这年的2月3日，我和澳大利亚年轻的生物学家、29岁的博克，乘直

蒋加伦在南极

升机来到离戴维斯站10千米的爱丽丝海峡。我们驾驶一艘摩托艇带上测深仪，打算在那里搞一条剖面。当时是南极的夏天，气温是2摄氏度，海水温度只有零摄氏度，漂泊着许多浮冰。我们驾着摩托艇一路测量海底深度，在海峡一处拐弯的地方，大浪迎面打来，摩托艇突然熄火了。

这时候海峡里刮起七八级的大风，真是狂风骤起，白浪滔天，浪高有10米左右。顿时小艇里灌满了水，而且不由自主地朝岸边冲去。我们连忙试图用水桶往外泼水，但无济于事，发动机不能启动，巨浪像山峰一样猛扑过来。当第二个浪涌扑来时，博克立即被打到海里去了。他连忙用手扳住渐渐下沉的小艇，我见离岸只有100米左右，也跳了下去。我估计，按我的游泳技术划上岸并不是很难的事。

当时我戴上了皮手套，脚上是高筒靴，我和博克都奋力朝前游去。不料南极的冰海是足以使人冻僵致死的。我只游出二三十米，手就麻木了，顿时一种恐惧袭上心头，这时风浪很大，心情也感到特别紧张。我努力使自己保持镇定，一面考虑怎样自救。幸好这时在我的左侧二三十米有一块浮冰，我不顾一切地挥动冻僵的四肢，向那块浮冰划了过去。当一个浪头打来时，我就势抓住了浮冰，这时我的手套和长筒靴不知什么时候掉了。我的手被锋利的冰凌划破，顿时血淋淋的，不过这时也顾不得了，我奋力爬到那块在浪涛中起伏的浮冰上面。

这时离岸只有5米左右，我知道得救了，立即又一次跳进冰冷彻骨的海水里，这里水深刚到膝盖，是海边的沙滩，我终于爬上了岸。

不一会儿博克也上来了。他比我幸运，套靴没有掉，而我只穿着羊毛袜，一块“泼浪多”的手表也掉进了海里。岸上风很大，我想找一块大石头避风，但已站不起来。这里离戴维斯站很远，直升机早上8点把我们送来，约定下午5点才来接我们，而现在是下午1点半，还有3个多小时，我感到没有希望了。

我到南极以前，受过极地考察的训练，知道寒冷时人体的反应分为3个阶段：先是颤抖，这是保护自己的本能；继而颤抖减弱，这时四肢的血液进入内脏；到了最严重的地步，体温开始下降。34摄氏度是危险状态，30摄氏度就是死亡的临界了。

我这时的反应也是如此，双手开始冻得发紫，全身颤抖，难以控制，接着体温也在下降。当时我想写一份遗嘱，但是身上什么也没有带。我看看呆在一旁的博克，考虑着如何自救，我想，无论如何要挺住，千方百计保存体力。于是我运用以前在国内学过的气功，默默运气，意守丹田，双手放在丹田部位。我的脑子一直很清楚，但人已经冻僵了，直到快5点时，我听见直升机的隆隆声，我的心里升起一线希望，于是我失去了知觉。

我醒来的时候已经躺在戴维斯站的医院里，是手指的剧痛把我疼醒的。直升机把我和博克接回戴维斯站后，站长亲自把我背到站医院，澳大利亚医生彼特立即将我泡在水温五六十摄氏度的浴缸里，让身体回暖，到了晚上我恢复了知觉。

医生和戴维斯站的科学家们都为我获得第二次生命感到高兴，因为我的体温已下降到30摄氏度，差点就去见上帝了。但是这时我犯了一个错误，我一高兴，就让他们把我从国内带的一瓶茅台拿来，“为我第二次获得生命，感谢大家……”我没有听医生的劝告，饮了一小杯茅台，我以为受寒饮一点酒对身体总是有好处的。

谁知道不到10分钟，我开始大口大口地呕吐，无论用什么办法也无法遏止，医生慌了神，打针、挂盐水瓶，把站上所有能用的药物都用上了，都不能奏效。看看我已支持不住，彼特医生只好给打了麻醉针，让我睡死过去，戴维斯站的科学家轮班照料我，可是到了第二天4点多钟，麻醉失去效用，我又继续呕吐。我根本不能吃东西，一吃就吐，连医生也束手无策了。他们只好把我的严重病情通知澳大利亚南极局，并且报告我国国家海洋局。说来也巧，就在这个危急关头，我想起我还带来几瓶云南白药，我知道白药里的红子是救命的。我让他们找来，服了两粒红子，居然神效，呕吐止住了，胃也不疼了，折磨我的呕吐就这样治好了。

死亡这一关是过了，但是我还吃不下饭。恰巧这时，我国冰川学家谢自楚同志在澳大利亚的凯西站工作了1年多以后返国，路过戴维斯站。他见我病成这样，对我关怀备至。他在逗留的3天内，每天照顾我，给我熬稀饭，吃豆腐乳，做米饭，我这才有了胃口，还是祖国的饭菜香呀……在这同时，他用卫星电话向国内报告了我的病情。国家海洋局罗钰如局长对我很关心，让我在南极封冻前，乘最后一班船回国。谢自楚在临走之前，还用录音机录下我的谈话，我把遇险的经过用录音带记下来，请他带回祖国。这里我补充一句，后来《光明日报》驻堪培拉记者张泽权，就是根据我的录音磁带和谢自楚同志的介绍，在报纸上报道了我在南极遇险的情况。

这时候，我的思想上展开了激烈的斗争。当时如果我回国，对南极考察事业是一个损失，因为戴维斯站每个科学工作者承担的任务都列入每年的科研计划，如果我中途回国，我所承担的浮游植物的考察就要落空。我也考虑过自己留下来继续工作的可能性。我遇险后手指、脚趾都变成紫黑色，医生起初认为只有截肢才能保住，但我坚持不同意截肢，而是每天自己推拿按摩——我以前学会的推拿对我身体的恢复大有帮助；此外我还用羊毛脂、珍珠霜涂抹冻伤的部位，结果手指和脚趾恢复了血色，脱了好几次皮以后，渐渐痊愈了。

这样，我决定留下。当最后一班船离开戴维斯站时，捎上了我给国家南极考察委员会写的一封信。澳大利亚南极局局长麦丘坐这班船来看望我，当他知道我要留下过冬，也感到很高兴。

漫长寒冷的南极冬天很快降临了，海湾也冰封了。在明年的夏季到来之前，再也没有一艘船能够抵达这里，我开始在戴维斯站度过第一个寂寞难耐的冬季。

科学站是一个萝卜一个坑，每个人都有自己的工作，谁也无法代劳。因此我的病刚好就出去工作，但是我的身体很虚弱，从宿舍到实验室只有30 米，我却要走上1 个半小时，全身大汗淋漓。开始海上的冰很薄，不能去海上采集样品，就天天到实验室处理样品。我没有胃口，吃不惯油腻的食品。站长同意我自己到食堂动手做，我说走不动，他就开吉普车送我到食堂，实际上戴维斯站的直径才100 米，但我却无法从宿舍走到食堂，可以想象我那时身体多虚弱。我就每天坐吉普车到食堂，给自己做一点适合口味的饭菜。不久，海面上冰冻得严严实实了，我每星期都要到冰上去采集浮游植物，这时都是坐雪橇摩托，一直开到像水晶一样的海面上。他们怕我出危险，每次站长和医生都陪我一道去，一人开一辆雪橇摩托，把我夹在当中。有一次，冰面不平，摩托翻了车，我们都摔了下来，幸好雪很厚，没有摔伤……

在南极的冬天，我没有一天中断过体育锻炼。戴维斯站有个大仓库，就是我的健身房。每天晚饭前，我都要到这儿练练太极拳，站上其他国家的科学家对此也很感兴趣，跑来跟我学。由于坚持锻炼，我的身体恢复很快。

漫长的冬天是很寂寞的，但是我却有机会欣赏美丽非凡的南极光。要看到极光也不容易，必须是晴朗的天气，而且最好是没有风，这样的天气一个月里也难得有几天。为了拍摄绚丽多彩的南极照片，我就得熬夜，一般是晚上两点左右才会出现南极光，所以必须提前在室外等候，但是外面太冷，气温在零下20摄氏度以下，只能呆上十来分钟就得赶快跑回屋内，连照相机都因寒冷而黏手，上面结了一层白霜。不过，那美丽的、像童话中的仙境一样的南极光，在黑暗笼罩的冰原上空不断变幻它那神奇的色彩，有时像五彩缤纷的帷幕，有时如同飘拂的彩练。它是大自然最绚丽的奇观，使我忘记了寒冷和寂寞……

神奇的南极光

除此之外，在最寒冷的日子，我们还开着车子到冰原去考察。这时候白天的时间只有一个小时，我们就利用这短暂的白昼，用电钻或手钻凿开厚厚的冰层，采集冰面下的水样。这样的工作往往要持续一个星期。

当南极黑暗的冬季终于过去，白昼时间一天天延长时，南极的春天在我们的盼望中降临了，这是9月份。虽然空气还是那么凛冽寒冷，大地一片冰雪茫茫，但是姗姗来迟的南极的春天毕竟给冰原带来了生机。最有趣的还是企鹅，它们嗅出了春天的气息，从老远的冰面上成群结队朝陆地上奔来，奔向它们世代栖息的小岛。有几只企鹅跑得特别快，我从望远镜里看到它们把肚皮贴着光溜溜的冰面，双鳍像桨一样飞快拨动，速度比摩托还要快。这里有帝企鹅和阿德雷企鹅，它们一到春天就纷纷跑到小岛上占地盘，竞争可激烈哩！

当春天到来时，我们另一项有趣的工作是抓海豹。每次 4 个人一组，用一种套子套住海豹，然后骑在它的身上，分头抓住海豹的鳍，在它的身上打上记号。这是一项保护海豹资源的措施，戴维斯站每年要完成给 400 头海豹打记号的任务。

我们这时可以跑到离站区比较远的地方，欣赏美丽神奇的南极风光。离戴维斯站 2 千米的海峡，大小冰山千姿百态，洁净的冰面像龟背一样裂成美丽的纹理，却并不破裂，冰面像镜面一样光滑透明，可照人影。这是一个天然的滑冰场，可惜是在遥远的南极，否则不知要吸引多少滑冰爱好者。在冰山林立的冰山群中徜徉，还可以看到羽毛洁白，只有嘴巴鲜红鲜红的雪燕在雪洞中做窠。雪燕是纯洁爱情的象征，公雪燕和母雪燕相亲相爱，白头偕老，永远也不分离。

但是，在一次外出的时候，我又险些送掉了命。那天，我和一位物理学家到冰山群去拍摄企鹅。他比较胖，一个人跑步去，说是要减肥，我则骑着摩托一直开到那里。物理学家来了以后很快就回去了，只剩下我一个人转到海峡的冰山丛中。我尽量靠近企鹅，拍摄它们生活的照片。这里到处都是冰，冰面以下是很深很深的海水。我踏着覆盖着薄薄积雪的海冰朝前走去，突然脚下嘎嘎作响，原来海冰有很深的裂隙，只是雪盖住了看不见。我急忙收住脚步，掉头而返，就在这瞬间，冰面破裂了，幸好我跑得快，不然后果就不堪设想了……

解冻以后的第一班船到了戴维斯站，我告别了南极，回到澳大利亚的霍巴特。澳大利亚南极局副局长库利提博士亲自迎接我，见我恢复了健康感到高兴。但是他接着又给我加上了很重的负担，要我把两篇论文完成以后再回国。说心里话，我这时已经感觉非常疲倦，思念祖国的心情也非常迫切，但是我知道，这是惯例，所有在南极考察的人都应该把论文写出来才算圆满地完成了自己的任务，我也不能例外。我是研究浮游植物的，海洋中的浮游植物以硅藻为主，个体很小，必须在电子显微镜下才能看见。最近十几年，由于高倍电子显微镜的出现，生物学家发现了海洋中存在着只有浮游植物 1/10 大的微型生物。它们的数量是硅藻的 90%以上，而且形态也是多种多样的，有的像竹篮子，有的像鱼篓，有的像一只花篮，大小在 20 微米以下，普通的显微镜是看不见的。微型生物的发现，引起生物学界的高度重视，并且迅速发展为一门新的学科。以往传统的观点认为磷虾是以硅藻为饵料的，现在这种观点开始有了改变，海洋中数量最多的还是微型生物，海洋的初级生产力应该以它为主，特别是南极海域，微型生物最多。要揭示海洋生态系物质和能量的流动，阐明南大洋主要食物链的内在关系，微型生物是重要的一环。

但是，我在来澳大利亚之前，还从来没有接触过这门新兴学科，连微型生物也没有见过。因此，在澳大利亚期间，我在哈微博士的帮助下，开始用现代化的电子显微镜研究微型生物。这个期间的工作是相当紧张的，我住在霍巴特，但是做实验却在肯斯顿澳大利亚南极局，我每天开车去要用 25 分钟。一开始，他们就把一份厚厚的说明书交给我，我必须用一个星期时间熟悉电子显微镜的操作要领。在这方面，澳大利亚给科学家提供了很方便的工作条件，我可以充分利用这台电子显微镜，愿意工作多久都没人干涉。在将近半年的时间里，我用头两个月搜集资料，然后又用了整整两个月进行镜下观测，我已经完全熟悉电子显微镜的操作，处理样品，观测拍照，一直到暗室冲洗放大。在最后一个半月，我集中全力写论文。但是，每当我驱车回到住地，我累得就像一摊泥，倒在沙发上就睡着了，等我醒来才能做饭解决肚皮问题。

有一次，我经过澳大利亚南极局门口，那里立着一块大石头，上面镶嵌了15个铜牌，以纪念15位为南极事业而献身的科学家。一位澳大利亚朋友笑着对我说："你差点成了第16个……"是的，我是值得庆幸的，大难不死，而且还很健康地活着。每当想起这些，我就更加珍惜时间，百倍地努力工作。有一次，我应邀到塔斯马尼亚州大学环境污染中心作报告，我最后向在座的澳大利亚朋友们说，我们中国不久一定会在南极建立自己的科学站，这一天是不会遥远的。

1984年5月中旬，我回到祖国。这时国内掀起了一股"南极热"，我国首次南极考察的准备工作正在紧张进行。我在北京呆了10天，"南极办"的同志问我能不能参加这次考察，我说我从心里是愿意的，我国自己的南极考察，多难得的机会，就是不知道身体能不能吃得消，但我争取去。6月我回到杭州我所在的研究所，来不及喘一口气，所领导就告诉我，7月底在日本举行国际浮游生物学术讨论会，要我准备发表论文摘要，我几乎没有时间和亲人团聚，马上投入紧张的工作。8月初，我到日本，在清水县东海大学出席国际浮游生物会议，开了10天会。回国后又参加我国首次南大洋考察协调会议，这时我才知道，我已经被安排担负这次考察队生物组组长的职务，于是更谈不上休息了。挑选人员，制订计划，筹划仪器装备……繁忙的工作，过度的疲劳，以及从南极归来接踵而来的任务，使我的血压升高，转氨酶也不正常，我被送进了莫干山一家疗养院。

11月下旬，我国首次南极考察队就将出发远征。在这以前，工作千头万绪，10月份要试航，所有的考察仪器都要搬上船。我是本单位生物室主任，所里要求我拿出科研单位整改的方案，还要将南大洋生物考察的计划修改定稿，这样多的事情急如星火，我哪能有心思在这里疗养呢？

这时候，许多好心的朋友都劝我不要再去南极了。有的说，你身体这样差，何必自找苦吃呢？也有的说，你还图个什么呢，你现在名也有了，又入党了，立了功，提了级，连“八大件”也置齐了，何必去卖命呢？也有些同志劝我，这次南极考察不同以往，单位多，矛盾多，我又不善于搞组织指挥，人与人的关系很复杂，弄不好将会前功尽弃。但是我想，这次南极考察意义重大，从科学工作的角度来说是一次很难得的机会，对于我们的国家，我们的民族，更是振奋国威、振兴民族精神的事业。我自己是到过南极的，虽然做不了多少工作，但毕竟老马识途，至少可以为南极的科学事业贡献菲薄的力量。

我不贪图什么，主要是为了科学事业。就这样，我于 11 月 10 日赶到上海，登上了“向阳红 10 号”……

大海的礼物

广播喇叭通知新闻记者火速到驾驶台开会。我没有听错，是驾驶台，干吗跑到那儿开会呢？

乔治王岛南面的 3 个海湾的海洋调查已经结束。这 3 个海湾各具特色，乔治湾宽阔开敞，有时使人觉得像个辽阔的海；可是拉塞雷湾却是那样神秘，高耸的冰峰和陡峭的岩岸云雾缭绕，仿佛到处都埋伏着可怕的危险，使人觉得有点恐怖；至于麦克斯韦尔湾，也许是我们经常停泊在她的怀抱，不论是风平浪静还是风急浪高，她在我们的印象中总是那样亲切，那样迷人，甚至还有一种无法言状的安全感……

驾驶台里正在召开一次特别的电话会议。陈德鸿总指挥坐在报话机前面，向停泊在柯林斯湾的“J121 号”打捞救生船，向菲尔德斯半岛的长城站以及在座的南大洋考察队和“向阳红 10 号”船，布置了春节前的工作安排。他讲到祖国将要派一个代表团到南极来，出席长城站的落成典礼，要求两船两队以实际行动迎接祖国亲人的到来。为了和祖国人民在同一时刻欢度新春佳节，定于 2 月 19 日过春节。两船两队要因地制宜开好春节晚会和举行会餐，并且在当天上午 9 点 30 分举行长城站落成典礼。

他接着宣布，南大洋考察已于 2 月 11 日上午 11 时 35 分胜利结束。

我望着挡风玻璃外的海湾，又下起雪来了，雨雪纷纷扬扬，这倒像祖国南方过春节的景象。浪涌轻摇，一群南极鸽悠闲地躺在波浪的怀抱里，任凭波浪的起伏一动不动，使人想起池沼里的野鸭子。人的思想确实古怪而且难以捉摸，几天以前，在狂风恶浪中航行的时候，那掀天的海浪和奔腾的怒海使我们畏惧胆寒，我们打心眼里诅咒它，恨不得快快离开它。可是当我听见从总指挥的嘴里说出南大洋考察已经结束，我却不知怎地涌起一股惆怅和惋惜，南大洋毕竟在我的记忆中留下了难忘的印象。大海教会了我们很多东西，也锻炼了我们，更重要的是它使我们大大地开拓了自己的眼界。只有这时，我才感到我们的航程太短，许多应该去的地方永远失去了机会——至少对我来说是如此。我是多么希望再一次闯入它的惊涛骇浪，寻访那一个个被冰雪覆盖的神秘岛屿，登上那南极大陆的莽莽冰原……当然，这只是我的梦想而已。

我在前舱的一个房间里找到金庆明，作为南大洋考察队一队之长，对于我国首次南大洋考察，究竟应该怎样评价，我向他提出这个问题。

“这次考察在我国南极科学事业上的地位，”我问道，“你认为哪些学科取得了突出的成果，意义何在？你认为哪些组的工作是出色的？还有，你个人对这次考察有何感受？”

金庆明沉默了一会儿，镜片后的目光陷入深沉的思索。

“这次南大洋考察的胜利完成，说明中国人民完全有能力进入南大洋进行海洋调查，说明我们已经进入这个领域，”金庆明手里拿着一支铅笔，轻轻地敲着桌面，“这是一次多学科、多项目的综合考察，涉及南极海域的各种环境——开阔性的大洋盆地、陆坡的次深海、大陆架的浅海、深海洋盆，还有海湾、水道，在10万平方千米的南极海域全面地、完整地完成了6个专业、23个项目的海洋综合观测……”

他接着告诉我，这6个专业和23个项目是生物、水文、气象、化学、地质和地球物理等6个专业，至于23个考察项目则有磷虾、浮游生物、叶绿素、底栖生物、微生物、温盐深观测、测流、波浪、水色透明度、测风等气象要素、营养盐、溶解氧、酸碱度、痕量金属测定、气溶胶、有机化学、底质采样、悬浮体、沉积物化学、大气尘埃搜集、重力、磁力、测深等。

在南大洋采样

“我们共完成综合观测站34个，测线长度3 600海里，测站观测深度从几十米到4 000多米，累计工作日24天。”金庆明翻开桌上的笔记本，给我念了一连串的数字。

“慢点，我记一下。”我对他说。下面是我记录的一些主要数字，也是这次南大洋考察实际观测资料和标本样品的数量。

“重力测量22 100海里，其中测区1 920海里；磁力测量21 300海里，其中测区1 682海里；水深测量25 900海里，其中测区4 850海里；温盐深观测，用4种方式记录了6万组数据；营养盐等10项水化学分析共有3 600组数据；浮游生物样品754瓶；叶绿素测定共1 224组数据；底栖生物255瓶、40袋、2大桶；微生物样品461个培养基、近千株样品；磷虾捕获105千克；底质泥样约800千克……”

金庆明如数家珍地说了上述数字，他合上笔记本，定眼看了看我。

“在南极海域，同一条船上进行这样多的学科和项目的综合观测——几乎囊括了海洋学所有的专业项目，这在世界上也是不多的。”他加重语气说，“由于我们的调查区既穿越了海湾、水道，又经过浅海大陆架、次深海陆坡和深海洋盆等不同海区，所以我们取得的资料有较好的代表性。”

“我觉得还有一点是很突出的，不知道你注意没有？”金庆明用征询的口气对我说，“我们这次南大洋考察大部分是采用国内制造的先进仪器。这些仪器经过南大洋风浪的考验，证明它们适于南极海域使用，质量和性能都是过硬的。”

“你能不能谈具体点……”

“这方面的例子很多。比如温盐深测定，我们这次带了两套装置。一套是美国进口的马克—Ⅲ型CCT，它的优点是可以随着海水深度的变化，自动记录海水每下降1米的温度和盐度，连续测定各层的数据，这对于了解海水水层的微结构很有帮助。我们还带了一套国产的3 000米温盐深自记仪，是国家海洋局第三海洋所研制的，可以接到磁带磁盘和微机上，精度也很高。我们这次通过实地使用，两套仪器记录的数据完全一致，国产仪器取得完整的温盐深资料，实测最大深度突破了3 000米大关，达到3 082米。这就令人信服地说明，国产海洋调查仪已经比较先进，达到了世界20世纪70年代的水平。”

用3 000米温盐深自动记录装置在南大洋作业

金庆明接着说，这次记录的重力、磁力、深度的地球物理剖面，是在单船不靠港的情况下记录的最完整的剖面，也是迄今世界上最长的一条剖面，工作里程累计22 000海里，工作时间长达3个月。“我们所用的仪器都是国产的，磁力测量用的是北京地质仪器厂生产的海空核子旋进式磁力仪，连接仪器的一根长达700米的磁力电缆是郑州电缆厂生产的，在累计24 000海里的漫长航程中没有出过故障，经历了西风带和南大洋的狂风恶浪，这是很罕见的。”金庆明说，“重力测量所用的DZY—2型海洋重力仪，以及配套的WO—1型重力仪陀螺稳定平台也是国产的，过去我国海洋调查一般都采用联邦德国的KSS—2型海洋重力仪，现在看来，国产仪器的性能不亚于联邦德国的同类产品……”

是的，南大洋考察广泛使用了国产的海洋调查仪器，对于保证科学考察的胜利完成起到了不可忽视的作用：

用国产的拖网设备采集了100～1 500米不同深度海底大生物量的极区冷水群落底栖生物，总结出南极海域的底栖生物具有单位面积数量大、种类多、个体大3个特点；

用国产的10米柱状取样管在4 000多米的深海取得了入土6.3米、样长3.41米的沉积物样品；

用国产抛弃式浪高仪实测出极圈附近10级风浪时的最大波高为

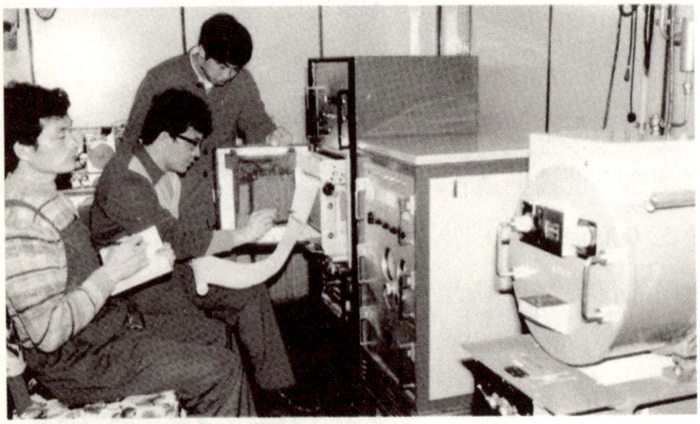

进行重力和磁力测定

8.6米；

用国产磁力仪测得太平洋至南极海洋中脊磁条带正负交替变化的异常区和大幅度对称的异常值，同时测得重力异常值，从而为该海区的洋盆扩张和大地构造的解释提供了依据。

听到这个情况，我是高兴的。南大洋考察不仅考验了我们的科学家和技术人员，也考验了国产的海洋调查仪器。我在“向阳红10号”船，遇到一些技术人员，他们是仪器的设计制造单位派来的，有的本人就是仪器的设计人员。武汉地震研究所工程师李树德和张世照，就是DZY—2型海洋重力仪的设计者。他们随南大洋考察队出海调查，同时实地检查仪器使用情况，积累了很宝贵的第一手资料。他们一致反映，我国海洋调查依赖进口仪器的时代应该结束了，采取国产仪器不仅是必要的，而且也是完全可以做到的。

“是这样的。”金庆明也同意这样的观点，他说，“我们这次考察，无论是经验的积累，干部的培养，以及器材装备的使用方面，都为今后我国的南极考察事业准备了条件。”

“正是由于我们的仪器装备比较先进，给科学家们提供了先进的测试手段，我们在较短的时间内获得了10万平方千米海域完整准确的综合性海洋学观测资料，并且对南大洋有了一个初步的科学认识。”金庆明手里的铅笔在桌上的地图上虚晃了一下，接着又下意识地敲着桌面。

他继续说，南极海域是一个生物生产力高、资源丰富的海区，根据这次获得的几十个站位不同层次的高营养盐和高叶绿素含量的数据，南极水体中的营养盐比一般温带、热带海区要高几倍至数十倍。海洋生物在海水中赖以生存的溶解氧含量比一般海区高10%～20%，表明海区生产力高低标志之一的叶绿素含量也比一般海区高，因此浮游植物和动物相当丰富。底栖生物、鱼类的数量之多，个体之大，分布之广，也十分惊人。

大海对于勤劳的人是慷慨的。我知道，南大洋考察队的科学工作者取得如此令人瞩目的成果，并不是轻而易举的。他们付出的辛勤劳动，往往是常人不易了解的，这里面充满科学探索的艰辛，包含着胜利的喜悦和失败的痛苦……

在我的记忆里，后舱一间被仪器和各种装置塞得满满的舱室，给我留下难以抹去的印象。我记得每天晚上，当我登上一级级舷梯，走到和它毗邻的备用电信室——我在这间堆放电影拷贝的房间暂借到可以写作的一席之地——掏出钥匙开门时，隔壁的这间舱室总是灯火通明，传来几个年轻人紧张而又愉快的声音。

有时候，我也顺便到他们屋里坐一坐，但我不敢坐得太久，因为他们总是很忙，一边和我交谈，手里还在不停地忙着。屋子里有电冰箱、可调式培养箱，还有一台像是电子仪器车间装配工序的操作台，台上是有机玻璃的透明罩子，两面各有两个圆孔，可以把手伸进去，科学工作者面对面地坐着，在那里进行操作。至于地上、角落里，到处是整箱的玻璃器皿，走路也得留神，稍有不慎就会把它们撞碎。

这间实验室是南大洋考察队微生物组的实验室，这个三人小组的科学工作者都是山东人，他们是国家海洋局第一研究所的微生物学家张建中、刘福源和张进兴。

在南大洋考察的日日夜夜，每当船只到达指定的站位，考察队员们纷纷跑上后甲板或者左舷开始作业时，微生物组的考察队员却拎着采水器跑到前甲板。他们研究的是肉眼看不见的微生物，必须找一个受船体影响最小不致污染的地方，在船上只有船首是最理想的地点。

不管风浪多大，他们都是这样。颠簸的船首往往激起排山倒海的浪涛，像瀑布一样朝他们猛扑而来，他们依然像弄潮儿一样钻进浪涛里，小心翼翼地采撷一朵朵的浪花。他们使用的仪器是两种采水器，一种叫住贝尔击开式采水器，一种叫腹背式采水器，前者用于表层采水，后者是分层采水，从表层、20 米、50 米、100 米、200 米、500 米，一直到 1 000 米。

他们需要的并不是海水，而是海水中生存的微生物。42 岁的张建中是小组里年龄最大的，他毕业于山东海洋学院水产系，后来又在著名遗传学家方宗熙教授门下当研究生。他说："把水样取出之后，先得用一种滤膜将微生物抽滤出来，再将滤膜放入培养皿里，倒入培养基，这是第一步。然后，把一个个玻璃培养皿放在可调培养箱或者冰箱里。"

"这样就行了吗?" 我接过他们递过来的一个玻璃培养皿，打开看了看。

"不不，" 毕业于厦门大学海洋系生物专业的刘福源摇摇头，"可调培养皿的温度是 14 摄氏度，冰箱是 4 摄氏度，滤膜上面的微生物经过两个星期——在 14 摄氏度下培养，或者三四个星期——放在 4 摄氏度下培养，便长出菌落。"

"我们统计菌落的数目就可以知道海水中细菌的数量分布。" 坐在一旁不吭声的张进兴补充道。他和刘福源在厦门大学是同班同学，而且年龄也一样大。

微生物组的实验室操作比起其他生物学的课题要烦琐复杂得多。他们在船上带有高压消毒锅、烘箱和冰箱，所有的实验器材都在摇晃动荡的船上进行消毒。过去，短距离的海洋调查，器材事先都在岸上消毒。这次考察时间长，容易污染，消毒的准备工作都在船上做，这就无形中加大了他们的工作量。更何况这3位海洋生物学家对海洋的颠簸很不适应，3个人晕船得很厉害，刘福源每天起床的第一件事便是服几片抗晕灵，遇到狂风恶浪，抗晕灵也不灵了，每人一个塑料桶放在身边，边吐边干。

当菌落在滤膜上长出以后，他们的工作更加繁忙了。这时候，他们坐在接种罩前面，把双手伸进与外界隔绝的罩子里面，把菌落分离出一个个菌株，像绣花一样将它放进玻璃试管，试管里有一块凝脂状的斜面培养基，这样，从大海中采集到的菌种就可以保存下来了。

“我们这次考察的课题是南大洋海水和海底沉积物中微生物生态学研究，包括种类组成和数量分布，这是一个很重要的课题，”张建中是山东安丘人，说话还有很浓的乡音，“因为在海洋生态系的食物链上，微生物占有很重要的作用。”

“除此以外，还有一个课题，”说话老是慢条斯理的刘福源补充道，“我们还进行了磷虾体内微生物的分离与研究……”

我很感兴趣地问道：“为什么偏偏选中磷虾?”

“磷虾是目前国际上引人注目的水产资源，”张建中解释道，“许多国家现在已经在进行商业性捕捞，国际市场也出现了很多磷虾食品。不过磷虾的防腐、保鲜、加工遇到一个棘手的问题，这就是磷虾打捞上来以后很快就会水解腐烂，这是什么原因呢？一种说法是它的体内有一种酶，再一种可能就是微生物导致了腐烂。”

他说，世界各国都在热衷于研究虾病，但是根据他们掌握的科技情报，至今还没有人研究南极磷虾的虾病，更谈不上从微生物学的角度研究磷虾体内的细菌。正是如此，这3个年轻的微生物学家向这个崭新的领域进行了勇敢的探索。

他们的办法是用无菌手段取出磷虾的消化道（胃、肠道），经过碾磨、稀释，然后放在培养基上；此后的操作程序就和从海水中提取微生物一样，使它长出菌落，再分离出菌株。

“我们这次在南大洋取得了大量菌种，其中异养细菌500多株，酵母菌和丝状真菌400多株。”张建中抑制不住内心的喜悦，向我宣告了他们的成绩。他特别强调指出：“过去我国研究海洋微生物，都是从我国周围的黄海、渤海提取菌种，而这次是从南大洋海域采集了大量低温菌种，无论从种类、生化特性，都大大丰富了我国海洋微生物的基因库。”

“你们这回从南极海洋中弄到了不少宝贝……”我也为他们取得的成果而感到高兴。

这时，一直没有吱声的张进兴笑了起来，“我们带的试管都不够用了，只好把平面培养基放在低温冰箱里保存菌种，过去这种办法谁也没有试过，这回是逼出来的，结果证明这种办法也可以保存菌种。”

“太好了！你们创造出一种保存菌种的新手段，这也是很大的收获吧。”

不过，要真正评价我国首次南大洋考察的成果还为时过早。在我结束对金庆明队长的采访时，他说：“最后的成果还必须等到回国以后。大量的工作要回到实验室去做。比如，我们采集的许多底栖生物，恐怕要邀请全国著名的专家学者进行鉴定……”

“那么，最快要到什么时候才能见到你们的成果呢？”

“我们争取在明年春节以前完成考察报告，这份报告预计有40万字，还有一本图集，包括平面图、剖面图和垂直分布图，还有一本资料汇编。”金庆明不慌不忙地说，“在这个基础上，才能分别写出论文，估计要到1986年底或1987年初，举行我国首次南大洋考察论文报告会……”

1986年底或1987年初，这即是说还得花费2年的时间，我们才能精确地知道大海奉献的礼物是多么宝贵，有多大价值。科学研究的艰苦由此也可窥豹一斑吧。

崛起在冰原的长城站

像丑小鸭变成了美丽端庄的白天鹅，长城站变得不认识了。

俯视中国南极长城站

这是我从南大洋考察归来重返长城站时的第一个感觉，不光是我，所有的人都会有这样深刻的印象。

南大洋考察开始的 1 月中旬，我匆匆忙忙离开长城站。那时候，这里还是一座帐篷城，在寒风中摇晃的充气式帐篷东一个西一个地坐落在海边高地上，仅有的 3 间木板房在荒原上屹立，已是长城站很高级的建筑了。站区湿漉漉的砾石海滩，到处堆放着刚刚卸下的建站器材，说是长城站，不如说更像一个嘈杂的工地。7 天之后，我们在别林斯高晋海遇到了极地风暴的袭击，返回乔治王岛的麦克斯韦尔湾避风，我乘上小艇再次登上长城站，当时我所见到的是一幅热火朝天的景象。“原来只有帐篷和几栋木板房的站区，屹立着两栋橘红色的房屋，”我在一篇报道中这样写道，“这是长城站的主体工程，每栋 175 平方米。房屋像一个长方形的大盒子，底下伸出无数的钢架，悬空地扎在砾石滩上。许多考察队员，更多的是海军突击队员在房顶、室内进行最后的屋面和室内装修。不久，考察队员们就可以迁入新居了。在站区周围，新的设施比比皆是。那巨人似的 4 座铁塔凌空而立，这是平均高度 24 米（最高的 28 米，最低的 22 米）的菱形天线塔。前几天，这里已经和北京通话了。设备齐全的气象站也已初具规模，10 米高的

通信专家紧张地与祖国保持联系

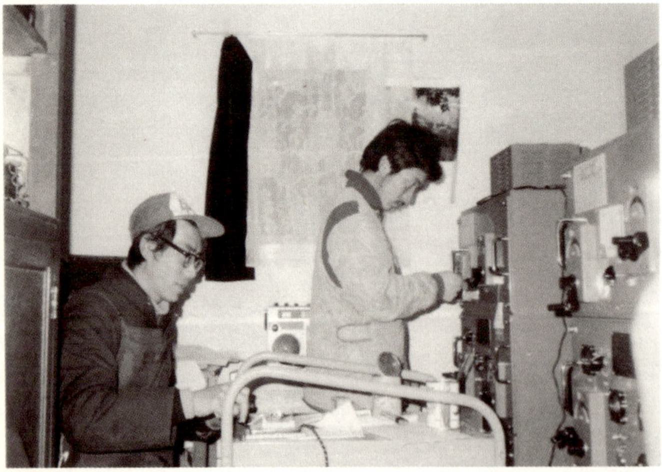

风向标高高耸立……”

记得当时到处是紧张繁忙的景象，我攀上铝质的轻便梯子，爬上正在施工的屋顶，考察队中的工程师和海军士兵，正在用手钻在房顶铺上隔热板。站区北边的高地，一群人在拔河似的拉紧钢绳，加固那座耸立云天的天线塔。海边码头附近，推土机把简易机场推平加固，那里将是直升机起降的地点。我们几乎找不到人进行采访，所有的人都在忙个不停。好不容易等到他们休息，我见缝插针地进行突击采访，就匆匆离开了长城站。

2 月 15 日，当我再次来到长城站，我的眼前是一座异常雄伟的科学城。在最初的一瞬间，我几乎难以相信，这里竟是我们一个半月以前初次涉足的荒原。我似乎感到那不过是发生在昨天的事：我们的两艘小艇迎着海湾里汹涌的浪涛，开向这片白雪皑皑的荒原，除了一群群企鹅远远地注视着我们，这里几乎没有人类活动的痕迹。就在那细雨蒙蒙的白夜，我们忍饥挨饿，在荒原上搭起帐篷，在寒冷和潮湿的海滩度过了终生难忘的南极第一夜……可是仅仅 45 天，如果除去卸运物资的 20 天，只不过短短的 25 个日日夜夜，长城站已经奇迹般地建成了。

这的确是奇迹！是发生在乔治王岛的奇迹，是中国人创造出来的奇迹！

我怀着虔诚的、带着几分新奇的心情走向那迎面的长城站主楼。

从海边沿着缓缓起伏的海滩走不多远，便是地势开阔的高地，平均海拔约 10 米。主楼坐落在高地的显著位置，前方是平展的广场，考察队员们用推土机将凸凹不平的砾石压平，又从附近的山坡运来许多碎石细土铺在上面。在乔治王岛，石头易找，泥土却很罕见。广场前方，旗杆已经高高竖立，底座是用水泥砌的旗杆台，四周还有铁索护栏。在长城站落成典礼的那天，神圣的国旗将要在这里升起。为了迎接这企盼已久的日子，广场已经修得平平展展，旗杆的护栏里面，有心的队员从远处的山上精心拣

长城站方向标

五星红旗在南极洲上空飘扬

来一块块长有地衣的小石头，在旗杆周围布置了一块方方正正的“绿地”。旗杆两侧，一边是一块镌刻着“长城站”3 个鲜红大字的巨石，这是南极洲考察队立下的纪念物；另一边是砌成的一个水泥台子，南大洋考察队把一对鱼雷似的铅鱼放在上面，寄寓了他们远征南极海洋，探索海洋秘密的雄心。此外，参加首次南极考察的 308 名海军官兵，把一座铁锚放在那里，记载着人民军队为和平目的远征南极所做出的不朽功绩。

长城站的主楼坐西朝东，背山面海，它和另一栋宿舍楼都是钢框架外露的装配房屋，像火柴盒一样悬空架在砾石遍地的高地，俯瞰着宁静时犹如平湖秋水似的海湾。两栋建筑之间有砾石镶边的大道相连，中间有一条蜿蜒的小溪隔开。

现在，我们不妨推开屋门，到长城站的主楼去参观参观。

主楼的正中大门，门前有一平台，下为阶梯。门外的房檐钢架伸出之处，垂挂着一口金光灿灿的铜钟，是上海人民所赠。它既是一件纪念品，也是长城站传递信息的工具。每当金钟敲响，声闻数里时，队员们立刻闻声而至。

长城站的大门很考究，足有半尺厚，装有

南极洲考察队合影

密封门拉手，以防狂风暴雪破门而入。在风狂雪猛的时候，风雪是进不去的，但是要想从里面出来还得有点力气，否则这门也不容易顶开。无论是主楼或宿舍楼都设有安全门，主楼安全门在餐厅一侧，朝北，是为预防暴风雪堵死正门而设的。

进入主楼，门厅不大，有卫生间和电热水器，只要不断电，24 小时都有开水。右手边第一间房，即是中国南极长城站邮局，也是我国在南极洲设立的第一个临时性的邮局，邮电部发行的 5 万份关于南极考察的邮资封，还有集邮出版社的 10 万份纪念封，都将在这里完成盖戳任务。穿过右边的一扇门，便是富丽堂皇的餐厅了。用“富丽堂皇”来形容这个餐厅并不为过，许多外国朋友来这里参观也大加赞赏。餐厅面积有 40 平方米，长方形，铺着塑料面的地板光可照人，四壁的护壁纸色调柔和，迎面是占

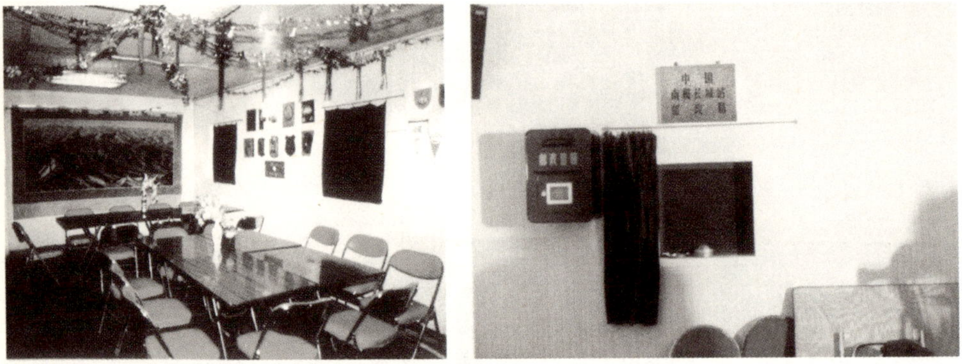

长城站餐厅(左)和邮政局工作室

据大部分墙面的巨幅挂毯。画面为在丛山之间蜿蜒的万里长城的雄姿。这是国家南极考察委员会和天津市人民政府馈赠的礼物，图案和我在纽约联合国大厦见到的那幅壁毯一模一样，只是尺寸略小一点。那幅挂在联合国礼品厅的壁毯是我国所赠，也是天津艺人的杰作。餐厅东西两面壁上，缀满了我国许多知名书画家的佳作，都是随船万里运到此地的。各国科学站赠送的礼品和我国驻阿根廷、智利大使馆赠送的画屏，也放在显要位置。初次步入餐厅的人，见到这流光溢彩的装饰，大概会以为闯入美术馆的展览厅了呢。

这座餐厅也是长城站最大的房间，所有重大的活动都在这里举行。考察队员一日三餐再也不必挤在转不开身的帐篷里，还可以欣赏美妙的音乐和丰富多彩的录像。有时兴之所至，他们把折叠的桌椅挪到一旁，腾出地方跳起迪斯科，倒是使艰苦的生活充满了人生的乐趣。

餐厅西边有一道门与厨房相通，里面有煤气灶、自来水，还有各种机械化的炊事用具，如孵豆芽机、烘烤箱、轧面条机等等。这里我要啰唆几句，在我们回国之后，人们对我们在南极的衣食住行很感兴趣。

“你们在南极吃什么呀?”他们常问。

实际上，我们在南极吃的是典型的中国式的饭菜，大批的食品如粮食、肉类、鱼虾、蛋都是从国内运去的，肉鱼禽蛋自然是冷冻的。在阿根廷的乌斯怀亚港，补充了一些牛肉、冻鸡、冻鱼和新鲜蔬菜，此外我们还从国内带去大量肉类和蔬菜、水果罐头。所以我们的一日三餐和国内完全一模一样，并不是面包黄油、牛排沙拉的西餐。对于中国人来说，从小养成的饮食习惯是很难改变的。西餐偶尔尝一尝固然可以，但是天天如此却难于接受。

当然，自从长城站建成之后，伙房也鸟枪换炮，从木板房里搬到主楼。紧张的施工建站宣告结束，剩下的活儿也不多了，伙房的饮食也有条件改善，单是每天抽调帮厨的人手也比以往多了。于是，考察队里一些烹调大师也有机会给大伙儿露露几手绝招，特别是北京新型材料建筑公司的工程师李辉，更是变着法儿给大家增添新花样。那些日子，在我们即将离开长城站的前夕，差不多每天都要举行丰盛的宴会，菜肴的品种光是罗列一番就要令人垂涎欲滴：香酥鸡、红烧海参、奶油花生米、油焖对虾、白切鸡、黄焖鸭、松鼠鱼等等。几乎每一道菜上桌，都会引起一阵喝彩。

不过，还是离开餐厅，看看主楼和宿舍楼其他的房间吧。主楼进门的左边，通道两旁共有 6 间工作室或卧室，一律铺有经过防火处理的羊毛地毯，房门也是防火刨花板制作的，四壁和天花板均为石膏板，防火性能好。南极是地球上最干燥的地方，刮风的日子多，风力又大，取水又困难，防火是至关重要的。据统计，各国在南极的科学站因火灾而丧生的人数超过了所有其他事故而牺牲的总人数。1960 年苏联和平站发生火灾，有 6 人丧生。1982 年 6 月中旬，澳大利亚的凯西站一座新建的发电厂不慎失火，损失达 100 万澳元（约合人民币 200 万元）。当时正值隆冬，湖泊封冻，取水困难，风势又猛，致使火灾无法控制。我国长城站的建筑材料

长城站队员宿舍栋

和室内用品都采用了最新研制的耐火材料，这对于保障南极建筑物的安全是个很了不起的贡献。

长城站的宿舍楼位于主楼西北，外观和大小与主楼一模一样，所不同的是大门开在南端，北端也设有安全门。这栋楼中间是过道，两边各有 8 间房，除了几间辟为气象部门和电信部门的工作间外，其余均是队员的宿舍。由门前的阶梯上去，入门是个很小的门厅，西为卫生间和存衣间，东为浴室，浴室内安装了 3 个电热喷头，只要供电，随时都可以洗热水澡。

谈起洗澡，来到南极真可谓是奢侈的享受。离开阿根廷的乌斯怀亚港后，船上的用水实行严格控制，每天食用的开水只在开饭前的半个小时集中在开水间供应，洗涮用的淡水也在这个时间供应，我们每人发了一个塑料桶，便是储存淡水的容器。在这种情况下，洗澡自然是连想也不敢想了。

当我来到长城站，并且获准在这里住下采访以后，我想到的头一件事便是洗个痛快的热水澡。因为我还是在乌斯怀亚的山毛榉旅馆里洗的澡，那还是去年的事了。两个月的风风雨雨，我自己都觉得全身瘙痒，浑身难受。我搬进了考察队员腾出的帐篷——他们之中有一部分人搬进了新居，帐篷空出了许多，于是我在乔治王岛有了自己的“公馆”。这是位于站区北端最偏僻之地的一个双人帐篷，门对着一座陡崖，不远处就是海狼出没的海滩，但是我却非常喜欢它的宁静，很少会有人来打扰我。开始，船队指挥组的张季栋同志和我住在一起。几天之后，他回到考察船去了，于是我独霸了这间5平方米的“公馆”。从废料堆里找了个木箱，当作我的写字台，又找来一个较小的箱子当凳子。有了这两件，还能希图什么呢，我在北京的家里还没有这么阔气过。

一天中午，用过了午餐，我来到宿舍楼的浴室。室外漫天飞雪，室内却是暖气融融，我终于洗去了一身污垢，换上干净衣服，全身仿佛轻了几斤，有说不出的舒服。从这以后，考察队员的生活条件改善多了。

作为我国在南极的第一个科学考察基地，长城站还是一个微型的科学城。这里有一个长12.48米、宽9.36米的气象观测场，坐落在宿舍楼东面的开阔空地上。观测场四周有漆成白色的栏杆，里面铺上地衣，中间留出两条小径。这里除了两台百叶箱，还安装了观测太阳辐射的一组仪器，以及放在地上的直管地温表和通常见到的雨量计和蒸发皿，此外就是高高屹立的10米电接风向风速仪。在观测场的围栏之外，另建有卫星云图接收天线，外观像是鱼骨，又叫鱼骨天线，还有4个环形的气象通信天线。

在宿舍楼的入口处，气象室占有相对的两个房间，朝东的房间安装有气压自记仪以及风向风速仪的自动记录装置，还有辐射仪的智能计算机（也称智能日射记录仪）。它们用馈线和室外的仪器连接一起，可以自动显示观测数据，气象人员就不必跑到户外去观测了。另一间房里安装的仪器是国产的气象卫星云图接收机和气象通信接收机。美国发射的极轨卫星（代号NOAA—6、NOAA—9），它们每天发播的云图照片，这里可以接收。此外，还可以接收智利、阿根廷及苏联科学站发布的气象传真图，以及南美各国和南极科学站的实况气象电报。

考察队气象班班长陈善敏说：“从1985年1月1日，也就是我们在乔治王岛登陆的第二天，气象观测就没有中断过。”这位44岁的中年气象学

长城站气象站全貌

家毕业于北京大学地球物理系，现在是中央气象科学研究院南极气象研究室主任。1982 年 11 月至 1983 年 1 月，陈善敏曾经在智利费雷气象中心工作过。在他负责的气象班，还有一个年轻的气象工作者卞林根，1982 年至 1983 年在澳大利亚的莫森站工作过，1983 年至 1984 年的南极夏季，又来到阿根廷的马兰比奥站。这次，卞林根是三上南极了。

陈善敏在气象室里对我说，来到乔治王岛以后，他们一边参加建站劳动，一边开始气象观测，同时还要抓紧时间建设气象观测场。气象班总共才 4 个人，可以想象这是何等繁重的工作量。

“起初，我们每天观测 3 次，以后改成每天 6 次，”陈善敏说，“除此之外，还开展了气球测高空风，一共进行了 10 次，最大高度达到 5 200 米，目的是了解风的垂直变化。在暴风雪的天气，我们还搞了冰雪取样，进行大气化学方面的研究……”

“除了观测，还搞些什么科研吗?”我问陈善敏。

谈起科研，他的兴致更浓了。在这方面，陈善敏有一整套计划。他说："我们需要研究的课题很多，现在想到的就有夏季影响南极半岛的主要天气系统、南极半岛的气候特点及其对全球的影响，还有南极半岛辐射状况的分析、夏季南极半岛高空风的分析、南极地区近地面梯度的分析、长城站降水的水样分析……总之，这是一个开创性的工作，也是艰巨的工作，我们希望尽早地把长城站纳入世界气象组织的全球天气监测网。"

陈善敏在测风速

当然，长城站的科学研究并不仅仅是气象，科考班班长颜其德在他的小帐篷里接受我的采访时，翻开他的日记本说："从 1 月 24 日起，我们第一次对长城站周围的地理环境进行了地质、地貌、地球物理、生物、海洋等学科的综合考察……"随着他的讲述，我仿佛看见他们乘坐海军"超黄蜂"直升机在乔治王岛上空盘桓；看见他们划着小船，在长城海湾里沿着一条条断面，在风浪颠簸的海上采集样品；在风雪漫天的深夜，他们钻进海边的帐篷，彻夜守候在仪器旁观测记录；他们顶着狂风，踏着冰原，攀上陡峭的冰崖和难以容足的陡壁……

不过，我承认，最初，我并没有对科考班的工作产生足够的注意。我以为，建站劳动就够紧张的了，他们在岛上呆了不到两个月，有多少时间搞科学考察呢？

事实上，我的想法完全错了。

颜其德在乔治王岛做港湾调查

这是一支科学研究的劲旅，年轻的富有探索精神的中国科学工作者，第一次在南极的科学考察事业中崭露头角。他们的成果引人注目。

28 岁的中国科学院地球物理所助理研究员贺长明坐在棉布帐篷的地铺上，把一盒磁带放进录音机，一面回答我的询问。

“南极是研究高空物理最理想的场所。高空物理，通俗的说法就是研究太阳和地球的关系，太阳活动对地球的影响。”这个文弱的青年是考察队最年轻的科学工作者，但是对他从事的学科却有一种执著的追求。他说，南极的国际科学合作，最初就是从高空物理的研究发端的。1957 年 7 月开始，1958 年 12 月结束的国际地球物理年，动员了 67 个国家 25 000名以上的科学家和技术人员参加。这次规模空前的国际性科学考察涉及南极洲的考察项目有 9 个计划，即极光、宇宙射线、地磁、冰川学、重力、电离层物理学、气象学、地震学以及设立一个国际气象中心。这次地球物理年还使 12 个国家在南极大陆和附近各岛屿建立了 55 个科学考察站——这些都导致了后来的《南极条约》的诞生和今天遍布南极的 140 多个科学站的出现。

贺长明是研究高空物理的。这几年，他在中国科学院研究生院著名地磁与高空物理专家朱岗昆教授的指导下从事研究。每到冬天，他就跑到天寒地冻的哈尔滨或者北部边境的漠河，去进行高空物理的研究。

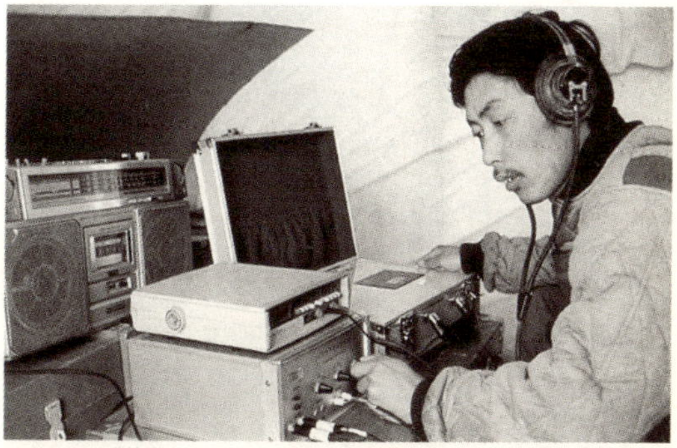
贺长明在监听太空哨声

录音机响了起来，一种清脆悦耳的下滑音，像是旷野里的口哨声，持续不断地传来，动听极了，悠扬极了。

见我惊诧的神情，贺长明解释道："这就是我们这次在乔治王岛接收的来自太空的哨声，它是太阳活动喷发的高能粒子流，在进入极地上空几千千米的电离层时激发出来的。"

"不同的粒子流通过电离层会发出不同的声音，有哨声、蛙声、嘶声、吼声、吱声……"他谛听着录音机中的哨声，继续说，"过去我们到黑龙江，就是捕捉这种来自太空的声音，但是很不理想，因为我国的地理位置处在中低纬度，收到的信号极其微弱，时断时续。可是南极就不同了，你听，多清楚，持续不断！1 月 16 日晚上，我来不及支起帐篷，干脆在海滩上铺上雨衣，趴在地上调试仪器，立即就接收到清晰的太空哨声……"

说到这，他苍白的脸上漾出了笑容。

"这些……又有什么用呢?"我疑惑不解地问。

"啊，在人类赖以生存的地球上，太阳作为万物之源，它的活动对地球的影响太大了。"贺长明似乎在斟酌用怎样的通俗说法才能把深奥的道理讲明白，"太阳粒子流在射向地球时，由于环绕赤道和低纬度地区地磁场的屏障，无法进入。但是位于南北极的地磁极，却像一个窗口，使粒子流源源不断地涌入，使大气分子发生光化作用。这就是为什么我们可以在极区看见绚丽多姿的极光，发现电离层扰动造成短波通信中断……"

他继续说，"太空的哨声为我们诊断空间物理环境提供了一种信息，

刘小汉在观察玄武岩地层

由此可以了解宇宙和外层空间的电场、磁场、介质浓度等等，这些数据对于国防、通信、气象等方面都是至关重要的。比如发射导弹或运载火箭，就要事先作磁情预报。在地球上，再也找不到比南极更理想的场所。对我来说这里得天独厚。”

“那么，以后你还得来南极吧？”

贺长明点点头，“搞我们这行的，能够到南极来从事研究，太理想了。”他接着补充道，“现在很多国家都很重视开展高空物理研究，美国在塞普站架设了 22 千米的巨大天线，捕捉遥远天际的信息，苏联、日本、英国、澳大利亚、波兰都在南极探索空间物理环境的秘密。我们现在还仅仅是开始……”

的确，他们仅仅是开始，但是他们献给南极冰雪女神的第一件礼物却是丰厚的。除了贺长明，36 岁的地质学博士刘小汉研究了乔治王岛 6 000 万年的地壳变动；3 次到过南极的地貌学家、副队长张青松探索了乔治王岛甚至整个南极大陆 18 000年的沧桑巨变；还有柯金文，海洋环境保护研究所的助理研究员，从乔治王岛频繁的地震记录

柯金文在记录地震波

吕培顶(左)与柯金文在长城站站区设立生物保护区

中摸到了大地脉搏的跳动；在南极的澳大利亚戴维斯站工作过一年的海洋生物学家吕培顶，初步探明了这里丰富多彩的生物世界。当然，还不能漏掉我们的测绘专家们——鄂栋臣、国晓港、刘允诺，他们用辛勤的劳动，建立了长城站精确的坐标系统，绘制了第一张长城站地图；长城站的医生韩凤阳昼夜巡诊，第一次总结了极地气候与人体健康的相互关系……

好了，我们还是继续参观长城站吧。

在站区北部，离海边不远的阶地，有一幢漆成红颜色的木板房，这是长城站的心脏——发电房，安装了 2 台 50 千瓦的发电机；此外还有 2 台应急备用的汽油发电机（1 台 2 千瓦，1 台 1 千瓦）。当长城站建站施工伊始，发电房终日机声隆隆，不绝于耳，给站区带来了光明。另外，主楼的后方，最早建成的一幢黄色木板房，原是考察队员的宿舍，现已改派了别的用场——贮放各种食品的库房。与它毗邻的一栋漆成红色的木板房，是贮放鱼肉鲜货的冷藏库。此外，站区东部的一幢绿色木板房——原先是长城餐厅，现在也改作存放器材的仓库了。

当我走到海边，长城站最早兴建的码头冷落了，海浪不断冲刷它，有些地方已经塌陷，昔日运输艇往来如织，车辆和起重机紧张卸货的景象，早已消失，变成人们回忆的话题。但是，这小小的码头却记载了创业的艰辛，记载了几百名中华男儿艰苦奋战的几十个日日夜夜。他们亲手创建的长城站巍然屹立在菲尔德斯半岛，将永远傲视南极的风霜严寒，傲视着猖獗的暴风雪……

载入史册的2月20日

2月18日……

一早醒来，晴空万里，日照中天，难得的好天气。我一点也不夸张，来到南极快两个月，这样晴朗的天气还是很少见到的。你很难想象，昨天乔治王岛还飘着雪花，山坡和海滩铺上了厚厚一层白雪，长城站的钢架上结着一层冰凌，电影制片厂的摄影师们还抓紧时间补拍雪景的镜头呢。可是今天，雪却全部融化了，气温已经回升，你在山坡和海滩很难找到雪的踪影。我们心里都有点迷信，莫非老天爷也知道今天会有贵客来临，所以收敛了往日它那可怕的尊容，不然怎么会变得这么快呢……

长城站洋溢着喜庆的气氛，站区周围打扫得干干净净，施工扔得满地的木料钢管早已归类堆放到指定地点，主楼广场上又垫了一层松软的沙土。我当然也不能袖手旁观，把站区的垃圾用塑料袋装了起来，又跑到宿舍楼挨门挨户收集废物，将它们统统装进塑料袋，然后运上卡车。就在这时，副站长董兆乾把我叫住了。

“给你一个任务，你们这些笔杆子见多识广，扎几朵绸花吧！”说罢，他不由分说地把整整一匹红绸扔给我。

“绸花……”我莫名其妙地抱着几十米红绸，不明白这是什么任务。

原来，长城站落成典礼这天，要举行隆重的剪彩仪式，交给我的任务是为剪彩扎上几朵绸花。但是天知道，我这个记者虽然也可算得上见多识广，也曾经出席过这样那样的剪彩，但是那整匹绸子扎成的绸花是怎样捣鼓出来的，以前却忘记去采访采访了。

老董把任务下达以后，踏着笨重的帆布靴吧嗒吧嗒地走开了。这位海洋学家是我国最早到达南极的科学工作者，1980—1981 年南极的夏季，他和张青松应澳大利亚南极局的邀请，第一次踏上了南极大陆，访问了澳大利亚的凯西站。他们回国之后，我曾经采访过他们，也就是从那个时候起，我们结识了，并且结成了深厚的友谊。我知道，从那以后，老董又多次来南极考察。他曾经随极地抗冰船“内拉顿号”，在南大洋的惊涛骇浪中度过极为艰苦的 77 天，航程 47 700 千米，那是 1981 年 1—3 月间。那次考察是著名的 BIOMASS 计划（南极海洋生态系统与生物资源考察）行动的一部分。后来，为了选择合适的建站站址，董兆乾又三上南极。他和国家海洋局局长罗钰如以及南极考察委员会办公室的高钦泉、万国才，乘阿根廷科学考察船“天堂湾号”，访问了南极半岛和南设得兰群岛。而这次由他出任中国首次南极洲考察队副队长和长城站副站长，是第四次上南极了。比起以往几次，压在董兆乾肩上的担子要数这次最重。他是个科学家，但是这次南极建站，他却不得不从事他并不熟悉也并不擅长的施工指挥和大量的组织工作。他的脸庞被风吹日晒变得黧黑，两眼也因为睡眠不足熬得通红。在长城站，他比谁都起得早，而当别人已经休息，他的小帐篷里却长久地亮着灯光。他告诉我，每天晚上他都要计划第二天的工作。尽管如此，你却看不见他愁眉苦脸，他永远是那样乐观、开朗，不时说几句笑话逗得大家捧腹大笑。但是一旦干起活儿，他那山东人的执著、豪爽的性格，使他从来是不达目的誓不罢休。

望着老董的背影，我却犯了愁。平时看起来很简单的事，做起来却笨手笨脚。我把绸子抖开，尝试着折成蓬松的花朵，根本不行，简直不像个样儿。

于是，我跑去找几位同事，也许他们比我见多识广，但是他们摇摇头，跟我一样毫无办法。

这都是女人的活儿，可我们这里偏偏没有一个女同志。我捧着整匹绸子足足跑了一圈，最后只好原封不动地送还老董。我承认我的低能，连这点小小的任务都没有完成。

最后，还是心灵手巧的陈富财完成了这个难题。他是上海科教电影厂的摄影师，当他挽起绸子，三下五下很快就把绸花扎好时，我不禁哑然失笑。原来这很简单，可我就是没有想到，就像哥伦布把鸡蛋立在桌上一样。

这也是南极生活一个小小的插曲吧。

10点光景，海军的“超黄蜂”直升机掠过长城海湾，在长城站海滩上降落。我和一些人进入机舱，接着飞往智利马尔什基地空军机场。我们得到准确的消息，我国代表团已经从智利南方的彭塔阿雷纳斯起飞，很快就将在乔治王岛降落。我们是专程到机场去欢迎他们的。

每个人的心情都很激动。我们这些远离祖国的游子，虽然身在南极，却无时无刻不在怀念万里之遥的祖国，怀念自己的亲人。这种感情在国内是很难体会到的，只有一旦离开祖国，这种思乡的情绪就像一种无法医治的顽症，时时刻刻折磨着每个人的心灵。何况一年一度的春节快要到了，而今年的春节，我们却不能和亲人们在一起包饺子，吃年饭，也不能去访亲探友，领着孩子到公园里去玩耍。他们将在思念中度过一个冷冷清清的春节，而我们也将在南极的荒原迎来牛年的降临……这些都不能深想，最好谁也不要提过年的事，还是紧张地干活，从早忙到晚地干，也许还要好受一些。

但是，祖国代表团的到来却使我们感受到祖国母亲的温暖，祖国没有忘记我们，10 亿人民没有忘记我们，他们将给我们带来母亲的祝福，亲人的问候……这又怎能不令人激动万分？

直升机在马尔什基地空旷开阔的机场降落。这是一座简易机场，跑道是沙石夯实的，没有柏油或水泥跑道，也没有草坪的绿茵。跑道上停着几架直升机，一架漆成红色的海豚式直升机正在起飞，几名身穿深蓝色制服的智利军人在那里指挥。不远的前方，靠近跑道一侧是机场的建筑物，像个很大的仓库，附近山头上安装了通信雷达。

智利机场人员见我们拥挤在跑道附近，连忙走过来示意我们让开。

“大家靠边站，飞机马上快来了……”人群中有人喊道。

太阳的热力把机场跑道晒得直冒热气，四周的山坡雪已融化，天空湛蓝湛蓝，无限深邃，只有几片羽毛似的云翳一动不动地点缀在那里。这里是乔治王岛一个平缓的山冈，顶部已经推平。向西望去，可以看见菲尔德斯半岛陡峭的绝壁和蓝幽幽的冰山，如果不朝那边张望，眼前黑黝黝的跑道和裸露的山岩很难叫人相信这是南极。

人们窃窃私语，不时地看着蓝天。

“来了，来了……”人群中一阵骚动。智利机场值勤人员急忙挥手让我们后退。我们被赶到跑道旁边的一个小山包的后面。

一架草绿色的 LC—130“大力神”运输机，像一只肥胖的大鸟从北向南飞来，跑道上的沙石被风卷起，顿时飞沙走石、尘土飞扬。所有的人都赶忙掩面转身，背朝跑道。有几个来不及躲闪的摄影师，摄影机的镜头被打上了几个麻点……

飞机从我们面前掠过，在海上转了一个 180 度的大弯，接着从相反的

LC—130“大力神”运输机

方向飞来，不断降低速度，机翼下的起落架着地了，一阵巨大的旋风夹着横飞的沙石又朝我们扑来。

人们涌了过去，机舱的门打开了，穿着清一色红色羽绒服的代表团成员鱼贯走出机舱。他们之中有我熟悉的武衡同志——70 高龄的国家南极考察委员会主任，国家海洋局副局长钱志宏，海军副司令员杨国宇。两位大使也来了，我驻阿根廷大使魏宝善和夫人李苹，驻智利大使唐海光和夫人郑玉兰，还有使馆的外交官李辉、张治亚、段继承、袁世亮，《人民日报》驻阿根廷记者管彦忠，以及国家南极考察委员会办公室的工作人员。热情的握手、问候、笑声、掌声，把代表团包围了起来。

“超黄蜂”直升机又起飞了，飞回长城站。这一天是欢乐的节日，汇报、参观、交谈，但是对于我们，却有更大的欢乐——代表团给每个人都带来厚厚一摞亲人们的来信。我们的心情如同有的同志所说“南极已三月，家书抵万金”，我兴冲冲地拿着亲人的来信，一头就钻进小帐篷里去了。

夜里，风雪又袭来了。代表团的日程安排得很紧张，他们打算次日举行长城站落成典礼，然后走访附近的科学站，并且分头跟两船两队的考察队员、船员和海军官兵共度新春佳节，然后立即踏上归程。但是，南极的天气却有意挽留他们：暴风雪一夜之间将长城站附近的山山岭岭包裹起来，在他们眼里展示出南极的冰雪风光，主楼的广场和海滩铺上厚厚的银色地毯，而在麦克斯韦尔湾，巨浪澎湃，浮冰冲到岸边，太阳也钻进云层里去了。

原定 2 月 19 日举行落成典礼的计划不得不推迟，因为海上风浪太大，两条船上的考察队员和船员、水兵都无法上岸，小艇根本不能下海。

这天晚上，像往常任何一天晚上一样，夜幕早早地笼罩在海滩和大海的上空，气温骤降，冷雨不时地敲打着长城站主楼的外墙板。有人敲响了悬挂在檐柱上的铜钟，钟声悠远，在夜色沉沉的荒原久久回荡……

从帐篷和宿舍楼纷纷而出的考察队员，走进了灯火通明的餐厅。这是他们第一次在华丽的餐厅就餐，漂亮的桌子，满墙的画屏，丰盛的佳肴，还有坐在首席的代表团的祖国亲人。这一切都使他们猛然想起，这不是平日的晚餐，今天是除夕，这是除夕之夜呀。

他们还和平日一样，穿的是满是油迹的衣服，蓬乱的头发和满脸的胡子很久没有打理，脸色也因为成天劳动变得黧黑粗犷。就凭这身打扮，不难想象他们在南极建站的艰苦，他们在风雪中经受了怎样的磨砺。代表团的一些领导同志看着他们鱼贯走进餐厅，仿佛看见披着一身征尘从前线归来的战士。70 高龄的武衡同志和杨国宇副司令员打量着一个个年轻的脸孔，心情不禁有些激动。

在以往的晚餐桌上，考察队员们谈笑风生，非常活跃，一天的紧张劳动，难得有个轻松的时候，于是他们一边用餐，一边说说笑笑。可是今天，他们却有点拘谨，心神不宁，很少有人大声说话。是嫌饭菜不好吗？当然不是，这天晚上是建站以来最好的饭菜，美味佳肴，红白名酒，还有祖国代表团从国内专程带来的速冻三鲜水饺。是因为劳动太紧张了吗？也不是。从现在开始，建站劳动基本结束，返回祖国的日子一天天临近。

我无法揣测每个人微妙的心理活动，但是我却在注意观察他们的情绪。许多曾经来过南极的考察队员一走进主楼富丽堂皇的餐厅，不禁回想起他们以前在其他国家科学站工作的情景。那时候，他们做梦也想在自己国家的科学站工作。这一天终于来到他们的身边。许多第一次来到南极的队员更是激动，他们想起临行前夕亲人的嘱咐，祖国人民的期望，现在面对代表团的祖国亲人，他们觉得喉咙哽咽，有许多话要说啊，他们想告诉祖国，告诉自己的亲人，他们没有辜负祖国人民的期望。

感情的激流在他们心中奔腾激荡。我这时的任务是帮助伙房的炊事员端菜送饭，穿梭往来于餐桌之间。掌声噼啪作响，武衡同志，还有其他领导同志先后发表了热情洋溢的祝辞。“古稀访南极，壮哉亿寻行。起飞毛毛雨，降落万里晴。长城已屹立，冰山照眼明。佳节探至亲，欢声举岛盈。”这是武衡同志在赴南极的飞机上写下的诗句。作为我国南极事业的开拓者之一，武衡同志不顾年事已高，亲赴南极，给考察队员带来了党和祖国的温暖。他曾告诉我这样一件事：代表团前往乔治王岛的途中曾在美国首都华盛顿逗留。“我在华盛顿拜会了美国科学基金会极地规划局局长贝德·威尔克尼博士。”武衡同志说，“仅仅几个月以前，那是1984年夏天，我曾率领一个代表团访问过美国极地局。当时我国在南极建站的可能性还很渺茫，所以我们只是向美国朋友了解在南极建站的各种设施，希望他们提供一些地图和资料。但是，这次见到威尔克尼博士，一见面我就告诉他，中国南极长城站在2月20日前后举行落成典礼，正式邀请他出席。这时，威尔克尼大为惊讶，他说：‘过去人们总认为中国人办事慢吞吞，想不到这次这么快，不可思议，不可思议……’”

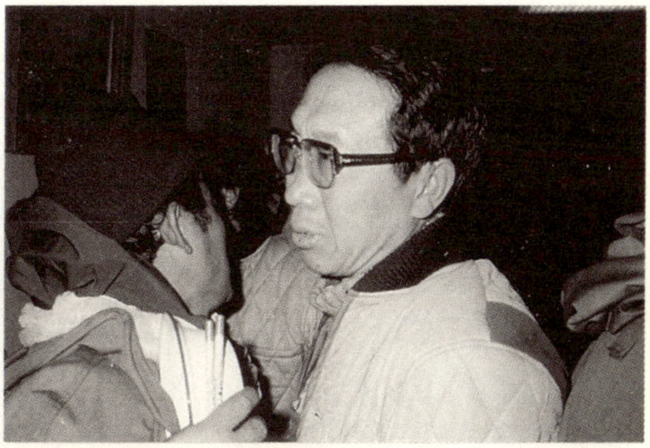
为长城站建成喜极而泣的郭琨

也许是亲眼看到我国南极健儿不负祖国人民的重托，用前所未有的高速度建成了长城站，武衡同志心里特别高兴，他即兴赋诗，称赞了考察队员为国增光的丰功伟绩。杨国宇副司令员也是70老翁，这时情不自禁地唱起了一首歌颂母亲的民歌。充满激情的歌声拨动了大家的心弦，由对母亲的思念想到伟大的祖国，座中不少人跟着唱了起来，有的人的眼睛不由自主地湿润了。

这时，轮到郭琨队长讲话了。

容貌消瘦的郭琨，今天破例地剃掉了满脸胡须。他默默地站起来，端起手中的酒杯，他的目光接触到一个个熟悉的面孔，那胡子拉碴的脸颊，那留着冻伤痕迹的脸颊，那熬得通红的眼睛。在这一刹那，这个性格刚强、作风凌厉的男子汉突然一阵子鼻子发酸。思想的闪电一下子映照出那紧张得喘不过气来的45个昼夜，艰苦的鏖战，与风雪的搏斗，夜以继日的拼搏，顿时像潮水一般涌上心头。是的，就是眼前这些可爱的队员们，是他们征服了极地的暴风雪，忍受了难以想象的艰难困苦，用他们的双手，叩开了冰雪王国的大门，在南极的旷古荒原筑起了新的长城……

感情的潮水，积蓄，压抑，终于不可阻挡地冲开封冻的冰面，激起汹涌的波澜，在他的心头激荡，奔腾。

他说了一些感谢大家的话，突然喉咙哽咽，泪水不禁夺眶而出……

这时，在场的考察队员也一个个激动地哭了。他们有的默默地落泪，

考察队员们激动得泪流满面

有的低着头忍住眼眶里滚动的泪水，有的激动得抱头痛哭，有的推门而出，跑到暴风雪的旷野里……

此刻我才真正地懂得了什么是胜利的欢乐。当洛杉矶的体育场上空，奏起雄壮的《义勇军进行曲》，鲜艳夺目的五星红旗在几万人的目光中升上旗杆，这时我们顽强的中国女排的姑娘们不也是抱头痛哭吗？当我们的登山队员，艰难地登上陡峭的冰坡，把五星红旗插上世界屋脊的珠峰之巅，他们不也是含着激动的泪花吗？在这南极的除夕之夜，面对祖国的亲人，郭琨和他的队员们怎能不心潮澎湃、思绪万千？几百年来，我们中华民族第一次在茫茫冰原留下自己的足印，我们在南极有了自己的第一个立足点，我们神圣的国旗将要在狂风飞雪中高高飘扬，这翘首盼望的日子，终于来到了。

第二天，也就是载入史册的 2 月 20 日，当祖国人民迎来牛年的大年初一时，长城站举行了隆重的落成典礼。

长城站落成典礼

早晨钻出帐篷，风停了，一夜的风雪洒满了山山岭岭。我端着脸盆跑到小溪边洗脸，从宿舍楼出来的我驻智利大使夫人郑玉兰见到十分惊讶："冷吗?""习惯了。"我回答道。

这时武衡同志在郭琨的陪同下，兴致勃勃地踏着松软的积雪，从主楼朝我们住的帐篷区走来。他看了看考察队员住的帐篷，还钻进拥挤狭窄的帐篷里坐了坐。"这里才能体现出你们艰苦的生活。"他向郭琨说。"比起刚来时已经改善多了，"郭琨笑道，"现在有电灯，还有电热器，暖和得多。"

接着，他们爬上山坡，走到站区以西的一个小淡水湖。那山谷中的小湖，静极了，清极了，像一块放在白色山谷中的碧玉。小湖岸边系着一个木板钉成的小木筏。

"这就是西湖，"郭琨告诉武衡，"木筏是队员们自己做的，生物学家

作者在南极洗衣裳

用它来采集湖里的生物和水样，大伙儿叫它‘长城 3 号’——因为我们船上有两艘运输艇，分别叫‘长城 1 号’和‘长城 2 号’。”

“这里水深吗?”武衡同志很感兴趣地问。

“测量过，最深的地方有 10 米。”

“南极还有这样好的水，真想不到。”武衡同志这时在几个年轻人的搀扶下走上木筏。郭琨解开了缆绳，用一柄铁锹当桨，轻轻拨动湖水。于是“长城 3 号”离开湖岸，朝湖心慢慢荡去。

人们笑声不迭，欢乐的笑声震碎了平静的湖面，激起阵阵涟漪。

吃罢早餐，南极洲考察队 54 名队员整队集合了。不久，4 艘草绿色的运输艇从长城海湾开了过来，200 名海军官兵一律海蓝色的呢制服，精神抖擞地列队上岸。天上，直升机像蜻蜓似的掠过白雪茫茫的山岭，欢快地飞向海边的简易机场，从机舱里走下的是乔治王岛各国科学站的来宾，智利、阿根廷、波兰、巴西、乌拉圭、联邦德国的科学家。苏联站的站长和科学家是乘一艘水陆两用车从别林斯高晋站开过来的。“向阳红 10 号”科学考察船上的船员和考察队员，分乘两艘小艇飞奔而来……

我在这天的日记中如此写道：

天色越来越好，不久云开日出，又出现了南极的好天气，落成典礼看起来可以在今天举行了。

今天的长城站披上节日的盛装。主楼橘红色的墙面光彩夺目，房顶已预先插上了出席典礼的来宾所在国的国旗：苏联的斧头镰刀的红旗，智利的一颗星星的蓝白红旗，阿根廷的淡蓝色和白色各占一半的双色旗，巴西的淡绿色国旗……每个房檐柱上飞起一个彩色气球，正面是一条横披，红绸上写着“中国南极长城站落成典礼”几个大字。门楣上悬挂着铜质镀金的长城站站标。

临时会场布置就绪。主楼大门的阶梯下面，摆了几张长桌，当中的主席台上放着邓小平同志题词的金匾——“为人类和平利用南极作出贡献”。两旁的长桌上依次放着各种礼品，国内各单位赠送的礼品放在右边，其中有人民海军赠送的一艘玉石雕刻的军舰，有代表团特地从祖国带来的大花篮——北京绢花厂的姑娘们用她们灵巧的手，给冰原送来一篮姹紫嫣红的花，仿佛也把春天送到了南极。各国科学站赠送的礼品放在左边，有木雕和一些工艺品。最引人注目的还是一盆青翠欲滴的水仙花，是考察队员花

国家南极考察委员会主任武衡在落成典礼上讲话

了一个多月时间精心培育出来的，在草木不生的南极荒原，它是那样不同凡响，使人耳目为之一新。

上午 10 点整，鞭炮齐鸣，锣鼓喧天——南极洲第一次出现中华民族表达自己情感的独特方式。在主席台前方的广场上，军容整齐的海军官兵和英姿焕发的考察队员列队肃立，主席台上的中外来宾全体起立，所有人的目光都凝集在广场前方高高的旗杆上。

嘹亮的震撼人心的国歌奏起来了，鲜红的五星红旗徐徐升了起来。郭琨队长和两名考察队员光荣地把第一面国旗升在南极洲的上空。无数的摄影机拍下了这个珍贵的历史镜头。

我当然没有忘记立即向国内发稿，这是南极健儿献给牛年的一份厚礼，是献给祖国母亲的珍贵礼物。

历史将会记住这一天……

再见，南极洲

我睡得迷迷糊糊，突然听见耳边传来一阵急促的喊声："起床，快起床，小艇马上要来了……"我连忙坐了起来，心脏还在狂跳不止。

这是副队长董兆乾的声音，他那沙哑的声音在宿舍的过道里嗡嗡直响，不时地还抡起拳头狠狠地砸着房门。

我似乎是刚刚睡着，就被他的喊声吵醒了。这些日子，也许是意识到在长城站的时间不多了，我的工作不得不加快速度，白天采访，找各种各样的人谈话，晚上钻进帐篷整理素材。有几篇大的通讯已经开始动笔，听说几个兄弟单位的新闻记者决定乘飞机回国，我想请他们把稿子带回去，这样既保险又要快得多。这就势必要开夜车，否则是来不及的。何况这几天长城站的事情还特别多，代表团回国以后——他们是开完落成典礼的次日就离开的，根据武衡同志他们的决定，长城站由原来的夏季站改为越冬站。规格升高这固然很好，但物资方面的准备和人的调派都有很多具体工作要做。越冬的 8 名队员的名单总算定下来，并且和代表团一同离开南极返回祖国，他们将回国休假一个月，然后乘飞机返回长城站。除此之外，在两船两队全体撤离乔治王岛时，还必须留下几名同志看守长城站，这个名单也定下来了，5 名留守队员，他们将等待休假的越冬队员回来之后才离开此地。为了保证 8 名越冬队员在南极安全越冬，武衡、杨国宇、钱志宏等同志从智利拍来急电，要求两船给长城站留下充足的食品和各种物资。这几天，两条船上的小艇都纷纷送来许多急需物品。站区的房屋尤其是几栋木板房按照越冬的要求重新加固，所有的帐篷已经完成它们的历史使命，全部拆掉打包，大部分运回国去。琐琐碎碎的事情还有很多，整理仓库呀，清点物资呀，把一些不需要留下的装备仪器运上船呀，清扫站区呀，处理垃圾呀……除此之外，南极洲考察队还在最后一个晚上召开支部大会，发展了 5 名新党员，日程排得满满的。

我是被一场凶猛异常的暴风雪赶进宿舍楼的。来到长城站采访有 10 多天了，我一直住在海边的小帐篷里。在那无地可坐的帐篷里，我接待过武衡同志，驻智利大使和夫人，智利使馆的段继承、李辉和袁世亮等同志，当然很抱歉，我只能请他们席地而坐，招待他们的也只是清水一杯。这都是可纪念的趣事。不过，对于我来说，帐篷里的木箱这时的利用率特别高，只要有空，我就趴在上面，忘掉了帐篷外面呼啸的狂风、漫天的飞雪和密密的冷雨。我的时间老觉得不够用，好些构思都来不及整理成文。

这天晚上，大概是代表团离开后不久，南极的天气又露出狰狞的面目。我从主楼归来，踏着坑坑洼洼的砾石滩，远远就看见帐篷在狂风中挣扎，像一个浑身乱颤的怪物。帐篷门外原先用木板钉了一个挡风的屏障，不知什么时候全都被狂风撕碎掀掉，那四面用来固定的绳索扭曲着，蠕动着，随时可能从地上拔走。我旁边的另一个无人住的帐篷，已经完全扑倒在地，像是拳击场上被对方击败的拳斗士，在那里呼呼喘息。我见势不妙，连忙用绳子加固帐篷，但也无济于事，帐篷面上结了一层薄冰，滑溜溜的，绳子挂不住。

看来，这个晚上是难熬了，我心想。但是，我也毫无办法，钻进帐篷，我找了一块大石头将门帘从底下牢牢压住，四壁用多余的充气垫子衬了衬。我还把电灯拉在木箱上，木箱上钉了一块木板，电灯就缠在木板上，这样就不致随着摇晃的帐篷乱晃了。

我摊开稿纸，就着灯光继续爬格子，一篇题为《他们是开拓者》的报告文学才刚刚开头，我必须抓紧时间在长城站写完。另外，著名作家叶圣陶、丁玲、舒群、牛汉、魏巍、刘绍棠为他们创办的《中国》文学双月刊写来了热情洋溢的约稿信。一个月以前，丁玲和舒群同志给陈德鸿总指挥发了电报，电文是这样写的：

我们怀着崇敬、兴奋的心情，热情地祝贺你们征服艰难险阻，胜利地登上菲尔德斯半岛，第一次把五星红旗插在南极洲的土地上……反映你们的英雄业绩，颂扬你们的高贵品质，是《中国》文学双月刊的神圣责任。我们继续注视着你们。恳切希望得到你们的支持和帮助。

陈德鸿总指挥把电报给我们看了，但我们只有应付发稿的时间，哪里还有余力完成其他刊物的写作任务。也许是这封电报没有收到预期的效果，文学界的老前辈又发来亲笔署名的信函，托祖国代表团专程送来。

不仅仅是这一家杂志，还有许多报刊编辑部辗转寄往乔治王岛的约稿信，也由代表团捎来。看到这一封封热情感人的信，我们既感到全国人民对南极考察的关心，同时也感到无形的压力。即使我们不睡觉，24 小时不停地写，也无法应付这么多的约稿。

帐篷外面的风声像野兽在嗥叫，被石头压住的门帘不住地撕扯着，钻进一股股寒气。最麻烦的还是帐篷经不住狂风的推搡，像是风浪中颠簸的一叶扁舟，东倒西歪，左右摇摆，有时整个地倒下来，压在我的身上，然后又挣扎着弹回去，这样不停地反复来回。帐篷门对面的透气孔以前是盖得严严实实的，这时被一只无形的手掀开，对流的空气把门帘掀开，一刹那间，大风卷着雪花从洞开的窗户里钻进来，帐篷立刻被掀倒了。

我就是这样狼狈不堪地被风雪赶出了帐篷，迎着风雪在黑暗中摸索。因为这时旷野里风雪弥漫，几步之外什么也看不见。我抱着一床棉被踉踉跄跄地朝主楼的方向走去，深一脚浅一脚地奔向那窗户中透出的灯光，像是遇难的水手在无边的海洋中游向陆地。

在长城站的宿舍，我度过了在南极的最后 4 天。这里的条件和帐篷确有天壤之别。室内暖融融的，只需要穿件毛衣，床铺是席梦思的软床，但是最喜人的还是这里有真正的桌子和椅子。对于我来说，有了一个安静舒适的工作环境，写作速度无形中大大加快了。

作者在新落成的长城站宿舍写作

但是，离别南极的时刻

终于到了。这是 2 月 28 日清晨，我们听见董兆乾副站长的喊声，纷纷离开温暖的被窝。消息来得并不突然，昨天已经接到撤离的通知，但是离开得这样匆忙，却没有思想准备，现在才 6 点多钟，天还刚刚亮，干吗这么急呢。

很快，我们听到一个准确的消息，天气马上就要变坏，一个强大的极地气旋正飞快地向乔治王岛移动。如果我们不能及时撤离麦克斯韦尔湾，突然降临的冬天很有可能使我们不能按时返航。阿根廷方面提供的情况，麦克斯韦尔湾在 2 月底可能被大量的浮冰堵住出入口，而眼下已是 2 月的最末一天了。

南极的夏季快要结束了，短暂的夏季，几乎是不知不觉就离开我们而去。天空是阴沉的，笼罩着铅灰色的云层，群山披上了白雪的轻纱，显得异常肃穆。太阳隐没了，谁知道它会不会重新露面，还是从此坠入冰原的背后，让漫长的黑夜重新统治这冰雪的大地。多么希望再看一眼极地的太阳，那热力微弱却是无限光明的太阳，可是再也没有这样的机会了。

匆匆忙忙吃了早饭，从长城海湾远远开来两艘救生艇。所有的人忙着把自己的行李和仪器、器材运上码头，装上小艇，接着又在主楼前方的广场集合。

最后的时刻终于到了。踏上返回祖国的归途，回到祖国母亲的怀抱，所有的人包括我在内，都有说不出来的高兴。但是一旦要告别长城站，离开生活了两个月的南极洲，我们却又感到怅惘，难舍难分。这荒原上的房屋，这屹立的长城站，这高高的天线塔和气象观测场，都留下了我们每个人的汗水，留下了我们终生难忘的足印。它已经深深地刻在我们的记忆中，不论天长日久，不论我们走到哪里，都将伴随着我们，永远，永远……

长城站主楼

考察队员们的脸色都显得异常严肃。他们排成一行，面对着长城站的主楼，目光凝视着门楣上闪闪发光的长城站站标。郭琨队长走出队列，率领大家向长城站敬礼致意，随即他发表简短的告别辞：

“今天是我们在长城站度过的第61天，马上要离开它，我们大家都有点难舍难分。希望留守的同志们爱护它，管理好，使它更加完善……”他的神情激动，声音哽咽了，“这是我们的心愿，也是全国人民的要求……”他说不下去了。

告别仪式很快结束，在最后的5分钟，撤离的队员和留守的5名同志依依惜别。许多人在这最后的时刻，在主楼前面留下了最后的也是最宝贵的镜头，把自己的心永远留在了南极洲，留在了艰苦奋战的长城站……

小艇启动了，慢慢离开了码头。留下的5名同志站在那里激动地朝大家挥手告别，船上的队员们纷纷向他们招手，一股惜别的离愁笼罩着每个人的心，许多人的眼里含着热泪。

中国南极洲考察队向长城站告别

风雪把长城站包裹起来了。纷纷扬扬的雪幕中，那屹立在海滩上的房屋，白色的气象台，像巨人一样挺立的天线塔和停放在露天里的车辆，此刻在视线中渐渐远去，连站在码头的5名队员的身影，也越来越小，变得模糊起来。但是我们仍然目不转睛地凝视着那永生难忘的长城站，深情地向战友们频频招手。

“再见吧，长城站！再见吧，南极洲！”我们在心底发出这样的呼喊。是的，我们还会再见的，但愿不久的将来，我们重逢在南极，重逢在长城站。

1985 年2月28 日上午9时39分，“向阳红10号”科学考察船一声长鸣，告别了冰雪茫茫的乔治王岛，踏上了返回祖国的万里航程。

我们的前面，波涛滚滚，满天风云……

茫茫天涯路

我们的船队离开长城站以后，再一次横渡德雷克海峡，沿着来时的航线踏上返回祖国的归程。这一次，德雷克海峡不像来时那样笑脸相迎了。2 月 28 日下午 3 点 39 分，船只越过南纬 60 度的南极海域，全速向南美洲的最南端驶去。风浪越来越大，汹涌的巨浪在船首激起瀑布似的水雾，辽阔的海峡浪涛澎湃，船只颠簸得很厉害，许多人晕船不适，那刚刚踏上归程的喜悦顿时一扫而光了。我们开始清醒地意识到，返回祖国的航程是相当艰苦的，从现在开始，我们将要在这艘船上生活 40 天，艰苦的 40 天。

第 2 天，3 月的第一天，德雷克海峡的上空天气转晴，天空是靛蓝的，蓝得非常可爱，但是蓝天下的碧海却是白浪滔天，风力有七八级，阵风达到九级。我住的舱室现在调整在飞行甲板这一层，比原先的底舱高出两层，四五米高的巨浪居然冲上船舷，扑上舷窗，如果不是及时关窗，海浪早就倒灌进来了。

当天下午 5 点 30 分，风浪险恶的德雷克海峡终于安全通过，船只从大西洋进入勒梅尔水道。我们簇拥在船舷的栏杆边，眺望着晚霞映红的火地岛和埃斯塔多斯岛。落日已经沉没在山岭的背后，只有天边一抹金黄的余晖在暮霭中恋恋不舍地窥望着风浪渐渐平息的海面。岛上的山冈蒙上了黑沉沉的暮色，变得模糊不清，很快，连这仅有的景色也被黑暗吞没了。

这天晚上，我很兴奋，这倒不是因为我们摆脱了德雷克海峡的风浪，而是我们明天将要驶入著名的麦哲伦海峡。在地球上众多的海峡之中，似乎再没有比麦哲伦海峡更使我神往的了，因为南美洲南端这条沟通世界上两大洋——太平洋和大西洋的海峡，记载了人类地理发现史上的一次史无前例的环球航行。

400 多年前，即 1519 年，葡萄牙航海家麦哲伦率领的西班牙船队从西班牙出发，决定寻找一条越过美洲大陆的新航线，到达盛产欧洲人垂涎的香料的东方。这是一次大胆的冒险，因为美洲大陆从北到南似乎是连成一片的。然而正如我们在前面介绍火地岛时所谈到的，麦哲伦的船队历经艰辛，冒着恶劣的暴风雨，发现了这条后来以他的名字命名的海峡。当年海峡两岸的火地岛和南美大陆，险恶的丛林覆盖着山峦，除了隐隐约约出现的印第安人的篝火，便是人迹罕至的荒野。400 多年后的今天，我国的船队将要第一次穿过麦哲伦海峡，从大西洋驶入太平洋，我们将会看到些什么呢？

我在船队经过麦哲伦海峡的日子，连续向国内发回了几篇现场报道，其中这样写道：

麦哲伦海峡一侧的山峦

我们的科学考察船“向阳红10号”告别南极之后，于3月5日驶入麦哲伦海峡的彭塔阿雷纳斯，船只在这里补充淡水和远航的物资，考察队员和船员水手也顺便访问了这个热情好客的滨海城市。

彭塔阿雷纳斯是西班牙语“沙尖”的意思。城区坐落在海峡北岸平缓的山坡上，向东西延伸，俯瞰着水面开阔的海峡。它是智利麦哲伦省的首府，人口约30万，市中心浓荫蔽地的武器广场上，屹立着麦哲伦的青铜雕像，附近有一座麦哲伦州立历史博物馆。当地的一份报纸也叫《麦哲伦报》，唯一的一所工科大学，称作麦哲伦大学。在彭塔阿雷纳斯人的心目中，这位以前无古人的环球航行证明了地球是圆的这个真理的葡萄牙人，他的功绩是不可磨灭的。

彭塔阿雷纳斯留给我的印象也是不可磨灭的，我不会忘记麦哲伦海峡东口那一座座屹立海峡中的石油平台，那燃烧的火焰已经代替了昔日印第安人的篝火；我也不会忘记麦哲伦大学那一张张年轻人的笑脸，智利的大学生们给我的印象也很深刻。不过这一切比起智利人民战胜自然灾害时所显示出来的勇气，以及他们那种团结友爱互助合作的精神，更使我感动万分。

彭塔阿雷纳斯武器广场的麦哲伦雕像

记得我们的考察船停靠彭塔阿雷纳斯的那天，专程前来迎接的我国驻智利大使馆的同志一上船便告诉我，3月4日傍晚，智利西部太平洋沿岸发生了强烈地震，震中地区是我曾经访问过的

美丽的海滨旅游城市——瓦尔帕莱索一带，震级为 8 级。据报界透露，当时已查明的死亡人数达 130 余人，大批建筑物遭到破坏，损失相当严重。他们还说，智利首都圣地亚哥也有很强烈的震感，犹如我国唐山大地震时波及天津的情况。

这个消息使我们感到震惊，但是我们在彭塔阿雷纳斯逗留的那几天，从报纸、电视中看到的情况却是令人振奋的：一个响亮的口号——“智利人援助智利人”在智利全国传遍，各阶层的人民动员起来，捐献衣物，捐献金钱，许多团体自发到灾区营救、安置受灾的人民。智利当局也采取紧急措施救灾。彭塔阿雷纳斯地处智利最南端，没有受到地震的波及，但是我们看到学生在街头募捐，演员们举行义演，把全部收入捐献给灾区人民。这一幕幕动人的情景使我们看到了蕴藏在智利人民心中的崇高精神境界。一个在自然灾害面前能够如此团结一致、同心协力渡过难关的民族，是一个有希望的民族。

我们告别了热情好客的彭塔阿雷纳斯，继续穿行在麦哲伦海峡西段迂

智利对南极领土主权要求的纪念碑屹立在麦哲伦海峡岸畔

回曲折的水道中。海峡的东段与西段，以彭塔阿雷纳斯为界，地形有很大不同。东段水面开阔，两岸地形平缓，好像航行在平原的大河上。然而海峡的西段，水道曲折蜿蜒，两岸山岭陡峭，最狭窄的英格兰水道，宽度仅有 1 海里。这样宽狭不一的水道，整个海峡共有 11 处，而且潮流复杂，潮差大，涡流很多，对航行威胁很大。我在报道中写道："天空是黑色的，海水是黑色的，两岸的山峦也是黑色的。偶尔，云缝中泻出一缕明丽的阳光，映照着戴着雪帽的冰峰和布满森林或者灌丛的绿色山坡。转眼之间，狂风夹着豆大的冰雹席卷而来，再不然就是一场骤雨，敲打着甲板哗哗直响……"这正是航行在麦哲伦海峡时的情景。船只时而驶入群山包围的幽深的峡江，仿佛航行在长江三峡之中；时而落入峰峦起伏的平静的湖水，使人恍若置身于富春江和千岛湖；接着，峰回路转，汹涌的激流在船舷两侧奔腾不已，耀眼的雪峰在云中闪闪发光，参差的山峦似乎堵塞了船只航行的通道……

3 月 10 日傍晚，天色晦暗，骤雨哗哗地冲刷甲板，一艘前来接应的小艇在风浪中颠簸着，靠上了我们的船只。从彭塔阿雷纳斯上船的智利引水员完成了领航任务，登上小艇，向海峡西口一个小岛驶去，草木丛生的小岛上有一座白色的灯塔。

从这时开始，我们告别了麦哲伦海峡，告别了南美洲，驶入通向祖国的太平洋。但太平洋一点儿也不太平，一出麦哲伦海峡西口，著名的西风带以猛烈的风浪迎接我们，风力加大到 10 级，巨浪高达 6 米以上，船只摇晃达 35 度，前甲板屹立的 2 吨重的天线塔，竟然被震断倒地了。万幸的是，船长提前采取了减速措施，避免了一场大祸。

这是一次漫长的航行。在长达一个月的航行中，天连水，水连天，放眼望去，看不见一个岛屿、一个珊瑚礁，甚至看不见一只飞鸟。日复一

驶入咆哮的西风带

日，周而复始，只能见到无边无际的海水，蓝靛色，灰绿色、铅灰色，随着天气的变幻改变着它的色彩。我甚至用无比憎恶的心情诅咒道，这是一片荒漠似的寂寞的海洋！真是一点儿也不夸张啊……

只有体验过枯燥乏味的航行生活，你才能理解海员生活的艰苦和内心的寂寞。值得怀念的是船尾的飞行甲板，这里是船上最大的空间，每当晨曦照耀碧波万顷的洋面，这里就有人早早地起来散步、练拳，或者来回往复地跑步了。晚餐过后，大洋壮丽的落日是令人神往的，甲板上这时人更多，他们按照顺时针的方向在上面兜圈子，一次总要走上十几圈或者更多。风平浪静的日子，在船只经过赤道无风带时大抵都是这样。每当夜幕降临，人们搬来椅子，坐在赤道的星光下看电影，尽管有的老片子已经看过几遍，但是观众仍然不少。我在国内没有机会看的一些老电影，这次都补课了。

我们的航线是由南美洲海岸向西北航行，按大圆航法以最短航线直插社会群岛，但是西风带咆哮的风浪迫使船只临时改变航向，沿着智利海域北上。3 月 13 日上午 11 时 43 分，船只穿过西风带又返回原定航线，直插社会群岛和土阿莫土群岛之间的南太平洋，这里正值南半球信风带，顺风顺流，航速每小时可增加 1 海里。3 月 25 日中午 11 时 01 分，汽笛一声长鸣，在宁静的大洋上空回响，接着一个个烟雾信号桶投入大洋，在蓝色的波涛上升起彩练似的橙红色的烟雾。船员们用这种特殊的方式庆祝船队顺利穿过赤道，由南半球驶入北半球。我还领到一张由船长张志挺和南极洲考察队队长郭琨签署的通过赤道的证书。

回到祖国的日子屈指可数了，特别是过了赤道，这种感觉更加明显。船上每两天就通知大家，把手表往回拨 1 个小时。3 月 27 日凌晨零点 34 分，船只过国际日期变更线，立即变为 3 月 28 日，这样我们和祖国的白天黑夜已经趋于一致，仅仅相差 4 小时。大家兴奋地说："当 4 个小时的时差不存在时，我们就回到祖国的怀抱了……"

1985 年 4 月 10 日，"向阳红 10 号"船由日本大隅海峡驶向我国东海，由吴淞口进入黄浦江，回到 4 个多月以前启程的东海分局码头，从而结束了为期 142 天，航程 48 955 千米的远航，比绕赤道一周还多 8 950 多千米。

当我回到北京，满城翠绿，已是一番初夏的景象了……

1985 年 7 月 20 日于北京一稿

1985 年 8 月 14 日于香山饭店定稿

2011 年 7 月 14 日于北京再次修改定稿

自从5年前离开南极，多少回梦里我又回到那冰天雪地的世界。我思念那晶莹的雪，纯洁的冰，呼啸的风，奔腾的浪。那宁静的冰原毫无生气，但却有一种不可思议的魅力使我迷恋。那里是生命的禁区，但那里没有纷争、没有倾轧，洋溢着人类最美好的纯真情感，使我神往心驰。我多么希望再赤着脚，蹚一次那冰彻刺骨的海水；我也愿意迎着扑面而来的寒风，艰难地攀上陡峭的冰峰，向着空旷的冰原大声呐喊……为了这一切，不管有什么艰难危险，我都心甘情愿重返南极，也许，这是我一生的最后一次。

第2篇

重返南极

第七次中国南极考察队

首都机场宽敞的候机大厅，大清早也十分纷乱嘈杂。旅客休息的几排长椅座无虚席，地上东一堆西一堆的是各式花色式样的旅行箱和行李袋。墙上的航班电子显示牌不停地跳动着，每一次广播都在旅客中间掀起一阵骚动。通向停车场的自动门一刻儿也不得安宁，蜂拥而入的旅客迈着匆匆的步履，卷入一阵阵深秋的寒气……

1990 年 11 月 16 日早晨，天气不好也不坏，我和第七次中国南极考察队 30 多名男女队员，很早就从北京西郊的中国气象局招待所出发，踏上了远征南极的万里征程。

我随身携带的行李并不多，只有一口箱子和一个书包。机票和护照放在西服里面的口袋里，像宝贝一样紧紧贴在胸前。我们的目的地是地球最南端的南极，但遥远的航程不可能直接抵达，途中要经过几个国家，换乘好几次飞机，所以出发之前队长一再叮嘱，护照和机票必须时刻注意，千万不可丢失。

堆放在大厅一角，大大小小的箱子也真不少。队长让大家原地休息，不要走得太远，便匆匆到海关去办出境手续。不一会儿，他拿着一摞表格分发给每个队员，让大家填写“报关单”——凡是携带照相机、录像机等贵重物品出境，必须在报关单上登记，以备海关检查。携有外币的，也必须如数登记。这是出国之前最后一道手续了。

我倚着候机厅大玻璃窗的窗台，默默地凝视着阴云笼罩的天空，也为的是再把这座古老的都城的景色深深地印在我的记忆里。从停车场望过去，秋色正浓，通向机场公路两旁的茂密树林，染上了一片金黄，只有松柏依然青翠，蒙上了北京特有的灰尘，色调不那么鲜亮而富有生气。我知道，再回到这座生活了几十年的城市，起码也要等到明年春暖花开的日子。当然这是指我们的这次远征一切顺利，倘若发生意想不到的灾难，那就另当别论了。这并不是我的多虑。出发之前，考察队为我们所有的队员都在保险公司办了人寿保险。除此之外，我们每个人还郑重其事地在一份我称之为“死亡合同书”的文件上签了字。这份措辞委婉、内容冷酷的文件，看起来似乎是例行公事，字里行间却提示我们每一个队员，到南极去可不是游山逛水，更不是轻松的旅行，任何事情都是可能发生的。那表面温柔的冰雪世界实际上是冷酷无情的，我们必须时刻面对死亡，随时做好牺牲自己的准备。“死亡合同书”谈到了如果因事故而死亡，尸体将就地处理，永远留在那冷寂的冰雪之中，不再运回国内。所有这些过去连想也不敢想的“后事”，我和我的伙伴都无一例外地签名同意了。

当然，尽管我已经郑重地“料理”了后事，我的心情却丝毫并不感到沮丧。尤其是我，这一次南极之行，是我主动争取的。五年前，当中国人首次在南极冰原留下自己的脚印，我就是中国首次南极考察队的一员。我不能忘记，暴风雪的深夜，狂风撕扯着单薄的帐篷，大团大团的雪花钻进门帘，不请自来地躺在我的睡袋上，我就是这样在冰雪中度过一个又一个难眠之夜。我也不会忘记，我冒着兜头扑来的雪霰和灌进脖子的冷雨，乘坐一艘小小的舢板，穿行在冰山和浮冰的险途，驶向冰雪笼罩的南极半岛。那一次，我和伙伴们赤着脚，蹚着冷彻刺骨的海水，步履艰难地走向南极大陆，因为我们的舢板搁浅了。当然我终生也不会忘记，我的同伴们同样也不会忘记，在别林斯高晋海那次遇到的可怕的风暴。我们的考察船在进入南极圈之后，突然被极地气旋团团包围，那是一幅怎样可怕的情景，多少年之后，每当闭上眼睛，我的眼前即刻浮现掀天的巨浪，阴郁的天空，以及那呼啸的令人心惊胆战的狂风。我的一生从来没有遇到过如此恐怖的场面，死亡之神的阴影正在步步向我们逼近。我只记得船上的人站立不稳，桌上的东西被摔得粉碎，而甲板上已经出现可怕的裂缝，排山倒海的浪涛随时可能将船只倾覆。是那一次，我生平第一次体验到人在死亡到来之前的复杂心理。当船上的领导通知随船的所有记者，不得向国内发布我们遇险的消息时，我益发感到事态的严重。我当时很清楚，谁也无法预料我们的船只是不是能够冲出暴风的包围圈，而且我从船员们苍白的脸色和忧郁的目光中，似乎意识到冰海沉船的悲剧并不是不会发生。不过，奇怪的是，我当时的心情突然变得十分宁静。我坐在舱室的床铺上，在录音机上放上了我心爱的一盘磁带，让美妙的旋律冲淡着令人压抑的气氛。尽管耳畔不时传来船只的呻吟、巨浪的轰响，我却不停地在日记本上记下了此刻发生的一切，尽管我不知道这样做有什么意义，但我在那一刻似乎并没有死亡的恐惧……

人生就是如此充满不可思议的矛盾：安逸平静的生活是人所追求的，

但它却像一潭死水变得毫无生气；充满艰险、历经磨难的生活虽然并不令人羡慕，许多人唯恐避之不及，可是一旦渡过生活的急流险滩，便会分外珍惜这一段不平凡的经历。这原是人生的一笔巨大的精神财富！

记得第一次远征南极回国之后，那是1985年5月初的一天，我去看望著名的女作家丁玲——那时她还健在，和她的老伴陈明同志住在北京木樨地一幢楼房里。一见面，陈明拿着一张当天的报纸，笑吟吟地对我说："这几天，我们都在看《光明日报》，你写的《现在可以说了》把我们吸引住了……"

《现在可以说了》是我写的南极报道之一，在我回国后，开始在《光明日报》上连载，分5次登完。报道的内容就是我们在别林斯高晋海遇到风暴袭击的经历，我真实地报道了在那次风暴中船员们和科学家们的忧虑、恐惧以及他们面对死亡迸发出来的勇气和信念。的确，历史可以作证，没有他们坚定、沉着、团结得像一个人一样的勇敢精神，我们是不会活下来的。

陈明同志提起的话题，显然也引起丁玲的共鸣。她向我询问那次风暴中的险情，一连问了我好几个问题，之后，这位经历过人生种种磨难的作家向我敞露了她的心迹。

"你也是死过一次的人了……"丁玲细声细气地说，她所说的死过一次，我想就是我们的考察船在风暴中险些遇难这回事。"人死过一次，能够活下来，对生活中的得失、荣辱、名利，就会看得很淡泊了，就不会那么斤斤计较了。我也是死过一次的人，没有想到今天还会活着。在北大荒，我们差点被折磨死，许多同志都以为我们熬不过来了……"

陈明在一旁接过话茬说："你何止死过一次，早就死过好几次，不过每次你都活下来了……"

丁玲微微一笑，接着又对我说："有这样的经历是难得的。人的一生，不论是自然的，或者是人为的，你战胜了死亡，你就更有勇气战胜别的困难，更加无所顾忌地把全部精力投入你热爱的事业。你遇到任何苦恼时都不妨这样去想，假如我那回死了呢……"

是的，我感谢丁玲同志发自内心的教诲，我记住了她的话，尽管有时候我还不能像她那样大彻大悟，还远远做不到她所要求的那样淡泊。不过，南极的风雪严寒，南极的狂风恶浪，尤其是那"死过一回"的经历，已经渗透在我的血液中，成为主宰我的信念和力量。所以，1990年夏天，当国家南极委员会要我担任电视片《南极与人类》文字剧本的总执笔，我本来是可以婉言推辞的，但我二话没说，在炎热的盛夏，整整一个星期，足不出户，废寝忘食，拿出了各方面都比较满意的剧本初稿。当然，要把文字变成电视图像，还必须亲自到南极去指导拍摄。浙江电视台派出了摄制组，于是，在告别南极五年之后，我又随着中国第七次南极考察队踏上重返南极的征途。

我这次重返南极，几乎没有人投赞成票，连我的许多要好的朋友也纷纷劝我打消这个念头。

"你图个什么呢？"有的朋友好心地劝道，"南极你不是没有去过，那个鬼地方是闹着玩的吗？你没有看见金乃千，身体多棒，结果怎么样？"

金乃千之死，我当然知道得一清二楚。他是中央戏剧学院的副教授，著名的话剧演员。在我担任策划的电视系列片《长城向南延伸》中，他扮演了剧中一位科学家的重要角色。知道他是很喜欢这个剧中人的，他也以能去南极实地拍片而欣喜万分。不幸的是，在他胜利地完成拍摄任务，随"极地号"考察船返回祖国的航途中，他的心脏病使他倒在新加坡的码头。他是中国第一位为南极事业献身的艺术家。

也有朋友对我再次到南极去表示很不理解。他们说："你别忘了你是快50岁的人，甭逞强，比不上年轻小伙子，何必去冒险呢?"

"你真傻，自讨苦吃干什么？人家出国都是往日本、德国跑，谁像你到南极那个兔子不拉屎的地方！要是有个三长两短，划得来吗?!"有的朋友直截了当地说。

我对朋友们善意的规劝能说什么呢，只能在嘴边挂上一丝苦笑，不想解释，也似乎找不到什么理由反驳对方。说心里话，我的脑子里并没有考虑这么多，更没有把得失放在天平上衡量。我只知道，这部电视片是国家下达的任务，1991年9月将由中国代表团携往德国不来梅召开的世界南极科学会议，它将体现中国对南极事务的立场观点，向世界表明中国人对南极的过去、现在和未来的关注。这就足够了，留给我们摄制组的时间不多，剧本将要根据实地拍摄的镜头一改再改，我必须用自己的眼睛观察那里发生的一切变化，用真情实感写出我对南极未来的思索。

除了这些考虑，我不否认，我也有一点不必声张的私心。自从5年前离开南极，多少回梦里我又回到那冰天雪地的世界。我思念那晶莹的雪，纯洁的冰，呼啸的风，奔腾的浪。那宁静的冰原毫无生气，但却有一种不可思议的魅力使我迷恋。那里是生命的禁区，但那里没有纷争、没有倾轧，洋溢着人类最美好的纯真情感，使我神往心驰。我多么希望再赤着脚，蹚一次那冰彻刺骨的海水；我也愿意迎着扑面而来的寒风，艰难地攀上陡峭的冰峰，向着空旷的冰原大声呐喊……为了这一切，不管有什么艰难危险，我都心甘情愿重返南极，也许，这是我一生的最后一次。"人生难有几回搏，搏它一次不白活"，这是金乃千说过的话。我想，既然是最后一次，我就不要错过机会，再搏它一次吧……

"喂，你还在那儿愣什么神，快走呀!"

蓦然，有人在喊我，是浙江电视台的姜德鹏，剧组的导演。

我猛回头，同伴们差不多走光了，海关入口排起了一条长龙。电子显示牌赫然跳出我们搭乘的航班——CA983，北京至洛杉矶，9 点 50 分起飞。

这一刻终于来到了。我取出护照、机票和一份填好的报关单，推着放着行李的小车，大步流星地朝海关走去。

我将从这里走出国门，奔向那遥远的冰雪世界，我的后面是愈来愈浓的秋色，接踵而至的也是一个凛冽的寒冬……

从洛杉矶到墨西哥

舷窗外面又是一抹嫣红的夕阳，但我知道，这不是故国的夕阳，而是照耀着拉丁美洲崇山峻岭的落日余晖了。

在洛杉矶，来也匆匆，去也匆匆。来不及瞄一眼米老鼠、唐老鸭嬉戏的迪斯尼乐园，来不及逛一逛好莱坞灯红酒绿的明星大街，智利航空公司的波音 757 客机于 16 日下午 2 点 30 分飞上蓝天，载着各种肤色的 300 多旅客，马不停蹄地向南半球飞去。

洛杉矶的气温是 19 摄氏度，比北京暖和，但秋风染黄了北美大地，万物峥嵘的温暖季节毕竟挽留不住了。不过，飞机越往南飞，机舱里的温度渐渐燥热起来。金发碧眼的智利航空小姐笑容可掬地给旅客送来各种饮料，我发现她们的衣着都很单薄，短裙单衫，风度翩翩，和我们判若两个季节。再看看同机的旅客，也是短袖衬衫的居多，衣冠楚楚的男士顶多穿件凉爽的夏服，而我和我的同伴却有些不合时宜，我们还穿着北京启程时套上的毛衣毛裤，仿佛预备过冬似的。

我们心照不宣地相视而笑，开始一阵忙乱，飞机正在向赤道飞去，前面就是南半球的夏天，我们必须赶快卸掉身上臃肿的劳什子，也来个轻装上阵。

舷窗外面，落日在空蒙的天际无力地黯淡下去，凭窗而眺，机翼之下是一片寂寞的荒原，看不见绿色的山林田野，扑入眼帘的尽是岩层裸露的高山深谷，粗犷而狰狞。夕阳的余晖斜映之下，荒原涂上了血红血红的色调，更增添了莽原原始的韵味。

几年前，我在美洲西海岸旅行时，曾经目睹荒山野岭的严酷。有一次，驱车进入安第斯山，登山公路盘旋在悬崖峭壁之间。荒凉的大山看不见郁郁葱葱的森林，也看不见淙淙的溪流。那些世世代代居住在高山之巅的印第安人，在几千米高的山巅建起蓄水池，将珍贵无比的山泉汇入蓄水池，然后开凿渠道，解决人畜用水和一部分农田用水。至于陡峭的山坡上东一块西一块巴掌大的梯田，绝大多数只能靠老天爷发慈悲，等候雨季的来临。

而且，大自然竟是这样不公平，在南美洲西海岸许多地方，尽管太平洋的波涛亲吻海岸，却终年没有一滴雨。我在秘鲁西海岸漫游时，泛美公路贴着太平洋蜿蜒而上，可是公路两旁却是寸草不生的童山秃岭，或者是滚滚流沙。你休想见到一棵树，一株小草，也见不到一只飞禽走兽。甚至连秘鲁首都利马，一年到头也不会有一场雨。所以在这里你会看到十分奇怪的现象，有许多穷人的房屋是没有房顶的，仅仅是四堵墙，坐在房里抬头可见满天星斗。仅仅是为了遮挡炙热的阳光，人们才在房顶上盖一块塑料布，或者搭上编织的苇席。

当然，阳光是慷慨的，所以凡是有水的地方，就会出现生机勃勃的绿洲，就有人烟稠密的城镇。在秘鲁西海岸，我见到许多沙漠中的绿洲，这里的水源为地下水，于是绿洲的大小、城镇的规模，都取决于地下水资源的储量。

有水就有生命，有水就有绿色，眼前这一片广漠的荒原，望不到头的童山秃岭，虽渐渐模糊，融入浓稠的暮色，但我依稀听到那干渴的大地，还有生活其间的人们，在大声呼喊着水、水、水……

当晚，9 点光景，飞机的飞行高度逐渐下降。黑暗笼罩的大地先是什么也看不见，蓦然，当飞机盘旋而下，眼前突然群星灿烂，绚丽异常，机舱里连迷迷盹盹的旅客也活跃起来。我睁大眼睛，定睛看去，并不是满天的星斗，倒像是黑丝绒的巨幅地毯缀满千万颗闪闪发亮的珍珠，那样耀眼，那样激动人心。那光点编织的图案不断变幻，轮廓也越加清晰，渐渐地，我看清楚了，那长长的笔直的光带竟是纵横交错的大街小巷，那数不清的光点是高楼大厦的灯光。我似乎看见灯火通明的大道上川流不息奔驰的汽车，像一条条灯的河流，流光溢彩，令人赞叹不已。

的确，当万家灯火的墨西哥城飞快朝我们奔来之时，我的心禁不住嘭嘭地跳动起来。我的目光在灯火中搜索，似乎要找出一点什么。我此刻的心情很复杂，难以用三言两语讲清楚。我只记得，当飞机平稳地在墨西哥国际机场降落时，我仍然是怀着惶惑而惊奇的眼光，注视着眼前的一切。

墨西哥国际机场的候机厅没有特别神奇的地方，商品琳琅满目的免税商店陈列着富有异国情调的铜雕和工艺品，进口的高级消费品也很多，价格也不便宜。不过，我此刻的注意力并不在五光十色的商品，我感兴趣的是候机厅精巧的格局，完美的建筑，以及透过万家灯火勾起的对过去的回忆。

我坐在休息室的椅子上，目光穿过玻璃窗落在夜色朦胧的停机坪。我独自在那儿胡思乱想，倘若时间的河流能够倒淌的话，那么，6 年前的那个使世界震惊的日子，就在这里，该是一幅多么忙乱的景象。所有的航班都临时取消了，但是从哥伦比亚、秘鲁、古巴、委内瑞拉，从遥远的德国、法国、西班牙以及美国……飞来的各式各样的飞机——波音 747 的专机、草绿色的军用运输机、大型的运输机，络绎不绝地在机场降落。从飞机上卸下成捆成箱的药品、血浆、医疗器械，还有衣服、帐篷、毯子和食品，还有工程技术专家和训练有素的狗。飞机的引擎声，来往车辆的喇叭声，急救车的呼啸声，人们的呐喊和匆匆的脚步声，汇成一片嘈杂的声响。

发生了什么事呢？原来，1985 年 9 月 19 日早晨 7 点 19 分，墨西哥城从睡梦中醒来不久，这时，城市的脉搏加快了跳动，寂静的大街小巷开始喧嚣起来。早起上班的人匆匆地告别妻子，穿行在人行道上；电车、公共汽车和私人的小卧车在竞相赛跑；背着书包的孩子们蹦蹦跳跳地跑下楼梯，奔出家门；当然也有不少人还坐在桌前，享受美味的早餐，和家人一起谈起当天早报的新闻……这一天早晨和以往许多个早晨没有两样，没有人觉察出有什么异常，更没有任何迹象表明有什么灾难降临。

但是，死神正在逼近，7 时 19 分，一场 7.5 级的地震在人们的脚下爆发了。一刹那间，大地晃动，楼房摇晃，柏油路面像花卷一样卷曲起来，许多西班牙殖民时期建筑的楼房像散架似的倒塌下来，煤气管道断裂溢出的煤气燃起熊熊大火……

墨西哥城是世界人口最多的城市，有 1 800 万居民，在如此人烟稠密的大城市发生这样强烈的地震，其混乱程度和受灾之严重是可以想象得到的，何况它还是墨西哥的神经中枢，一国的政治、经济、文化中心。

我想不必详细介绍墨西哥城遭到地震袭击的情形，那次地震造成了

7 000多人死亡，灾民4万多户，经济损失上百亿美元，有8 000多幢楼房遭到不同程度的破坏。在地震发生的消息传来时，我和许多中国人一样，十分关心这座历史悠久的城市是否会变成一片废墟，至少在短期内能否恢复。不过，后来不断传来的消息是令人振奋的，尽管墨西哥城在地震发生的短时间内，情况相当严重，出现了停水、停电、交通中断，像休克的病人一样，但是，不可避免的混乱很快被强有力的抢险救灾取而代之。记得当时有一篇新闻报道很使人感动，报道中写道，地震刚发生不久，在楼房倒塌、人们惊恐万状的市中心，有一个人来到现场，人们很快认出了他，并将他包围起来，他就是墨西哥总统德拉马德里。他站在现场指挥救灾，接着到电视台向全国发表讲话，号召人民保持镇静，并下令军队迅速动员起来，全力投入救灾。

很多国家的通讯社都迅速报道了墨西哥救灾的动人场面。当然最激动人心也是最为艰难的工作，是从房屋的废墟里寻找被埋着的活人。军人、警察以及从红十字会、学校、工厂而来的志愿人员，组成15万人的救援队伍，他们用吊车吊走坍塌的断壁残墙和笨重的水泥板，许多人是用手在废墟上发掘，寻找受伤的人和幸存者。有消息说，一个只有一岁半的婴儿，受了重伤，在震后70多个小时后被挖了出来，居然得救。人们还从一家医院的废墟下救出了4名新生的婴儿。还有一个小男孩，9岁，在地震发生后的第15天，也被人们用超声波探测器从瓦砾中救出，成为堪称奇迹的最后一名生还者。据不完全统计，共有3 000多人被救援人员从废墟中营救出来，获得了第2次生命。

更加令人惊异的是，强烈的地震并没有能摧毁这座古老的城市，当9月20日傍晚又有一次6.5级地震袭来时，接着余震不断的情况下，一些受灾的市区已经通水、通电，公共汽车开始运行。地震发生后仅20天，全城交通基本恢复，20万灾民得到妥善安置，全部搬进新建的简易住房。在这之后，重建墨西哥城的工作正在加紧进行，墨西哥政府拨出600亿比索，建设新的居民点和公共设施。墨西哥重建的决心之大，有一个例子颇能说明问题：在大地震发生的第2天，第13届世界杯足球赛的组委会领导人就向世界宣告，定于第2年五六月举行的这次全球注目的足球盛会将如期举行，墨西哥安然无恙！这个声明说的虽然是一场足球的角逐，但却反映了在大灾面前墨西哥人民的坚强意志，他们决不被灾难吓倒，就像他们在足球场上也决不畏惧强手一样。后来的事实也证明了这一点。第13届世界杯足球赛果然如期在墨西哥召开，而且举办得非常成功。

我们在墨西哥国际机场仅仅逗留了一个小时不到，又匆匆登上飞机，向着南美洲最狭长的国家——智利飞去。在登机前的几分钟，我特意跑到候机厅的一座巨大的石雕像前留影。这座雕像我很熟悉，它是公元前1200年至公元前900年奥尔梅克人的巨石头像，也是人们通常所称的“虎人”雕像。据历史学家说，奥尔梅克人是生活在今天的墨西哥高原上最古老的部落，他们的石雕艺术在当时的美洲文化中是无与伦比的。源远流长的墨西哥的古老文明，就是从奥尔梅克文化，经过稍后的托尔蒂克文化，发展为鼎盛一时的阿兹特克文化。今天的墨西哥城就是建在当年威震四方的阿兹特克的首都，号称“众神之城”的德奥蒂华坎之上的。

墨西哥的万家灯火，是温馨的、富有生气的，在那闪烁的、跳跃的、变幻无穷的光的海洋里，屹立着一座战胜了地震灾害、焕发生机的城市。它使我想起世世代代生活在这块土地上的墨西哥人，从他们的祖先奥尔梅克人、阿兹特克人一直到今天热情豪放、能歌善舞的墨西哥人，他们是不可征服的，不论是大自然的灾难，还是殖民主义的奴役。

再见，墨西哥城，你这美丽的充满活力的万家灯火。

第 14 届南极条约协商国会议

一夜不停的飞行，越过中美和南美的崇山峻岭，当新的一天的朝霞染红安第斯山巍巍雪峰，我们带着一脸的倦容，到达了智利首都圣地亚哥的国际机场。

有了洛杉矶出现两个 11 月 16 日的体验，我对眼前灿烂的阳光，满目的绿色，甚至连气温接近 30 摄氏度一点儿也不大惊小怪了。圣地亚哥位于南纬 33 度，在南半球，此刻正是气候宜人的初夏时节。不过，驱车进城的路上，田野和四周的山岭却是一片色彩单调的枯黄，只有孤耸的树木依然青翠，乍一看倒像是北半球的深秋。究其原因，是因为智利的气候颇为特别，夏季干燥少雨，冬季反而温暖潮湿。由于夏季极少下雨，气候十分干燥，田野的草木大多枯黄，极容易酿成森林火灾。这种气候以欧洲南部的地中海地区最为典型，又称地中海气候。不过，汽车进入圣地亚哥市区后，眼前景象令人赏心悦目，到处是绿莹莹的草地，繁华大街的街头广场和大片绿地，浓荫覆盖，花团锦簇，点缀着喷泉和美丽的雕塑，犹如一座座幽静的森林公园。许多楼房住宅的屋前宅后，藤蔓花卉和绿色植物相映成趣，使人不难看出，人的创造力是可以改变气候的。

我们在圣地亚哥最繁华的奥希大街一家名叫“征服者”的旅馆住下。放下行李，我只有一个念头——好好地睡上几天。几天几夜的飞行，以及出国前夕那几天的奔波，加上时差引起的不适，我和我的同伴差不多累垮了。圣地亚哥有不少值得一看的风景名胜，著名的圣母山，那屹立山巅的圣母玛利亚的精美雕像，堪称圣地亚哥的保护神，知名度不亚于纽约的自由女神像。离我们下榻的旅馆不远的桑塔露西亚山，有“情人山”的美称，山峦小巧玲珑，曲径通幽，保留有西班牙殖民统治时期的古老建筑和炮台古堡，也不可不看。不过，这个时候什么迷人的景致也激不起我的兴趣，瞌睡虫已爬到我的眼皮上了。

我不知睡了多久，仿佛脑袋刚贴上枕头，一阵急促的敲门声把我惊醒。翻身而起，窗外已是灯火辉煌的夜景，方知道一觉睡得多么甜。

房门打开，是个熟悉的笑吟吟的面孔，我国驻智利大使馆的外交官，在机场见过面的老李。大概是见我睡眼惺忪，他有些歉意地说：“打扰你们休息了，不过事情很急，明天一早你们要赶到比尼亚德尔马去，你们的记者证已经办妥了。”

说罢，他递给我三枚挂在胸前的记者证，是由智利外交部签发的。凭着这张“通行证”，我们将可以到在比尼亚德尔马举行的第14届南极条约协商国会议去采访，这些珍贵的镜头是电视片需要的。

我很感谢老李的帮助，因为我知道搞到记者证挺不容易。“喂，起来，别睡了！”我大声唤醒了浙江电视台的同伴，他们听到这个消息也睡意顿消。电池马上充电，准备好明天需要的设备，更重要的是研究明天的安排，确定采访对象和拍摄镜头，按照剧本要求拟定采访大纲……对工作的热情使我们忘记了旅途的困乏，因为我们每个人都知道，这是一次不可多得的机会，没有一个中国的摄制组正式采访过南极条约协商国会议，机不可失，而且留给我们的时间已经不多……

比尼亚德尔马，在西班牙语里是“海边葡萄园”之意，多富有诗意的地名。这是南美著名的旅游胜地，太平洋的万顷碧波拥抱着这座典雅的海滨小城。从圣地亚哥驱车一个小时就到了，初夏的比尼亚德尔马沐浴着金色的阳光，悠闲地躺在大海的怀抱，到处是高大挺拔的棕榈和南美特有的树木。金色的海滩点缀着五光十色的遮阳伞，像是海边沙地长出的五彩蘑菇。豪华的旅馆及各种娱乐场彩旗招展，像过节一样招徕八方来客。清洁的街道店铺林立，来自世界各地不同肤色的游客熙熙攘攘。距比尼亚德尔马仅有 6 公里的海边，毗邻着智利第一大海港城市瓦尔帕莱索，高速公路和电气火车将姐妹城连为一体。第 14 届南极条约协商国会议在市中心一座西班牙建筑——O'Higgins 旅馆举行，旅馆房顶上飘扬着南极大家庭所有国家的旗帜，也有我们中国的国旗。我们首先拜访了出席会议的中国代表团，他们之中有几位是老朋友，对我们的采访给予了热情而周到的支持。

中国代表团团长是外交部条法司司长孙林，一位老练的国际法专家，副团长是很多人熟悉的“老南极”——国家南极考察委员会办公室主任郭琨。他曾 7 次到南极，担任过中国首次南极考察队队长，后来又担任第 3 次南极考察队队长和首次东南极考察队队长。在南极，我国现有两座科学考察基地，长城站在乔治王岛，中山站在东南极大陆的拉斯曼丘陵，这两个科学站都是在郭琨的领导下建成的，他也是这两个站的第一任站长。

到达比尼亚德尔马的次日，第 14 届南极条约协商国会议隆重开幕，允许新闻记者拍照录像的时间只有 5 分钟。我站在会场的一角，静静地观察一张张表情各异的脸孔。闪光灯不停地闪烁，排成长方形的座位插着一面面各国国旗。蓦然，我看见许多闪光灯和聚光灯对准了中国代表团的座位，那里变成了记者们追逐的热点。孙林团长和郭琨副团长站了起来，频频向各国代表团握手问候，他们的脸上漾着会心的微笑……

我们的摄像师扛着摄像机，不失时机地抓住了这个镜头，这是意味深长、内涵丰富的历史画面，它意味着中国在南极的科学研究得到国际社会的承认，也象征着中国对人类和平利用南极将要作出自己的贡献——我们的电视片《南极与人类》正是要围绕这个主题展开，从深度和广度两个方面。

会议开幕5分钟，轮到我们这些新闻记者到休息室去喝咖啡了。不过，我们已很满足，我们在最短的时间，采访了十几个国家的科学家、政府官员以及南极科学研究委员会的主席先生，倾听了他们对南极事务的观点和见解。保护南极，不要因短视行为而破坏了地球上这块最洁净的土地，看来已成为越来越多的人的共识。

在 O'Higgins 旅馆门前与姜德鹏导演(左)合影

当天晚上，我们匆匆返回圣地亚哥，考察队已订好次日的航班，继续向地球的南端飞去。

飞向白色世界

当我走进彭塔阿雷纳斯机场冷清清的候机楼，一眼瞅见停在水泥跑道上那架灰绿色的“大力神”运输机，心里直犯嘀咕，这玩意儿像只又肥又笨、张开双翅的企鹅，能平平安安地送我们到目的地，不会一头栽下来吗？要知道，我们去的地方可是冰封雪锁的南极。

天气也让人担心。我是天不亮赶到机场的。夜里下了一场不算小的雨，公路低洼之处，一团团积水泛着亮光。天色似晴非晴，黑绸布似的乌云依恋不舍地悬在城区上空。风很猛，从麦哲伦海峡那边刮来，冷飕飕的。候机楼的旗杆上，一面红白蓝的智利国旗猎猎作响。

南极探险史上的"航空时代"，虽然 1929 年就揭开了序幕——那一年，美国海军上将伯德第一次驾机成功地飞越南极上空，但是人类至今还远远谈不上取得了南极飞行的自由。变化莫测的天气，诡谲凶险的极地风暴，加上气象观测资料短缺，最有经验的飞行员也将南极飞行视为畏途。空难事故时有发生，有时还会酿成震惊世界的头条新闻。远的不说，1979 年 11 月 28 日，新西兰航空公司一架道格拉斯 10 型民航机，在著名的南极活火山——埃里伯斯山坠落，机上 237 名旅客和机组人员，全部葬身茫茫的白色世界……

尽管如此，飞往南极的科学家、新闻记者、政府官员，以及一些旅游者仍然络绎不绝。比起十天半个月在风浪里颠簸，飞机毕竟省时也方便得多。彭塔阿雷纳斯位于倒三角的南美大陆的尖尖上，依傍麦哲伦海峡，是智利也是南半球最靠近南极洲的一个偏远小镇，离开这里往南，再也找不到文明世界的踪迹了。

坐落在彭塔阿雷纳斯郊外的智利空军机场，空荡荡的只有我们 30 多个中国人和 2 名日本人，后来陆续又进来四五个身穿御寒服的"老外"，他们也是乘坐同一航班的。每件行李过磅不说，每个乘客还必须拎着随身携带的物品逐一称重，身穿草绿色冬装的智利空军地勤人员认真地记下每个人的体重，因为"大力神"的载重量也是有限的。我们已事先得到通知，如果行李超重，有一部分行李只好等下一次航班才能运走。

“哈哈，你太重了，把你留下来吧……”我拎着一个蓝色的旅行袋，站在磅秤上称重，旁边的同伴打趣地说。

“没问题，要留，我跟老王一起留下来。”我望着国家科委的老王，他和我是一个数量级的。

在候机厅呆了个把小时，总算盼来几个睡眼惺忪的智利空军地勤人员。到南极的登机手续不同于一般，光有机票、护照不行，还要在一份《智利空军往返南极航班乘客协议书》上签字画押。协议书有十一条：

……按照航空法律第 43 项 221 条规定，智利空军对于在飞行途中我可能遭遇的事故以及我在智利南极基地逗留，或在圣地亚哥或在彭塔阿雷纳斯转机期间，有可能发生的行李或货物丢失事件不负任何责任。按照同一规定，智利空军对于取消或推迟航班等也不承担任何责任：鉴于指挥官全权负责机上各项事宜，全体乘客必须服从他所有的命令，因此，我承认他的权力，牢记飞行期间安全第一。

对属于智利空军的 10 号建筑群（在普塔豪）及卡波·德尔·伊巴涅兹·卡罗斯总统机场（在彭塔阿雷纳斯）内的楼房及跑道，我将不拍照或录像。

所有飞行期间必需的衣物，以及由于机械原因及天气原因而停止飞行时所必需的食物、住宿或交通由我自理。

当我离开智利时，我将服从国际警察、海关、卫生部及国内税务署提出的合法要求。

虽然在南极随处可见丢弃的废物，但我将尽最大的努力不对南极环境增添新的污染，并且我将不骚扰、破坏南极的动物或植物，努力维持该地区的自然状态。

……

没有必要全部抄摘了。协议书的多数条款，平心而论是合乎情理、必须遵守的，尤其飞行中的注意事项和保护南极生态环境的提醒，更是无可非议的。但是，不知怎地我在心理上却感到十分不悦，有些规定令人想起不平等条约，什么“智利空军对于飞行途中可能遭遇的事故以及行李或货物丢失事件不负任何责任”啦；什么“智利空军对于取消或推迟航班等也不承担任何责任”啦；还有更绝的，协议书规定，由于机械故障及天气原因，飞行期间如发生意外，旅客的食物、住宿和交通均由自己解决。

照此看来，倘若发生不测，飞机在冰天雪地的南极荒原迫降，或者滞留在渺无人烟的孤岛，我们将向谁求救呢？除了身上的御寒服，我们并没有事先得到通知，应该预备应急的食品和饮料，机场的小卖部没有营业，即使有钱也买不到东西。虽说发生这种情况的可能性很小，但万一出现麻烦，只能束手待毙了。因为协议书中一再提到，智利空军将不承担任何责任，这句话的潜台词恐怕是再明白不过了。

不过，尽管不悦，我和大家一样，只能恭恭敬敬地在协议书上签上名字。一切只能听天由命，从踏上南极征途的那一刻，甚至从早些时候作出到南极采访的决定起，我已经作了最坏的打算。我知道，遥远的南极洲是地球上自然条件最恶劣的地方，寒冷、暴风雪，莽莽冰原，风涛险恶的海洋，到处潜伏着许多无法预料的危险，这里是什么事情都可能发生的。

这时，天已放晴，停机坪上的“大力神”吼叫起来，尽管耳朵里事先塞上了棉花球，也无法阻挡它那震耳欲聋的喧声。

钻进机舱，方才发现里面没有民航机的座椅。上下左右是敞露无遗的管道，托运的行李堆在后舱，用绳子捆绑起来；从机舱中央的钢架垂下的网状吊带，构成长长的背靠背的座椅，所有的人只能挤在一起凑合了。除了几个很小的圆形舷窗，机舱几乎是封闭的，使人想起海船的底舱。

什么也看不见，完全凭感觉才知道“大力神”腾空而起了。我被安全带捆在座位上，干脆闭目养神。寒气渐渐从脚底袭来，有人在找御寒的衣服，有人将绒帽捂住脸，蜷缩一团。在我的脚下，文明世界已经离去，蛮荒的大洋正在向神秘的白色大陆延伸。

蓦地，一声令人恐怖的巨响在耳畔传来。我从蒙眬中惊醒，只见邻座的人们个个面露喜色，情不自禁地鼓掌欢呼。“南极！”“Antaretiea！”人们用不同的语言庆幸这次成功的飞行。

“大力神”运输机机舱内

机舱的门拉开，耀眼的银光令人睁不开眼，漫天雪花纷纷扬扬，满目蓝银色的冰、白色的雪，一个洁净素雅的世界。

我终于踏上南极白色的世界。从彭塔阿雷纳斯到南极乔治王岛，用了 3 个小时。

难熬的冬季

南极的冬天寒冷而漫长，气候最为恶劣。在乔治王岛的长城站，白昼的时间只有短短的三四个小时，代之而来的是寂寞的长夜。气温下降还在其次，最可怕的是频繁的、令人恐惧的暴风雪。7 月中旬至 8 月中旬，一个月中大风天气达 28 天，有半个月风力在 8 级以上。风雪交加、大雪封门已是家常便饭，长城站附近平均积雪3米以上，最厚的地方雪有5米深。长城站附近的智利马尔什基地有个十几幢房屋的星星村，整个儿埋在雪里了。长城站的主楼雪过屋顶，几栋作仓库的木板房已不见踪影，都深深埋在雪下。呼啸的、日夜不停的暴风摇撼着长城站所有的建筑物，尽管这些建筑物都是坚固的钢梁铁壁，也照样像打摆子的病人不住地颤抖，狂风把室内装饰的贴面瓷砖全部震落打碎，狂风将36米高的菱形天线塔像折断一根火柴杆一样拦腰刮断。由于暴风雪的恶劣天气，一切船只和飞机已无法到达冰封雪裹的孤岛，长城站有几个月吃不上新鲜蔬菜了……

在长城站采访时，每当同越冬队员聊起这一段艰难日子的感受，大都异口同声地说，冬季是最难熬的。有人说，南极的风是杀人的风。当狂风摇撼着楼房时，那可怕的尖啸声和楼板的扭曲声，令人恐怖，彻夜不能安眠。有人说，最难熬的是寂寞，一种莫名的孤独感使人心情烦躁、毫无食欲，神经脆弱的人是难以度过南极的冬天的。

但是，中国第6次南极考察队的18名越冬队员却在长城站度夏之后又接着度过了漫长的冬天。他们是怎样度过漫漫长夜，怎样在暴风雪的淫威下坚持工作，完成冬季考察任务，以及在极夜的笼罩下如何生活过来，也许是国内的亲人和许多读者十分关心的。

风雪中的长城站

海豹来访的惊喜

8 月底，长城站大雪封门有些日子了。漫长的极夜似乎没有尽头，上午 11 点天才蒙蒙亮，下午 2 点浓黑的夜幕重又吞噬了一切。狂风终日怒号，与外界的往来已经很少，越冬队员有两顿饭是摸黑吃的，他们很久没有见到太阳的面了。

寂寞，孤独，远离家国的愁绪，在极地的寒夜袭上每个越冬队员的心头，难以排遣，无法摆脱。

忽然，一个令人精神为之一振的喜讯在 18 名队员中间传开，给长城站的长夜增添了无限乐趣。

先是有人在站区的油库下面发现几只产仔的海豹，那里临近冰封的海湾，积雪填平了高低不平的海滩。也许是巨大的油罐可以避风，快要临盆的母海豹凿破冰层，选那里做它们的产房。

但是，过了几天，队员们惊讶地发现，从油库到长城站主楼前方码头的一条长长的海滩上，大批海豹陆续登岸，先是十几只，随后越来越多，各自占领有利地盘。它们似乎对这里很满意，放心大胆在雪地上蠕动笨重的身躯，有的在主楼前方的旗杆下面落户，有的爬到站区后面的发电房，连科研楼后面的雪坡上，也发现了海豹的踪迹。细心的队员数了数，竟有 113 头海豹。

长城站建站 5 年，第一次出现大批海豹登岸产仔，这个消息很快传到万里之遥的国内。在乔治王岛，消息也不胫而走。长城站站长张杰尧召集队员专门开了一次会，宣布任何人不得惊扰海豹，所有车辆停驶 10 天，把保护海豹作为南极队员自觉遵守的纪律。

其实，我们的考察队员是怀着欢迎客人光临的喜悦对待海豹的到来，好奇心是有的，但也是仅此而已。喜欢摄影的准备好了相机，热爱动物的密切关注海豹的一举一动。有一次，一头母海豹从海边爬上岸，冰陡坎太高，几次努力都失败了。队员们立即找来铁锹，凿冰开路，在雪地上挖出一道缓坡。说来也怪，那只母海豹似乎很有点灵性，不慌不逃，瞪着血红的眼睛默默注视人类的友好相助，待冰陡坎挖开后，它便乖顺地上岸了。

长城站的海豹不仅吸引了中国越冬队员，一时间成了人们茶余饭后的话题，邻近的各国科学站也闻讯而来。苏联的、乌拉圭的、德国的越冬队员和科学家兴致勃勃赶到长城站，智利站的许多小朋友也随着父母前来观看这罕见的奇景。纳尔逊越冬的两名捷克探险家划着小艇越过纳尔逊海峡，然后滑雪而至。他们为了一睹海豺产仔的全过程，摄取珍贵的镜头，竟在雪地里搭起帐篷，几天几夜耐着性子等待千载难逢的良机。

长城站站长张杰尧是有幸观看了海豹产仔过程的少数人之一，他拍了不少很有价值的照片。“可惜，站上没有录像机，否则，那就是一部非常精彩的动物片了……”他不无遗憾地说。

海豹母子

据他介绍，母海豹在产仔前 10 天至半个月上岸，产仔后，母海豹用牙齿咬断脐带，然后用舌头舔干幼仔身上的血污。母海豹这时流

血很多，但由于天气寒冷流血很快中止。这时等候在一旁的海鸟偷偷将胎盘叼走吃掉，大概是知道母海豹这时已无力驱赶它们吧。

“废物官员”的职责

如今，100 多头海豹领着它们的儿女已经告别长城站，回到冰山出没的海洋去了。但是越冬队员回忆这桩难忘的经历，仍然兴致甚浓。我问他们，海豹为什么突然到长城站产仔呢？为什么早不来晚不来，偏偏今年冬天大批光临呢？张杰尧指了指站区雪地里那一群海鸟，答非所问地说：“你注意到没有，今年长城站的鸟儿特别多。”

不错，长城站主楼北边那一片开阔的雪地上，不论是狂风飞雪的日子，还是天晴日朗的清晨，甚至是日影蒙蒙的深夜，总是聚集了上百只鸟儿。棕褐色的黑背鸥，漂亮文静的南极鸽，还有声名狼藉的猛禽贼鸥，它们似乎迷恋着长城站，人们走过它们身旁，它们也懒得动弹，偶尔拍打翅膀，飞几步又轻轻落下了。

企鹅访问长城站

见我困惑不解的神情，张杰尧揭开了

谜底："3 月 7 日，我们在马尔什基地空军机场送走度夏的同志，大雪夹着冰雹迎面而来。南极的冬天今年来得特别早，也比往年冷。但是我们的第一项工程就是抢修排污管道，所有的人都动员起来了。排污管道向海里延伸 15 米，发电班班长开常虎站在齐腰深的海水里，虽然套上了防寒救生服也冻得直发抖。大伙儿整整用了 1 个星期，把这项工程在冬季到来之前完工了。"

张杰尧只说了一半，这项工程实际上是从夏天就开始施工的。它是建在宿舍楼前方的一幢红色建筑物：上下两层，装配了一套现代化的污水、垃圾自动化处理系统。长城站每天排放的生活污水以及粪便，经过生化处理过程，全部被细菌分解净化，变成清亮的净水排入大海。剩下的沉淀物数量极少，届时在 800 ℃的高温下自动焚烧。负责污水处理的发电班班长开常虎补充说，竣工以来，这套污水处理系统运转十分正常，科技人员测试排放的水样，各项指标都低于国际排污标准。他还说，3 月底，这项工程竣工不久，苏联列宁格勒电视台的记者访问长城站，详细拍了纪录片。乔治王岛 12 个国家的科学站，除了韩国站，中国长城站是最先解决污水处理问题的。

长城站的污水处理厂

除了污水处理，长城站和其他国家的科学站一样，对生活垃圾进行严格管理。易燃的垃圾定期集中焚烧，在智利马尔什

长城站西边那片难忘的海湾

基地，在乌拉圭站，我们都参观了他们的垃圾焚烧炉。至于不易燃的垃圾，各国都装进木箱，然后运回国内处理，绝不容许污染南极洁净的大地。顺便提一句，在南极的各国科学站，都有专人负责垃圾处理，他们被统称为“废物官员”，名称虽然不雅，但职责却关系甚大。

显然，长城站垃圾污水自动化处理系统的建成，还有其他环境保护措施，有效地防止了人类活动对站区周围海湾的污染，保护了乔治王岛的自然生态。检验这一成果的标志是，大批海豹拥向长城站繁衍后代，大批鸟儿终日与考察队员作伴。

难道不是这样吗?

南极，我们星球最后一块未被污染的大陆，是该受到人类百倍珍惜、精心保护的。保护这里的环境，保护生息在这里的禽鸟海兽，保护这里每一个微小的生命，也意味着保护人类自己。

追踪太阳的人

尽管极地的长夜笼罩大地，温暖的太阳在冬季难得露面，但是在长城站，科技人员却在昼夜不停地追踪太阳，收集太阳的信息，用各种手段探索太阳活动对地球的影响。

那还是去年 12 月 19 日，“极地号”考察船刚到乔治王岛不到两天，陕西天文台的工程师马安新已经坐不住了。白天，他和队员们人拉肩扛，紧张卸货，发现放在集装箱的仪器经过长途运输包装箱有些破损。他心里十分担心，倘若仪器坏了，他到南极怎么开展科研呢？当天夜晚，队员们休息了，马安新却顾不上疲劳困乏，独自钻进集装箱找出仪器，拆箱调试，然后爬上长城站科研楼的房顶安装天线。整整忙了一夜，当极地的曙光驱散短暂的黑夜时，马安新疲乏的脸上漾出了笑容，因为他从国内携来的 MX—1502 卫星定位接收机瞄准极地夜空，清晰地收到了美国子午仪卫星发来的信息。

“从这天起，仪器观测记录一直没有中断，到目前，我已收集到 362 天近 100 兆比特的数据。”51 岁的马安新不无喜悦地说。

据科学家比较一致的看法，1987—1998 年是第 22 次太阳活动高峰年，这次峰年太阳活动频次高，时间来得早。1988 年太阳出现耀斑，1989 年有几次大的耀斑爆发，1990 年初太阳进入活动高峰。在此期间，太阳释放的大量能量通过宇宙空间进入地球，将对全球大气环流及人类生存环境产生巨大影响。而地球两极地区，无论是磁层、电离层、大气层还是地球磁场，对太阳活动尤为敏感。因此，各国南极考察站都将太阳活动峰年观测列为重要课题。长城站对太阳活动峰年的加密观测，正是按照国内峰年联测领导机构统一要求进行的，当然也是国际联合观测的一个组成部分。

马安新安装的 MX—1502 卫星定位接收机，就是通过接收卫星发射的精确定位信息，反推太阳活动对电离层密度和扰动的影响，从而找出电离层变化的规律。但是绕过极区的子午卫星有 7 颗之多，不仅测量记录的次数多，而且有时几颗卫星同时莅临极区上空，信息互相重叠。这就苦了马安新，他必须守候在仪器旁，及时排除故障，确保资料的准确。

身高一米八的马安新乐哈哈地说："为了多取得数据，经队长批准，我就住在实验室，白天夜晚都呆在这里。"

入冬以来，老马更忙了。呼啸的狂风袭来时，按规定，室外工作必须停止，他却顶着猛烈的暴风雪爬上科研楼房顶加固天线。被风刮得站不住，他只得猫着腰艰难地往前挪动，有时这样还不行，科考班班长焦丞民在后面扶着他才不致被风刮倒。他用冻僵的手把房顶的天线用铁丝牢牢固定，保障了观测数据的连续完整。

51 岁的马安新是个闲不住的人。在寂寞孤独的极夜，他坚守在仪器旁，整整一年很少外出，也难得有休息的日子。他自动地承担了整个科研楼清扫卫生的任务，每当夜深楼空、狂风呼啸、大雪盈门的时候，他打扫厕所，把所有的实验室收拾得干干净净，用铲子清除楼前门前的积雪。冬季，几个月尝不到新鲜蔬菜，越冬队员的餐桌上却经常可以吃到鲜嫩可口的豆芽，这也是老马默默的奉献。他在电暖气旁，放上两个脸盆，工作之余便精心地孵豆芽，他还摸索出一套在极地孵豆芽的经验呢。

不过，对于这些，他都不屑一提，认为这是他该做的。他兴奋地告诉记者，在长城站工作一年积累的数据，相当于国内三四年的工作量，因为国内两小时只能接收一次卫星通过的信息。乔治王岛得天独厚，每小时即可接收两次。他颇有信心地说："这些数据，经过计算机处理，可以分析电离层的日变化、月变化、季节变化以及年变化，从而分析太阳耀斑爆发前后电离层的扰动情况。"

和马安新一样，中科院大气物理所高级工程师孙金辉对太阳活动峰年的观测也倾注了全部热情。今年 53 岁的老孙，是考察队里年龄最大的。他原是度夏队员，2 月下旬度夏结束就可以回国，况且家里也需要他，妻子不久前手臂摔伤骨折，生活多有不便，唯一的女儿暑期初中毕业，迫切需要做父亲的辅导升学考试。可是在临回国前夕，孙金辉却改变了主意，他给国家南极委员会办公室和大气物理所分别发了一封措辞恳切的电报，请求留下越冬。

孙金辉在南极

孙金辉研究的课题是太阳活动对气溶胶的影响——气溶胶是半径为 0.01 ~ 100 微米的微粒在空气中的悬浮体系。运用太阳光度计、半球辐射计对大气气溶胶的折射率、谱分布和云的光学厚度的测量，可以研究太阳活动对地球极区吸收、输送能量的变化，进而揭示大气状态变化的规律。孙金辉告诉记者，他从事的这项课题是经南极科学委员会通过、国家自然科学基金会资助的项目，得之不易。在乔治王岛也仅有我国率先开展这一领域的研究。考虑到如果度夏结束回国，这项探索性的研究即将中断，他决定克服个人困难，继续留下越冬。

孙金辉的请求终于得到国家有关部门的批准，他的妻子万弘舟也来信支持他。南极强烈的紫外线是伤人的，对人体健康十分有害，但是每逢云开日出，老孙却特别高兴。他跑到户外的雪地里，迎着炫目的阳光，一朵就是四五个小时，因为太阳光度计只能在晴天观测，而且必须不间断地持续观测。他坦然地对记者说："长城站的阳光是宝贵的，因为这里的晴天很少，虽然明知紫外线有损健康，为了取得数据，根本不考虑它的危害。"

在长城站站区南边一座山头上，耸立着两栋红漆的方形小屋，稍大的一间是地磁观测室，毗邻的另一间是地磁场记录室。入冬以来，大雪封山，但是积雪盈尺的山坡却有一条弯弯曲曲的小道，那就是每天登山不止的焦丞民留下的脚印。

1969 年从北大物理系毕业的焦丞民，是在荒疏 10 年后才调到地球物理所重操旧业的。也许是这一代人共同的心态，他时刻有一种紧迫感，要用加倍的努力把失去的时间夺回来。他从事的专业是地磁，而在极区进行磁层和地磁变化观测对日地物理研究十分重要。

焦丞民在南极

"我是第 2 次来南极，头一次是 1985—1986 年，随第 2 次考察队来度夏，任务是为建地磁台做准备，提供可行性报告，对站区周围地磁强度、方向、分布状况进行考察。"脸膛被紫外线晒得黧黑的焦丞民告诉记者。长城站的地磁观测室和记录室是第 3 次考察队建成的，以后历次队都积累了可观的观测资料。但是当他随第 6 次考察队再度来到长城站，呈现眼前的地磁观测室和记录室，因狂风掀去了房顶的铝合金波浪瓦，融雪雨水渗入室内。"摆在我面前的任务十分艰巨，首先是千方百计确保太阳活动峰年观测资料，同时还要抓紧时间建设台站，为后续观测提供保证。”他像是想起这一年的艰辛，脸上现出沉思的神情。

从此，焦丞民像拼命三郎一样，每天登山不止，最多的时候一天爬山14趟。第6次考察队承担繁重的站区改建工程，不可能抽出劳力来帮他的忙，焦丞民把扩建主楼的下脚料收集起来，破墙板、旧地毯，剩下的沙子和水泥，甚至涂料底子，在他的眼里都是宝贝。他一趟又一趟背着这些建筑材料上山，在别人休息的晚上，他又在山头上忙乎不停。由于睡眠不足，又困又累，他时时耳鸣不止，干着干着就睡着了……

在严寒的冬季，焦丞民每天拉着一根长长的绳索——队员戏称“救命绳”——上山下山，为的是不致迷失方向。他时常晚饭后上山，在那里彻夜工作，困了，随便找个垫子休息片刻。他说：“我也习惯了。另外，受太阳活动影响，今年磁场变化剧烈，白天往往找不到适宜观测的时间，夜间时间完整，既可以整修台站，又可以捕捉有利时机进行观测，确保观测质量。”他告诉记者，这一个冬天，他观测的项目有地磁脉动、哨声、地磁相对变化记录和绝对值观测，这些资料可用来探索太阳风与地磁场间的相互作用、磁层的结构以及磁层与电离层间能量传递耦合过程。

末了，焦丞民透露，他还准备再来南极。“如果有机会，我想去中山站。”他笑着说。

极夜情也浓

极地寒冬，长夜无涯，乔治王岛与外界的联系几近隔绝。只有无线电波能够越过冰封的大海传来遥远世界的信息，通往文明世界的空中走廊和海上航线全部封冰了。

无边的黑暗统治着这个方圆 1 000 多平方千米的孤岛，暴虐的天气似乎时时刻刻都在考验人们的意志，试一试人类是否真有勇气和信心在这种可怕的地方生存下去。

然而记者在采访中发现，在乔治王岛漫长而寂寞的冬天，这里却洋溢着春天般的活力，充满了异国情调的乐趣。各国科学站越冬的队员之间友好往来比繁忙的夏天更加频繁，别出心裁的聚会和文体活动，不仅活跃了冬季单调的生活，而且也加深了各国科学工作者和考察队员的友谊。

深冬的一天晚上，长城站站长张杰尧床头的电话铃声大作，一看表，深夜 12 点 50 分。老张抓起话筒，“站长，有三辆闪着灯光的车子朝长城站开来了……”通风报信的队员大声嚷道。

张杰尧又惊又喜，惊的是深更半夜还有客人来访，而且事先也没有通知；喜的是来访者肯定是邻近的几个国家科学站的朋友们，孤独寂寞的寒冬，有朋自冰原而来，也是人生一大乐事。

他立即用电话通知：“全体队员起床，欢迎各国朋友光临……”

果然，等张杰尧走到主楼门厅，打开楼前的探照灯时，从三辆履带式雪上交通车跳下十几个身穿防寒服的外国人，几乎是一支联合国部队，有智利马尔什基地站长巴连多斯中校——他也是该基地的司令官，有苏联别林斯高晋站站长柯涅巴托夫，有乌拉圭站站长尼斯多尔和活跃的副站长加利，这两位都是空军现役军官，随同而来的还有各国的考察队员和科学家。

熟人见面，分外亲热。智利站长巴连多斯年轻开朗，谈吐诙谐。“我们准备夜袭长城站，把您从床上拖起来，”他拥抱着张杰尧说，“不过，没想到你早有准备……”

各国站长相会在长城站(中为张杰尧)

长城站主楼餐厅，顿时灯光辉煌，欢声笑语不绝。中国的青岛啤酒一瓶瓶打开，花生米、油炸土豆片、水果罐头备受欢迎。英语、西班牙语、俄语交替使用，还要加上手势比画。谈南极、谈天气、谈家庭，各随其便，兴浓酒酣之时，乌拉圭站长尼斯多尔拨动吉他的琴弦，引吭高歌，其余的人踏着旋律，手拍着手，又蹦又跳。窗外，黑夜沉沉，风声凄厉，但是在长城站温暖如春的餐厅，人们笑呀唱呀，唱呀笑呀，笑得泪水盈盈，几乎无法控制自己的感情……

请不要嘲笑这些在极地越冬的人们，更不必责怪他们失去理智，只有在极地度过漫长冬天的人才会理解，这里实在太寂寞太寂寞了。压抑的神经需要放松，忧郁的心理需要调节，这就是南极的生活。

在乔治王岛越冬的队员更不会忘记，虽然他们没有机会目睹世界杯足球赛的壮观，也没有从电视上看亚运会开幕式的宏大场面，但是他们却在乔治王岛的冬天，亲自参加了几场堪称南极运动会的激烈角逐，而且出手

宴会宾朋

不凡，在几项比赛中捧回了奖杯。

距长城站最近的智利马尔什基地，新近兴建了一座规模相当可观的室内足球场，在南极洲恐怕也是独此一家。入冬以后，智利站动议举行国际足球赛，附近的苏联站、乌拉圭站和中国长城站也举手赞成。有兴趣研究南极体育史的人对这次足球赛是该记上一笔的，虽然参加比赛的代表队数量有限，但比赛规程完全按照国际足球赛的标准，一点也不含糊。苏联电视台的记者恰巧碰上了这场南极有史以来的首届足球盛会，自然不会放过这条有价值的体育新闻。不过，各队的实力相当悬殊。乌拉圭队队长是副站长加利，他是乌拉圭国家队候补队员和军队足球队主力队员，自然球艺高超，势不可挡。南美的足球水平世界公认，在南极也名不虚传。比赛结果，乌拉圭队力克群雄，捧走了“国际足球赛”的冠军，奖品是一头羊。中国队踢得也很卖力。乌拉圭的加利不时跑来出谋划策，自动当义务教练，但运气不佳，名列第四，奖品是两瓶酒。

不久，长城站的越冬队员扬长避短，发挥中国人擅长乒乓球的优势，决定在长城站文体楼举行国际乒乓球赛，战报发出，各方响应。中国队吸取足球失利的教训，秣马厉兵，赛前训练一丝不苟。不料别国也对胜负极为重视，有的国家科学站将队员用直升机送往智利马尔什基地，住进机场附近的智利宾馆“脱产”训练，研究战术，准备一决雌雄。这场乒乓球赛也是按国际乒联的规定举行的，赛前举行了隆重的升旗仪式，前前后后30多场比赛，赛手们各显神通，险球迭出，打得也是难解难分。中国人的乒乓优势在南极也毫不逊色，比赛结果，中国队荣获冠军。

中苏乒乓赛

当然，胜负还在其次，输赢本不是目的，重要的是，通过体育比赛和各项友好活动，丰富了冬季的生活内容，增进了各国考察队员之间的了解和友情，而在南极，各国之间的友谊、信赖和合作精神，尤其显得宝贵。这是地球上其他大陆目前还难于做到的。

在乔治王岛难忘的冬天，长城站的越冬队员普遍感到各国朋友的深厚情谊，而他们也在各国科学站播下了友谊的种子。考察队的医生、北京协和医院的杨勇，在乔治王岛结交了许多朋友，不少人回国前专程跑来向他辞行。他们之中有各国站的医生，还有许多经他治疗恢复健康的考察队员。苏联站至少有4名考察队员经他用针灸疗法治疗，彻底戒了烟，这也是南极医疗史的奇迹。智利马尔什基地的星星村，有一所仅有十几名儿童的小学，是为智利空军家属子女开办的。这些孩子幼小的心灵中也许终生不会忘记在南极度过的第一个儿童节。去年6月1日，隆冬的一个寒冷的日子，长城站站长张杰尧和几名中国越冬队员突然出现在孩子们面前，把中国的儿童玩具赠给孩子们，向他们表示节日祝贺。孩子们和小学的老师惊喜不已，而且消息很快传遍整个星星村和每个家长。据说智利风俗只有男孩节和女孩节，并没有儿童节，看到中国朋友如此关怀他们的孩子，给在极夜生活的孩子们带来幸福和快乐，许多智利朋友激动地说："孩子们将会永远记住这一天，从今以后，我们也要给孩子们过儿童节。"

智利站星星村的母亲和"南极婴儿"

南极冰原是荒凉的，没有植物，也没有小草，但是友谊的种子却在南极的冬天绽开出美丽的花朵，它像冰雪一样晶莹纯洁，深藏在人们心中，长存在每个越冬队员的记忆里，永远，永远……

星星村的房屋

与马丁教授重逢

地球真是太小了，12 月 6 日我去苏联别林斯高晋站，竟然遇到德国生物学家马丁教授。

1984 年我首次赴乔治王岛，曾经在他的集装箱式的小屋里访问过他，同行的中国生物学家和他就共同关心的话题进行了交谈。马丁也毫无保留地向中国同行介绍了附近海域中的底栖生物，他的研究课题，还有他的水下摄影设备。他拿出拍摄的照片，向中国生物学家一一作了说明。马丁教授对中国来南极建站并开展科学考察表示由衷的高兴，表示愿尽自己的力量提供帮助。后来他还前来参加长城站的落成典礼，所以我对这位东德的生物学

与马丁教授重逢[左起：金涛、颜其德、马丁、马克、叶慧明(浙江电视台摄像师)]

家印象很深。不料，过了 6 年多，我们又在地球最南端的同一地点邂逅相逢，这个概率大约是很小很小的了，用中国人的话说，这真是缘分。

我们见面的地方是一座漆成深蓝色的集装箱式房间。需要说明的是，在乔治王岛，实际上并没有东德建立的科学站。这个岛上最早建立的苏联站，以前也吸收其他的社会主义国家的科学家前来参加某一个项目的考察研究，其中的民主德国（即东德）很早就开始进行生物方面的研究，他们在企鹅站上建有一个观测站，专门派鸟类学家研究企鹅的生长生育及生态习性，对企鹅的孵卵、成活率及孵化时间的逐年变化进行细致的数量统计。我在企鹅岛上见到两位德国人，他们非常尽职地观测记录，在企鹅孵卵的那些日子，几乎寸步不离。而马丁教授多年来一直从事海洋底栖生物的研究。因为他们与苏联的特殊关系，我到苏联站采访时，苏联站的负责人也不会忘记向我们介绍东德科学家的工作，提醒我可以顺便去见一见他们。我想这里面还有另一层意思，东德与苏联毕竟都是社会主义大家庭的兄弟，他们在南极的科学合作也是很成功的。

听马丁说，他们除了从事各自的课题研究，在生活上与苏联考察人员的待遇是一样的，往返南极都是坐同一艘考察船，在别林斯高晋站的食堂用餐，看病、洗澡等都是免费的，但住宿和实验室是分开的，有许多实验用品、科研器材是由东德的研究所提供的。

然而发生在遥远的文明世界的政治风波，也很快波及寒冷的冰雪世界。随着苏联的解体，别林斯高晋站由苏联站变为俄罗斯站了。这不仅仅是更名而已，因为长期以来美、苏两个超级大国，在南极科考方面也是双雄对峙，各不相让，两国在南极建站最多，投入的人员和资金也最多。可是苏联一解体，俄罗斯的南极政策也随之发生变化，最为明显的是经费拮据，拿不出那么多卢布了，有的站派不出人来轮换，也派不出考察船，只能暂时关闭。这些情况，在苏联解体后的初期，捉襟见肘的经济状况是可想而知的。至于在马丁教授身上，情况就更加麻烦了。

我这次到别林斯高晋站去，是听说俄罗斯的考察船"费多洛夫院士号"到达乔治王岛，正在忙于卸货。站区的码头异常繁忙，积雪的荒原犹如春天的田野被铁犁翻耕了，拖拉机、雪上运输车、水陆两用坦克等各种运输车辆都齐上阵，海湾内大型驳船、小艇来回穿梭，天上直升机轰鸣，海陆空抢运物资的情景仍然显示出大国的实力，这是不容忽视的现实。

俄罗斯"费多洛夫院士号"破冰船

可以想见，"费多洛夫院士号"的到来，对于俄罗斯站的考察人员包括德国人在内都是天大的喜讯。那些在南极整整熬了一年或者时间更长的考察人员终于有了盼头，很快可以回国和亲人团聚了。物资匮乏、缺少新鲜蔬菜水果的考察站，也可以得到及时补给。每年一过冬天，各国考察站就几乎没有一点新鲜的蔬菜水果了。

"费多洛夫院士号"是一艘破冰船，船上有很多实验室，设施很先进，我在俄罗斯一位海洋地质学家和一位气象学家陪同下参观了实验室，后来又见了船长，品赏了船上冷藏的西红柿和小黄瓜，足见考察船的冷藏设备很不错。

这次俄罗斯站的德国人增加到4人，除了两名研究企鹅的，资格最老的要数马丁教授，新来的是西德的马克，年纪很轻，29岁，红喷喷的脸膛，一说话脸更红了。谈起东西德合并，两德统一，这位年轻的生物学家毫不掩饰他的心情，“我很高兴，因为我们可以一起合作研究了……”他指着马丁说。

对此，马丁却没有那么乐观。

圣诞节之夜，我们应邀到马丁那间房子的小客厅里做客，给他带去了二锅头和军用罐头。他拿出德国啤酒和肉肠，煮了咖啡，小圆桌摆得满满的。但是圣诞节似乎并没有给马丁带来欢乐，他显得心事重重。

马丁教授56岁了，比起第一次见面显得衰老了。他头发花白，脸上满是岁月烙下的皱纹。他身高一米九，一脸络腮胡子，人虽瘦却硬朗。他从1982年起，已是第3次来南极，1982年至1983年，1984年至1986年，两次都是越冬。这次，1990年11月至1991年3月，是度夏，时间较短。按计划，1991年底他还要再来乔治王岛。“我是一头牛，要在南极辛苦地干一辈子。”他说他原先潜水，拍摄海底生物的照片，现在年纪大了，潜水吃不消了。

马丁有一个女儿，已经结婚，现在已有一个外孙和一个外孙女。在这个南极度过的圣诞之夜，马丁突然把一面东德的南极考察队队旗和一张印有队徽的纪念卡片送给我。他不无伤感地说：“这是历史的纪念物，因为DDR再也不存在了……”说罢，他将一面民主德国的国旗卷了起来，郑重地保存着，这也是一个德国人刻骨铭心的人生回忆吧。

我们都沉默着，凝望着小玻璃窗外面黯淡的晚霞。

因为这是太过于沉重的话题。

当一个科学家受祖国人民派遣，来到南极从事科考时，他无论如何没有想到，他从小到大，心灵深处最为依恋的国家竟然不复存在，过去的一切都像烈日下的冰山垮塌了，消失了。这种感受我虽然无法亲自体验，却多多少少能够想象，它引起的是失落、悲哀，是无法诉说的伤感。多少年来追求的理想破灭了，一生引以自豪的精神支柱倒塌了，被视为人生价值观的信念变得一文不值。这种突如其来的变故，对人的打击往往是致命的。古今中外许多人在改朝换代的历史剧变中选择自尽，不是没有原因的。马丁说：“我不知道以后我所在的研究机构归属哪里？也不知道自己的工作会不会变动？”据他说，两德合并后，原来东德的研究南极的科研所必定与西德的相应机构合并，但到目前为止，科研人员的安排还没有任何消息。东德解体造成的乱象不是短时间能够解决的，在他这次离开德国之前，一切都是未知数。他很担心，等他这次回国，迎接他的是一张辞退书，这不是不可能的。

在这个令人压抑的圣诞之夜，我们只能劝马丁教授宽宽心，不要想那么多，还能说些什么呢。生活还要继续，尽管家家都有一本难念的经。

“来，干杯！圣诞快乐！”我们举起玻璃杯，琥珀色的液体在杯中荡漾……

突访各国考察站

天气一直不好，本该返国的第 6 次考察队的行程一次一次取消。12 月 11 日听说有两名队员搭美国的飞机前往智利南端，看来这一个周期的恶劣天气就将远离我们而去了。12 月 12 日，参加南极条约协商国会议的中方代表郭琨、颜其德、李占生和外交部条法司的宋荔访问智利站，向站长巴连多斯中校谈起希望到波兰阿克托夫斯基站和巴西费拉兹站访问的愿望，因为南极条约授权中国代表团检查乔治王岛的各国科学站，虽是例行公事，也不得不亲临各国科学站，调查的结果要上报南极条约有关机构。

1990 年 12 月中旬中国南极视察组访问韩国世宗王站（自左至右，前排：颜其德、宋荔、韩国站长、郭琨、金涛，后排：李占生、韩国科学家）

为什么要和智利站站长巴连多斯中校商量呢？这是因为乔治王岛上的各国科学站，位置很分散，智利站、俄罗斯站、中国站靠得比较近，而波兰站、巴西站，还有阿根廷的尤巴尼站，位于乔治王岛的东北部，隔着广袤的柯林斯冰盖，往来很不方便，只有直升机或船只才能到达。智利、俄罗斯和中国这三个科学站，唯有智利拥有直升机和机场，只能期望智利予以协助。巴连多斯沉吟片刻，望着窗外，转身对大家说："行，今天天气不错，我马上通知准备飞机……"

到底是军人作风，雷厉风行。

半个小时后，巴连多斯亲自驾驶智利空军小型直升机"超黄蜂号"，飞越麦克斯韦尔湾，掠过银光耀眼的冰原。"超黄蜂号"很轻巧，一次连飞行员最多乘员 4 人，所以要把检查团成员和我们摄制组送走，不得不增加一个航次。

天气晴朗，无风无浪，水波不兴，冰盖的表面强光耀眼，如同镀银的反光镜，不戴变色镜不可窥望，简直睁不开眼睛。冰帽寂无人迹，边缘陡起处如奶油蛋糕，可见消融的迹象。机翼下的海湾，漂泊着淡蓝色的冰山和小块浮冰，有几处海中的礁岛，冰雪簇拥，黑白相映，空中望去如小巧玲珑的山水盆景，好看极了。

波兰的阿克托夫斯基站规模不小，选址也非常好。它位于一处伸向海湾的尖岬角，背倚陡壁，山与海之间有一片开阔的海滩。当我们乘坐的直升机在站区上空盘旋时，远远看见主楼前面旗杆上飘扬着中国、智利和波兰国旗——这是南极各国科学站的规矩，但凡有外国客人来访必须升该国国旗，以

波兰南极阿克托夫斯基站

示欢迎。

波兰站很整洁，站区呈 T 字形，后面还有若干不同用途的建筑，主楼前的旗杆下方，摆放着许多灰白色的鲸骨。波兰人对于我们来访十分高兴，他们说，这个漫长的冬天，他们几乎与世隔绝，今天是第一次迎来乔治王岛的客人。而且，最令人高兴的是，每次智利站站长巴连多斯中校来，或者是智利空军别的飞行员来，他们都特别高兴，因为他们捎来了队员们盼望已久的家信——从世界各地寄到乔治王岛各国科学站的邮件，都先集中送到智利站邮局，再由智利站辗转分送各国科学站。

所以我们到了波兰站，也没有人答理我们，反正桌子上有点心，有煮好的咖啡，请自便吧。

波兰人都在悄悄地看亲人的来信，真正是“家书抵万金”啊！

在波兰站区的海滩上，遇到荷兰一支 22 人的考察队。其中 15 人来自荷兰各大学，还有 2 名文字记者和 1 名电视记者。据考察队队长 Win. J. Wolff 介绍，他们是第一次与波兰合作开展科学考察，12 月 7 日抵达此地，工作到 1 月底，前后 50 天。荷兰在过去 10 年曾经多次开展南极考察，与波兰合作还是第一次。他说考察人员中有研究冰川的、地质的，还有研究生物的。他们有一条船，将到乔治王岛其他地区考察与访问，也进行海洋考察。

这时波兰站显得非常忙碌，因为波兰派来的一艘船抵达对岸海域。波兰站的队员跑来跑去，施放信号弹，与船只联络，于是我们匆匆告别了波兰站，前往巴西站和阿根廷站。

虽然每到一站，站前的旗杆上都升起五星红旗和智利国旗，各国站长和考察队员像欢迎亲人一样热情款待，餐桌上摆满了本国特色的饮料茶点；赶上用餐时间，早已预备了刀叉。你需要参观，所有的大门都为朋友打开；你需要有关南极的资料或者提供该国科学站的情况，尽管提出……但是我发现，我们来得不是时候。因为此刻正是各国科学站新老队员交接的时刻，到处乱糟糟的，老队员归心似箭，哪里有心思接待外国人来访；新队员初来乍到，两眼一抹黑。我们来到阿根廷尤巴尼站，只见人去楼空，到处是垃圾，听说老队员都去了机场，马上回国，而新队员乘同一架飞机抵达，大概他们只能在机场交接了。

阿根廷尤巴尼站的科学家升起五星红旗欢迎中国考察队员的访问

我走出尤巴尼站，在一处濒临海岸的地方举目眺望。对面，隔一道很窄的海湾，陡立得像奶油蛋糕的冰盖发出诱人的淡蓝色的光芒，冰盖一层一层的，每层颜色深浅不一。我是第一次这样近距离地亲近巨大的冰盖，不知道它存在了几万年，也不知道它延伸多远，只是觉得寒气袭人，浑身的汗突然消失。就在这时，一声声天崩地裂的巨响从对面传来，激起一阵阵声波的反复回荡，原来在日光的照耀下，那冰盖突然一块块崩塌，溅起灰色的冰雾，久久不能平息……

天地山川，运行不息。它并不理会人间的纷纷扰扰，也不关心无端的纠葛啊！

夏至登雪山

虽然大伙儿都这么说，现在是夏天，我却半信半疑。眼前这冰封、寒冷、毫无生气的世界，很难很难和“夏天”这个词儿连在一起。

见不到争妍斗奇的花儿，也没有青翠的绿色，这就不用说了。天公摆出一副满腹怨气的怒容，阴沉沉的，动不动给你一个下马威。狂暴的飓风搅起漫天的雪花，在广阔的冰原上奔腾，在冰山林立的海上掀起骇人的浪涛。这就是南极的夏天吗？我待在墙板咯吱作响的长城站里，眼望结着冰花的玻璃窗，心里直犯嘀咕。视线所及，风雪弥漫的雪野冰原，见不到生命的足印，而考察站主楼的大门已被1米多深的大雪封住了。

不过，度过了一个漫长的极地冬天的越冬队员，似乎从呼吸的凛冽的空气中，从堆在窗前的积雪厚度的变化中，或者从大自然难以捉摸的信息中，感受到了季节变换的脉搏。不管问谁都异口同声地回答——南极的夏天确实来了！

暴风雪过去之后，推开积雪掩埋的密封门，走向站区几公里以外的冰雪世界，我想去寻觅南极夏天的踪迹。

果然，仅仅几天工夫，南极的夏天就迈着轻盈却坚定的步伐悄然而至，从遥远的天际朝着冰封雪锁的南极走来。它的脚步所经之处，冬天的壁垒随之崩溃。冻得如钢板般坚固的白茫茫的海冰，在它的脚下有了龟背似的裂隙。碧波的涟漪欢笑、腾跳，万千的碎银玉片熠熠闪光。停在海湾入口的那几座蓝幽幽的冰山，曾经威严地傲视一切船只，这时也日渐消瘦，仿佛患了重病似的不堪一击了。在长城站隔海相望的一个小岛上，一只只钻出蛋壳的毛茸茸的企鹅幼雏，用它们沙哑的叫声，迎接南极夏天的到来。不仅如此，我在积雪盈尺的山谷，居然也找到了南极夏天的踪迹。那里有个小小的淡水湖，整个冬天，小湖冻僵了，大雪毫不留情地将它埋了起来。此时，这个被囚禁多时的小湖，也挣脱了冰雪的桎梏，像一块晶莹的翡翠安详地躺在阳光的怀抱里。

最值得称道的，恐怕要数极地的太阳了。在驱散了孕育风暴的阴云和寒凝大地的长夜之后，南极的太阳以异乎寻常的慈爱拥抱了这片冻僵的冰原。她使我想起伟大的母爱，世间恐怕也只有母爱才有这样博大、无私的胸怀。在整个夏天，南极的太阳打破了日出日落的常规，日日夜夜厮守在冰原上空，似乎要用她的全部热力、全部生命来温暖这片冻僵的冰原。

12 月 22 日——北半球的冬至，一年里白天最短黑夜最长的日子，在季节颠倒的南极却是白昼连着白昼的夏至。

极地的霞日

吃过晚餐，我在长城站主楼的过厅，一边换上深筒水靴，一边朝门外张望。耀眼的阳光映照雪地，如同千万面小镜子反射出炫目的光芒。天气异常晴朗，没有一丝儿风，十几只棕褐色的贼鸥和一群洁白的南极鸽，悠闲地在雪地上小憩。我忽然萌生出一个念头，值此良辰美景，何不登高远眺，一来欣赏极地夏至的夜色，二来——这倒是我最感兴趣的——我想亲身体验南极的夏至日出日落的奇观。到过南极点的朋友说，那里，有整整半年时间没有黑夜。地处乔治王岛的长城站，虽然离南极点还很远，但它的白夜也该非同一般吧。

岂料，“好事之徒”并非仅我一个，气象班的小郝也有此雅兴，愿与我结伴同行，这自然更加鼓舞了我的勇气。我们的目光不约而同地瞄准了站区背后一座高峻的峰峦。那披着皑皑白雪的孤峰耸峙于群山之上，视线可以一览无余，再也没有比它更合适的观赏日出日落的处所了。

我们得到了站长的批准——在南极，队员出野外必须请假，还要结伴而行，这是纪律——从长城站出发，已是深夜 10 点了。天色依然明亮，四周的山岭雪光璀璨，红霞流辉，如同童话里的仙山琼阁。我和小郝一前一后向山麓走去，两人都是全副武装——厚厚的羽绒服，手套、雪靴、雪帽，全套的雪地远征装束。我没有忘记带上相机。而前面开道的小郝更是叫人吃惊，他手里拎了一只压力暖瓶，晃晃荡荡，不知道闷葫芦里装的是什么药。

顾不上问他，我的两只眼睛一刻不敢离开脚下。路很难走，其实也没有路。我亦步亦趋地跟在后面，小郝起初顺着雪地上的小溪而行。过了长城站后面的发电站，小溪匿而不见，不知深浅的雪坡从山麓延伸开来。小郝停住了，四下打量。松软的雪坡看起来很平缓，但底下埋伏了深沟陡坎，稍不小心就会陷下去。他观察着四周的地形，又继续上路了。

“注意，踩着我的脚印！”小郝回头喊道。

冬天的积雪表面凝成了薄薄的一层冰壳，小郝个子瘦小，薄薄的冰壳完全可以承受他的重量。我却不行，虽然屏住呼吸，轻轻移动脚步，由于没有轻功，还是压碎了冰壳，深深地陷入雪里。这可把我累苦了。每挪动一步，几乎是使出了全身的力气，才把腿从一尺多深的雪地里拔出。有时更糟糕，靴子陷在雪里，只好一屁股坐下，先救出自己的腿，再从深陷的雪窝里找出靴子，倒掉里面的雪，再穿好——这样轮番折腾，不禁气喘如牛，贴身的内衣已是汗津津的了。

爬上雪坡费了近一个小时，弄得上气不接下气。这儿的山谷像马鞍、宽宽浅浅的，铺着晶莹洁白很厚实的雪，很像医院病房漂白的床单，一尘不染不说，还没有鸟兽践踏的足印。近在咫尺的山峰拔地而起，白的雪，黑的山岩，勾勒出陡峭险峻的气势。峰顶罩着红云，既威严又诱人。不过，山谷背阴的坡面，雪依然很厚，寒气袭人，冬天似乎还藏在那里。四周静极了。听不见风声，也听不见山脚下海的喧嚣，似乎一切都在用一种异样的沉默注视着我和小郝，这山峰，这雪谷，这黑色的岩石，以及这触目皆是的白雪。

我索性仰面朝天躺在白“床单”上，大口大口吸吮冰冷的带有一丝甜味的空气，尽情舒展四肢。小郝倚着山岩，笑对着我，很体谅我的狼狈相。山下橘红色的建筑群，像积木点缀在雪地上——那是长城站的房屋，此时山峰的阴影盖住了它们，轮廓渐渐模糊。不过，海湾对岸却是鲜亮透明、光灿无比的世界。银盾似的大冰盖，海里漂的几座冰山，甚至连纹丝不动的海水，这时也全被晚霞点燃起来，金黄的、橘红的、绛紫的、银灰的光芒四处迸射，不断变幻着迷离的光华。从冰盖穹隆状的表面升起缕缕云朵，镶了金边，透着绯红，如同腾跳兴奋的火舌。在只有黑白两种色调的南极，唯有日出日落时的霞光才能描绘出如此色彩纷呈的图画。

我着急了，不敢再不动弹。凭经验，璀璨的晚霞是夜幕降临的前奏，再不抓紧，怕是不等我们登上面前这座山峰，太阳就已经沉入海的深渊。

小郝比我的行动快，三步并作两步，迈过山谷的雪地，在那里寻找登山的路径。我踩着他的足印，一步步朝山麓挪动，越接近山麓雪越深，步履更难了。

山峰不算高，仰面望去，坡度好陡。黝黑的山岩不堪南极的酷寒，表面冻酥了，像干泥巴似的裂成不规则的碎块。新露出的山脊又如刀刃一样锋利，几乎无法落脚。偏偏这时又起风了，来势很猛，夹着雪雾从斜刺里横扫而来，我不得不转过身，把背朝着大风吹来的方向。

小郝决定放弃从山脊爬上去的计划，选择了两道山脊之间的一道沟壑，看来也只好如此。沟底堆满风化的碎石，融雪渗于其间，很容易滑倒。好处是风小，又安全。不过攀爬起来也相当费劲，抬腿投足都要小心，脚下的碎石像雪崩一样“哗哗”坠落，稍不留神就会连人带石都滚下山去。

我弯腰弓背，一步步挪动沉重的双腿，向峰顶作最后的冲刺。当峰顶仅剩下几步，眼看触手可及时，每迈一步都格外吃力，我的心脏似乎要跳出胸膛，太阳穴“突突”轰响，汗水不仅湿透了衬衣，连头上的绒帽也可以绞出水来。这时，率先登顶的小郝一手紧紧抱着一块巨石，探身伸出手臂抓住了我的手——没有他的帮助，恐怕我是难以登上峰顶的。

我累瘫了，无力地倚着一块巨石坐了下来，喘着粗气，好让狂跳的心脏稍稍平静。这时，一杯冒着热气、清香扑鼻的茉莉花茶端到了我的嘴边。还是小郝，他好不容易从山下带来的暖瓶派上了用场。

从来没有一杯清茶使我视为世间的珍宝，没有一杯清茶如此芳香、如此暖人心窝。一辈子品味过多少回茶，都没有在我的脑海里留下过这样的记忆。我忘不了，永生永世忘不了，在南极的山巅，在夏至的寒夜，我从小郝手里接过的这一杯喷香的茉莉花茶。

饮完茶，心神稍定，方才发觉观赏日落日出奇观的愿望落空了。天色骤变，浓黑似墨的乌云从西海岸贴着大海压了过来，像一支张开黑帆的无敌舰队，乘着夜色飞快地朝冰原扑过来，动作敏捷，没有声息，有一股令人恐怖的气势。再转过来朝四下望去，不知什么时候暮色四合，远处的冰原，近处的雪谷，如同墨镜中的景物失去了原有的色调，都变得暗淡下来。

我和小郝相对无言，最后还是他打破了沉默："走吧，看来今天看不见日出了……"他似乎有些抱歉地说。

其实，我很满足，虽然没有看到日出，但我们都忘不了冬至这一天，不，应该说是南极的夏至这一天的非凡经历，何况还有那杯令人回味无穷的茉莉花茶呢。

下山没用多少时间，有几段路是坐在雪坡上滑下来的，像儿时坐滑梯一样。回到灯火通明的长城站，已是深夜1点了，天际露出蛋青的颜色，天快亮了……

纳尔逊岛的捷克站

一天傍晚，踏着半尺来深的雪，我攀上了长城站南头马鞍形的山峦。对岸是银光耀眼的冰雪世界，看不见人迹，唯有亘古不化的冰盖傲视苍穹，散射出凛凛寒光，仿佛那里的一切都凝固了、冻结了。那就是纳尔逊岛。

捷克站就在纳尔逊岛上，那儿只有两个人。在这个与世隔绝的冰雪小岛，两个捷克人是怎样生活的？他们怎样熬过寂寞孤独的极地严冬，又是怎样的一种信念支撑着他们去战胜大自然的严寒考验呢？

我做梦都想去纳尔逊岛。好不容易盼来了狂风飞雪过后一个难得的晴天，我终于获准去访问捷克站。

纳尔逊岛一隅

橡皮艇像铁犁似的翻开波浪，渐渐驶近小岛。

眼前出现一片积雪的谷地，只有陡峭的山岭钻出冰层，露出座座尖峰，岸边是不宽的砾石滩，像一道镶在白色长裙上的花边。

几乎同时，好几个人都惊叫起来："瞧，有人跑过来了！"

我抬头望去，积雪的山坡上果然有个黑不溜秋的小木屋。门推开了，里面奔出一个人来，接着又有人尾随而至。他们显然发现了我们，兴奋地挥动双臂，大步流星地朝岸边奔来。很远就听见了他们的欢叫声。

橡皮艇擦着水底的砾石靠了岸，两个捷克人也跟到海滩。他们大声地问好，忙不迭地拉住小艇的缆索，缠在大石头上，将小艇牢牢拴住。

我们按照南极人的礼节热情拥抱，相互问候，然后踩着没膝深的积雪向上攀爬。捷克站建在半山腰，背后是高耸的陡壁，对面险峻的山峦是这一带的制高点，奇怪的是，山顶上竟竖着一根高高的木头杆子。

蓄着金黄大胡子的雅罗斯洛夫·胡斯是捷克站站长，他说那是他们的信号杆，是向乔治王岛各国观察站发布信息的标记。如果杆子立着，表明他俩安全无恙。倘若杆子倒下，则意味着他们出了危险。当人们发现杆子

捷克人来长城站做客（右起：姜德鹏、捷克站站长、金涛）

倒下，便会立即赶往纳尔逊岛，营救孤岛上的捷克人。

一点不用夸张，就我到过的许多国家的南极科学站，捷克站是最简陋最寒碜的了。它简直就是贫民窟的棚屋，材料拼拼凑凑，也不成个式样，仅仅聊避风雪罢了。它由两间各自开门的木屋连成一体，外面包上铁皮。其中一间进门是仅可容身的过道，里面是烟熏火燎的厨房兼餐厅。所谓厨房，不过是放在墙角的柴油炉，既烧水做饭，柴油炉的散热片还可驱散小屋的寒冷。玻璃窗前，摆了一张破旧的木桌，靠墙有张长椅，这就是餐厅了。里面的墙底下遮了一块布帘，掀开一角，竟是黑洞洞的地铺。捷克站唯一的队员，身高 1.80 米的雅罗斯洛夫·奥萨克有些不好意思地说，这是他的卧室。

隔壁一间木屋相比之下干净整洁多了。进门的小过厅堆放着滑雪板、雪靴。里间横放着一张床，床头有一个带烟囱的铁炉，不过没有生火。窗前的木桌上放着一台打字机和一盏煤油灯。四壁的空间，钉了许多木架，堆放了书籍、玻璃器皿和各国考察队赠送的小纪念品。身材魁伟的胡斯说，这间木屋是工作室，他每天都在这里工作到深夜。

“你住在这儿?”望着被褥单薄的床，我问。

胡斯摇摇头说：“不，我住在下面。”他指的下面是离海边不远的一座三角形小木屋，半埋在雪堆中，仅可钻进一人。胡斯一个冬天都睡在那里。那座薄木板小屋，既没有取暖设备，也不能防寒。在寒冷的极地冬天，可想而知，恐怕和冰窖差不多。

捷克站的正式名称是瓦斯洛夫·伏尔切克站，这是捷克一位南极探险家的名字。1928 年，他随美国考察队前往南极，是第一个到达南极的捷克人。1988 年，捷克组织第二支考察队前往纳尔逊岛，在这儿修了两个非常小的窝棚作为考察站。“的确，这几个小屋只能算作窝棚，这儿没有电，没有能源。这样也好，我们尽量让这些建筑不影响周围的环境，让它成为自然的一部分，这是我们的主要目的。”胡斯说。

1989 年 1 月，45 岁的胡斯、20 岁的奥萨克和另一个同伴离开了捷克，开始为期一年的第三次南极考察，这次的主要任务是越冬。捷克南极机构在物色人选时，选中胡斯担任考察队队长，不是没有理由的。

体魄健壮的胡斯是个勇敢的职业探险家，对滑雪和航海十分在行。他说：“我们到南极来探险是没有任何报酬的。虽然政府很支持这项活动，但经费却需要自己想办法。幸运的是，我们得到了社会各界的支持，一些基金会和银行提供了为数不多的资金。我们特别感谢女医生珍妮，她为我们提供了很多药品。”胡斯还说，对他们这次越冬进行心理调查，便是珍妮医生的一个研究项目，她是研究心理学的。胡斯的同伴奥萨克，是个充满活力的毛头小伙子，在捷克军队任报务员兼机械师。据说，他来南极还是经捷克国防部长批准的。由于没有电台，这位报务员英雄无用武之地。奥萨克说，和他们一起来的还有一个捷克人，纳尔逊岛与世隔绝的艰苦环境使他无法忍受，来了不多久，他终因神经不正常被送回国了。从这件事可以看出，南极并不是人们想象的那样充满诗情画意。这里气候恶劣，条件艰苦，没有坚韧的毅力，乐观的性格和克服孤独、寂寞的心理承受能力，是呆不下去的。而捷克站这样简陋的物质条件，更是一般人难以忍受的。

我们的交谈无拘无束，两个捷克人在纳尔逊岛度过寒冷的极地冬天的经历，令人敬佩不已。从他们的言谈话语看得出，他们的生活过得十分愉快且相当充实。没有电，他们点煤油灯，胡斯把两盏马灯吊在屋梁上，借着灯光在打字机上忙个不停。他每天记笔记，把越冬生活的经历见闻详尽地记录下来。“首批越冬队员应该记下自己的经验，供后来的人参考。”胡斯不无自豪地告诉我们，他写了一些越冬的文章，捷克报刊已陆续发表，读者反映十分强烈。另一件开心的事是阅读大量的远方来信。捷克人非常关心生活在冰天雪地中的两名考察队员，不仅他们的亲人和朋友经常来信，许多素不相识的捷克人也来信问候他们。胡斯从厚厚的一摞信中找出一封，兴奋地说：“这是我们总统写给我们的，他为我们在南极度过一个冬天表示祝贺，并祝我们一切安好。”当然，给所有的来信写回信也是一种乐趣。在黑夜茫茫的冬天，木屋里滴滴答答的打字声排遣了孤岛生活的多少孤独和寂寞。

天气晴好、风浪不大的日子，在南极是不多见的。碰上这样的好天气，他俩就划着小艇——他们和外界联系的唯一交通工具，不到两个小时就可到达智利马尔什基地的小邮局。他们个把月总要光顾一次，每次都满载而归，时不时还能收到一大包捷克驻智利使馆寄来的报刊。这天，他们像过节一样高兴。

当然，纳尔逊岛的冬天，严酷而残忍，生活是艰辛的，时刻都要为生存而搏斗。整个冬天，不论是狂风咆哮，还是大雪纷飞，胡斯和奥萨克都抡起斧子、锤子，每天不停地建房，那间工作室就是他们在冬天劳作的成绩，这间小屋被计划作为将来的科研室。他们的劳动条件很差，建筑材料短缺，施工遇到的困难很大。有一次拾掇刨子，胡斯的手被割开了一个很深的伤口，血流不止，止血药都无济于事。胡斯忍着疼找了一根缝衣针，让奥萨克咬着牙，粗针大线地给他缝合了伤口。

不过，生活的艰辛咬咬牙也就对付过去了，他们认为，冬天最难熬的还不是砭骨的严寒，也不是令人毛骨悚然、几天几夜狂吼不止的暴风雪，而是无边的孤独感。有时，十来天半个月风急浪高，大雾弥漫，坏天气接踵而来，他们只能困守孤岛，看不见一个人，与外界的联络完全中断。面对着静穆的冰原、喧嚣的大海、呼啸的狂风，他们相对无言，寂寞难耐，这时他们越发怀念亲人，怀念祖国……

可以想象，对我们的来访，两个捷克人是何等高兴，又是何等亲切。这是南极人与人之间特有的感情，他们拿出最好的食品招待客人，并且不厌其烦地领着我们到处参观。

海上又起风了，太阳悄悄钻进浓厚的云层，橡皮艇的驾驶员通知我们：天要变了。怀着依依惜别的心情，我们和胡斯、奥萨克一一拥抱告别。船离岸后，他们也将自己的独木舟推下了海，执意要送我们一程。

走出纳尔逊岛不多远，鹅毛大雪就迎面扑过来。我们不敢久留，橡皮艇立即加大了马力。渐渐地，胡斯和奥萨克驾驶的独木舟越来越小，最后消失在纷飞的雪花之中。但那雪地中的小木屋深深地印在了我的记忆之中。它代表了人类的坚强意志，象征着人类探索南极冰雪世界的不屈不挠的决心！

1991 年 2 月初稿

2011 年 6 月 10 日定稿于京郊昌平天通中苑

1991年1月12日，我与《南极与人类》摄制组的姜德鹏、叶慧明告别了长城站，搭乘巴西的一架"大力神"运输机从乔治王岛飞往彭塔阿雷纳斯。我此番的航程如同下跳棋一样，不断地在各航空港换机，从一个城市跳到另一个城市，所不同的仅仅是逗留的时间或长或短。几天后我改乘智利航空公司班机飞往智利首都圣地亚哥，此时正是南半球宜人的夏季，从冰雪大地来到繁花似锦的城市，我的一颗冻僵的心又恢复了活力。预订的机票是从圣地亚哥飞加拿大，再飞夏威夷，然后飞抵澳大利亚。到中国驻智利大使馆一打听，得知还有一条航线可以直飞澳大利亚，殊途同归，而且机票还便宜些，于是我毫不犹豫地改机票，尽管知道这是挺麻烦的事，也不管不顾了。

第3篇 踏上归途

复活节岛初探

1991 年 1 月 12 日，我与《南极与人类》摄制组的姜德鹏、叶慧明告别了长城站，搭乘巴西的一架“大力神”运输机从乔治王岛飞往彭塔阿雷纳斯。我此番的航程如同下跳棋一样，不断地在各航空港换机，从一个城市跳到另一个城市，所不同的仅仅是逗留的时间或长或短。几天后我改乘智利航空公司班机飞往智利首都圣地亚哥，此时正是南半球宜人的夏季，从冰雪大地来到繁花似锦的城市，我的一颗冻僵的心又恢复了活力。预订的机票是从圣地亚哥飞加拿大，再飞夏威夷，然后飞抵澳大利亚。到中国驻智利大使馆一打听，得知还有一条航线可以直飞澳大利亚，殊途同归，而且机票还便宜些，于是我毫不犹豫地改机票，尽管知道这是挺麻烦的事，也不管不顾了。

干吗要改机票走另一条航线呢？原来这条航线中途要停两个地方：一

是神秘的复活节岛，这是智利的领土，也是智利引以为自豪的古文明遗迹，不知有多少探险家、考古学家、古人类学家趋之若鹜，至今迷雾重重，令人神往；另一个地方就是大溪地，法属波利尼西亚的天堂之岛。虽然改变航线使我失去探访夏威夷的机会，可是鱼和熊掌岂可兼得，顾此失彼也在所不惜了。

南半球夏天，一个晴朗的日子，我乘智利航空公司的一架波音 737 客机，离开了圣地亚哥，向大洋深处的复活节岛飞去。

复活节岛离智利本土有 3 700 公里之遥；它的西边，离最近的皮特恩岛也有 1 900 公里。孤岛被浩渺的大洋包围，连一只船也很少见，据说至今还很少有船只往来，远洋的大船一般都不会经过这个小岛，交通不便是显而易见的。

复活节岛不仅距离大陆极其遥远，在南太平洋星罗棋布的众多岛屿中，景色也很单调，没有椰风蕉雨的风光，也没有银白的沙滩。这座荒凉的弹丸小岛，拥有的仅仅是瘠薄的熔岩山地，点缀着稀疏的灌木和野草，此外便是终日呼啸的海风了。

不过，复活节岛虽然地老天荒，环境恶劣，多少年来，世界各地的探险家、考古学家、古人类学家却络绎不绝地冒着生命危险，穿过茫茫大洋，前往复活节岛。而在今天，随着多种媒体的传播，对复活节岛感兴趣的人已经不仅仅限于学者，而是对大自然的奥秘和古代文明怀有浓厚兴趣的大众了。

5 个小时的飞行终于结束，波音 737 客机平稳地降落在马塔维里（Mataveri）机场，虽然没有雄伟的候机厅和辐射的登机桥，但宽阔平坦的停机坪和修剪整齐的草地，罩在明丽的阳光下，使人仿佛步入现代化的航空港。20 世纪 80 年代，征得智利政府同意，美国投资 1 800 万美元，将它扩建为航天飞机的备用机场。这在世界各地的岛屿中，恐怕也是绝无仅有的。

下榻的旅馆名叫 Apino Nui 旅馆。从机场向北汽车跑上不到一刻钟，公路拐上缓缓的高坡，迎面的高地耸立着两株高大的棕榈，野草杂花点缀的高坡上，屹立着一幢白墙平顶的房子，房前还有一道水泥柱子的花架。虽说是家庭旅馆，没有正规旅馆的豪华气派，可它却有家庭的自由、方便和温馨。

天色尚早，放下行李，我便迫不及待地奔向海边，远方那声震如雷的涛声早已撩拨得我坐不住了。

海滩附近，如今是岛民聚居之区。海边屹立数尊高大完整的“莫阿伊”石雕人像，远远便可窥见它们远眺大海的身影。岸边一带地势平坦，杂树丛生，土红色的大道向左右延伸，绿树掩着幢幢洋铁皮覆顶的陋舍。再向北去，宽阔的大道两旁绿草如茵，野花芬芳，时不时露出一幢幢建筑别致的房舍，有旅馆、邮局、出售当地手工艺品的商店，这即是岛上唯一的现代化村庄——汉格罗阿。

次日，我们雇了一位导游——她是房东的姐姐，陪我们去西海岸。

西海岸一片空旷的海滨高地扑入我的眼帘，这里地势平缓，有茂密的野草和开阔的视野。在濒临苍茫大洋的海岸高处，用黑灰色的火山岩砌起的石头平台上，一尊雄伟而完美的“莫阿伊”，用炯炯的目光注视着我。在复活节岛的陆地与大海的交界线，所有的“莫阿伊”石雕人像都像尊神一样被供奉在石砌平台上。长方形的石台好似祭坛，长 50 ~ 60 米不等，高和宽在 1 ~ 3 米之间，大小也不一样。保存完好或者经过修葺的平台——当地称“阿胡”——还有石块铺筑的台阶或倾斜的护坡。这一片扇形的海滨高地的“阿胡”共有三座，也是经过一番清理、发掘和修复才形成今天的规模。这要归功于智利大学、怀俄明大学和国际遗址基金会。在他们的资助下，美国和智利的考古学家在1969年至1970年用起重机、绞车和钢丝绳使这些倒塌的石像重新归位，当然他们的工作也得到了岛上居民的大力帮助。

不过，三座相距不远的“阿胡”上面供奉的石像，多数破损相当严重。有一座“阿胡”上面是五尊群像，当中的一尊头部削去一半，而右边一尊个体最小的头部已被砍掉，不过这五尊石像造型各异，风格古朴，别有一番韵味。与这组群像相距百十来米的另一座较矮的“阿胡”，上面屹立的石雕人像也是免冠的，个头较大，但雕刻的手法比较粗糙。

唯一保存完好的这尊石雕人像在高大的“阿胡”之上，它和所有海边的石雕人像一样，背海而立，高约10米，硕大的脑袋戴了一顶赫红色的石头帽子。这顶石帽的确是“戴”上去的，石料的颜色、质地与建造石像的石料完全不同，式样颇像我国北方人冬天常见的皮帽，唯上部凸起。这座石像之所以格外引人注目，在于它的造型十分细腻传神，雕刻工艺相当熟练。它两眼圆睁，炯炯有神，目光微呈向上凝望的神态；长耳方颏，隆鼻薄唇，微突的嘴唇紧闭，如同一位反背双手肃然而立的人。我仔细观察它的表情，总感到有一种高深莫测难以捉摸的心态，既威严又心事重重，既不满又克制着心中的忧郁，总之绝对谈不上是愉悦欢欣的。

复活节岛上所有的石像，不论是完工的还是半成品，不论是出于不同时代不同风格的作品，你绝对找不到一尊像弥勒佛那样开怀大笑、喜上眉梢的神态。它们或阴忧，或沉思，或冷漠，或严肃得叫人心情压抑。它们的心态似乎是复杂的——如果可以称作“心态”的话。这种现象恐怕不是偶然的。中国佛教的殿堂供奉的五百罗汉，虽然形态各异，但喜、怒、哀、乐，人生百态，毕竟都有反映。为何复活节岛几百尊石雕人像没有一

复活节岛的石像群至今仍是古文明之谜

张笑脸，个个神情严肃、心情不悦，这难道不是那些没有留下姓名的雕刻大师留下的一个难解之谜吗？

也许，这也是复活节岛的“莫阿伊”石雕人像所以震撼人们的心灵，形成一种莫以名状的神秘氛围的原因。

第三天，我们乘坐一辆浅黄的老式吉普车颠簸在碎石和火山砂砾铺成的公路上。

吉普车一直向大阳升起的方向驶去。灰蒙蒙的天空下，视线所及尽是野草丛生的多石的旷野，有的地方黑色的石头垒成一道道矮墙，好似人为的地界。

岛的南岸，人烟稀少，景色单调，唯一可以观赏的是几处立在海边的“阿胡”，但石砌平台上屹立的“莫阿伊”石雕人像几乎无一例外地全都被推倒在地，似乎没有人想把它们恢复原位。石像倒塌的方位都倒向小岛，如同海上有一股巨大的力量将它们推下石台。有的石帽被掀出很远，这倒使我有机会观察它的形状和岩石成分。它和雕刻石像身躯的石料完全不同，而且不是出自同一个产地。石帽是红色的火山砾岩，质地松，用手指头轻轻一掰，可以抠出小块，估计它的重量是较轻的，和火山浮石差不多。在一处颇为壮观的“阿胡”上，女向导指着一个洞穴叫我们看，那是“阿胡”石台的基部，两尺大小的洞口，里面放置着杂乱的骸骨。女向导的解释证实了某些考古学家的说法，他们认为复活节岛分散各处的石雕人像属各个不同的部落和家族。每尊石像都是部落家族受到尊重的首领或酋长，而他们死后的遗骸就安葬在供奉石像的“阿胡”下面。

此行的目的是造访岛上著名的拉诺-洛拉科火山（Rano Raraku）。据说它是一座寄生火山。它给我的第一印象不像一座火山，不是圆锥形。火山口分为不对称的两半，东南部又高又陡，高出山麓120米；北半部低而平缓，高度仅50~70米，很像一个切去一半的俄式面包。

开始坡度不大，山坡土层较厚，长有茂密的野草，只有一条用脚趟出的小道蜿蜒其间。渐渐地，坡度陡了起来，有的地方很滑，小道忽而向上，忽而折而平行。这时我们的注意力都在山顶上，那岩石裸露的火山顶部似乎有种神奇的力量吸引着我们，使我们顾不上气喘吁吁，也要奋力爬上去。“到了！”走在前面的女向导回过头说道。我们猛跑几步，不由地一个个张大了嘴，毫不掩饰我们的惊讶。眼前的拉诺-洛拉科火山，是一座“莫阿伊”石雕人像的加工厂；更确切地说，它更像一座露天的石像博物馆。有人说它是名副其实的雕像山。这里躺着据说有150尊未完工的石像，也有被加工了一半而放弃的“废品”。它们躺在凿空的石槽里，背部还和山岩连在一起，有的斜卧在倾斜的山坡，默默地仰望苍天。当初的石匠充分利用石料，有时把几尊石像并排一起加工；

拉诺-洛拉科火山上的石像

也有的石像隐藏在草丛或者巨大的石缝里，需要仔细观察才能发现。石像有大有小，大的石像高 22 米，令人生畏，人站在它的旁边如同侏儒。石像的加工精度也有区别，有的接近完成，只需搬运到指定地点；有的仅仅雕刻了基本轮廓；多数雕像达到了相当精细的程度。它们的造型酷似屹立海边的“莫阿伊”石雕人像。

我们在一尊尊石像间盘桓，不禁为它的巨大工程而惊叹，同时一个问题也接踵而至：这些石像为什么没有完成就突然放弃了呢？是什么原因使石匠们停止工作，将他们耗费心力的艺术品丢弃不问呢？尤其是有的石像已全部完工，石像底部垫上滑动的石块，就像一艘拴在船坞的新船，只需砍断缆绳就将驶向大海，然而是什么原因，使它永远搁浅在它的摇篮里，永远失去眺望大海的机遇呢？

从拉诺－洛拉科火山口的雕像山下来，我们又爬上平缓的北坡，翻过一道不高的山梁，静卧在宽敞的火山口里的一个火口湖扑入眼帘。湖水宁静，湖畔丛生着青翠的芦苇，如童话里的仙境，异常静谧。

火口湖是岛上重要的淡水水源

在火口湖的东北坡以及半山腰还有许多矗立山坡的石像。这些石像和海边的“莫阿伊”，以及雕像山那些未完工的雕像，造型完全不同，属于截然不同的两种风格。它们都是完工的雕像，好像长在山坡上。而且它们都是上半身，头部占了很大比例，最突出的是它们脸颊狭长，鼻梁高挺，深陷的眼窝，长长的耳朵以及噘起的嘴唇，多数雕像只是一个头加上脖子。此外，它们都从不同方向眺望大海，和背海面岛的“莫阿伊”形成鲜明的对照。这些风格不同的石像肯定包含着我们还不十分清楚的秘密，也许它是不同时期的产物，也许这造型不同的石像代表着先后到达复活节岛的不同的民族，它们各自继承了不同的文化传统。是不是还有别的解释，我无从回答。

我很快就要离开这座充满神奇色彩的小岛，我怀着试图揭开它的谜底的愿望而来，但在我离开之际，却是带着更多的困惑、更多的疑问而去。其实，这也毫不奇怪。历史本来就是一团充满神秘色彩的迷雾，遮盖了这座小岛的真实面目。在历史的长河中，我们不过是匆匆过客。一部二十四史又有几多真真假假，虚虚实实，何人弄得清它的是非曲直呢？想到此，复活节岛倒也有可爱之处，它扑朔迷离、莫测高深的历史迷雾还是由它弥散开去，不求弄个水落石出为好。让人们去遐思，去幻想，去探索，去考证，不也是人间一大乐趣么。

我就是这样怀着愉悦的心情，接过波利尼西亚人馈赠的一串贝壳项链，告别了令人无比留恋的复活节岛。

夜走大溪地

5 年前，我正在一艘科考船上百无聊赖地望着空阔无边的太平洋打发时光。

活动的空间是暗无天日的底舱，不足 10 平方米，只有一个圆形的舷窗在风浪平息时才能透入微弱的光线，倘若风高浪急，舷窗也淹没在浪涛里了。天气晴好、风平浪静时，我便手脚并用地攀爬铁梯，跑上甲板，那里视野开阔，不论是观赏日出日落的壮丽，还是仰望满天星斗的夜空，都是再好不过的处所。遇到运气好的时候，船舷外面掠过闪电似的飞鱼，像是追逐我们的一群蓝色小精灵，给我们寂寞的旅行增添几分快乐。更多的时候，只能龟缩在局促的小舱室内，因为大海发怒了，船只像摇篮似的狂颠不已，许多人都在忍受晕船的折磨。

就在这漫长寂寞的航程折磨人的时候，有一天，驾驶台的广播响了起来，说是前方发现一座岛屿，于是许多人如我一样，兴冲冲地奔向甲板，引颈张望，那兴奋激动的神情不禁令人想起发现新大陆的哥伦布。

天气很好，天蓝蓝，海蓝蓝，能见度极佳，在水天相接的海平线上，突现一座高峻的山峰，肉眼只能看见模模糊糊的轮廓，用望远镜依然无济于事，可见距离太远。但它地势险峻，凸显于大洋之中，看来是海拔很高的了。

跑到驾驶台查海图，在南太平洋星罗棋布的岛屿中，找到了社会群岛，就是这个近在眼前、远在天边的岛屿。那高峻的山峰即是塔希提岛上的奥罗黑纳（Orohena）峰，一座海拔2 241米的死火山，耸入云霄，云雾缭绕，航行的船只远远就可以看到它。

提起塔希提，用一句陈腔滥调，叫作久仰大名、如雷贯耳，在海外你问老华侨，他们只知道大溪地，而不知塔希提，因为以前的出版物统统把Tahiti译为大溪地，如同把澳大利亚的Sydney（悉尼）叫作雪梨一样。我在这里则用大溪地这个译名。

大溪地的闻名天下，某种程度与名人效应有关系。英国著名作家、以《金银岛》而享誉世界的史蒂文生，他笔下如诗如画的南太平洋热带海岛的风光，以及充满冒险传奇色彩的海盗生涯，给读者留下了难忘的印象。

特别是史蒂文生后半生在西萨摩亚岛定居，与当地土著居民和睦相处，建立深厚友情的经历，本身就是一个动人的故事，也进一步激发了人们对南太平洋热带海岛的自然风光与淳朴的民风民俗的向往。

另一位把艺术生涯与大溪地紧紧连在一起的，就是后印象派大师、法国的高更。1891 年高更来到大溪地生活和创作，1893 年回巴黎，展出了他在大溪地创作的画。1895 年又重返大溪地，过着土著人的生活，正是在这里，高更的风格逐渐形成，提出艺术是一种抽象的观点，对后来的现代派艺术产生了深远的影响。

不过，大溪地虽然因史蒂文生、高更的名声大大提高了知名度，但她的天生丽质却是重要的前提。这个充满浪漫情调的热带海岛是社会群岛 14 个岛屿中最大的岛，面积为 1 041 平方千米，内陆高山陡峭，森林密布，有为数众多的瀑布和洞穴，风景秀丽；岛屿外围，断断续续的珊瑚礁环抱的沙滩，是最迷人的所在，清澈的海水既可以冲浪，也适合潜水遨游神奇的海底世界。这里地处热带，全年气温在 26 摄氏度以上，气候宜人，五彩缤纷的热带花卉四时不绝，岛上的土著波利尼西亚人淳朴善良、能歌善舞，这一切都使塔希提岛也即大溪地享有南太平洋的天堂之岛的美誉。

然而我们的考察船并不打算在那里停留，那突兀在海上的山峰渐渐远去，不久便消失在海天衔接的天尽头。我与那仙境般的小岛擦肩而过。

转瞬之间，地球绕着太阳又公转了五次，我又鬼使神差地漂泊到冰雪世界。窗外，天地浑然，暴风雪刮了几天几夜，考察站的小屋在狂风中呻吟，厚厚的积雪已将出入的密封门堵塞得严严实实。不远的山间湖泊，几天前碧波荡漾，此时却冰封雪埋不见了踪影，至于那些不畏严寒的企鹅，也不知道躲到哪里去了。

就在这与世隔绝的日子，有一天，忽然传来令人振奋的消息，中国

“海洋 4 号”考察船正在向长城站驶来。

在焦急等待中不知又过了几天，暴风雪终于偃旗息鼓，冰雪大地迎来了久违的太阳，“海洋 4 号”考察船放下的小艇穿过浮冰飘荡的海湾，在我们眼前出现了。

“海洋 4 号”是地质矿产部派出的海洋地质考察船，首席科学家王广宇教授向我们介绍他们这次穿越太平洋的漫长航程时，特别谈起访问大溪地的深刻印象，引起我的浓厚兴趣。他是说者无心，而我是听者有意啊！

大溪地如今是法国的海外领地，居民除了波利尼西亚人，还有许多外来移民，其中以华人最多，其次是法国人。当地的华人据说有上万人，主要从事海运和零售业。他们虽然远离祖国，有的移居海岛已过几代，但是中华传统文化的根仍然代代相传、根深蒂固。这是海外华侨华人凝聚力的精神支柱。

大溪地最大的城市帕皮提，也是法属波利尼西亚首府，是个现代化城市，空中航线定期飞往欧洲、北美、澳大利亚等地，还是许多国际航线越

中国“海洋 4 号”船

过太平洋的中途加油站，这也是当地旅游观光业发达的前提条件。

再说“海洋 4 号”在大溪地的港湾停泊后，立刻在华人中引起轰动。他们看见飘扬着五星红旗的中国考察船，激动地奔走相告：“唐人船来了！”原来，自古以来，移居海外的华侨华人被称为唐人，他们的聚居区也叫唐人街，所以来自祖国的船叫唐人船。据说“海洋 4 号”考察船是近百年来第一艘访问大溪地的中国船，这就不难想象岛上的华侨华人何等的激动。

那几天就像过节一样，岛上的华人扶老携幼、成群结队地到船上来参观，见到船员就像见到亲人一样。大溪地享有盛名的华侨商会、华侨中学为接待“海洋 4 号”考察船做了精心准备，安排船员和技术专家到岛上参观，饱览大溪地的美丽风光，并邀请他们到家里做客，祖国发生的变化成了谈不完的话题。

我看了船员们拍摄的许多照片，对大溪地的迷人风光更加深了直观印象。善解人意的王广宇教授郑重地邀我同行，随“海洋 4 号”考察船回国。他说他们返程时要经过大溪地，在帕皮提停几天，可以安排我在岛上游览访问……

说实话，我真动心了。那时候，我是将在外君命有所不受，无牵无挂，可以一走了之。何况人在船上，还可以给国家节省不少路费，与公与私都是好事。但我一细想，还有两个同伴，我若一走，岂不是撂下他们而不顾，于情于理都说不过去。

人生在关键时刻就怕优柔寡断。我这样的心态导致的结果可想而知，大溪地又与我失之交臂，我至今好生后悔。

一个多月后，当再度袭来的暴风雪悄然离去，我便匆匆告别长城站的留守人员，踏着深可过膝的积雪，向冰雪覆盖的机场而去。那里的一架

“大力神”运输机正在轰鸣，简陋的跑道上依然堆着积雪。天空阴沉沉的，不远的冰盖黑云翻滚，像是升腾的浓烟。我很担心这样的天气飞机能否按时起飞，然而谢天谢地，当我钻进宽敞的机舱，“大力神”吼声如雷，像百米冲刺的短跑运动员一样，飞速地向冰山重重的大海冲去。刹那间，南极的冰原雪野像梦境消失在机翼之下，从此难以相见了……

我在彭塔阿雷纳斯的好望角旅馆耐心地住下来，这是智利南端濒临麦哲伦海峡的一个可爱的小城，大概也是地球上离南极最近的城市之一。从旅馆的窗户向外望去，绿荫中有一尊航海家麦哲伦的青铜雕像，视线再移向远方，是麦哲伦海峡忽而平静忽而汹汹的波浪，而小城的天空始终是阴沉沉的，乌云像泼墨山水画一般的堆积着，忽而冷不丁地一阵冷雨，一会儿阳光又狡诈地从云缝里泄下来，叫你哭笑不得。为了打发时间，我们租了一辆出租车，到海边山林去寻找当年移民的遗迹。幸运的是，开车的老司机熟悉当地掌故，沿着一条坑坑洼洼的公路，穿行于人迹罕至的原始森林。这是寒带的针叶林，郁郁葱葱，但也可以看到林下许多腐朽的枯木，不知为何弃之不用。不久，公路将我们引向浪花拍岸的高地，那里竟是智利边防军的一个仅有四五名士兵的哨所，离哨所几步之遥，绿草覆盖的山坡，用树杆围起的栅栏，里面散布着一株株翠绿的雪松。围墙内依山势用木板筑成一幢幢简易的平房，井然有序，房屋之间有小路相连。房舍当中，醒目地矗立着一座用原木搭成的小教堂，顶上是木制的十字架。这里就是当年从欧洲漂洋过海的移民们舍舟登岸建立的第一个居民点，彭塔阿雷纳斯的历史就是从这里起步的。

几天之后，我又在圣地亚哥耐心地等待机票改签了。好在圣地亚哥有很多好玩的地方，不愁时间无法排遣。

一个多星期后，我结束了复活节岛之旅。在海风劲吹、阴云低垂的一天下午，我兴冲冲地登上智利航空公司的波音747飞机，向烟波浩渺的南太平洋飞去。这架飞机的目的地是澳大利亚悉尼，大约飞了四个小时，加上时差关系，在大溪地的帕皮提机场降落时，已是夜幕沉沉的傍晚。

走出机舱，双脚踏上大溪地的土地，尽管夜色遮盖了小岛的妩媚，但热带海岛的气息扑面而来，空气潮乎乎的，闷热得很，与复活节岛凉爽而略带寒意的早春天气截然不同。从停机坪到候机楼的路上，到处是盛开的热带花卉，弥漫着浓烈的芳香。黯淡的灯光透过浓密的树影，也看不清是什么花木，花香醉人，是一点也不夸张的。

帕皮提机场的候机大厅倒是灯火通明，戴着平顶圆帽的法国海关人员面无笑容地检查入境旅客的护照和机票。这时方才发觉经验往往是靠不住的。原先有人告知，大溪地是个旅游胜地，对游客是敞开大门的，尤其是我们这些过境的旅客，岂料当我们向海关人员提出要求在大溪地停留几天，改乘下个航班，却遭到断然拒绝。这就如同当头一棒，令我们措手不及。

所有殖民地的太上皇都有一副令人可憎的嘴脸，大概这也是改不了的秉性。记得几年后去台湾路过香港（那时香港还是大英帝国的殖民地），我们从深圳罗湖口岸入关，却遇到洋鬼子的无理刁难，为了出境证件的复印件，他们竟然让我们一行近百人在一间狭窄的小屋里呆了整整四个小时。这一回在帕皮提机场，法国人也是一脸的傲慢，无论怎样解释，仍然是一个劲地摇头，结果是我们虽然可以入境，但是必须在次日黎明之前乘同一次航班离境，大溪地留给我们的时间只有短短的一个晚上。

也许你会说，这怪不了法国海关人员，你们没有办理入境手续，照章办事，何错之有？又何必扯到什么殖民地这样敏感的话题呢?！不错，言之有理。可是事隔十年之后，小儿金雷一行三人从澳大利亚的悉尼飞往大溪地，他们吸取我当年的教训，出发前在法国驻华使馆办好签证，不料到了帕皮提机场，当地的海关人员仍然拒绝入境，理由是大溪地是法国海外领土，到法属波利尼西亚的驻外机构办签，法国使馆的签证是无效的。结果金雷一行只得转机飞往南美，没有走出候机厅的大门，真正是高兴而来败兴而归。

我不知道这是种族歧视，还是老殖民主义者僵化的官僚主义？难道有必要把旅游胜地搞成军事基地，把送上门来的游客拒于国门之外吗？真是百思不得其解……

闲话休提，言归正传。我的运气还算不错，大溪地还允许我在这里留宿一夜，这真是天大的恩典。看看天色，已是晚上 8 点多，满打满算，在帕皮提顶多只有 10 个小时，于是又不再理会傲慢的法国海关人员，立即办理过境手续，智利航空公司的班车在候机厅外等着我们哩！

古人有秉烛夜游的雅兴，我这回是迫不得已而为之。当时如果供我选择，我的第一需要是睡觉，实在太疲乏了，可是想到今生今世再来大溪地恐怕是绝无可能，立刻打消了回旅馆睡大觉的念头。

大巴士在灯火阑珊的市区穿行，不久便从环岛公路驶向椰林棕榈环抱的海边，看不见碧波荡漾的海洋，只能在浓郁的夜色中感受大海的气息。远远的涛声是轻柔的，海风若有若无，飘来淡淡的幽香，尽管睁大眼睛，可朦朦胧胧什么也看不见。

智利航空公司为我们安排的旅馆相当不错，是海边的一幢豪华宾馆。宽敞明亮的大堂，拥抱着茫茫的夜海，灯影烛光的咖啡座散落在绿荫的游廊，那里坐满了消夜的客人，窃窃私语和悠扬的旋律飘入耳际——有一支乐队在乐池演奏。我们无心欣赏，匆匆忙忙进入各自的房间。

我决不夸张，这是多年来在国外住过的最好的客房，而且是免费的。

独自一人，雪白的床单，宽大的席梦思，舒适的沙发，还有供应热水的卫生间……只是这一切我都无法享受，看了看表，我只是认了认房间号码，又匆忙离去。

据说帕皮提的物价是世界最高的，我虽然没有考察过，但是当我乘一辆半新的黑色出租车前往市中心，大约走了仅仅一刻钟，飙升的计程器不由分说地掏走我 20 多美元。这里物价昂贵固然是由地理位置所决定的，后来得知，大量日本游客的涌入也是造成物价飞涨的一个主要原因。

来大溪地观光旅游的，以日本人居多。每到周末，从东京飞往大溪地的航班往往爆满，客房须提前预订。因此在大溪地，不论是机场还是旅馆、超市，到处可见用日文书写的招贴，连旅馆房间里的“旅客须知”也是日文的，可见金钱与文化的渗透也是密不可分的。

帕皮提市中心是濒临海湾的一个开阔地，周围有许多商店，港湾内停泊着许多船只。不过夜已深，多数店铺早已打烊。我踅入一家尚在营业的自选商店，想看一看黑珍珠饰品。大溪地的黑珍珠遐迩闻名，在帕皮提机场的候机厅，在旅馆的大堂，到处可见做工精巧、熠熠闪光的黑珍珠首饰胸针的广告。以前在广西合浦见过著名的南珠，那是晶莹透亮、形同白玉的硕大珍珠，但是如同黑美人的珍珠却闻所未闻，颇感新奇，不知这种珍珠是天然的还是人工培育的，也不知道孕育它的是怎样的珍珠贝……大约也是物以稀为贵罢，黑珍珠饰品价格惊人，非一般的珍珠可比。据说日本游客来大溪地，目标之一便是采购黑珍珠，因为这里的黑珍珠饰品比东京还是便宜得多。

遗憾的是，这家自选商店里并没有黑珍珠，也许它还不够档次，却意外地遇到一场虚惊：当我的目光正在货架上寻寻觅觅时，突然电灯熄灭，整条街断电。这时店老板慌了，立即大声嚷嚷起来，意思大概是谁也不许离开商店！我当然明白，他是担心有人乘黑打劫吧。不一会儿，伙计们点起蜡烛，我见到晃动的烛光下所有的顾客都规规矩矩地肃立着，然后在老板连连歉声中悄然离去……这件意外遭遇，多多少少也可反映大溪地的电力供应状况吧。

什么倒霉的事都被我赶上了，只好在黑灯瞎火的街上转悠。街上夜游的行人寥寥无几，只有几处卖熟食的小吃摊十分眼熟，那是广州常见的卖烧鹅和鸡杂碎的挑子，热气腾腾，香味扑鼻。昏暗的灯火中，依稀看见油腻的布幔上横七竖八的汉字，夹着歪歪扭扭的洋文，而那些摊主无一例外分明都是黑头发黄皮肤的炎黄子孙。

回到下榻的旅馆，乐声悠扬，灯火通明的大堂深处，夜总会刚刚拉开序幕。这座纸醉金迷的天堂之岛的夜生活刚刚开始，笑容可掬的侍者正在热情招呼客人，但我的眼皮像灌了铅一样已经睁不开了，我跌跌撞撞找到房间，头一靠枕头便进入梦乡。

次日凌晨，我就被“叫早”的电话唤醒。窗外，大夜弥天，大溪地还在夜色中沉睡。赶到机场时，天还未亮，同机的旅客个个睡眼惺忪，脸色苍白，都还没有睡醒呢。在离开大溪地的一刻，我和同伴以候机楼为背景，留下了唯一的一张“到此一游”的纪念。

作者在大溪地帕皮提机场候机厅留影

飞机的发动机吼叫着，冲出浓厚的夜幕，向澳大利亚飞去……

悉尼访许光健大使

1991 年 2 月 7 日下午，按照约定的时间，我们准时到达中国驻悉尼总领事馆办公楼，会见许光健大使。

因为持有郭琨同志亲笔写的介绍信，许大使在第一次见面时——那是我们到悉尼的当天，便热情地接待我们，并为我们安排了住宿之地——距总领馆仅一步之遥的一家上海人开的家庭旅馆。

为什么要拜访许大使呢？这是因为许大使与南极有很深的因缘。多年来他是代表我国政府参与国际南极事务的外交官，对南极的国际组织的活动、南极条约相应机构的情况，尤其是各国围绕南极的资源、领土、生物资源与环境保护所展开的矛盾和冲突，了如指掌。因此在考虑拍摄《南极和人类》这部专题片的策划阶段，我们就希望能采访许大使。

许光健大使

只是他是个行踪不定的外交官，我们到哪里去找到他呢？听说他到悉尼就任总领事馆大使，我们喜出望外，郭琨在乔治王岛写好介绍信，让我们面交给他。

“南极的问题追溯起来，时间很早了，特别是第二次世界大战之后。”许光健中等身材，胖胖的，言谈举止很有风度，“第二次世界大战之前，有些国家发现南极是有潜在价值的大陆，资源丰富，又是科研场所，一直没有人居住，对科研价值、所处位置都很重要。那些最早去南极探险的国家，对南极很重视，按照国际上先占先得的主张，相继对南极提出领土要求。智利、阿根廷、英国、法国、挪威、澳大利亚、新西兰等七国都对南极提出领土要求，而且相互重叠，并且开始了斗争。美苏对南极也很重视，但没有宣布领土要求，而是看如何更有利，采用保留权利的方法。一旦哪个地方最具有经济价值、战略意义，就可以凭借实力占领。”许光健说，1960 年签订了《南极条约》，对上述国家实行妥协。它的很重要的条款是第四条，即冻结领土要求，对领土要求国来说，并不意味着放弃。其他国家也不承认它们的要求。美苏也不意味着放弃其对南极权利的要求，只是冻结，放在一边。对南极科学考察是自由的，提倡国际合作。归结起来是冻结领土、考察自由，并规定南极非军事化，不能建立核试验设施。这是国际上无核区条约协调各国在南极的斗争，对于促进各国在南极科研具有很重要的意义。

“南极条约原始缔约国是 12 个国家，规定每两年开一次会议，审查条约贯彻情况以及采取措施，并向各国政府提出建议，这就是协商会议。每一届讨论内容非常广泛，包括环境、生态、通信、空中交通管制，怎样在地质、冰川、气象等方面提高科研水平，以及垃圾处理，非常具体。协商会议的决议必须协商一致，只要一个国家不同意，决议草案就不能通过。”

在谈到南极条约协商国的扩大时，他说：“协商国的扩大，必须分两步，一是加入南极条约，它是开放性的条约；第二步是你在南极进行科考、建站，表现了对南极的实质性兴趣，提出申请，然后由协商国讨论批准，就成为新的协商国成员了。”至于协商国与非协商国的区别，许大使说：“早期的会议只有协商国参加，从 1985 年始，邀请非协商国作为观察员参加，讨论时可以发表意见，但无表决权，有的重要问题把非协商国撂在一边。”许光健也承认，“这样一来，本来南极不属于哪个国家，应该是世界上所有国家在平等基础上使用，其问题的处理牵涉世界各国利益，如环境、淡水——南极有占全球70％的淡水、影响各国的温室效应等。按理说南极问题应由世界各国处理研究，由少数国家决定它的开发、利用，是不太合理的，所以有一部分国家如马来西亚、印尼，不结盟国家都提出，南极事务应由各国来讨论，这在理论上是合理的。但是已经加入南极条约、成为协商国并取得了决策特权的国家，特别是领土要求国外加美、苏，坚决反对南极是人类共同财产的主张，以及将南极事务转入联合国，它们认为条约是开放的，任何国家都可加入，你能否成为协商国，就看你的本事。”

说到此，许大使似乎作一小结，说：“南极已成为国际激烈斗争的焦点，而能否成为协商国，体现了一个国家的经济政治实力和地位。”他接着说，在中国加入南极条约之前，联合国五个常任理事国中四个都是协商国，英、法有领土要求，主宰南极事务，南极条约的体制动不了。所以联大开会时，有的国家提出南极是全人类的共同财产，立即遭到英、美、法、苏的反对，或修改，或否决，所有协商国一致抵制，不参加投票。

许大使说：“从 1982 年至 1988 年，我参加联大，所有协商国都一致不参加投票，虽然通过也毫无意义。为了维护我国在南极的长远利益，必须有个面对现实的问题。因此经过外交部、南极委请示中央，我国于 1983 年加入南极条约，成为非协商国，1984 年至 1985 年建成长城站，有了第一个常年考察站，我国有资格申请成为协商国，1985 年上半年提出申请，同时也开展了很多活动。

“1985 年 10 月在布鲁塞尔正式决定中国能否成为南极条约协商国。9

月到巴黎，目的是开展活动，以便 10 月能顺利通过。所以那次，郭琨、董兆乾和我带了一个大团，了解各国态度，接着到布鲁塞尔，当天上午就通过了我国与乌拉圭成为南极条约协商国的决议。中国加入南极条约，成为协商国，这对于促进我国的南极科学事业，维护我国在南极的利益都有重要的意义。”

许光健自 1985 年 10 月至 1990 年 5 月，一直作为中国代表团团长参加南极条约历次会议。这位老外交官对我国在南极科考、建站取得的成绩感到由衷的高兴，但也谈起在外交战线围绕南极问题，矛盾冲突还是相当尖锐复杂的。

他认为目前我国对南极的研究，包括对南极法律、资源考察、南极制度的研究，与我国的地位很不相称，水平不高，力量不够。真正研究南极的人很少，往往是临时抱佛脚，这是不行的。他认为，代表团团长也不能老换，当务之急是培养一批专业人才，要培养一批专家，懂业务，外语好，进行专题研究。

（尽管是 20 年后再次整理许光健大使的上述谈话，仍然感到语重心长，他当年所说的种种不足，至今仍然存在，也许有些问题更加严重了。）

怀念塔斯马尼亚岛

在悉尼短暂停留后，我们立即飞往澳大利亚南端的塔斯马尼亚岛。

塔斯马尼亚岛位于南半球著名的“咆哮 40 度”的西风带上，它与澳大利亚大陆仅隔着一道巴斯海峡，很像中国大陆南端的海南岛。小岛的形状，如同古代武士所持的盾牌。小岛面积（包括少数岛屿）68 000 多平方千米，占整个澳大利亚面积的1%，几乎是海南岛（34 000多平方千米）的2倍，而塔斯马尼亚的人口只有45万人。

在欧洲人殖民以前，塔斯马尼亚是土著的乐土，皮肤黝黑、头发卷曲的土著以狩猎为生，在这里至少存在了20 000年。但是，随着白人移民的到来，这里的土著被斩尽杀绝，据约翰·根室在《澳新内幕》一书中披露，“世界上唯一的一次把整个人种彻底灭绝的事就发生在塔斯马尼亚，在那里，两三千名土著被四处追杀，最后只剩下200人左右，又被押到邻近的佛林德斯岛去。到1874年，只有40人残存，最后的16个人被送回塔斯马尼亚，其中死得最晚的一个名叫特罗卡尼尼，死于1876年。”也就是说，自1803年9月，最早的欧洲移民在德文特河东岸建立第一个定居点，70年内，塔斯马尼亚岛上原有的土著居民便全部灭绝了。这是塔斯马尼亚岛历史上最黑暗的一页。因此，我在这个岛上根本见不到一个土著居民，也就没有什么奇怪了。

塔斯马尼亚岛和澳大利亚大陆一样，最初的移民都是英国的流放犯人。自从1788年1月26日由旗舰“天狼星号”和11艘帆船组成的“第一船队”从英国普利茅斯驶抵澳大利亚的悉尼湾，开始了英国将澳大利亚作为罪犯流放地以来，先是安置在新南威尔士，以后每年有大约3 000名犯人运来，其中有男人、女人，还有儿童，流放地不断扩大，于是1803年塔斯马尼亚岛的里斯顿湾附近也成了流放地。从1788年起，在将近80年间，从英国运往澳大利亚的流放犯约16万人，他们之中有相当一部分所谓的“重犯”，即罪行最重、最危险的犯人都发配到塔斯马尼亚岛，因为这里是澳大利亚的天涯海角，难以逃跑。于是他们成为该岛最早的移民和开拓者。到了1810年，自由移民才开始增加起来。1853年5月26日当最后一艘载有罪犯的船只停靠在霍巴特（Hobart Town），塔斯马尼亚岛殖民历史的时代终于降下帷幕。

许多来自澳大利亚大陆和世界各地的游客，对塔斯马尼亚岛最为怀念的，除了它的美丽的自然景色，还有它那浓烈的历史文化气息和恬静安详的生活节奏。尽管现代化的浪潮也改变了人们的生活，然而，在塔斯马尼亚岛，依然可以发现这里保留着早期移民的无拘无束的传统。乡村农舍的客厅里，会响起狂放的舞曲和旧日舞曲欢快的调子。当宣布晚餐开始后，健壮的男子，健美活泼的主妇和大群儿童们，将享受各种传统的农家食物，狂放的舞蹈令人想起古老的岁月。

塔斯马尼亚岛给人印象最深的是这里的人们对历史的尊重。他们并不回避他们的家园曾经是流放罪犯的囚禁地，甚至许多人也并不以他们的祖辈就是在这里服刑的犯人为什么丢脸的事。在塔斯马尼亚岛旅行时，你所见到的许多精心保护的历史古迹，无不和流放罪犯的那一段在我们看来极不光彩的囚犯时代的历史息息相关。那些当年关押苦役犯、也是那些囚犯们在“劳改”时用双手建成的红砖砌筑的监狱，看守他们的士兵的兵营以及教堂、货栈和仓库，还有一些供官员享受的豪华住宅，依然作为珍贵的历史遗迹保存了下来。建于囚犯时代的石头建筑，至今屹立在曾是流放地的小镇。

塔斯马尼亚监狱遗址

当初兴建的窄轨火车的废弃车站和老式的蒸汽火车头，静静地躺在荒郊野地，供人们凭吊昔日筚路蓝缕的艰辛。当年开采锡、黄金等矿的废弃矿井，因陋就简建成的博物馆，陈列着当初采矿的设施、工具和矿石标本，展示了令人难忘的苦难岁月。尽管时间过去了 100 多年，但是无论是囚犯时代的砖石建筑，还是后来的移民时代仿造英国乔治时代和维多利亚时代风格的建筑，都完好无损地保留至今。在中部高地和西部山脉的部分地区，木栅栏围绕着的丛林居民建造的小屋，依然点缀其间，使人仿佛回到历史的过去。

塔斯马尼亚岛除了拥有众多的人文景观，最引以为自豪的，还是一直受到赞美的自然美，它真是上帝赐给澳大利亚的一个妩媚多姿的宝岛。这个多山的岛屿在有限的空间范围内集中了变化多端的地理景观，它的地形大体上分为 3 部分：西部多山脉、峡谷，最高峰奥萨山海拔 1 617 米。中部是中央高原，有 4 000 多个湖泊。海拔 1 573 米的本 - 洛蒙德（Ben Lomond）山，也是岛上最高的山峰之一，它离北部城市朗塞斯顿不远，隆冬是此地最好的季节。这里是塔斯马尼亚最主要的滑雪场所，但是温和的海洋气候，使这里可以滑雪的时间一年中只有 3 个月。东部是低高地。

常年受西风带的影响，西部山地年降雨量超过 2 500 毫米，水力资源很丰富。降雨量自西向东逐渐减少，但在雨水充沛的地区有茂密的温带雨林，这在世界上是为数不多的。在年降雨量 750 ~ 1 500 毫米的地带，有优良的桉树林；降雨量更少、比较干旱的地区，则是适合发展畜牧业的草原。

值得一提的是，塔斯马尼亚岛上大部分人都住在南部的首府霍巴特和北部的朗塞斯顿市（人口 7 万），其他的村镇和小城人口很少，因此大片的山脉、森林、荒原、湖泊、瀑布、岩岸、海滩都以国家公园的形式严加保护，以致岛上到处都可见到国家公园的醒目标记。当然，在这个岛上，生态环境遭到破坏的现象也是存在的，最突出的事例是塔斯马尼亚虎的灭绝。

塔斯马尼亚虎又称袋狼，由于人类的捕猎已于 1936 年消失。在西部的铜矿中心昆斯敦，由于冶炼铜排放的二氧化硫污染了空气，那里的大片森林全部死光。正是由于这一系列惨痛的教训，塔斯马尼亚的居民对生态环境的保护不仅深入人心，而且切切实实地付诸行动。据有关人士介绍，塔斯马尼亚州有一个很活跃的绿色和平组织，以保护生态反对破坏自然环境而著名。岛上一系列国家公园的建立，尤其是抵制筑坝蓄水，保护了富兰克林－戈登荒野河流国家公园，就是他们的业绩。

我是在澳大利亚人正欢度国庆节的日子到达霍巴特的。

拱卫霍巴特的是海拔 1 270 米的威灵顿（Wellington）山，它将塔斯马尼亚的地势自然地分开，向下往南延伸是德文特（Dervent）海湾，那里是优良的深水港，也是许多前往南极的探险船的出发地。

霍巴特宁静的街道

今天的霍巴特是一个拥有 18 万人的现代城市，高楼大厦并不多，房屋低矮，完全不像悉尼、墨尔本那样繁华，倒是处处充斥着恬静的氛围。当你在宁静狭窄的街道漫步时，不知不觉便会遇上点缀在城区

的尤加利树覆盖的小丘，或是步入城郊的玄武岩锥形体的高山，要不然高速公路便会把你带到潮湿的海风拂面而来的海边。即使这样，霍巴特的居民仍喜欢住在郊外的居所。

当我们驱车前往郊外的澳大利亚南极局时，首先发现摆在街头一片尤加利树林中的一块巨石，上面镶嵌着 16 块长方形的铜牌，上面刻着一个个人的名字，那是澳大利亚人在南极探险牺牲的勇敢者的纪念牌。澳大利亚人对于那些为国家的荣誉献出宝贵生命的人是极为尊重的，以致全世界只有澳大利亚在发行的纸币上印有澳大利亚第一位南极探险家莫森的头像，他们把莫森视为民族的骄傲，这不能不令人感动。

澳大利亚南极局是一幢乳白色的维多利亚时代的建筑，令人惊讶的是，这栋政府办公大楼的底层大厅，竟是一个免费向公众开放的小型南极博物馆。我去的时候，恰好碰上许多孩子们在那里参观，那一个个栩栩如生的企鹅、海豹标本，那南极冰原和各国考察站的模型，南极考察队员的衣帽靴子，无不使孩子们兴奋不已。而这幢建筑物的主体部分，是一间间实验室，许多世界各地的极地科学家正在里面从事研究。在这里，科学研究和科学普及竟是如此有机地结合在一起，在底层大厅里担任讲解的人员就是那些科学家们。

澳大利亚南极局前的巨石，以纪念在南极献身的探险家们

说起澳大利亚南极局，我还不能不提到我的一点趣闻：澳大利亚是世界上南极考察事业起步较早的西方国家之一，在南极地区建有凯西站、莫

作者在澳大利亚南极局留影

森站、戴维斯站、麦阔里岛站等常年站，还有若干夏季站，每年派出的考察船有多艘，我国有许多科学家都在澳大利亚的考察站工作过。按我的合理想象，主管这样一大摊子事务的政府机构该是下设多少处、室的，公务员一定不会少。

不料我的想法完全错了。接待我们的局长秘书—— 一位精明干练的中年妇女，一边听我们提出的要求，一边手不停地在本子上记录，几分钟后她像变魔术一样，从复印机上取出一份拟好的我们在霍巴特活动的日程安排。她遗憾地告诉我们，你们来晚了，澳大利亚的南极考察船已经在半个月前起航，你们打算前往麦阔里岛的计划无法实现了。

我正为她的工作效率之高而惊叹时，她却笑着说："很抱歉，我不能亲自陪你们了。"她下意识地看了一眼腕上的表，又说："我在南极局工作的合同今天到期，还有几个小时我就离开这里了……"她的回答令我大吃一惊，我不禁问她南极局有多少"干部"，她说真正的公务员只有一位，即局长，他是总理任命的政府官员。至于像她这样的秘书，包括另一位我见到的打字兼管杂务的老太太，都是临时工。活儿忙的时候，临时聘用。没有活儿，全部走人。看来，澳大利亚南极局的经费几乎完全用于科学事

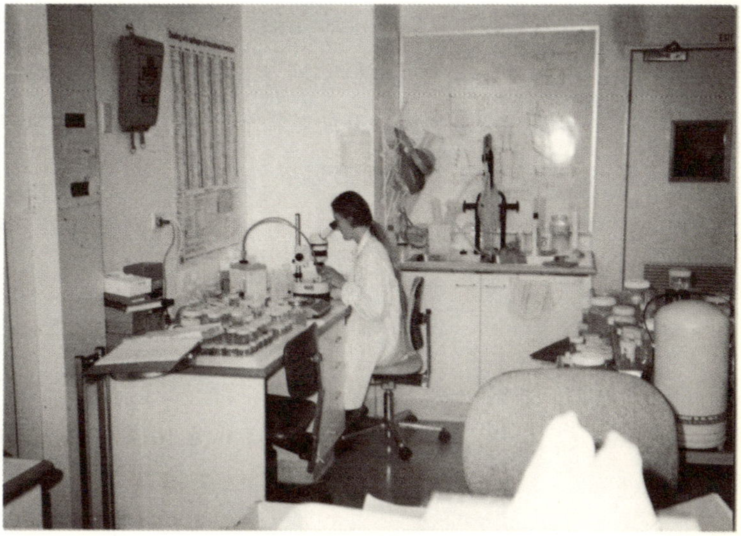

澳大利亚南极局实验室

业上，至于闲人，这里是一个也不养的。

我们在霍巴特的日程安排也很紧凑，除了对澳大利亚南极局局长麦科先生进行了礼节性的访问，还对其下属的生物实验室做了比较细致的专题采访。该实验室拥有的电子显微镜和拍摄的大量海洋微型生物的放大照片，显示了他们在这一领域的先进水平，也引起我们的极大兴趣。南极局下属的实验室并没有专职的科学家，所有的科研人员都是参与澳大利亚南极科考的人员。当他们在凯西站、莫森站、戴维斯站、麦阔里岛站等常年站，还有若干夏季站工作结束，或者随考察船进行大洋考察归来，都要在霍巴特呆一阵子，利用这里的实验室的仪器设备，写出论文或考察报告，上交澳大利亚南极局。只有这样，他们才算圆满地完成了科研任务，可以回到各自的岗位，对于外国专家，他们可以回国了。这是一个好制度，值得中国南极考察委员会效仿。

最后的日子，我们还去了塔斯马尼亚大学幽静的校园，那里开设了有关南极的专业，为极地科学培养后备人才，是吸引我们目光的重点。

中国的南极考察一开始就得到了澳大利亚的支持和帮助，很多中国的科学家到过澳大利亚的凯西站、莫森站、戴维斯站、麦阔里岛站，也在霍巴特度过难忘的时光。今后，中澳两国在南极科考方面的合作，相信也是长久的，有着广阔的前景。

1991年2月初稿

2011年6月10日定稿于京郊昌平天通中苑

附　录

啊，南极洲（报告文学）

（1980 年）1 月 8 日夜，11 时 30 分，一架波音 747 客机从灯火辉煌的香港启德机场凌空而起。顷刻之间，万家灯火在机翼下像梦境似的消失了……

深沉的夜色像无边无际的墨绿的海水立即把飞机包围住了。万籁俱寂，环宇之间只有这只不知疲倦的大鹏振翅飞翔，它将横渡 5 000 公里的空间，驰往南半球的澳大利亚第二大城——墨尔本。

飞机进入夜航，旅客大多进入梦乡。机舱尾端的第 54 排座位，却有两名中国旅客久久不能入睡，一种难以抑制的兴奋感在他们的心头激荡，他们不时交换一下不言而喻的目光，接着又陷入深沉的思索。

这两个中国人，就是应澳大利亚政府邀请，前往南极洲考察的海洋物理学家董兆乾和地质地貌学家张青松。从现在开始，他们踏上了飞往南极洲的旅程。

啊，南极洲，充满危险而又富有魅力的大陆。也许是想到这次考察可能遇到的危险，张青松临行前在给党组织的信中这样写道："……万一我回不来，请不要把遗体运回，就让我永远留在南极的大地上，作为我国第一次对南极考察的标记……"

那么，南极的冰雪女神是怎样迎接新中国的第一批科学使者的？董兆乾、张青松他俩在南极大陆的日日夜夜是怎样度过的？他们的生活、访问和考察究竟如何？这些，祖国的亲人是多么想知道，而且又是多么关心啊……

打扮成南极人

南半球的夏天是迷人的。当祖国的北方还是寒风凛冽、山寒水瘦的隆冬季节，这里却是阳光明媚，树木葱茏，到处是盛开怒放的奇花异卉。然而，澳大利亚和新西兰的朋友对中国科学家的真挚友情，却比夏天的骄阳还要炽热。

到达墨尔本的第二天，澳大利亚南极局代局长菲力浦·索尔兹伯格先生热情接待了中国科学家，陪同参观南极局四层楼的各有关部门。澳大利亚科学与环境部下属的南极局实际上是一个科研机构。中国科学家饶有兴趣地参观了各学科实验室，观看了专为他们放映的介绍南极考察活动的影片，主人还详尽地介绍了有关南极考察的情况，领他们到仓库领取合身的南极夏装。

说起服装，倒有一个小小的插曲。南极的夏装非常齐全：裤衩两条、睡裤一条、外裤一条、汗衫一件、衬衫两件、毛衣两件，防风衣一套、皮帽和毛线帽各一顶、毛袜三双、毡袜一双、工作鞋（皮鞋）两双、高统防潮靴一双、手套四副、风镜一副。奇怪的是，董兆乾和张青松领到的服装非常合身，就像特地为他俩定做的一样。原来澳大利亚朋友事先向北京发了电报，把两个中国科学家的体长和身体特征了解个一清二楚。主人的热情周到，使中国科学家深受感动。

10 日夜间，董兆乾和张青松依依不舍地离开了好客的墨尔本，飞机越过塔斯曼海的碧波上空，在次日新西兰时间 6 时 15 分到达克赖斯特彻奇——这是新西兰南岛东海岸一个风光绮丽的海滨城市。

先期到达的澳大利亚南极局局长麦科先生，早已为中国科学家把一切安排就绪。新西兰朋友热情地欢迎中国朋友的到来。新西兰南极局局长汤姆逊先生坦率地表示："我们新西兰距离南极很近，中国要考察南极，我们支持你们。希望我们两国在南极考察中密切合作。"他还向中国科学家赠送了南极局徽章和有关南极的资料，并邀请中国客人参观新西兰南极局和南极博物馆。

当他们参观完南极局，匆忙来到南极博物馆时，观众纷纷走出大厅，离闭馆只有半个小时了。可是为了远道而来的中国科学家，博物馆打破惯例，馆长决定延长下班时间，亲自带中国客人参观。这里的展品丰富极了：新西兰考察南极的历史介绍，历年考察的成果，南极的岩石标本，栩栩如生的动植物标本和各种珍贵的实物。长达两个小时的参观，使董兆乾和张青松第一次获得了南极大陆的感性知识。当然，他们也具体地感受到新西兰人民对中国人民的友好情谊。

经过一夜的长途飞行和一天的参观，疲惫不堪的董兆乾和张青松回到下榻的旅馆，很快就进入了梦乡。按照计划，他们将在克赖斯特彻奇逗留 3 天，游览市容，室内准备……

12 日早晨，天刚亮，“砰砰”的敲门声首先把董兆乾从睡梦中惊醒了。

“谁?”董兆乾吃惊地问道，这时张青松也翻身而起。

“我，麦科——”门外答道。

董兆乾和张青松感到十分纳闷，麦科先生这么早找他们干什么呢?

麦科先生带来了意外的消息：马上出发!

麦科先生讲，南极大陆的气象变化无常，说变就变，目前的天气预报只能做到两小时的准确预报。他刚刚接到通知，开往南极的飞机很快就要起飞。

“如果等，可能会遇到坏天气，那就不知道什么时候才能走了。”麦科先生望着两个睡眼惺忪的中国科学家，解释道。

没有什么可以犹豫的。董兆乾和张青松赶忙收拾行装，把所有的东西都装进行囊。

“不，”麦科先生拦住他们，说道，“南极服一定要穿上，在这里全部穿上。”

董兆乾和张青松愣住了。他们面面相觑，几乎不敢相信自己的耳朵——要知道，这是南半球的盛夏呀！此刻室外的气温大约是 28 摄氏度，而南极服不仅有背心、衬衣、衬裤，还有薄毛衣、厚毛衣、防风衣，脚上还要套上好几层袜子——薄毛袜、粗毛袜、毡袜，再加上防水靴；头上还要戴上绒帽。谁受得了?!

麦科先生并没有理会。“你们要打扮成南极人。”他用不容置疑的口气说。

我们的两位科学家老老实实地遵从主人的命令，把一件一件令人眼花缭乱的南极服套在身上。汗珠从他们的额头、脖子和背上沁了出来。南极人的滋味，他们第一次领教了。

“这就是南极！”

美国在克赖斯特彻奇的海军航空兵基地，有一个为南极考察服务的专用机场。带有滑雪板的LC—130“大力神”运输机承担着输送仪器设备、货物、补给和科研人员的任务。

12日中午12时，一架LC—130“大力神”运输机乘着南极天气好转的短暂时机，匆匆地离开了新西兰，它将要越过3 900多公里的大洋，直趋南极洲罗斯冰架的洲际机场，飞行时间大约需要8小时。

只有在这时，当“大力神”运输机跃入太平洋两万英尺上空，并且一直向着地球的最南端飞行时，董兆乾、张青松才懂得了麦科先生的决定是多么正确。LC—130是一种以运货为主的运输机，隔音效果差，机上虽然每人发了泡沫耳塞，发动机的轰鸣仍然震耳欲聋。再就是没有保温设备。一过南纬54度——离南极圈还远着呢，难耐的寒气直透肺腑，他俩都觉得身上的南极服如同薄纸一样，上下牙齿禁不住打起战来。一问机务人员，舱外的大气温度是零下40摄氏度。短短几个小时，他们又进入隆冬季节了。

时间，悄无声息、一分一秒地过去。透过狭小的窗口，可以俯视机翼下薄雾状的云层，在云层的缝隙之间，湛蓝的海水像凝固了似的一动不动，不时可以看见一座座飘浮的冰山，晶莹闪亮。董兆乾、张青松没有忘记自己的职责，他俩征得驾驶员同意，提着摄影机跑进驾驶舱，把南大洋的壮观收入自己的镜头。

大约过了6个多小时，蓦地，一片广袤无垠的冰原扑入眼帘，顿时，像千万面镜子反射的炫目强光使他们不由得闭上了眼睛。他们迅速戴上茶色风镜。就在这一瞬间，看清楚了，冰雪女神的王国——南极洲，以它独有的风采展现在中国科学家的眼前了。

“啊，这就是南极!”董兆乾和张青松兴奋地叫了起来，目光贪婪地凝视着这块陌生的土地。白茫茫的冰原像是用最纯净的玉石雕琢而成，晶莹闪光，洁白无瑕，看不见任何生命的痕迹。景色的单调，使人想起用“白色的沙漠”形容它，实在再贴切不过了。

罗斯冰架上的威廉姆洲际机场到了。说它是机场，实际不过是一望无际的冰架上一块平坦的冰面，周围有十几间房子。当董兆乾、张青松从洲际机场驱车前往“南极第一城”麦克默多时，他们头一个感觉是时间的概念完全混乱了。

麦克默多，位于南纬 77 度 51 分，东经 166 度 37 分，是南极最大的科学考察站。这里不仅云集了来自世界各国的科学家，每年夏季还有很多人前来旅游。董兆乾和张青松跳下汽车，这个南极第一城给他们的头一眼印象，就是像一座被人遗弃的空城。周围安静极了，听不见任何声音，所有的门窗都紧闭着，甚至连道旁的大型运输车和拖拉机也似乎故意缄默不语。他们抬头看了看清澈如镜的蓝天，一轮红日斜挂天际，放射出微弱的光辉。

“现在是什么时间?”董兆乾困惑不解地向同行的澳大利亚朋友问道。

回答是令人惊讶的。麦科先生笑了笑，告诉他们：已经是夜间 10 点多钟，人们早就进入梦乡了。

也许是条件反射吧，他们走进设备齐全的旅馆，眼皮像灌满铅似的睁不开了。

室外是零下 12 摄氏度，他们在南极洲度过了第一个盛夏的夜晚。

“我们热爱科学，我们热爱南极”

耀眼的阳光，穿过厚厚窗帘的缝隙，很早就把董兆乾和张青松从睡梦中唤醒了。当人们陆续进食堂用早餐时，我们的两位科学家却拎着摄影机和照相机，背着取样袋，早就跋涉在麦克默多后面瞭望山平缓的山坡上，开始了对南极大陆的第一次考察。

摄影机嗡嗡地唱着，照相机的快门“咔嚓，咔嚓”地响个不停，他俩顾不上吃早餐，抓紧有限的时间拍摄一个个珍贵的镜头。

征服南极献出了宝贵生命的各国探险家的一座丰碑，十字架下方一处稍平坦的山坡，安放着书桌式的木头架子，“抽屉”里放着一本很厚的装帧精美的留言簿。每个到麦克默多的人，都要前来瞻仰这座象征性的纪念物，并在留言簿上签名留言。

董兆乾、张青松默默地凝视着这高耸的十字架，心中涌起无限的波澜。无字的丰碑，记载着人类探索大自然不屈不挠的顽强精神，它激励着一切有志于献身南极的科学家继承前驱者未竟的事业。想到这里，他们在留言簿上写下了如下几行字：

我们热爱科学，

我们热爱南极，

我们愿向各国科学家学习。

中国和世界各国科学家之间的友谊万岁！

这种发自内心的信念，在他们参观了著名的“斯科特棚”以后，更加坚定不移了。

“斯科特棚”位于离麦克默多站不远的海边，这是一座富有纪念意义的木头小平房。美国朋友告诉董兆乾和张青松：“凡是到麦克默多的人，没有不想到‘斯科特棚’来参观的。”

提到斯科特的名字，这是南极探险史上极为悲壮的一页。罗伯特·佛肯·斯科特是英国探险家，1911 年 11 月他和他的伙伴向南极大陆内地进军，就是从麦克默多出发的。他们探险的路线是对着正南，越过冰架，然后穿过比尔兹莫尔冰川和高峻的南极高原，直达南极极点。但是探险一开始，频频出现的暴风雪使斯科特一行受挫，加上他错误地用西伯利亚矮种马代替习惯极地生活的爱斯基摩狗，实践证明，矮种马并不适应南极的严寒气候。结果在整个探险过程中，他们不得不消耗人的体力拖着满载给养的雪橇前进。斯科特不愧是一个勇敢的探险家，但是他的错误却使他们付出惨痛的代价。他们历尽艰辛，虽然胜利地到达南极点——这是第二年 1 月 18 日的事，但是这已经耗尽了他们的体力。当他们返回时，食品的匮乏，暴风雪的袭击，严重的冻伤，终于使他的伙伴一个个倒了下去。3 月 21 日这位勇敢的南极探险家也死去了。这一支英国探险队的结局是悲惨的，但是他们刚毅、勇敢的献身精神和悲壮的事迹却一直成为南极考察史上光荣的一页。斯科特和他的伙伴在临死之前，仍然拖着在南极沿途采集的 35 磅重的珍贵化石和其他岩石标本，他的日记也完好地保留下来——这些，都成为南极科学研究珍贵的资料。

"斯科特棚"就是当年斯科特探险队在南极大陆的第一个基地。房子维修过，外面加筑了金属栏杆。里面隔成 4 间，贮存着当年探险队的衣服、炊具、机械用具和各种食品，还有牛羊肉，罐头和杀死的海豹。一切都保持着原貌。董兆乾和张青松在"斯科特棚"逗留片刻。他们过去是从书籍上知道这位勇敢的探险家不平凡的经历的，此刻，目睹一件件实物以及用英文书写的斯科特的事迹介绍，使他们对早期南极探险的艰难困苦有了更深切的了解。要揭开南极大陆的秘密，确实是须要付出代价的，不论是过去还是现在。他们是有这样的思想准备的。

凯西站

1 月 14 日，凯西站出现了少有的好天气。蓝天如洗，阳光普照，没有一丝风影。这之前，整整一个星期，太阳被云层遮没，大风日夜不息。怪不得澳大利亚的朋友们对中国科学家说："你们真有福气，一来就见着太阳了。"

董兆乾和张青松就是这天来到凯西站——他们这次访问和考察的目的地。

凯西站位于南极大陆东部，地理坐标是南纬 66 度 18 分，东经 110 度 32 分，距离麦克默多 2 000 公里。这个澳大利亚在南极大陆的 3 个科学站之一，坐落在濒临纽康姆湾的一片岩石裸露的地方。从远处眺望，一排长龙似的建筑群在冰雪的白色背景上蜿蜒，宛如一座袖珍城市。这个城市的居民只有 27 人（包括科学家、观测员和工人），但麻雀虽小，五脏俱全，除了每个科学站必不可少的实验室、宿舍、食堂，还有供开展文娱活动和休息的俱乐部，锻炼身体的健身房，配备有一名医生的诊室。这里的一切都自给自足，人们日常生活必需的用品应有尽有。食品仓库、清洁用品仓库、电工库、交通工具维修车间、木工间以及各种车辆，保证这里的衣食住行比起澳大利亚繁华的城市毫不逊色。7 个圆形油罐构成的油库贮存了足够用两年的燃料；主建筑以外的发电厂和另一座备用发电厂，提供了充足的科研生活用电和热水。即使是严寒的冬季，这里的室内温度也保持在 20 摄氏度，盖一条薄薄的毛毯就可以安然入睡。凯西站旁边两座分隔的山顶上，屹立着功率强大、设备先进的无线电发射站和接收站，这是和世界保持联络的耳目，也是东南极大陆最大的通信中心。东南极的各国科学站把气象资料传送到凯西站，然后从这里发回墨尔本，几小时内全世界最遥远的国家就可以得到南极的信息。中国科学家曾经允许在这里用无线电话和远隔几千里的中国驻澳大利亚使馆通话，声音非常清晰，就像市内电话一样。

极地的生活并不如人们想象的那样可怕。董兆乾和张青松作为凯西站的一员，每人分配了一间舒适的住房。床铺固定在墙壁中部，下面有存放物品的 4 个大抽屉，旁边是一张写字台。床铺对面墙上是一排衣帽钩，按照南极生活的要求，衣服鞋帽必须井井有条地放在固定的位置：一旦发生紧急情况，能够在最短的时间内穿好御寒的衣服——在南极，任何疏忽大意都可能带来无法挽回的损失，甚至生命危险。要知道，室外的气温经常是零下，何况还有凶猛无常的暴风雪。“不穿好衣服不准走出室外！”这是科学站的纪律。

在我们看来是鸡毛蒜皮的小事，南极人却是认真对待、一丝不苟的。在南极是不允许乱扔垃圾的，凯西站有堆放垃圾的固定地点，对这些会造成环境污染、影响某些环境要素的废物，定期加以处理。据说新西兰在这方面要求更加严格，他们科学站的垃圾以及粪便，都是用船只定期运回国内处理。为了保持南极大陆原始的清洁面貌，保证科学分析数据的准确性，科学家们想得多周到啊！

也许人们对南极的科学家和工作人员一天的日程有着浓厚的兴趣，这里有一张凯西站的作息时间表：

早晨 8 点是早餐时间，8 点半各就各位，开始工作。科学站是没有一个多余的人的，各司其职，分工明确。10 点钟，是吃午点的时间，人们可以到食堂随便吃一点点心，接着又继续工作。中午 12 时吃午餐。这里没有午睡的习惯，下午 1 点接着工作，一直到下午 6 点，在这中间，下午 4 点半，照例也有一顿吃点心的时间。当一天工作结束的时候，劳累了一天的人们都纷纷离开自己的岗位——实验室、办公室、车间的机器旁以及风雪的冰原上——聚集在俱乐部明亮的“大厅”里。这时俱乐部为大家预备了世界各地的名酒，人们一边饮酒，一边谈天。这就是一天最愉快的“饮酒时间”——从下午 6 点至 6 点 15 分。接着就是丰盛的晚餐。晚上的时间是自由支配的，人们可以根据各自的爱好自由选择。健身房备有哑铃、乒乓球、拉力器和其他运动器械，图书馆丰富的藏书对渴求知识的人来说也富有魅力。当然俱乐部还是最热闹的地方，人们三五成群，谈笑风生，也有的在台球桌旁度过一个愉快的夜晚。凯西站每年要从国内携带 150 余部最新的电影拷贝和 200 部电视录像磁带，这样，俱乐部差不多每天都有新的电视和电影。

不过，对于许多科学家来说，夜晚是工作和学习的最好时间，这时候他们往往在自己的宿舍或者办公室和实验室里度过，那窗户上的灯光很晚很晚才会熄灭……

凯西，就是这样一座科学之城。

难忘的 34 天

“我们非常欢迎中国科学家到凯西做客。希望凯西站的每一个科学家、观测员和工人都把他们当作自己人，协助他们的参观访问。他们想看什么，大家一定要满足他们的要求，他们有什么问题，大家要毫无保留地告诉他们……”这是澳大利亚南极局局长麦科先生在凯西站向全体澳大利亚朋友介绍中国科学家时发表的热情洋溢的讲话。

董兆乾和张青松在凯西站生活了 34 天。这 34 个战斗的日日夜夜，在他们的心中留下了永远难忘的记忆。这种记忆是双重的，它既有南极大陆令人陶醉的自然风光，也有澳大利亚朋友令人感动的深情厚谊。

中国科学家访问凯西站有这样几项具体要求，即了解凯西站的设施，包括科学研究和日常生活用品的详细情况；熟悉凯西站的科研观测项目，从仪器设备到科研成果。最后，他们还想具体了解澳大利亚南极考察的组织实施情况。对于中国科学家的要求，澳大利亚朋友无条件地满足了。

1 月 15 日一大早，凯西站站长迈宁先生亲自陪同董兆乾和张青松参观凯西站的设施。在春意盎然的温室里，他们饶有兴趣地观看了生长在极地的葱绿的黄瓜和水灵灵的蔬菜；在植物富饶区，中国科学家第一次在这个唯一没有树木的大陆上，见到了在恶劣的自然环境中顽强生长的南极植物，其中有适应性极强的地衣，长在石头上和冰雪融化的水洼中的陆地藻类，还有茂密的苔藓，它们大多只能生长在冰雪融化的海边和潮湿的岩石缝隙里。当中国科学家提出，他们希望了解南极地区建筑物的特点时，迈宁先生马上把建筑部主任找来，领他们参观正在施工的扩建工地。他们发现建筑物的墙板是双层的，两层钢板中间填充了一层厚厚的聚苯乙烯泡沫塑料，据说这样可以收到隔热保温的良好效果。这里采用的是悬空式建筑，澳大利亚朋友告诉董兆乾和张青松：由于地板下面是空的，距离地面两米左右，这样大风卷起的积雪就会从下面自动刮跑，而不会把房屋埋没起来。

澳大利亚科学家为中国科学家的科学考察提供了极大的方便。有关生物、冰川、大气物理、南极光、地磁、电离层物理、气象、高空气象、海洋、无线电通信……一句话，凡是凯西站研究的项目，无一例外地为中国科学家敞开实验室的大门。

在凯西，董兆乾和张青松一度被人们称作“不走运的渔夫”。事情是这样的，为了获取南大洋的鱼类标本，这两个“渔夫”兴冲冲地准备了渔具和饵料，跑到海边耐心地等待鱼儿上钩。可是不知是什么原因，也许是运气不佳吧，他们一连 4 次都怏怏而返。这件事一时在凯西站传为笑谈。

澳大利亚朋友一直把这件事挂在心上。2 月上旬，丹麦“塔拉顿号”运输船进入凯西站的海湾，澳大利亚朋友立即和船上联系，请他们协助中国科学家“钓鱼”。

一艘救生艇从“塔拉顿号”的船舷徐徐放下，中国科学家被请到艇上。“塔拉顿号”经验丰富的水手长亲自掌舵，把他俩送到一处水深16米的海湾。这一次，他们摘掉了“不走运的渔夫”的帽子。不到1个小时，他俩就钓了14条南大洋底栖的一种鲤科的鱼。这种珍贵的鱼类标本，现在已带回祖国了。

真诚的友谊，无私的帮助，更增强了中国科学家的责任感。在凯西站的日子里，董兆乾、张青松为了积累南极的资料，从不放过任何一次实地考察机会。2月9日中午，狂风大作，漫天皆白，一场罕见的暴风雪突然袭击了凯西站。董兆乾、张青松睡在床上，只觉得床铺和整个房屋都在颤抖，大风一连刮了3天3夜，室外工作全部停止。他俩商量了一下，觉得这是一次观察南极暴风雪的好机会。在飓风的影响下，海洋上会起什么变化，海浪的形态是怎样的，这些可贵的资料只有实地观察才能取得，想到这里，他们决定进行一次实地观测。

但是澳大利亚朋友拦住了他们，一向和颜悦色的诺尔斯·克里博士严厉地说：“不行，这是非常危险的!”这位澳大利亚南极局副局长列举了许多暴风雪中发生的惨剧，劝阻中国科学家打消这个怪念头。

两位中国科学家感谢澳大利亚朋友的好意，他们解释说，我们国家很不容易派人到南极来考察，因此我们希望尽量为祖国带回一些珍贵的科学资料。他们又说，我们可以乘着大风间歇的时间，用最快的动作跑出去完成观察任务……

克里博士被这两个顽强的中国人打动了，他无可奈何地同意了他们的恳求，第一次打破了科学站的规定。

这时，门已经打不开了。3位澳大利亚朋友帮助他们，门才给顶开。董兆乾和张青松紧紧抓住门前的金属杆，艰难地向前移动。在通往海边几十米的路上，他俩是匍匐在地上一步一步挪动的。他们顽强地和暴风雪搏斗，奋不顾身地朝海边一块巨石奔去。当他们终于到达可以望见怒浪滔天的海湾时，他们紧紧地贴在巨石上，举起了摄影机和照相机……

还有一次，澳大利亚科学家乘直升机前往凯西站以西100公里的冰原，那里有一个观测冰川运动和冰碛物的冰川站，他们每年都要去一次。考虑到中国科学家的安全，克里博士劝董兆乾、张青松不必参加了。

“风很大，气温是零下十七八摄氏度，很危险……”克里博士解释道。

“你们能去，我们也能去！你们不怕危险，我们也不怕危险！”董兆乾和张青松齐声答道。

克里博士听到这个回答，苦笑着，又一次屈服了。

中国科学家的献身精神，赢得了澳大利亚朋友一致的好评。

再见吧，南极洲

2 月 17 日中午 12 时，凯西站全体人员向他们生活了近 1 年的南极洲举行了庄严而别致的告别仪式。3 桶盛满汽油的油桶，堆放在海岸边，爆破手拉上了长长的导火线。聚集在丹麦“塔拉顿号”甲板上的人们屏声敛息地等待着，等待着……

突然，“塔拉顿号”拉响了嘶哑的汽笛声，就在这一瞬间，爆破手点燃了导火线，顿时，油桶爆炸，发出雷鸣般的巨响，海岸上浓烟滚滚，火舌飞腾，人群中爆发出一阵热烈的欢呼。

“塔拉顿号”起航了，这艘 3 000 吨的丹麦运输船给凯西站补充了装备、给养和一批新的工作人员，同时又把凯西站工作了 1 年的全体人员接回他们的祖国。在凯西站度过了 34 天的中国科学家，也一道乘船返航。

南大洋的万顷碧波展现在董兆乾和张青松的面前。飘浮在海中的座座冰山像水晶小岛不时闯入他们的视线。从现在起，他们开始了一次极为艰苦的航行，在南大洋的惊涛骇浪里他们整整度过了 18 个白天和黑夜。

南大洋，又称南极海或南冰洋，指包围南极大陆的辽阔海域。在南大洋航行的船只，有两大威胁，这就是巨大的海冰和强烈的风浪。“塔拉顿号”离开凯西站以后，首先遇到长达 60 海里的碎冰区，船只周围的万顷碧波上，到处是飘忽不定的浮冰、堆积冰、碎冰和最为可怕的冰山。坐在舱里的人，耳边时刻响起冰块撞击船舷的乒乓声和船体碾碎浮冰的嘎嘎声，那情景可真够叫人提心吊胆的。南大洋的冰山是航行最大的威胁，它通常是“平顶台状”，像一张光滑平坦的桌子漂浮海中，由于它的水下体积一般是露出水面部分的六七倍，雷达无法探测它的水下形状。船只倘若一不小心撞到冰山，就有沉没的危险。“塔拉顿号”在通过法国迪·迪尔维尔站附近的冰区时，中国科学家见到的最大的冰山长达60公里，高出海面80米，像一艘庞大的冰舰。由于风浪太大，“塔拉顿号”开动全速也无法前进一步，最后只好冒险侧风航行。这时候，船长和大副都一步不离地呆在驾驶舱，目不转睛地注视着回声测深仪，手里都捏了一把汗。

南大洋的风浪也是吓人的。南纬50度到60度的南极辐合带附近，是强劲的西风带，风力通常是八九级。“塔拉顿号”经过辐合带时遇上了8米高的巨浪，据说这还不是最大的风浪，最高纪录是30米高的狂澜哩！

2月21日，“塔拉顿号”中途在法国迪蒙·迪维尔站的海湾停泊，接一批法国科学家回国。法国站建在一个面积不大、环境极为恶劣的孤岛上，法国科学家选择这里建站，是因为这里位于磁北极附近，对观测地磁、南极光、宇宙射线、电离层物理等具有得天独厚的条件。法国朋友从“塔拉顿号”事先拍来的乘员名单中发现了董兆乾、张青松的名字，经过电报查询，确信是中国科学家来访。为了表达对中国人民的友好情谊，法国朋友临时赶制了一面五星红旗。当“塔拉顿号”徐徐进入迪蒙·迪维尔站的海区时，董兆乾和张青松从望远镜中一眼发现了岸边金属杆上的五星红旗，和法国、丹麦、澳大利亚国旗以及南极科学考察委员会的会旗一起迎风飘扬。

2月27日，“塔拉顿号”离开了法国站，正式踏上了返回澳大利亚的归途，中国科学家参观了法国站，结束了对南极洲的首次访问。他们在南大洋继续航行了8天，当他们在澳大利亚南端的塔斯马尼亚岛的霍巴特港登陆时，已经是3月5日的晚上了。

再见吧，南极洲！坚冰已经打破，航路已经开拓，总有一天——这一天是不会太遥远的，中国的科学家将要在你的冰原上建立自己的科学站。在和平利用南极的科学事业中，中国人民将要为人类作出应有的贡献。

（载于1980年4月28日《光明日报》）

他长眠在南极冰原——纪念高钦泉

一直想写点文字，纪念英年早逝的高钦泉，却因为写这类文章不免搅动记忆深处的苦涩而黯然，难以举笔。如今斯人长眠在南极寒冷的冰原，所谓“亲戚或余悲，他人亦已歌”，遥望南天，生死两茫茫，该是到了偿还心灵文债的时候了。

不过，触动我提笔的还有不能不说的一个诱因。1999 年冬天，小儿金雷随 16 次中国南极考察队先到了长城站，又乘“雪龙号”破冰船闯入冰封的拉斯曼湾到中山站。他归来带回的许多南极照片，其中竟有一张摄下的是高钦泉的墓碑，一块极普通的碑石，安放在冰雪覆盖的海岛，周围堆着风化的岩石。我凝视碑上的文字，不禁悚然一惊。在我的潜意识里，生龙活虎的高钦泉并未离去，我始终以为那不过是误传，虽然很久以来没有听到他的声音，没有见到他那瘦削的身影，但我总以为他定是率队去南极了。他一定还在遥远的冰雪世界，带领一帮弟兄，在那里度过漫长寒冷的冬季，说不定什么时候，又会见到他风尘仆仆的身影。

然而，面对照片上的墓碑，我不能不承认这个无法接受的现实。高钦泉真的走了，这个刚强的山东汉子，走得这样匆忙，走得那样遥远 ……

认识老高，是在 1984 年夏秋之间。那年，中国掀起少有的“南极热”，中国第一次组队远征南极的消息，使多少人热血沸腾。北京复兴门国家南极委员会办公室的门槛差不多快要被各路人马踏破了，不仅科学家们纷纷报名，一向消息灵通的新闻记者

中山站附近的高钦泉墓地

也闻风而来。老高是办公室挑大梁的副主任，主管后勤的繁重工作。虽然他不爱出头露面，却要在幕后为保障首次南极考察的顺利实施多方筹划，精心安排，而这是多么复杂的系统工程。

说来也巧，接到国家南极委员会的公函，正式通知我被批准参加中国首次南极考察的采访报道——这当然是令人高兴的事，我也同时得知，由于种种原因，我的出国签证迟迟办不下来，此刻仍在几个国家驻华使馆之间慢吞吞地“旅行”，因此我将不能随考察船大批队员一道出发了。

眼见考察队出发时间日益临近，我不免心急火燎，于是我去找老高。因为我打听到，届时我将和老高结伴而行。

高钦泉是典型的山东大汉，大伙儿亲切地称他“老高”，毕业于山东海洋学院，虽然长期在北京工作，但乡音未改，一口胶东口音，性格豪爽粗犷，直来直去，不会转弯抹角。见我焦虑不安，他嘿嘿一笑，说：“着什么急嘛，你该干吗干吗，到时候落不下你……”

当时，考察船即将从上海起航，我想去趟上海，报道出发的消息，可是又担心签证下来，会不会两头都耽搁了，因此犹豫不定。老高听我说罢，胸有成竹地说：“你去上海吧，写你的报道，误不了事……”三言两语打消了我的顾虑，一颗悬着的心放了下来。接着老高又将我们的行程详细说明：先到美国，然后飞往阿根廷和智利，再飞往火地岛的乌斯怀亚港，在那里与中国南极考察船会合。他还告诉我该带什么衣服用品，因为南半球正值夏天，要带上夏装，等上了船考察队会发给我冬装，等等。后来我才知道，我们的行程为什么要绕那样一个大弯，原来老高负有重要的使命。

高钦泉在南极

1984 年 11 月底的一天，北京的大街小巷的人们忙着购买冬贮大白菜，我们的漫长旅程开始了。在首都机场候机厅，我和老高会合，同行的还有南极办的翻译张福刚，外交部西班牙语翻译高正月，是老高的助手。当时，还有一个小小的插曲：当我们三个人会合后，一辆军用吉普也开到候机厅前，几名军人从车上卸下一口木箱，沉甸甸的像一口棺材。原来正在太平洋航行的“J121 号”海军打捞救生船因风浪太大，一个机械零件需要更换。木箱里装的是笨重的机械零件，于是我们又多了一项任务——将木箱安全地运到南美的火地岛，送上船。这项任务可不轻松，每次转机我们都忙得满头大汗，还要应付各国海关人员的盘查，老高为此可没少操心。

第一站是纽约，下榻在哈德逊河码头附近的中国领事馆招待所，这里是曼哈顿冷僻之地。那时刚刚改革开放，中国驻外机构一如国内仍然保持革命的遗风，招待所是一幢破旧的铁灰色楼房，相当简陋，伙食费一天 5 美元，饭菜单调不说，竟然没有电视。我是第一次出国，对于纽约这个大都会难免充满好奇，老高理解我的心情，不止一次地说：“你是记者，应该多走走多看看……”他让小高陪我，参观联合国总部、世贸中心等地。我们在纽约停留时间不长，主要是等候赴南美的班机。在这有限的几天，老高始终足不出户，除了用餐，一直呆在那间没有电视的房里。我动员他出去看看，他却摇摇头，半开玩笑地说：“除了楼房就是人，哪里都一样……”其实，老高也是很想出去观光的，后来才知道，他随身带了大笔美元，是为考察队采买食品和支付船队停靠码头的费用，包括购买燃油和淡水。为了这笔巨款的安全，老高在纽约没敢出门，每天守着那只沉甸甸的保密箱。

到了阿根廷和智利，老高更忙了。因为南极考察船队的两艘船，即将经太平洋绕过南美洲最南端的合恩角，驶入火地岛，停靠阿根廷辖下的乌斯怀亚港，在这里补充燃料、淡水和大量蔬菜水果。转年 3 月，船队返航又将在智利南端的彭塔阿雷纳斯港停靠，也要补充燃油、淡水，并且要穿过麦哲伦海峡。老高不仅要找当地的船舶代理，办理手续，交涉佣金，支付费用，还要和官方打交道，按外交途径交涉许多烦琐的事宜。那些日子，我虽然和他们同住一处，却很少见面，他们总是早出晚归，忙得不可开交。我国驻阿根廷、智利大使馆也为我国首次南极考察做了大量前期准备，获得阿根廷、智利政府的大力支持。我虽然未能参与其事，多少知道老高付出的辛苦。记得到智利后，由于我国考察船队返航时要穿过麦哲伦海峡，但是船员对这条航道十分陌生，以前还没有一艘中国船航行在这条航道复杂、潮汐多变的海峡，为此急需海峡的潮汐、航道方面的资料。智利当时正值皮诺切特军政府统治时期，社会秩序动荡不安。就在这种情况下，老高仍然到处奔走，在使馆大力协助下，终于获得智利提供的有关资料，为后来顺利穿过麦哲伦海峡提供了可靠保证。

最令人不能忘记的是，老高尽管肩负重任，终日忙出忙进，对我的工作仍然十分关心。他怕冷落了我，悄悄地对我的行程做了细致入微的安排。在这方面，我是铭感于心的。在我们离京之前，他就通过外交部发文给我驻阿、智两国使馆，安排我的采访活动。所以，我到阿根廷、智利后，使馆的大使、文化处以及驻阿、智两国的新华社，人民日报首席记者都给我以热情帮助，使我在有限的时间内得以访问了当地的大学、报馆，参观了风景名胜和博物馆，获益匪浅。而幕后的策划者，正是不露声色的老高。

终于，我们的漫长旅行到达最后一站，这是天之涯、海之角的火地岛。

从布宜诺斯艾利斯飞行了 3 000 公里，中途在布兰卡和里奥 - 加列戈斯短暂停留，最后飞抵火地岛的乌斯怀亚，下榻在海峡边的山毛榉旅馆。圣诞节日益临近，中国考察船队穿过太平洋，正在向火地岛驰来。这些日子，几乎见不到老高了，他更加忙碌，采购的物资正由集装箱大卡车经泛美高速路向乌斯怀亚港运来，他整天和阿根廷船代理在码头上奔忙，联系船只停靠的泊位，落实输送燃油、淡水的事宜，并且随时与大洋航行的船队联系。我也开始进入“临战”状态。一天傍晚，老高突然叫我出席一次宴会，是阿根廷船代理的答谢宴会。所有的物资采购和接船的手续都已办妥，船代理为了表示表示，特意盛情邀请。其实我也知道，老高邀我参加，也是为我送行，因为我们即将分手，他将回国，而我的南极之行才刚开始。那天晚上的宴会是在圣马丁大街的一家小餐馆里举行的，外国人的宴会只是一顿简单的晚餐，各人点一道菜，记得我要的是一份难以下咽的牛排。但是我发现那天老高特别高兴，一直紧锁的眉头舒展开了，露出难得的笑容。我理解他的心情，忙了快一个月，为我国首次南极考察的各种物资准备，这副千斤重担终于落到实处，他怎能不感到高兴呢!

然而，老高默默无闻的奉献并不为他人所知，相反，不久发生的一桩意外事故却给他带来洗刷不掉的罪名。

事情是这样的：当中国南极考察船队在乌斯怀亚休整了几天，即将拔锚起航向南极洲驶去时，一个额外的任务交给了即将返国的老高。当年通信没有现在发达，不用说船上没有传真，更谈不上全球通手机，我在乌斯怀亚邮局想给国内挂国际长途，也被告之没有这项业务。所以考察船队几百人的家信，尤其是随队采访的新闻记者的稿件（包括一些拍摄的胶卷）统统交给老高，由他运回祖国。此外还有托他带回的行李。老高是个热心肠，对此毫无怨言，仍然像老黄牛一样，将这些大大小小的行李随航班托运，以便将这些平安家信迅速送到队员、船员的家属手中……

岂料，中国首次南极考察的消息传遍世界时，总有那么一些心怀叵测的家伙心里很不舒服，他们害怕中国的强大，害怕中国的科学事业日益发达。当中国南极考察船队航行在太平洋时，就发生过不明国籍的飞机跟踪的事件，而现在他们又盯住了老高携带的装有信件的邮袋，大概以为里面有什么机密吧。于是，当老高返国途中，托运的行李中唯有邮袋不翼而飞。别的行李都在，偏偏邮袋不见踪影，这本身不是很说明问题吗?

我是在南极听到邮袋失踪的消息的，由于不知详情，老高不免遭到许多人的无端的指责。虽然大家的心情可以理解，但是当我今天执笔回忆往事时，我觉得有必要为老高洗刷罪名，还以清白，因为邮件丢失的责任并不在老高，而是有复杂的政治背景，那些见不得阳光的国际扒手是惯于干这类鸡鸣狗盗的卑鄙勾当的。

我这里至今保存了一封老高给我的亲笔信，是1985年2月8日写的，托人从北京捎到南极，我当时尚在南极洲乔治王岛长城站。

信中写道：

……我受众人之托，带着送给亲人的信和付出巨大心血的劳动成果，本想自带回京转送亲人和各自的单位，但到使馆后，使馆有关负责人讲，手提那么多书信是违反国际法的，出国人员不能充当国际邮差，因此他们提出必须铅封作为信使邮袋托运（信使也是这样办理），我们无法只好照办，一切手续、装运等都由使馆人员一手办理。我由于多日未睡好，疲劳、瘫软无力，根本未过问，而在托运过程中失误之处不应直运北京，而在东京应提取，虽是使馆给办的，但我有不可推卸的责任，实感对不起大家，我终日吃不好，睡不好……此事虽为使馆安排，作为我们应听使馆安排，但作为我的错误，我也绝不推卸……现在我们的工作虽很忙，20日起家中虽只有我一个人，我也一定做好工作，及时转送你们的稿件，传递你们的消息，将功折罪吧。我不要求大家宽恕我，大家恨我、骂我，甚至见面时打我，我都无怨言，大家的心情我是理解的，虽然我时时念及此事，但工作一定要搞好，否则是错上加错了……

从信中可以看出，老高的精神压力是巨大的，他有口难辩，默默承受了一切。也许，他是把我视为可以信赖的朋友，所以在这封信里倾诉了他的苦衷——毕竟，是我与他结伴而行，深知他的苦衷，对他是最了解的。

老高是属于那种埋头苦干不愿抛头露面的人，他对新闻记者的采访一向是能推就推，实在推不掉也只是谈工作而绝少谈自己，这也是多年来在我国南极事业的宣传报道中很少见到他的名字的缘故。其实，老高真正称得上是中国南极事业的开拓者之一，他对中国南极事业的贡献是功不可没的。

1981年国家南极考察委员会正式成立，高钦泉担任南极委办公室副主任，从那时起，他把自己全部精力投入我国南极事业的开拓性工作。1982年7月，他率团首次以观察员身份出席在列宁格勒举行的第17届南极研究科学委员会会议。1984年9月他率团出席在联邦德国不来梅举行的第18届南极研究科学委员会会议，并递交我国申请加入该委员会的申请书。在我国首次南极考察期间，他负责后勤保障的大量工作。

回国之后，他于1985年1月前往南极大陆的美国比德莫尔营地，参加在那里举行的《南极条约》体系讨论会，并乘飞机抵达位于南极点的阿蒙森－斯科特站，他和同行的张坤诚教授是第一批到达南极点的中国人。这年11月，高钦泉担任中国第二次南极考察队队长，前往长城站。1986年从南极回国不久，他又于6月率团前往美国圣迭戈，出席第19届南极研究科学委员会会议，这次，我国代表团是以南极研究科学委员会正式成员身份出席会议。1988年9月，他率团出席在澳大利亚霍巴特举行的第20届南极研究科学委员会会议。当年年底，他又参加中国第五次南极考察首次东南极考察队，赴东南极大陆建立中山站，担任副站长。“极地号”船撤离后他留下越冬，担任越冬队队长。我后来听说，中山站首次越冬相当艰苦，因为最初决定中山站只是夏季站，冬季不留人，可是站建成后临时决定留人越冬，物质条件很不足。从5月下旬起，连续58天的极夜见不到太阳，中山站笼罩在漫漫黑夜之中，暴风雪在站区周围形成高2～3米的雪墙，他们每天都要与狂风暴雪搏斗。直到1990年2月，高钦泉和他的队员们度过了426个日日夜夜才撤离南极，踏上返回祖国的航程。作为我国第一位在南极大陆越冬的队长，他付出的精力、体力和肩负的重担，是不难想象的。他的身体也因此被累垮了……

最后一次见到老高，是在海军一所医院，积劳成疾的老高不幸被绝症击倒了。他躺在病榻上，仍然关心我的处境，却绝口不谈自己的痛苦。我当时以为他不久就会痊愈，重新回到他眷恋的南极事业岗位上。不料，不久，传来了他不幸辞世的噩耗，这位以毕生精力献给中国南极事业的南极人，终年仅54岁。

今年是高钦泉逝世10周年。如今他长眠在南极冰原，陪伴他的是呼啸的暴风雪，是漫长的极夜和难以忍受的酷寒。不过，除此之外，中山站的灯光和考察队员的欢声笑语也将和老高长相伴，而每一次中国破冰船的汽笛声在普里兹湾的冰海回响时，也会给老高带来祖国亲人的思念。

老高，您安息吧，我永远地怀念您……

2002年5月

献身海洋科学的吴宝铃

吴宝铃（1927—1998），著名海洋生物学家，中国科学院海洋研究所研究员，国家海洋局第一海洋研究所名誉所长，中国海洋学会第一、二届理事。满族。辽宁绥中人。1949 年毕业于北京师范大学生物系。1957—1961 年在苏联科学院动物研究所进修，曾赴北极考察。自 1957 年开始，从区系分类、形态、生态、生殖、生活史、地理分布、虫管化石和系统发生等方面对海洋环节动物多毛类进行全面系统的研究，是我国环节动物多毛类研究的创始人。

吴宝铃长期致力于海洋环境保护的研究，担任国务院资源开发、保护研究专家组成员，联合国教科文组织“海洋生物多样性工作组”中唯一的中国顾问。1964 年首次在我国对污染生态进行了研究，报道了我国有机质污染指标——小头虫并对其进行种下分类。主持完成了渤海湾环境质量评价及自净能力的研究、京津渤地区污染规律和环境质量研究。先后与外国合作，参与世界海洋水域污染课题的研究。1985年和1987年两度赴南极考察，在南极长城站主持极地海洋保护课题研究。

他的研究成果多次获国家科技进步奖，学术著作获全国优秀科技图书奖。撰有《中国淡水和半盐水多毛类环节动物研究的初步报告》、《小头虫的亚种分化及其生态特点》、《黄海的多毛类游走亚纲》等论文200多篇，为海洋科学献出了毕生精力。

1986年1月13日，南纬62度12分的南极洲乔治王岛，显得分外忙碌。

这是南极洲一年一度的黄金季节，白昼一天天延长了，极地的太阳似乎为了弥补它在冬季的懒惰，直到深夜也迟迟不肯落山。冰封的麦克斯韦尔湾已经解冻，只有零星的浮冰和不时飘来的冰山，仍然还透露着严冬的信息。在积雪初融的山坡，东一簇西一簇的地衣和苔藓从寒冷中苏醒，贪婪地吸吮着热力微弱的阳光，舒展它们冻僵的躯体。荒凉冷寂的海滨，像集市一样突然热闹起来，一群群巴布亚企鹅和阿德雷企鹅远涉重洋，欢天喜地地在这里谈情说爱，有的雌企鹅快要做妈妈了。

对于探索南极奥秘的人类来说，夏季是探险和科学考察的黄金季节。这天，在智利马尔什基地的小码头，一艘800吨的轻便考察船“阿拉卡扎尔号”正在升火待发。由智利南极研究所组织的1985—1986年度的南极考察，邀请了西班牙、美国、澳大利亚、法国、联邦德国和中国的科学家参加。考察船将穿过冰山重重的南大洋，前往南极半岛进行多学科的海洋综合调查。

尽管“阿拉卡扎尔号”万事俱备，由于天气原因，从智利南端的彭塔阿雷纳斯港起飞的班机一再延误，还有几名外国科学家尚未到达。然而，时间不等人，南极洲的夏季是短暂的，错过了时机意味着考察计划的告吹。

这时，两公里以外的马尔什基地机场也显得分外忙碌。这是智利空军辖下的机场。在孤悬冰洋的乔治王岛，它是唯一的与南美洲大陆沟通的空中走廊。机场已接到彭塔机场的通告，天气好转，从彭港起飞的班机一个小时后即将到达。

果然，当闻讯赶来的柯亚德博士到达机场，阴云笼罩的天空露出了一角蓝天。柯亚德博士是智利康塞普西翁大学的海洋学教授，这次南极考察的负责人。

顷刻工夫，北方的天空出现了一个黑点，地勤人员赶快跑来，驱赶在机场等候的人群。这是一座简易机场，沙石跑道，只能起降直升机和 C—130“大力神”运输机。不多一会儿，引擎的隆隆声越来越响，一架草绿色的“大鸟”展开双翼从人们的头顶掠过，接着在空中转了一个大弯，重新飞掠而来……

顿时，一阵飞沙走石，C—130“大力神”运输机徐徐降落。

舱门打开，柯亚德博士看见，一位身材伟岸、穿着南极羽绒服的中国学者，提着沉甸甸的旅行箱走出机舱。

“您是吴宝玲教授吗？欢迎您！”柯亚德博士迎上前去，热情地问道。

“是的，您是……”来人正是吴宝玲，他用英语答道。

随即，两位不曾谋面的海洋学家紧紧拥抱起来。他们彼此都很熟悉对方，只是相见恨晚。

“很抱歉，我们的考察船马上要起航，你来不及休息了……”

“是吗？我还担心赶不上了。”吴宝玲说，“我们早就到了彭港，可是天气一直不好。”

“你甚至也没有时间去看望你的同胞，他们离这儿不远。”柯亚德博士指的是乔治王岛上的中国南极长城站，“不过，等我们考察回来，你有的是时间……”

就这样，吴宝玲一下飞机，还未来得及喘口气，立即登上了“阿拉卡扎尔号”考察船。一声嘹亮的汽笛响彻宁静的海湾，像是欢迎他的到来。接着，考察船迎着冷冽的寒风，向着冰山出没的南大洋驰去。

只有这时，吴宝玲才能静下心来。他倚着船舷，深情地眺望着冰封雪盖的乔治王岛，眺望着眼前翻涌的琼浆似的波涛。啊，这就是南极洲，他梦里寻它千百度的冰雪世界，第一次实实在在地呈现在自己的面前。这不是做梦吧？从青年时代起，从他还在苏联留学的 50 年代，他到达北极考察那一刻起，他就暗暗发誓，一定要前往地球南端的南极洲。如今，鬓发已经霜染，年纪也过了60，他做梦也未曾想到，青春时代的夙愿却在此时得以实现。

每个人都有自己执著的追求，他的追求是什么呢？

吃海鲜未忘海洋开发

说来也不凑巧，吴宝铃是在1985年12月27日由北京启程动身赴南极的，笔者当时正在南美洲访问。我离开智利首都圣地亚哥不几天，他飞抵圣地亚哥，我们失之交臂。回到北京不久，他从智利给我写了一封信，云：“我到圣地亚哥（30日），您26日刚走，未遇怅甚！”并附来一纸小稿，题为《吃海鲜》，全文照录如下：

来南极途中在洛杉矶停一天一夜，住距机场不远好莱坞公园对面的松鹤园旅馆。餐厅厨师小何热情招待，有宾至如归之感。次日下午，小何驾驶新购的马自达小汽车，带我们去逛全美最大的洛杉矶购物中心，虽是圣诞节后，但正值新年廉价期，商品丰富，顾客如云。因晚6点要赶到机场，走马观花，遛了一会儿，便驾车去不远的加州旅游胜地之一的“海鲜”海滩。除洛杉矶外，纽波特也有一吃海鲜所在地。

在国外吃海鲜最贵。在澳大利亚歌剧院对面的海鲜馆，一餐30多澳元，吃不到什么，不过是个儿小的日本对虾、生牡蛎、意大利式烧章鱼。在英国纽卡塞达夫海洋研究室附近，用一英镑可买一个熟蟹子，此外还有贻贝（海虹）、鱼等。

只有在加州吃海鲜可说是“别具一格”，真有特色。洛杉矶海滩有四五个海鲜摊、馆。最大的一个，老板是墨西哥人，铺面很大，品种多。这里是真正吃海“鲜”，是先让你看了活蹦乱跳的大龙虾，大似我国南方膏（生殖腺）满肉肥的青蟹一样的红色大海蟹，每个一两斤重，还有蛤蜊、翡翠贻贝、章鱼、乌贼等。然后任你挑选，称重议价后，当场蒸熟，坐在长凳上，一边远眺海上风光，一面品尝。很多是合家大吃一顿。这的确吃得“鲜味”。墨西哥的老板生财有道，有专船到海上抓鱼捕蟹，唯有龙虾是来自东海岸缅因州一带的盛产地。海蟹馆的货源这样充足，有求必供，想到我们海洋生物及水产学家应加强研究，满足我国广大群众对水产品日益增长的要求，在我国沿海也搞几个这样真正鲜的“海鲜”点。

这篇短文，出自一位海洋生物学家的手笔，读来饶有兴趣。尤其是文章最末，吴宝铃还始终不忘发展祖国的海洋事业，“满足我国广大群众对水产品日益增长的要求”，让大家都能吃到真正的海鲜，这也是他多年从事海洋生物研究的主旨之一吧。

不过，请读者不要误会，吴宝铃所研究的并不是膏满肉肥的海蟹，也不是味美肉细的大龙虾。作为一个海洋生物学家，吴宝铃最擅长的是海洋环节动物门的多毛类。他是我国第一个系统研究多毛类的专家。

如果你到过海边，在潮水刚刚退去的沙滩上，只要细心观察，就会发现许许多多的孔穴。这时你不妨轻轻挖开泥沙，就会见到一种颇似蚯蚓的蠕虫，全身分成多节，每节有一对疣足，上面遍长刚毛，这即是遍布世界海域的多毛类动物。

多毛类又称海蚯蚓，或者沙蚕，是个庞大的家族，全世界有 6 000 多种，我国沿海有 900 多种。它们的形态也千差万别，最大者有 1 米多长，活像一条海蛇，小的才不过 1 毫米，要在显微镜下才能看清。

吴宝铃 1949 年毕业于北京师范大学生物系。1957 年赴苏联列宁格勒苏联科学院动物研究所进修，在著名海洋生物学家乌沙科夫教授指导下从事多毛类的生态和系统演化的研究。从那时起，差不多 30 年的岁月，吴宝铃系统地进行了多毛类的分类、生态、动物地理、生殖生物学和生活史等方面的研究。在这以前，多毛类研究在我国基本上属于空白门类，前人仅做过零星报道。为了揭开多毛类的奥秘，这位精力充沛、不知疲倦的海洋生物学家跑遍了世界许多海域。从中国的鸭绿江口到北仑河口，以及海南岛附近的海域；从冰天雪地的北极海、巴伦支海、新地岛附近的海域，到椰风蕉雨的印尼、马来西亚的赤道海域。日本的濑户内海，加拿大和美国的太平洋沿岸，美国东岸的大西洋、墨西哥湾，欧洲的白海、北海、挪威海，以及澳大利亚沿岸，都留下了他的足迹。

多毛类这种外貌丑陋的海洋生物，在海洋的大千世界里似乎算不上什么奇特的珍稀动物，为什么吴宝铃对它们格外偏爱，怀有如此浓厚的兴趣呢？

吴宝铃讲过这样一个有趣的故事：

20 世纪 50 年代，苏联的里海突然发生了令人忧虑的怪现象。里海原盛产各种鱼类，不知什么原因，鱼类越来越少，以至到了资源枯竭的境地。科学家们纷纷来到里海，寻找鱼类减少的原因。他们发现，造成这一现象的根本原因是鱼类缺乏生存必需的饵料，即多毛类在里海中的数量太少。原来多毛类从它的卵、幼虫到成虫都是鱼类的饵料，缺少它们，鱼类就难以繁殖了。原因探明后，解决的办法也应运而生。他们想出了一个绝招，把亚速海的海底淤泥大量投入里海，由于淤泥中含有大量多毛类，结果里海又复活了。

类似的现象，吴宝铃也亲眼目睹过。那是一次在南海调查时，宁静的大海波澜不兴。当一轮银盆升上海面，海上笼罩着水银似的月光时，吴宝铃发现大批沙蚕（即多毛类）纷纷涌出海面，这时鱼群从四面八方赶到沙蚕密集的区域觅食，这正是捕捞鱼类的大好时机。吴宝铃由此受到启发，他认为如果能够有计划地增殖近海养殖沙蚕的数量，对于增加鱼类资源不失为一项有效的措施。

辽阔的海洋，生生息息，永无止境的万千生物之间，就是如此这般构成了相生相克、相互依存的生态之网。它像是能量流通的食物之网，高等生物以低等生物为饵料，越是低等的生物数量越多，越是高等的生物数量越少，形成金字塔状的食物结构。而数量繁多的多毛类，作为鱼虾的主要食物，在海洋生物的食物网上占有不容忽视的地位。

此外，科学家们在研究中还发现，多毛类的一些种类是监测海洋污染的指标生物。在那些被工业“三废”污染的海岸，常常富集多毛类的小头虫。近几年，吴宝铃在青岛沿岸和英国泰恩河口，对海洋污染和小头虫种群数量变动关系的研究，为保护海洋环境提供了科学依据。

科学家还发现了多毛类的另一个重要用途——它的虫管化石沉积，可以作为寻找石油、天然气资源的依据。吴宝铃对胜利油田的虫管化石的鉴定，为寻找高产油气井提供了广阔的前景。

献给冰雪女神的见面礼

乔治王岛的菲尔德斯半岛海边……

海潮借助狂风的威力汹涌地扑向海滩，天空乌云低垂，飘落片片雪花。不远的海滩高地上，橘红色的中国长城站装配式房屋包裹在风雪之中，房前的一杆五星红旗在猎猎作响。

海边渺无人迹，连嬉戏的企鹅也慑于潮水的汹涌，躲到安全地带去了。但是，对吴宝铃来说，这样的大潮却是难得的“天赐良机”，他早早就独自来到海边，脚蹬高腰水靴，深一脚浅一脚地来回奔跑，仿佛是追逐那奔腾的浪花。

几天前，“阿拉卡扎尔号”载着他驶向南极海域。为期 10 天的航行是令人难忘的，南极的冰雪女神在他的眼前展示了最为动人的姿容。这次考察的重点是海洋底栖生物，但是作为一个学识渊博的海洋生物学家，吴宝铃的视野却包罗了丰富多彩的生物世界。

“南极真是一个天然实验室啊！”只有亲身来到南极，吴宝铃才领悟到在他的眼前是一个蕴藏着无穷奥秘的世界。这里是我们星球唯一没有受到人类干扰的“净土”，这里有许许多多人类至今尚未揭开的自然之谜。有一次，潜水员从海洋 50 米深处，采集了大批海藻，个体很大。这个发现使吴宝铃感到震惊。海藻通常是依靠光合作用生长发育的，从而形成海洋的初级生产力，这在地球上其他海洋中均是如此。但是，南极海洋 50 米深处是见不到阳光的，这说明在南大洋存在着另一种营养方式，一种不依赖光合作用，而是靠微生物起作用的营养方式。他经过研究发现，深海生存的海藻是吸收苔藓虫的废物而获得养分的，这无疑是一个重要的发现。

回到乔治王岛的马尔什基地，吴宝铃选择了菲尔德斯半岛海岸的潮间带作为自己研究的课题。这里须要说明一点，吴宝铃此次南极之行是应智利南极研究所的邀请，不属于我国南极长城站的科学考察范围，但是，他在选择考察地点的时候，却选在长城站站区范围之内。在这位科学家的内心深处，他是希望为我国的南极考察填补一门空白的。

他的研究课题是潮间带的生态。在马尔什基地的海边，有他专用的一所集装箱实验室。在暴风雪席卷乔治王岛的当儿，他在实验室中观察采集的生物标本；而当大潮汹涌的日子，他便像弄潮儿一般，去追逐暴涨暴落的浪涛。因为在此之前，科学家们普遍认为，南极海岸的生物是不分带的，这个结论是否符合实际，是否具有普遍意义，吴宝铃决心去解开这个谜。

只有潮水急剧涨落的日子，他才能观察潮间带的生物。因此，越是潮水汹涌，他的工作越发忙碌。在大潮急剧退去的海滩，他沿着几条面逐一观察，细心采集不同部位的生物，计算它们的种类组成、栖息密度以及某些种的生殖状态。这是一项极需要耐心的工作，容不得丝毫马虎。采集的标本还要带回实验室观察、鉴定，进行数学模式的研究。

通过对菲尔德斯半岛海岸的潮间带的反复研究，吴宝铃终于发现了生物的带状性。他从多毛类和南极帽贝的生物量，划分出有明显区别的 3 个带，并且确定了其中的优势种。

“在菲尔德斯半岛的海边，栖息着大量的南极帽贝，最多的达到 1 平方米 130 ~ 140 个。南极帽贝吃海藻，一个夏天可以长到原大的 120%。”吴宝铃说，“我们从海鸥的胃含物中发现，40%是南极帽贝，可见南极帽贝的死亡率很高。经过这番研究，我们可以看到南极乔治王岛海鸥—帽贝—海藻之间的动力学关系，尽管这是初步的成果，但可以看出，南极的生态系统是很脆弱的，对于南极生物资源的开发利用，一定要持慎之又慎的态度。”

南极的夏天为期短暂，吴宝铃的工作进度也异乎寻常地加快了步伐。他像是追逐为时不多的白昼，在有限的时间内尽量多了解一些情况，多研究一些课题。在他的心中，一个埋藏很久的念头渐渐明朗，趋于成熟了。

结束了菲尔德斯半岛潮间带生态的研究，他穿梭似的访问了乔治王岛的波兰站、智利站和阿根廷站，了解外国同行海洋生物研究的进展。接着，他应智利康塞普西翁大学柯亚德博士邀请，访问了智利的几所著名大学。后期最突出的成果是他和柯亚德博士合作的一项课题，他们借助电脑对一种南极多毛类进行鉴定。100 多年以来，德国的、英国的、美国的、瑞典的、苏联的学者都对这种多毛类做过研究，众说纷纭，莫衷一是。他们用电子显微镜对这种多毛类进行了生殖生活史的观察，鉴定出该种生物属于多毛类梳鳃垫龙介，是南极特有种，从而澄清了前人鉴定中的谬误。

他和柯亚德博士合作的论文《南极多毛类梳鳃垫龙介研究》即将发表，这算是献给南极冰雪女神的一份见面礼吧。

后半生将搞极地生物学

56 天的南极之行后回到北京，已是北半球的初夏了。

我们一见面，吴宝铃开口就是那句发自肺腑的感慨："南极真是个天然的实验室！"

"完全是自然状态，有很多可供研究的课题。苏联生物学家发现乔治王岛有 100 多种地衣，50 种苔藓，50 种海藻，还有 3 种海豹，1 ~ 2 种海鸟。他们研究得很细，出了厚厚一本图册。我国长城站也应该搞一本详细的动植物手册。"

他显得很兴奋，话题常常从一个方面跳到另一个方面。"不会潜水寸步难行，今后我们搞海洋生物的，一定要自己潜水。海洋生物学家应该学会潜水，我指导的几个研究生，我都要求他们学会潜水。"

"你对这次南极之行有什么印象?"我插了一句。

"时间很短，但是收获很大，最重要的是取得了发言权，对今后南极的海洋生物研究，从哪些方向着手，抓什么课题，心里有底了。"吴宝铃说，"南极的原始生态一定要保护，鉴于过去对鲸、海豹滥捕的教训，商业性的开发南极生物资源，如捕捞磷虾，必须持慎重态度。"

"今后，你还打算去南极吗?"

“我的后半生，将搞极地生物学。当然，多毛类、海洋环境污染这些课题还要搞，但是，我将把主要力量投入极地生物学。”他郑重地表示，“如果身体允许，我还要去南极。”

（载于1986年7月23日《科技日报》）

参加中国首次南极考察的新闻记者

参加中国首次南极考察的全体新闻记者（新华社记者戴纪明摄）
站立者：右 1 杨时光（中央人民广播电台），右 2 吴振嘉（国家海洋局干部，船队政工组组长），右 3 金涛（光明日报），右 4 陈可雄（文汇报），右 5 郝强国（中央新闻电影制片厂），右 6 孙志江（人民画报），右 7 邵正堂（中央新闻电影制片厂），右 8 段继文（解放军报），左 6 李文祺（解放日报），左 5 高翔（上海科教电影制片厂），左 4 朱幼棣（新华社），左 3 张季栋（船队指挥组组长），左 2 陈富财（上海科教电影制片厂），左 1 杨良化（人民日报）
前蹲者左起：马维军（中央电视台），汪保国（中央电视台），陶宝发（中央人民广播电台）

在中国南极科学考察历程中，中国的新闻记者们从始至终跟科考队的科学工作者一起，同艰苦，共患难，作出了不可磨灭的贡献。我珍藏的一张参加中国首次南极考察全体新闻记者的合影，记录了中国新闻工作者在南极考察采访的历史。历史不会忘记他们！

人名索引

图书在版编目(CIP)数据

我的南极之旅/金涛著. —长沙：湖南教育出版社，2012.6
(20世纪中国科学口述史/樊洪业主编)
ISBN 978-7-5355-9625-3

Ⅰ. ①我… Ⅱ. ①金… Ⅲ. ①纪实文学-中国-当代
Ⅳ. ①I25

中国版本图书馆CIP数据核字（2012）第134638号

书　　名	20世纪中国科学口述史 我的南极之旅
作　　者	金涛著
责任编辑	李小娜
责任校对	周　晔　刘　源
出版发行	湖南教育出版社出版发行(长沙市韶山北路443号)
网　　址	http：//www.hneph.com　http：//www.shoulai.cn
电子邮箱	228411705@qq.com
客　　服	电话0731-85486742　QQ 228411705
经　　销	湖南省新华书店
印　　刷	湖南天闻新华印务有限公司
开　　本	710×1000　16开
印　　张	22.5
字　　数	272 000
版　　次	2012年6月第1版　2012年6月第1次印刷
书　　号	ISBN 978-7-5355-9625-3
定　　价	60.00元